IK ZIE JE

YRSA SIGURÐARDÓTTIR BIJ UITGEVERIJ CARGO

DNA

Vortex

RIP

Lava

De pop

Stilte

De prooi

Yrsa Sigurðardóttir

IK ZIE JE

Vertaald door Willemien Werkman

CARGO

2023

AMSTERDAM

Deze vertaling is mede tot stand gekomen dankzij financiële steun van het Icelandic Literature Centre.

ICELANDIC LITERATURE CENTER

Dit boek is fictie.
Personen, gebeurtenissen en plaatsen zijn een creatie van de auteur.

Cargo is een imprint van Uitgeverij De Bezige Bij, Amsterdam

Eerste druk september 2023
Tweede druk november 2023
Oorspronkelijke titel *Lok lok og laes*
Oorspronkelijke uitgever Veröld, Reykjavík
Omslagontwerp Villa Grafica
Omslagillustratie Arcangel Images
Foto auteur Ernier-Eyjólfsson
Vormgeving binnenwerk Peter Verwey, Heemstede
Druk- en bindwerk CPI Books GmbH, Leck
ISBN 978 94 031 0422 5
NUR 305

uitgeverijcargo.nl

FSC
www.fsc.org
MIX
Papier | Ondersteunt verantwoord bosbeheer
FSC® C083411

Bij de productie van dit boek is gebruikgemaakt van papier dat het keurmerk van de Forest Stewardship Council® (FSC®) mag dragen. Bij dit papier is het zeker dat de productie niet tot bosvernietiging heeft geleid.

Dit boek is opgedragen aan mijn moeder,
Kristína Halla Jónsdóttir

Grote dank gaat uit naar Eva Björg Ægisdóttir voor
het mogen lenen van haar hoofdpersonen uit Akranes
die in dit boek een bijrol spelen. Je zou kunnen zeggen dat
er hier sprake is van een poging een soort Marvel Universe
in de wereld van de IJslandse detectives te creëren.
Ik zou de boeken van Eva Björg graag willen aanbevelen.
Ze zijn fantastisch.

HOOFDSTUK 1 | WOENSDAG

Over de boerderij Hvarf hing een ongewone stilte. Er was niemand te zien, geen mensen en geen dieren, er trilde geen haar op een hoofd en de zware wolken in de hemel bewogen niet. Ze veranderden wel, maar zo langzaam dat het niet opviel. Karl kreeg bijna het gevoel dat de tijd stil was blijven staan en hij keek opzij. Hij zette de radio uit. De nieuwslezer was begonnen met weersvoorspellingen voor allerlei gebieden die Karl niets aangingen. Hij was als jongeman één keer op vakantie gegaan en had daarna besloten dat hij in IJsland bleef.

Karl pakte zijn muts van de passagiersplaats en stapte uit de auto. Hij wachtte even voor hij hem opzette om nog eens goed te luisteren. Buiten was het doodstil: de meeste vogels waren allang naar het zuiden getrokken, naar warme landen of juist naar stranden of bewoonde gebieden. Rivieren en meren waren stijf bevroren, de toeristen waren thuis en het vee stond op stal. Zelfs de zee vlak bij de fjord liet zich niet horen.

Het gezin dat op de boerderij woonde moest thuis zijn en hij had het idee dat hij nu toch wel iets van ze zou moeten horen. Ze zouden midden op de dag toch niet alle vier liggen slapen? Karl had nog geen week geleden met het echtpaar, Ása en Reynir, gesproken, en toen hadden ze niet gezegd dat ze van plan waren ergens heen te gaan. Reisjes waren niet gebruikelijk als je een boerderij had, dat wist hij uit eigen ervaring. Ze hadden er vast iets over gezegd. De zeldzame keren dat hij een uitstapje maakte praatte hij nergens anders over. Of je het wilde horen of niet.

De twee auto's van het gezin stonden op het erf, allebei onder een dikke laag sneeuw. Een verhoogde jeep en een sportieve sedan die alleen in de zomer werd gebruikt. Karl had in ieder geval nooit gezien dat ze er 's winters in reden in ruim het jaar dat de familie daar had gewoond. En dat was verstandig. Het zou niet eens bij hem opkomen om met zo'n auto door de sneeuw te rijden. Zo'n rit zou vast en zeker in een greppel eindigen. Die jeep was een ander verhaal. Dat was een luxeauto en kostte net zoveel als een goede tractor. Karl zou er weleens een proefritje in willen maken tijdens een sneeuwstorm of bij een flinke hagelbui. Al was het alleen maar om te weten wat je nou kreeg voor je geld. Peperdure auto's zag je niet vaak bij boeren op het platteland. Maar dit was geen gewone boerderij. En hier woonden geen gewone boeren.

Je hoefde maar naar de bebouwing te kijken om dat te zien. Die week af van andere boerderijen en dan vooral vanwege het enorme, moderne woonhuis dat het echtpaar had neergezet. Een gang die grotendeels uit glas bestond verbond het met het meer traditionele, twee verdiepingen tellende huis dat op zich heel geschikt was geweest voor de bewoners. Maar de nieuwe eigenaren hadden andere eisen. De woonvertrekken van het gezin waren allemaal in het nieuwe gebouw; het oude gebruikten ze voor gasten en de weinige mensen die voor hen werkten. Tot nu toe waren er nog niet veel gasten gekomen en wat personeel betreft waren er alleen een paar au pairs geweest, maar die hadden het niet lang uitgehouden. Hij had niet gevraagd waarom ze waren gestopt, maar ging ervan uit dat het isolement hun te veel was geworden. Jonge mensen gedijden tussen andere jonge mensen en die waren hier nauwelijks te vinden, als je Íris, de oudste dochter van het echtpaar, een tiener, en de zoon van het echtpaar op de naastgelegen boerderij, niet meerekende. Tieners telden niet mee als je boven de twintig was en hevig naar gezelschap verlangde.

Karl was geen architect en de bouwwerken gingen hem verder niet aan, maar hij was wel erg geïnteresseerd in de verbindingsgang tussen de oude boerderij en het nieuwe huis. De twee gebouwen waren zo verschillend; het ene was uit de oude tijd, wat je kon zien aan de indeling, het andere was een uiting van moderne mateloosheid. Om ze aan elkaar te willen voegen was net zo vreemd als de paarden van de boerderij voor de sportauto te spannen.

Maar de rest was positief, vooral de aandacht die het echtpaar had voor de omgeving van de boerderij. Hun zorg daarvoor was veel groter dan normale boeren zich konden veroorloven, zowel vanwege het werk als vanwege de kosten. Het was niet genoeg dat alles er overdreven netjes uitzag en er nergens een roestvlek, een stapel of een berg rotzooi te zien was, maar de algehele indruk was nogal opgepoetst en als Karl er kwam had hij altijd het gevoel dat hij per ongeluk op de opnameset van een skyrreclame terecht was gekomen.

Hij kon niet anders dan zich verwonderen hoe moeiteloos die illusie van het lieflijke platteland leek te zijn. In ieder geval voor de mensen die er geen verstand van hadden. Hij had gezien hoe de oude boerderij, de stal en de bijgebouwen uit elkaar waren gehaald en hij wist dus beter. Een leger van bouwvakkers was erbij gehaald en er bestond bij hem geen twijfel dat het goedkoper was geweest om de gebouwen te slopen en van de grond af aan opnieuw te beginnen. Maar de jonge, nieuwe eigenaren hadden het oorspronkelijke karakter zo veel mogelijk willen bewaren en hadden benadrukt de link met de geschiedenis en de vroegere rol van de boerderij niet kwijt te willen raken. Het was een boerderij en zo moest hij eruit blijven zien. Ze bouwden geen zomerhuis. De bouwvakkers lachten maar wat en Karl en de andere plaatselijke bewoners van de streek hadden hun hoofd geschud. Ze lieten het achterwege te zeggen dat de boerderij nooit erg opvallend was geweest, de gebouwen niet en het bedrijf dat er werd uitgeoefend ook niet. De geschiedenis ervan was niet zodanig dat je haar in ere moest houden. Je kon die eigenlijk maar het beste vergeten.

Het nieuwe huis was een ander verhaal. Dat was niet gebouwd met de geschiedenis van het gebied in gedachten. Het was enorm groot en de zoldering was huizenhoog. Eenvoud en praktische overwegingen hadden geen rol gespeeld bij het ontwerp en de uitvoering. Het gevaarte was grotendeels van beton, maar pronkte met een enorme serre die je vanaf de oprit niet kon zien, met een glazen wand van het plafond tot de vloer. Daarin waren een reusachtige keuken, een eetkamer en een kamer met een open haard ondergebracht. De nieuwe eigenaren hadden tegen Karl gezegd dat het zo was aangelegd dat ze konden koken, eten en zich ontspannen terwijl ze zo veel mogelijk met de natuur verbonden waren. Hij had alleen maar geknikt en gedacht dat zij van het soort mensen waren die met dezelfde achterliggende gedachte een overnachting boekten in een plastic bol op de heide. Zelf begreep hij daar niets van en wilde de natuur liever beleven zonder iets ertussen, ook geen doorzichtige wand.

Het echtpaar had er nu ruim een jaar gewoond met hun twee dochters en in die tijd was zijn mening over hen veranderd. Ze waren niet langer alleen maar rijke stinkerds in zijn ogen. Hij begreep nog niet de helft van alles wat zij ondernamen, maar hij mocht ze graag. Je moest ze wel aardig vinden.

De vrouw, Ása, was heel sympathiek en kon om zichzelf en haar pogingen om zich aan de omstandigheden aan te passen lachen. Zoals hij het begreep was haar grootste probleem dat ze te gevoelig was voor het leven op het land en dat ze zich te veel met alles wilde bemoeien. Het leven daar was altijd goed verlopen zonder dat zij het voor het zeggen had gehad.

Haar man, Reynir, was wat minder sociaal en leek vaak wat afwezig. Maar ook hij was eerlijk en gemakkelijk in de omgang. Hij was ernstig ziek geweest voor ze hiernaartoe verhuisden en in de wind zag je soms een groot litteken op zijn schedel. Dat liep van zijn ene oor, langs zijn slaap, tot midden op zijn hoofd, recht boven zijn voorhoofd. Als je bedacht wat er allemaal in zijn hoofd was gebeurd, was het niet verwonderlijk dat hij er soms niet helemaal bij was.

Karl vond het het belangrijkste dat beide echtelieden graag wilden leren van mensen die er meer verstand van hadden, van hem bijvoorbeeld. Dat nam de mensen op het platteland voor hen in.

Iedereen, behalve de boer op Minna-Hvarf, de volgende boerderij.

De ongerepte sneeuw vertelde Karl dat niemand over het erf had gelopen, nadat de hemel zich de vorige dag had geopend. Toen hij het huis naderde, zag hij echter dat dat niet helemaal klopte. Er liepen sporen naar en van het woonhuis naar de kleine stal, waarin het weinige vee dat de familie hield was ondergebracht, als je de paar kippen in het kippenhok achter het huis niet meerekende. Ze hadden in het begin ook een paar geiten gehad, maar daar waren ze mee gestopt. De verwarmde schapenstal die ze hadden gebouwd stond dus leeg, maar dat zou waarschijnlijk snel weer veranderen. Ze hadden geen dieren om hun producten te gebruiken, zoals andere boeren. Ze gingen ermee om alsof het huisdieren waren. Hij had koeien in de wei gezien met een krans van paardenbloemen om de hals en paarden met vlechtjes in hun manen, samengebonden met roze strikjes. Waarschijnlijk waren de twee dochters daarvoor verantwoordelijk geweest, maar hij was niet helemaal zeker. De dieren speelden namelijk ook een belangrijke rol in de fotografie van de vrouw des huizes, waarvan Karl niet wist of het haar werk was of een hobby.

Dat de dieren waren verzorgd betekende dat de familie thuis was. Als ze op reis waren, zouden ze iemand uit de buurt hebben gevraagd om voor ze te zorgen, maar dan zouden de sporen niet van en naar het huis hebben gelopen. Karl vond het het waarschijnlijkst dat ze het aan hem en Ella zouden hebben gevraagd, als je de mensen op Minna-Hvarf oversloeg. Ze hadden het weleens eerder gedaan.

Ze hadden echter ruim een week niets van de familie gehoord. Daarom was hij erheen gegaan en dat was ook de reden waarom hij de vorige dag even langs was geweest. Ella had toen Ása en een van haar dochters verwacht voor een knipbeurt, maar ze waren niet komen opdagen. Iemands plannen konden natuurlijk veranderen, zelfs op het platteland, waar vaak iets tussen kwam. Dan was het gebruikelijk om het te laten weten, maar dat had Ása niet gedaan. Het was Ella niet gelukt om contact te krijgen met de familie, want de telefoons van het echtpaar zouden geen bereik hebben of uitgezet zijn. Het bericht dat ze hen had gestuurd was kennelijk ook niet aangekomen, want het was niet geopend. Het zat haar niet lekker, en hetzelfde gold voor Karl.

Een luid gejank klonk uit de stal toen hij naar de voordeur van het woonhuis liep, gevolgd door opgewonden geblaf uit dezelfde richting. Het waren de twee huishonden, een gewone bordercollie en een kleine vuilnisbak die nog het meest leek op een van die plukken schapenwol die hij weleens aan omheiningen zag hangen. Gisteren hadden ze ook zo hard geblaft, maar toen was het uit het huis gekomen. Het waren goedmoedige honden, die een rustig leven leidden en soms ook los op het erf liepen, waar ze hem begroetten als hij kwam. Omdat ze nu opgesloten zaten, reageerden ze op zijn komst als alle andere honden. Door te blaffen. Het gejank betekende dus niets speciaals. Aan de andere kant was het wel raar dat de honden niet losliepen of binnenshuis waren. Hij kon zich niet herinneren dat ze ooit in de stal waren opgesloten.

Het eerste wat Karl dacht was dat de hele familie geveld was door de griep en hij aarzelde even voor hij aanklopte. Wat als ze in bed lagen, met pijn in hun hoofd en botten? De zeldzame keren dat hij ziek was, was het laatste waar hij naar verlangde dat er mensen op bezoek kwamen. Hij dacht even na en klopte toen toch aan. Hij had een onbehaaglijk gevoel en hij had zich aangeleerd daarnaar te luisteren. Hij herinnerde zich niet dat zijn gevoel hem ooit in de steek had gelaten, integendeel, hij had erdoor kunnen reageren in situaties die anders slecht hadden kunnen aflopen.

Karl staarde even naar de brede, hoge voordeur voor hij nog eens klopte. Toen hij dat deed, jankten de honden opnieuw, nu tegelijkertijd. Deze keer deden de twee koeien mee, maar ze zwegen weer toen hij nog eens op de deur bonkte. Het leek of de dieren in de stal meeluisterden en met net zoveel spanning als hij wachtten tot de deur openging. Wat niet gebeurde. Karl legde zijn oor tegen de deur, maar hoorde binnen geen beweging. Toen rechtte hij zijn rug. Het was niet goed te zeggen wat ervoor nodig was om een geluid door de dikke eikenhouten wanden te laten dringen.

Karl liep weg bij de deur en keek door het raam. Binnen brandde licht, maar er was geen beweging te zien. Het onbehaaglijke gevoel nam toe en hij deed iets waar hij nooit eerder aan had gedacht voor hij van huis was vertrokken.

Karl boog zich naar de brievenbus en duwde de klep open. De brievenbus zat daar per ongeluk. De architect die het huis had ontworpen had kennelijk nooit op het platteland gewoond. Dit echtpaar ook niet, want ze hadden er niets over gezegd toen ze de tekeningen zagen. Hier kwam geen post door de brievenbus naar binnen, maar werd achtergelaten in de postbus bij de afrit naar de boerderij.

Toen Karl zich opmaakte om iets naar binnen te roepen, wendde hij zijn hoofd automatisch af. Hij kende de geur die met de warme lucht naar buiten stroomde. Het was de stank van de dood en die was niet afkomstig van een paar verdorde kamerplanten. Het was een stank die Karl vaker had geroken dan hem lief was, een lucht die voor alle zoogdieren die ergens een tijdje dood lagen hetzelfde was. De geur was niet erg sterk en bij mensen met minder ervaring dan hij was er waarschijnlijk geen lampje gaan branden. Voor hem bestond er geen twijfel. Binnen was er iets dood.

Karl trok zijn hand terug en de klep van de brievenbus viel met een klap weer op zijn plaats. De dieren in de stal reageerden nu niet met geblaf, gehinnik of geloei. Het was er nu net zo stil als in het huis. Meteen voelde Karl zich ongemakkelijk, omdat hij alleen op pad was. Hij overwoog even of hij in de stal moest kijken of daar misschien iemand was, maar hij deed het niet. Als het zo was, dan zou diegene allang hebben gezien wie er was. Stallen waren niet direct ontworpen om omgevingsgeluiden buiten te houden en het geluid van de auto zou binnen te horen zijn geweest, zelfs in een nieuwgebouwde luxestal. Hij was ook bang dat de honden zouden ontsnappen als hij de deur open zou doen. Ze waren niet bijzonder slim en zouden elk een andere kant op rennen.

Karl bevochtigde zijn droge lippen. Hij haalde een hand door zijn haar, streek over zijn ongeschoren wangen en probeerde tot zichzelf te komen. De stank hoefde op zich niets te betekenen. Misschien lag er een bedorven stuk vlees op het aanrecht. Misschien hadden ze het net in de pan willen leggen toen ze ziek werden en was het vlees bij kamertemperatuur niet lang goed gebleven. Een rare veronderstelling, maar minder gek dan andere gedachten die Karl van zich afzette. Hij bedacht dat het weinig zin had om gekke hypotheses uit te sluiten. Het leven was nooit logisch en goed doordacht.

Karl besloot naar de achterkant van het huis te lopen en te kijken of hij iets kon zien door de hoge glazen wand. De gordijnen waren nooit dicht en hij had het echtpaar er zelfs bijna op gewezen dat ze energiekosten konden besparen als ze dat wel deden. Voordat hij dat deed, had hij bedacht dat het hun niet aan geld ontbrak. Ze hadden naar heet water laten boren en het maakte echt geen verschil of ze nog iets meer verbrandden.

Achter het huis was de sneeuw ongerept. Niemand was door de glazen deuren de veranda op gelopen. Het verderop gelegen veld was bedekt met sneeuw, net als de bergen in het oosten. Het uitzicht waar het echtpaar zo dol op was, was nu wit als brandschoon linnen.

Maar Karl was niet gekomen om van het uitzicht te genieten. Hij wendde zich naar de glazen wand en liet zijn ogen door de stijlvolle keuken dwalen. Geen bovenkastjes, geen knoppen aan de kastdeurtjes en de laden en afgezien van de ingewikkelde chromen espressomachine en de kraan in de gootsteen zou de inrichting een voortzetting kunnen zijn van de woonkamer.

Op de keukentafel stonden etenswaren, waardoor Karl wat lichter ademhaalde. De bewoners moesten dus thuis zijn, en in leven. Ze hadden eten gemaakt en waren naar bed gegaan. Ze waren duidelijk ziek, want hij had nog nooit iets op het aanrecht zien staan, behalve rond etenstijd. Nu stond er een geopend melkpak, een glas, een bord, brood en beleg in de verpakking. Er waren geen rottende steaks te zien. Misschien hadden ze buikgriep en had hij de stank die hij door de brievenbus had geroken verkeerd geïnterpreteerd. Hij hoopte dat dat de verklaring was, maar wist diep vanbinnen dat dat niet zo was. Stank van overgeefsel was weerzinwekkend, maar stank van rotting was veel erger. Het was een weeïge geur waarop een stank volgde waardoor het er nog het meest op leek of iemand een beetje parfum had gesprenkeld over iets wat te rotten lag, in een poging de situatie te verbeteren.

Karl aarzelde, terwijl hij nadacht over zijn volgende stap. Het was waarschijnlijk het verstandigste om te vertrekken. Hij wilde niet dat iemand van het gezin tevoorschijn kwam en hem door het raam zag gluren. Toen hij zich van het huis verwijderde, bedacht hij zich. Het echtpaar was erg op hygiëne gesteld, meer dan wie hij ook kende. Ze hadden hem een keer gevraagd of het mogelijk was om van de stank van de mest uit de stal af te komen. Of er misschien een spray bestond die de stank weg kreeg. Hij had ze gezegd dat zoiets niet bestond, dat ze er maar aan moesten wennen. Mensen die zoiets vroegen lieten het niet gebeuren dat hun huis stonk als een mortuarium tijdens een hittegolf. Er bestond geen twijfel over dat er iets aan de hand was.

Karl liep met stevige tred naar de deur in de glazen wand en pakte de deurknop vast. Het moest dan maar zo zijn, als hij binnendrong terwijl de familie lag te slapen. Hij wilde niet thuiskomen en Ella zeggen dat hij weer voor niets was gegaan. Hij zou er nooit mee wegkomen haar een smoesje te vertellen en zou haar moeten zeggen wat hij gezien had. Dat alles in orde had geleken, afgezien van een rottingslucht.

De deur naar de keuken bleek niet op slot te zitten en Karl begon door de geopende deur de namen te roepen van Ása en Reynir. Een afschuwelijke stank stroomde met de warme lucht naar buiten en hij trok een vies gezicht terwijl hij op antwoord wachtte. Niemand reageerde op zijn geroep.

Karl stapte naar binnen voor hij van gedachten kon veranderen en riep nog eens. Net als daarvoor kwam er geen reactie. Zijn blik werd getrokken naar donkere vlekken op de parketvloer bij de deur, die nog het meest op voetsporen leken. Dat was al net zo vreemd als de stank die in de lucht hing, want de vloer was anders altijd blinkend schoon. Hij volgde het spoor met zijn ogen, zag dat ze het huis in liepen en besloot ze te volgen.

Hij was nog nooit binnen gevraagd, maar hij was weleens in een vergelijkbare ruimte geweest; een kamer die overging in een prachtige, grote keuken. Hij kende de indeling van het huis niet, maar wist dat de slaapkamers aan een bepaalde gang lagen. Daarheen liepen de sporen. De deur naar de gang was gesloten en hij zag er krassen op. De krassen liepen loodrecht en waren op twee verschillende hoogten, kleine krassen onderaan en langere, diepere krassen aan weerszijden van de deurknop. Hij twijfelde er niet aan dat ze van de honden waren, het gevolg van vele mislukte pogingen om door de gesloten deur te komen. Hij was er ook van overtuigd dat de krassen vers waren, omdat het echtpaar alle schade direct liet repareren, zowel binnens- als buitenshuis.

Karl legde zijn arm voor zijn mond en opende de deur naar de gang. Wat hij al vreesde gebeurde ook: de stank werd erger en hij voelde zijn hartslag versnellen.

Op de gang kwamen verscheidene deuren uit die allemaal

gesloten waren. Karl besloot de sporen te volgen en opende de deur van de kamer waarin ze verdwenen, nog altijd met zijn gezicht half achter zijn elleboog verborgen. Het bleek de ouderslaapkamer te zijn. Karl verstijfde en ging niet over de drempel. In het ongewoon brede bed lag een vrouw, die Ása leek te zijn. Het beddengoed was verkreukeld, het tweepersoons dekbed lag aan het voeteneind en half op de grond. De kussens waren opzijgeduwd, twee lagen er op de grond en een stond rechtovereind aan het hoofdeind van het bed. Ása lag op haar rug, gekleed in ondergoed en een T-shirt. Eén been hing op de grond, net als het dekbed, het andere lag op bed, met gebogen knie. Haar armen lagen er wonderlijk bij, de ene haaks op het lichaam, uitgestrekt naar de lege plek naast haar. De andere was gebogen, met haar vingers tegen haar kin. Het T-shirt, dat ooit wit was geweest, was doordrenkt met nu opgedroogd bloed, net als het beddengoed. Het bedekte haar grotendeels, maar wat er van haar buik te zien was had een wonderlijke, neongroene kleur. Haar benen en ander naakt vlees was eerder grijsachtig, opgezwollen en overdekt met donkere aderen. Karl was wel gewend om doden te zien, maar dat waren altijd dieren geweest. Behaarde dieren, waarvan je maar weinig huid zag. Hij wist echter genoeg van de dood om deze vrouw met rust te laten. Zij was niet meer te redden.

Karl kon niet met honderd procent zekerheid zeggen dat hij Ása herkende, want haar gezicht zag er al net zo afschuwelijk uit als haar ledematen. Eigenlijk nog slechter. Op haar hoofd zat een diepe wond, van haar kruin tot midden op haar voorhoofd. Haar tong stak tussen haar kleurloze lippen uit en haar bolle, matte ogen waren weggezonken. Het leek erop dat de vrouw in haar laatste minuten had geprobeerd naar haar verwondingen te kijken. Hoe dan ook, het was overduidelijk dat ze geen natuurlijke dood was gestorven. Daar getuigden ook de bloedspatten van die overal op de muren en de grond te zien waren. Zelfs het plafond was er niet aan ontkomen.

Karl sloeg zijn hand voor zijn mond en liep achteruit de kamer uit. Hij vocht tegen de misselijkheid terwijl hij zichzelf ertoe zette om in de andere kamers te kijken, op zoek naar de meisjes en Reynir. De deur die hij het eerst opende was van de kamer van de oudste dochter en toen hij haar zag, hield hij het niet langer. De straal die hij uitspuugde verspreidde zich over de gestolde bloedplas op de vloer. Hij gaf nog een keer over toen hij naar buiten struikelde. Hij had meer dan genoeg gezien.

Hij veegde zijn mond af met de mouw van zijn jas, stapte in zijn auto en pakte met trillende handen zijn telefoon. Hij gooide hem op de passagiersstoel toen bleek dat hij geen bereik had en startte de auto, nog steeds kokhalzend. Toen hij achteruitreed om te draaien, keek hij naar het huis. In een van de kamers boven in het oude huis waren de gordijnen gesloten. Hij was er vrijwel zeker van dat de gordijnen voor alle ramen open waren geweest toen hij het erf op was gereden.

Karl draaide aan het stuur en reed zo snel mogelijk weg. Toen hij van de oprit af reed, begon het te sneeuwen.

HOOFDSTUK 2 | EERDER

Sóldís was niet gewend om een lange rit in een taxi te maken. De zeldzame keren dat ze een taxi nam was in het weekend om thuis te komen uit de stad, uitgeput en beneveld. Nu was het anders. In de eerste plaats was dit geen gewone taxi. Hij was niet als zodanig herkenbaar en veel chiquer dan de taxi's die Sóldís gewoon was te nemen. Op de achterbank had een flesje koud water op haar liggen wachten en in de vakken aan de achterkant van de stoelen zaten tijdschriften. Ze had ze niet aangeraakt, want ze had genoeg te lezen op haar telefoon – als ze daar zin in zou hebben.

In de tweede plaats was het dag, al was het buiten schemerig, en was ze moe noch onder invloed. Haar gedachten waren weliswaar wat chaotisch, net als in de nachtclub, alsof ze op een woelige open zee kopje-onder gingen. Een gedachte kwam op, vroeg om aandacht en verdween dan weer de diepte in. Dan kwam de volgende naar boven. Het lukte Sóldís niet om er een vast te houden.

Maakte ze een enorme fout? Had ze haar trots moeten inslikken en gewoon in de stad moeten blijven? Was er op het platteland wel betrouwbaar internet? Wat als ze weer zou vastlopen met haar masterscriptie? Hoe kwam ze bij winkels als ze iets nodig had? Of in de stad als ze er even tussenuit wilde? Zouden de dochters op de boerderij haar mogen? Zou Jónsi haar vinden? Zou ze het onduidelijke beeld in de achteruitkijkspiegel gebruiken om zichzelf een beetje op te maken? Of niet?

Genoeg vragen, maar weinig antwoorden.

Sóldís keek omlaag, naar haar broekspijpen. Ze had besloten zich onopvallend te kleden; een hoody, een spijkerbroek met gaten en gympen. Zo wilde ze laten zien dat ze in staat was om aan te pakken. Op het platteland. Nu wist ze het niet meer zo zeker. Was het misschien beter geweest om in nettere kleren op te komen dagen? Zouden haar nieuwe werkgevers vinden dat zij geen respect voor hen had door op haar eerste werkdag niet netjes gekleed te verschijnen?

Sóldís zuchtte en zette die gedachte van zich af. Daar was nu toch niets meer aan te doen. Ze draaide zich om en keek even door de achterruit. Er was niets te zien, behalve de weg. Net als de vorige keer dat ze achterom had gekeken. Ze waren maar enkele auto's tegengekomen en leken de enige die zo vroeg op zondag zo'n lange rit maakten. Ze ontmoette de blik van de chauffeur in de achteruitkijkspiegel.

'Ben je bang dat iemand ons volgt?' Zijn stem klonk geamuseerd, maar zijn blik leek ernstig.

'Nee, nee, helemaal niet,' loog Sóldís. Af en toe was de gedachte bij haar opgekomen dat Jónsi ontdekt had wat zij had gedaan om zich te wreken. Dat zodra de taxi bij haar nieuwe werkgevers zou stoppen haar ex met slippende banden het erf op zou scheuren in zijn auto. Ze voelde een steek in haar maag. Haar eerste kennismaking met de familie mocht geen schreeuwpartij bij de voordeur worden. Het was niet erg voor de hand liggend, maar wanneer was realiteitszin nu sterker dan zorgen? Jónsi had zich volledig laten gaan toen hij erachter kwam dat zij zijn bereikte levels in zijn lievelingscomputerspel had gewist. Hij had haar een heel duidelijk bericht gestuurd: *Ik vermoord je.* Hoewel ze niet verwachtte dat hij dat echt zou doen, was hij er niettemin gek genoeg voor om haar te volgen en haar ten overstaan van anderen de huid vol te schelden. Ze vond dat net zo erg als vermoord worden.

Omdat de chauffeur nog altijd één oog op de achteruitkijkspiegel had gericht, probeerde Sóldís zo rustig mogelijk te lijken. Dat was ze haast nooit, zelfs niet onder de meest ideale omstandigheden, dus ze wist niet of het haar lukte. Daarom probeerde ze een gesprekje te beginnen, in de hoop dat de man daarop in zou haken en over iets zou praten wat haar zou afleiden.

Haar poging was zo knullig als je maar kon bedenken: 'Is het nog ver?'

'Nee. Een kwartiertje. Om en nabij.' De man zweeg weer en Sóldís bereidde zich erop voor de rest van de rit zwijgend door te brengen, alleen met haar gedachten. Toen begon hij weer te praten: 'Ben je er nog niet eerder geweest?'

'Nee, dit is de eerste keer.' Sóldís keek naar buiten, naar de flanken van een berg waar ze voorbijreden. Die waren zo steil dat de sneeuw, die verder alles bedekte, daar niet was blijven liggen. Overal zag je witte plekken, maar verder was de bergwand kil en grauw. Het was een beetje lichter geworden en ze kon de grootste rots op de kale helling onderscheiden, een rots rechts van de vlakte. 'Ik heb die mensen alleen over de telefoon gesproken. Het ging allemaal heel snel.'

'En je gaat bij ze werken, hè?'

'Ja, in ieder geval twee maanden, op proef.'

'Mag ik vragen wat je er gaat doen?'

Sóldís dacht aan het ingewikkelde artikel in de arbeidsovereenkomst, waarin discretie werd vereist. Ze had die clausule enkele malen moeten lezen voor ze hem begreep. Ze was er niettemin niet helemaal zeker van waarom die van haar werd gevraagd. Of liever gezegd, wat ze niet mocht. Het was haar toch niet verboden te vertellen waar het werk uit bestond? Die discretie betrof vooral het gezin zelf. Het was haar verboden om over hen te praten of foto's van hen te posten op sociale media of ze op welke manier dan ook te noemen, openbaar of anders. 'Ik ga gewoon helpen. Met van alles. De dieren op de boerderij verzorgen. De meisjes helpen met hun IJslands. Af en toe koken, schoonmaken en zo. Huishoudelijk werk.'

'Oké.' De man wierp een blik op haar in de achteruitkijkspiegel en nu waren er lachrimpels te zien. 'Ze zijn heel aardig en de boerderij is prachtig. Een beetje geïsoleerd, maar als je daartegen kunt, dan zal het je prima bevallen.'

Sóldís was er bijna zeker van dat het haar niet was verboden om naar de mensen te informeren. Ze had geprobeerd ze te googelen, maar daar was ze niet veel wijzer van geworden. Ze had berichten gevonden op zakelijke websites over de verkoop van hun bedrijf in het buitenland. Het bedrag dat daar werd genoemd deed Sóldís nog het meest denken aan de astronomielessen op de middelbare school. Het was zo hoog dat Sóldís het eigenlijk niet kon bevatten. Ze had ook de vrouw gevonden op sociale media, waarop ze actief was, maar wat ze postte was nogal onpersoonlijk en gestyled. Sóldís zou er geen moeite mee hebben hun honden te herkennen, maar op geen van de beelden was het gezicht te zien van een van de gezinsleden. Ze zou ze dus op straat kunnen tegenkomen zonder dat ze er erg in had. 'Dus u kent ze?'

'Ik werk voor ze. Maar niet zoals jij. Alleen af en toe. Ik haal pakjes voor ze uit de stad en af en toe personeel of gasten. Ik doe wat chauffeurswerk en we hebben daarvoor een contract. Als ze bellen, kom ik.'

'Werken er nog meer mensen, zoals ik?' Ze hadden niet gezegd of er nog anderen waren, behalve de vier gezinsleden.

'Nee. Niet dat ik weet. Volgens mij ben jij de enige.'

De stilte die viel was ongemakkelijk en Sóldís kreeg het gevoel dat er iets ongezegd bleef. 'Lukt het ze niet hun personeel vast te houden?'

De chauffeur zweeg even. 'Dat zou ik niet durven zeggen. De plek is alleen nogal afgelegen. Het is niet iedereen gegeven om zo afgezonderd te leven. Het is niet voor niets dat de mensen bij bosjes naar de stad trekken. De meesten zijn sociale wezens. De dagen van het platteland zijn geteld, volgens mij. Het internet verlengt de doodsstrijd alleen maar.'

'Ben ik de eerste die ze voor dit werk aannemen?' Sóldís had die conclusie getrokken toen ze het echtpaar over de telefoon had gesproken. Terugdenkend hadden ze niets gezegd waaruit dat bleek. Ze had het gewoon zelf besloten. Ze had nogal de neiging om lege plekken in te vullen. Ervan uit te gaan dat de dingen beter waren dan ze waren. Zoals haar samenwonen met Jónsi liet zien. 'Of hebben anderen het opgegeven?'

De chauffeur aarzelde. 'Jij bent de derde die ik voor dit werk naar ze toe breng. Ze hadden eerder een jonge vrouw, net als jij, en daarna een jongeman, die onlangs is gestopt. Geen van beiden hield het lang vol. Maar dat heb je niet van mij. Als ze jou daarover willen vertellen, dan doen ze dat wel. En dan doe je of je van niets weet.'

De man had waarschijnlijk net zo'n contract ondertekend als zij. 'Dat beloof ik. Maar weet u waarom ze zijn gestopt? Gewoon uit nieuwsgierigheid.'

'Geen idee. De jongeman is zelf vertrokken. Hij is nog maar net gestopt, kort voor het weekend en eigenlijk nogal abrupt, als ik het echtpaar goed heb begrepen. Maar ik heb geen idee waarom. De jonge vrouw heb ik destijds naar huis gereden, in Borgarnes. Zij zweeg de hele rit. Het is niet ongebruikelijk dat mensen denken dat als je naar het platteland vertrekt al je problemen verdwijnen. Ze waren voor iets op de loop, op zoek naar een nieuw begin. Maar het maakt niet uit wat je doet, altijd kom je jezelf weer tegen. Ik denk dat dat tot ze is doorgedrongen en dat ze toen weer zijn weggegaan.'

De man zweeg en leek te beseffen dat Sóldís dat op zichzelf kon betrekken. 'Ik wil niet beweren dat het met jou ook zo is. Begrijp me niet verkeerd.'

'Nee. Geen punt.' Ze voelde zich niet aangesproken. Helemaal niet. Ze dacht aan het gezin bij wie ze zou gaan wonen. Waarom waren zij naar dat buitengebied vertrokken? Waren zij voor iets op de vlucht?

De rest van de rit zwegen ze. De chauffeur had er waarschijnlijk spijt van dat hij te veel had gezegd. Zij was in gedachten verzonken over wat haar te wachten stond. Voor het eerst in haar leven zou ze een heel huis voor zichzelf hebben, de oude, opgeknapte boerderij die de mensen doorgaans voor gasten gebruikten. Er werd natuurlijk bij verteld dat ze het huis af en toe met anderen zou moeten delen, maar dat zou zelden zijn, en waarschijnlijk nooit in de winter. Volgens hen waagden maar weinigen het om buiten de zomer bij hen langs te komen. Het huis was dus voor haar alleen, in ieder geval tot de lente. En het was nog lang geen lente.

Sóldís keek daarom meer naar het ouderwetse huis met twee verdiepingen dan naar het reusachtige nieuwe gebouw toen de auto op het erf stopte. Dat paste meer bij haar. Ze was altijd meer gesteld op het oude dan op het nieuwe. Daarom liep ze ook niet voorop als het om stijl en mode ging. Dat gevoel werd sterker toen de deur van het nieuwe gebouw openging en er een vrouw naar buiten kwam om haar te begroeten. Ze begreep dat dat Ása moest zijn, de vrouw des huizes.

De vrouw was zo iemand die er schitterend uitziet zonder er iets voor te hoeven doen. Slank, soepel en knap, met lang, blond, krullend haar, waar Sóldís alleen maar van kon dromen. Zelf had ze dun, donkerblond haar, dat vlakker was dan Denemarken en snel statisch werd, alsof ze daarmee aandacht wilde trekken. Sóldís ging automatisch met haar hand naar haar hoofd. Het was een doelloos gebaar, want haar haar zou zich niet laten temmen door er met haar hand over te strelen als het eenmaal overeind was gaan staan. Ze had natuurlijk ook geen baan als model genomen. Ze hadden haar gezien op een scherm tijdens het ongemakkelijke videogesprek dat ze hadden gevoerd. Zelf hadden ze de camera uitstaan. Toen ze werd aangenomen werd haar dat over de telefoon verteld, dus zij had de mensen nooit gezien. Maar zij wisten in ieder geval dat zij er heel gewoon uitzag. Als het meezat. Iets wat Jónsi toen ze uit elkaar gingen met zoveel woorden had gezegd. Hij had gezegd dat zij net zo spannend was als tomatensaus. Hij wilde meer. Hij wilde bearnaise. Hoe idioot dat ook klonk, toch waren zijn woorden onder haar huid gekropen. En daar zaten ze nog steeds.

'Hallo!' De vrouw liep naar Sóldís toe, glimlachte breed en stak haar haar hand toe. Ze had parelwitte, kaarsrechte tanden, die eerder thuishoorden in een tandpastareclame. Haar hand voelde zijdezacht, maar de handdruk was stevig. 'Ik ben Ása. Welkom. Goede reis gehad?'

Sóldís knikte. 'Ja, uitstekend.'

'Fantastisch. De meisjes kijken er zo naar uit je te ontmoeten. Ze zijn in de stal en ik heb ze verboden om hierheen te komen rennen, uit vrees dat je verlegen wordt en weggaat. Íris zal wel niet zo aan je plakken. Zij is een tiener en wil niet laten zien dat ze iets leuk vindt. Maar Gígja wel. Zonder twijfel.'

Sóldís herinnerde zich de woorden van de taxichauffeur over haar voorganger, maar het lukte haar te glimlachen en te doen alsof er niets aan de hand was. 'Ik kijk er enorm naar uit ze te ontmoeten.'

De chauffeur pakte Sóldís' tas uit de kofferbak en sloot hem.

'Is dat alles?' vroeg Ása verbaasd.

'Wel wat anders dan die jongen.' De chauffeur glimlachte naar Ása. 'Het leek haast of hij van plan was voorgoed bij jullie in te trekken. Zoveel bagage.'

Sóldís bloosde een beetje. 'Ik heb niet veel nodig. Heb ook niet veel.' Ze wilde niet hoeven uitleggen dat ze de meeste van haar spullen had achtergelaten toen ze bij Jónsi was vertrokken. Ze was te veel van slag geweest om normaal te kunnen denken en had alleen meegenomen wat ze in een tas had kunnen proppen. Een tas die er in de handen van de taxichauffeur uitzag alsof hij leeg was. Natuurlijk had ze later terug kunnen gaan en de rest van haar bezittingen kunnen ophalen. Ze had nog steeds de sleutel van de huurflat. Maar de angst Jónsi tegen het lijf te lopen had gemaakt dat ze het niet had aangedurfd. Er kwam meer bij kijken dan de levels wissen van de spelcomputer wat ze toen ze de woning uit liep niet had kunnen weerstaan. Een hereniging op dit moment zou een pure vernedering voor haar zijn, nu duidelijk was hoe Jónsi over haar dacht. Ze wilde liever het weinige wat ze bezat achterlaten dan het risico lopen hem weer tegen te komen.

Er kwam een einde aan het ongemakkelijke moment toen de vrouw in haar handen klapte, lachte en vroeg of Sóldís zich misschien wilde installeren. Er was geen enkele haast en het zou ideaal zijn als ze om twaalf uur naar het andere huis kwam om te lunchen. Dan kon ze de andere drie van het gezin ontmoeten, eten en een kleine rondleiding krijgen door het huis, de stal en al het andere.

Sóldís nam dat aanbod met beide handen aan. Ze zou dan tijd hebben om even adem te halen en het oude huis te bekijken dat de komende twee maanden op zijn minst haar thuis zou zijn. De taxichauffeur liep met hen mee naar de voordeur, gaf Sóldís haar tas en nam afscheid. Toen Ása voor haar naar binnen wilde gaan en hun haar rug toedraaide, gaf hij Sóldís stiekem zijn kaartje. 'Je weet nooit.' Toen lachte hij ongemakkelijk en stapte weer in zijn auto.

Ze stopte het kaartje in haar jaszak en volgde Ása naar binnen. Het huis bleek veel mooier dan ze had verwacht. Het echtpaar had haar het idee gegeven dat het een soort schuur was, maar het was duidelijk flink opgeknapt. Het was geschilderd en er lag nieuw parket. De meubels waren ook prima, maar het waren duidelijk oude, gerepareerde spullen. De ramen waren nieuw, net als de inrichting van de twee badkamers en de keuken. In het huis was zelfs een aparte televisiekamer en Ása vertelde dat ze daar toegang had tot de belangrijkste streamingsdiensten, zowel de IJslandse als de buitenlandse. Er was daar ook prima internetbereik en ze zei dat ze een kabel naar de boerderij hadden getrokken en een gsm-mast hadden geplaatst op de plek waar geen bereik was toen ze hierheen verhuisden. Ze vertelde het alsof het de gewoonste zaak van de wereld was, zoals gewone mensen vertelden dat ze een telefoonabonnement hadden genomen met onbeperkt internet. De werkelijkheid van mensen die zwommen in het geld was duidelijk anders dan die van de meeste mensen.

Sóldís wist niet wat ze moest zeggen, zo mooi was alles. Haar zwijgen zorgde er wel voor dat Ása onophoudelijk doorpraatte terwijl ze van de ene naar de andere kamer liepen. Ze vroeg Sóldís te kiezen tussen de drie slaapkamers in het huis en rekende erop dat ze de grootste zou kiezen. Daar was de meeste kastruimte. Toen herinnerde ze zich kennelijk hoe weinig bagage Sóldís bij zich had en veranderde snel van onderwerp.

Toen ze alles hadden bekeken, op de kelder na, klapte Ása weer in haar handen, sperde haar grote, blauwe ogen open en lachte. 'Goed. Dit is het huis. Niet het nieuwste van het nieuwste, maar het kan er hopelijk mee door.'

Sóldís knikte. 'Het is fantastisch. Echt fantastisch. Ik ga me hier vast thuis voelen. Hoe kan het ook anders?'

Ze meende elk woord, maar Ása leek verbaasd. Toen ze was vertrokken, liep Sóldís nog eens het hele huis door om een slaapkamer uit te kiezen. De grootste slaapkamer was boven, de andere twee op de benedenverdieping. Er zat een badkamer naast en Sóldís neigde ernaar om het advies van Ása op te volgen. Voordat ze haar definitieve beslissing nam, probeerde ze de opgemaakte bedden op de benedenverdieping even. Misschien voelde ze zich prettiger in een kleinere ruimte. Ze zou alleen slapen en het was uitgesloten dat dat in de naaste toekomst zou veranderen. Het contract was daar heel uitgesproken over geweest. Geen bezoek van vriendjes. Die moesten op een afstand blijven. Dat was gemakkelijk, als je toch niemand had.

Geen van de beide kleinere kamers sprak haar erg aan. Ze lag op bed en staarde naar het plafond, stond toen op en keek in de laden van het nachtkastje en de commode en in de kast. Ze waren allemaal leeg, behalve de klerenkast in een van de kamers die vol kleren hing. Ze bekeek ze en zag dat ze waarschijnlijk van een man waren. Een jonge man. Ze waren anders dan haar eigen goedkope en weinig spannende kleren, die alleen dienden om haar naaktheid te bedekken en haar warm te houden. Deze kleren waren allemaal van modemerken die duurder en mooier waren dan iets wat zij ooit had bezeten.

Sóldís fronste haar voorhoofd en sloot de kast weer. Waarschijnlijk waren het kleren van een familielid of vriend van het echtpaar. Die was vast rijk, net als zij, omdat hij al die merkkleding had achtergelaten. Het was een beetje treurig om je kleren niet mee te nemen. Toen bedacht ze dat de reden misschien niet was dat de eigenaar zijn kleren niet waardeerde, maar dat hij misschien haast had gehad om weg te komen. Misschien waren ze wel van haar voorganger, die zonder afscheid te nemen was vertrokken. Ze vond dat alleen wel onwaarschijnlijk. Iemand met zulke dure kleren zou toch niet als een soort hulp in de huishouding op het platteland gaan werken? Ze dacht aan de woorden van de taxichauffeur die had gezegd dat hij zoveel had meegenomen. Misschien was hij welgesteld geweest, maar in financiële problemen geraakt. Zulke dingen gebeurden. Dan was het denkbaar dat hij de eigenaar van de kleren was, het belangrijkste had meegenomen en de rest nog moest ophalen.

Sóldís besloot voor te stellen dat de kleren teruggingen naar de rechtmatige eigenaar, als ze eraan toekwam. Die moest ze terug willen nu ze nog in de mode waren. Als het een rijke neef was die ze moedwillig had achtergelaten en ondertussen zijn garderobe had vernieuwd, dan moesten ze maar naar het goede doel.

Sóldís droeg haar tas naar de bovenverdieping en had hem in een paar minuten uitgepakt. De kast in deze kamer was leeg en ze vroeg zich af waarom degene van wie de kleren waren niet de grote kamer had uitgekozen. Misschien was deze kast niet groot genoeg geweest en had hij ook de kast in een van de kamers beneden moeten gebruiken. Ze zou in ieder geval hebben gedacht dat iemand die dergelijke kleren droeg liever de grote kamer had gewild. Misschien wees dat erop dat de kleren van een gast waren omdat allebei haar voorgangers de grote slaapkamer gekozen hadden.

Sóldís wierp zich op het grote bed in haar nieuwe kamer. Terwijl ze daar lag en in stilte van het zachte dekbed genoot, kwamen er gedachten aan haar voorgangers in haar op. Ze zou er veel voor overhebben om te weten wat er gebeurd was en waarom zij het hadden opgegeven. Ze hoopte dat de taxichauffeur gelijk had en dat de moeilijkheden bij hen zelf hadden gelegen. En dat het niet was gekomen door de werkgevers, hun dochters, het huis of de plek.

Sóldís kreeg een onprettig gevoel, een soort angst. Ze concentreerde zich op haar ademhaling. In en uit. In en uit. Ze staarde naar het betimmerde plafond en hield zich bezig met het tellen van de kwasten in het hout terwijl ze luisterde naar het kraken ervan. Ze moest denken aan wat haar overgrootvader over zulke geluiden had gezegd. Hij zei dat als het luid kraakte in de draagbalken van een huis, de huiseigenaar spoedig zou sterven. Bij die herinnering nam de angst af. Dat was zulk absurd bijgeloof. Iedereen ging vroeg of laat dood en daarom zou zo'n voorspelling uiteindelijk altijd uitkomen. Of het nu kraakte in iemands huis of niet.

Het zou allemaal goed komen. En goed zou beter worden. Het zou leuk worden en dat was precies wat ze nu nodig had. Ze bleef doorgaan met diep ademhalen, in door de mond, uit door de neus.

Geleidelijk aan begon ze zich beter te voelen. De angst verdween en ze herinnerde zichzelf eraan dat net als het kraken in de balken van het huis ook die angst geen voorbode was van iets. Niet meer dan anders. Het kwam alleen doordat zij van nu af aan alleen zou zijn in dit grote huis, ver van de grote stad en iedereen die ze kende. En het had er natuurlijk ook mee te maken hoe snel de veranderingen waren gegaan. Nadat ze de woning van Jónsi en haar had verlaten, had ze meteen het uitzendbureau gebeld en geïnformeerd naar werk op het platteland. Het enige wat ze wilde was zo ver mogelijk weg te komen van hem en van haar vorige leven. Vervolgens had ze een nogal kort cv opgestuurd en gedacht dat ze na een week of zo wel een aanbod zou krijgen voor werk in een hotel of iets dergelijks. Er waren echter maar een paar uur voorbijgegaan na het insturen van haar gegevens toen het uitzendbureau belde om haar deze baan aan te bieden. De volgende dag had ze een telefoongesprek, die avond nog een en de dag daarop ontmoetten ze elkaar via die zoomvergadering. Drie uur later was ze aangenomen en was er afgesproken dat ze de dag erna zou beginnen. Alles was geregeld.

Sóldis had er toch geen spijt van dat ze niet had gevraagd om een langere bedenktijd. Het was overduidelijk geweest dat het echtpaar op zoek was naar iemand die direct kon beginnen en elke aarzeling of uitstel had ertoe kunnen leiden dat ze een ander aannamen. Het was Sóldís duidelijk dat deze kans een geschenk uit de hemel was. De beslissing was daarom niet moeilijk. Het werk zorgde ervoor dat ze niet bij vrienden of familie hoefde te bivakkeren tot ze een nieuwe plek had gevonden en een nieuw leven. Meer had ze niet nodig.

Maar vanwege de snelheid van de procedure had ze zichzelf niet de tijd gegeven om de veranderingen in haar omstandigheden te verwerken. Daarom voelde zij die angst.

Het zou tijd kosten om aan de situatie te wennen, maar het zou wel lukken.

Het zou zeker lukken.

HOOFDSTUK 3 | WOENSDAG

De ruitenwissers gingen als gekken tekeer op de voorruit, maar het haalde weinig uit. Týr had al twee keer moeten stoppen om de sneeuw eraf te vegen en hij zou dat zo weer moeten doen. De ijsmassa die zich op de ruit ophoopte liet strepen na die steeds breder werden. Maar het was niets vergeleken bij het eerste stuk van de reis. Toen had hij er zijn handen vol aan gehad om de auto op de weg te houden in een vliegende hagelstorm en verraderlijke windstoten op Kjalarnes. De knokkels op zijn handen aan het stuur waren wit geworden en de regelmatige uitroepen van de passagier op de stoel naast hem hadden zijn zenuwen niet gekalmeerd. Verder had Idunn zich de hele reis nauwelijks laten horen.

Eerst had hij gedacht dat haar zwijgen te maken had met angst voor de rit, maar nu kreeg hij meer het gevoel dat de vrouw gewoon zo was. Ze droeg alle kenmerken van een introvert karakter en zijn pogingen om haar een beetje uit haar schulp te lokken hadden alleen korte antwoorden opgeleverd. Met op elkaar geklemde lippen staarde ze geconcentreerd voor zich uit en zorgde er zo voor dat hun ogen elkaar niet ontmoetten. Oogcontact was namelijk een uitnodiging tot een gesprek. Hij vermoedde dat haar mensenschuwheid de reden was dat de anderen die op weg waren gestuurd blij waren geweest toen hij had aangeboden haar mee te nemen. De vrouw was nu niet bepaald vrolijk gezelschap.

Týr minderde snelheid toen de gps aangaf dat ze spoedig naar links moesten afbuigen. Dat klopte, hij had de route voor de zekerheid bekeken voor ze vertrokken en wist van die afslag, vlak voor ze bij het laagste deel van de fjord kwamen. Hij had nooit eerder rond de Hvalfjördur gereden, had altijd de tunnel genomen als hij naar het noorden of het westen ging. Bovendien was het zicht erg slecht en kon je de afslag gemakkelijk missen als je niet oplette. Het was een tweebaansweg, waarvan de randen waren aangegeven met kattenogen. Het was geen aanlokkelijke gedachte om onder deze omstandigheden op deze weg te moeten keren. Het was zeer waarschijnlijk dat ze in een greppel zouden belanden. Hij was het liefst achter de andere auto's aan blijven rijden, maar om zijn passagier een plezier te doen had hij het tempo verlaagd en was hij achteropgeraakt. Het was al een poosje geleden dat hij een achterlicht had zien oplichten en daarom kon hij zich niet concentreren op het volgen van de auto voor hem, zoals een eendenkuiken dat zijn moeder volgt.

Toen Týr de afslag nam, verbrak Idunn de stilte. 'Is het nog ver?' Hij schrok en hij wendde zijn blik even van de weg af om naar haar te kijken. Ze staarde nog steeds voor zich uit en had net zo goed op het schermpje van de navigatie kunnen kijken, waar het antwoord zwart-op-wit te zien was, tussen andere informatie die er niet toe deed.

'Nee, niet ver meer. Ongeveer een kwartier.' Týr verstevigde zijn greep om het stuur toen de auto een beetje slipte in de bocht.

Idunn ging verder: 'Ik begin tegen de terugreis op te zien. Ik hou niet van sneeuw en ijs. Ik ben opgegroeid in het noorden en heb mijn portie onbegaanbare wegen wel gehad.'

Týr begon te vermoeden dat hij misschien niet goed had begrepen met wat voor type hij in de auto zat. Misschien was Idunn helemaal niet zo zwijgzaam, maar was ze gewoon te bang geweest om te praten. Hoewel hij verlangde naar wat conversatie, vreesde hij nu een van die gesprekken waar hij het het moeilijkst mee had. Een gesprek over hemzelf en zijn situatie. O? Ben je in Zweden opgegroeid? Waarom? En waarom ben je weer thuisgekomen?'

Voor zijn gevoel ging hij juist van huis weg als hij naar IJsland ging, en kwam hij niet thuis. Maar hij had inmiddels begrepen dat voor het overgrote deel van de IJslanders *thuis* en *IJsland* hetzelfde betekenden. Thuis kon onmogelijk ergens anders zijn. Het maakte niets uit of iemand meer dan de helft van zijn leven in het buitenland had gewoond, zoals hij. Als je IJslands was, dan moest je IJsland als je thuisland beschouwen. Misschien zou dat nog eens gebeuren bij hem. Maar dan moest hij zich er wel settelen en dat was nog helemaal niet zeker, zoals de zaken ervoor stonden. Hij was overhaast vertrokken na een moeilijke relatiebreuk en had niet lang nagedacht over de beslissingen waar hij nu mee was opgezadeld. Eén ding was wel duidelijk geworden bij zijn vertrek: de afstand had hem doen beseffen dat de relatie echt voorbij was en als gevolg daarvan had hij zich erbij kunnen neerleggen. Het was hem gelukt om onder ogen te zien dat zij allebei ongelukkig waren geweest binnen de relatie en dat het enige verstandige was geweest die te verbreken.

Het vervelende van de verhuizing was echter dat hij in zijn eentje was vertrokken en hij er nog niet in was geslaagd een netwerk of vriendenkring op te bouwen. De weinige familieleden die hij nog had hadden hem plichtsgetrouw opgevangen, maar waren vervolgens verdergegaan met hun leven, toen ze aan zijn aanwezigheid waren gewend geraakt. Hij nam het hun niet kwalijk. Hij had hen in de zomer opgezocht, maar hij was geen vast punt in hun leven. Hij verlangde erg naar gezelschap, maar had er helemaal geen zin in om een liefdadigheidsproject te worden van zijn familie en was er daarom mee opgehouden bij hen langs te gaan.

Hij had zich voorgenomen een jaar te blijven en was van plan zich daaraan te houden. Maar als het zo doorging, zou hij moeten toegeven dat deze zoektocht naar zijn wortels mislukt was en met zijn staart tussen zijn benen teruggaan naar Zweden. Dat was beter dan in zijn eentje doormodderen. Het was misschien ook tijd om te erkennen dat zijn wortels misschien wel helemaal niet hier lagen. Misschien wel nergens. Hij was opgevoed door IJslandse ouders in Zweden en was dus niet helemaal Zweeds en niet helemaal IJslands.

Om de zaak ingewikkelder te maken was hij geadopteerd en had hij geen herinneringen aan zijn biologische ouders, die op zeer jonge leeftijd uit zijn leven waren verdwenen. Zijn moeder was overleden aan borstkanker toen hij vier jaar oud was en zijn vader korte tijd later bij een auto-ongeluk, al vermoedde hij dat zijn doodsoorzaak een andere was. Zijn ouders deden altijd een beetje raar als hij wilde dat ze hem meer vertelden over het ongeluk dat zijn vader het leven had gekost. Hij was ervan overtuigd dat hij ofwel zelf een einde aan zijn leven had gemaakt of verslaafd was geweest en was overleden aan een overdosis en dat ze dat voor hem wilden verbergen, uit misplaatste goede wil. Het speelde ook mee dat zijn biologische vader niet met zijn moeder samen was geweest en zijn zoon pas laat had erkend. De ouders die hem hadden geadopteerd wisten dus weinig over hem en zijn situatie.

Hij wist des te meer over zijn biologische moeder. Haar herinnering werd in ere gehouden in de tijd dat hij opgroeide bij haar zuster en zwager. Op de schoorsteen stond een mooie urn, waarin de as van zijn moeder werd bewaard. Er stond ook een foto van haar, waarop ze breed lachte, niet wetend welk lot haar te wachten stond. Zijn adoptieouders hadden geen kinderen kunnen krijgen en adopteerden hem toen hij zonder moeder achterbleef, met een vader die geen belangstelling voor hem had en haastig de papieren ondertekende. Hoewel het idioot was had Týr er moeite mee om zich bij die afwijzing neer te leggen, al maakte dat geen verschil en was het zonder twijfel de beste beslissing geweest. Betere ouders zou hij zich niet kunnen voorstellen. Toen hij opgroeide was hij daarvan doordrongen geraakt en nu had hij er geen enkele behoefte meer aan om meer te weten over zijn biologische vader. Nadat hij die fase had bereikt, was het beter met hem gegaan. Omdat die man zich niets van hem had aangetrokken, zou dat wederzijds moeten zijn.

Maar dat nam niet weg dat hij geen vaste wortels had.

Om te voorkomen dat de vrouw naar hem en zijn ongewone situatie zou vragen, greep Týr in. Het was het eenvoudigst om over hun werk te praten omdat dat het enige was wat ze gemeen hadden en dan de kans het kleinst was dat het gesprek te persoonlijk zou worden. 'Welke informatie heb jij eigenlijk gekregen over de zaak? Is het mogelijk dat er sprake is van een ongeluk?'

'Ik heb ongetwijfeld hetzelfde te horen gekregen als jij. Alle bewoners van een boerderij zijn binnen dood aangetroffen en degene die ze heeft gevonden beweert dat ze zijn vermoord. Ik heb geen idee of dat waar is. Misschien is er sprake van koolmonoxidevergiftiging en zijn de verwondingen die de man meent te hebben gezien alleen het gevolg van rotting.'

Týr knikte. Idunn was patholoog-anatoom en wist waarschijnlijk waar ze het over had. Er was maar weinig aandacht besteed aan het onderzoek van lijken bij zijn opleiding aan de politieacademie en hij miste het helemaal niet dat hij er niet meer over had geleerd. Het was goed dat anderen zich daarmee bezighielden. Hij wist wel dat het je onmogelijk kon ontgaan als vlees was begonnen te rotten. Vooral een boer niet, zoals degene die had gebeld en de vondst van de lijken had doorgegeven. Hij had de aanblik van de dood de eerste keer nauwelijks kunnen verdragen.

'Afschuwelijk, in ieder geval. Wat er ook gebeurd is.' Idunn blies even en het geluid deed Týr denken aan de vele keren dat hij hetzelfde had gedaan. Dat was onvermijdelijk in dit werk. Hij zoog dan niet zijn wangen vol lucht en blies die dan moedwillig uit, maar het gebeurde altijd onwillekeurig. Het was alsof zijn lichaam op die manier slechte gedachten probeerde kwijt te raken, op eigen initiatief. Dat lukte nooit. Het was onmogelijk om het gevoel van je af te blazen dat je je slecht voelde om iets. Helaas.

Uit zijn ooghoek zag Týr dat Idunn zich naar hem toe had gedraaid en naar hem keek. Hij draaide zich snel even naar haar toe en lachte naar haar om het ongemakkelijke gevoel dat dat hem gaf weg te nemen. Hij wilde dat zij wist dat hij wist dat ze naar hem keek. 'Ik moet je iets vragen. Ik hoop dat je dat niet vervelend vindt.'

Týr zei dat ze haar gang moest gaan. Hij vermoedde welke vraag het was, want hij had die vaker gekregen van andere mensen. Hij bleek het goed te hebben geraden.

'Hoe kom je aan dat litteken op je voorhoofd?'

'Jammer genoeg geen stoer verhaal. Ik ben gewoon als kind van mijn driewieler gevallen. Ik fietste zo hard als ik kon en lette niet op. Mijn voorwiel kwam in een gat in de stoep terecht en ik viel voorover. Mijn voorhoofd spleet open. Helemaal – maar het had erger kunnen aflopen.'

'Je zou je haar over je voorhoofd kunnen dragen. Dan zou je het niet zien.'

Týr had het geprobeerd. Op alle foto's uit zijn jeugd, tot zijn twaalfde jaar, droeg hij een dikke, lange pony tot op zijn wenkbrauwen. Toen vond hij dat hij eruitzag als een ongewassen Beatle en liet vanaf dat moment zijn haren kort knippen. 'Ik trek me er niets van aan dat je het kunt zien. Maakt niets uit. Soms kan het een begin zijn van een leuk gesprek.'

'Ik vroeg het niet om een gesprek met je te beginnen. Ik ben geïnteresseerd in alles wat met verwondingen te maken heeft. Daarom vroeg ik het. Verwondingen maken een groot deel uit van mijn werk. Die zijn alleen meestal nog niet geheeld.'

Týr kon maar net verhinderen dat hij zijn wenkbrauwen optrok. Idunn leek te merken dat hij het gesprek een beetje vreemd vond en voegde eraan toe: 'Word je er misschien vaker naar gevraagd?'

Dat was geen moeilijke vraag. 'Ja. Dus ik ben het gewend. Het maakt niet uit.'

'Ik weet er alles van. Als ik mensen voor het eerst ontmoet, krijg ik ook altijd dezelfde vraag. Ik kan je de vraag besparen en het antwoord meteen alvast geven. Ik heb me gespecialiseerd als patholoog-anatoom omdat ik dat interessant vond. Interessanter dan normale geneeskunde. Ik ben niet zo goed met mensen. Levende mensen.'

'Ik snap het. Ik was alleen niet van plan het te vragen. Niettemin interessant om te weten.' Dat was niet helemaal waar. Týr had het zich afgevraagd en zou het haar vast op enig moment hebben gevraagd. Waarschijnlijk op de terugweg.

Hij kon niets bedenken om het gesprek voort te zetten en er viel weer een stilte in de auto.

Het sneeuwen leek eindelijk minder te worden. Týr had beter

zicht en kon meer onderscheiden dan alleen het kleine stukje van de weg vlak voor de auto en kleine stukken direct naast de weg.

'Afschuwelijk, hoe ze die dieren behandelen,' mompelde Idunn naast hem en Týr tuurde in de richting waarin zij keek. Hij zag iets wat leek op een groep paarden, dicht bij elkaar staand, op zoek naar de weinige beschutting die ze bij elkaar konden vinden. Er was nergens een schuilstal te bekennen, maar het zicht was ook niet best.

Týr concentreerde zich weer op de weg. 'Ik denk dat die paarden er wel tegen kunnen. Anders stonden ze daar niet. Waarschijnlijk is de eigenaar gek op ze. Het zijn sterke dieren.'

'Dat zeg jij.' Idunn leek niet overtuigd. 'Heb jij verstand van paarden?'

'Ik? Nee.' Týr lachte voor het eerst sinds hij was opgeroepen. Het idee dat hij interesse zou hebben in paarden was zo absurd dat hij zich niet kon inhouden. 'En jij? Heb jij verstand van paarden?'

'Nee.' Het antwoord was kort en gaf geen opening om het gesprek voort te zetten. Althans, volgens Týr. Misschien was het zijn fout dat hij de bal niet in de lucht hield. Dat moest dan maar zo zijn.

De omstandigheden verslechterden naarmate ze verder van de openbare weg vandaan kwamen. Týr reed langs een bord waarop *Minna-Hvarf* stond en wist dat ze nu dichtbij waren. Hij was ervoor gewaarschuwd daar niet heen te gaan, maar door te rijden. Even later kwamen ze eindelijk in de buurt van de boerderij waar ze moesten zijn. Het bord met de naam *Hvarf* verscheen, dus er was geen twijfel mogelijk dat ze op de goede weg waren. De naam, die *onzichtbaar* betekent, was niet toevallig gekozen, want zodra ze de afslag namen voerde de weg een dal in dat niet zichtbaar was vanaf de weg waarover ze gereden hadden.

De weg naar de boerderij was niet verhard en Týr was blij dat hij een van de verhoogde jeeps van de politie had meegekregen. Hij probeerde zo goed als hij kon in de wielsporen te blijven van de auto's die hem voor waren gegaan, maar dat lukte niet altijd. Dan schudden hij en Idunn heen en weer, bijna alsof ze op zee waren, met hoge golven. Idunn greep het handvat aan het dak van de auto vast en voorkwam met haar andere hand dat de grote camera die ze bij zich had van haar schoot rolde, tot Týr de auto weer op het rechte spoor had.

Het erf rond de boerderij was groot en er was geen gebrek aan parkeerruimte, al stonden er veel auto's. Týr herkende er twee uit het rijtje auto's dat eerder voor hen had gereden: verhoogde jeeps van vrijwel hetzelfde type als die hij bestuurde. Behalve die twee stonden er nog twee andere politiejeeps op het terrein, waarschijnlijk van de plaatselijke politie. En ook nog een personenauto en een jeep die allebei overdekt waren met sneeuw. Op een plaats delict als deze zag je meestal ook een grote bus van de technische recherche, maar er was besloten daar nog even mee te wachten tot het weer verbeterde en er tijd was geweest om de weg naar de boerderij sneeuwvrij te maken. Of dat later die avond zou zijn, vannacht of morgen, zou nog moeten blijken. Tot die tijd moesten ze onderzoek doen met de middelen die hun ter beschikking stonden.

Ze zagen een reusachtig modern woonhuis, waarbinnen de lichten brandden. Behalve dat huis waren er vier gebouwen: een oude, opgeknapte boerderij, die was verbonden met het nieuwe huis, een stal, een schapenstal en een schuur.

Vanuit de stal klonk een luid geblaf toen Idunn en Týr uit de auto stapten. Het stopte snel weer toen ze naar het nieuwe huis liepen, waar een klein groepje mensen bij elkaar stond onder de luifel bij de ingang. Týr was niet verbaasd dat er veel mensen op af waren gekomen. De boerderij viel binnen het district van de politie van Vesturland en behalve het team uit Reykjavik waren er agenten van de centrale rechercheafdeling van de politie in Akranes. Er was besloten om versterking uit de hoofdstad te laten komen vanwege de vermoedelijke ernst van de zaak en het aantal slachtoffers.

Het stonk onder het afdak en een vrouw in het groepje zag Týrs gezichtsuitdrukking en wees op een grote vieze plek op de verwarmde stoep. Die brij was gemarkeerd met kleine paaltjes en afzetlint om te voorkomen dat iemand erin zou trappen. 'Degene die hier het eerst was heeft onderweg naar buiten overgegeven. Binnen blijkbaar ook.'

Dat maakte een eind aan de stille hoop die Týr had dat de plaats delict misschien minder gruwelijk zou zijn dan hij vreesde.

De mensen bij de deur droegen allemaal witte overalls, met capuchons, mondmaskers en beschermende brillen. Een van hen gaf Idunn en Týr een doorzichtige, verzegelde zak waarin dezelfde kledingstukken zaten, die zij aantrokken.

Met haar capuchon op zag Idunn er nogal wonderlijk uit. Ze had dik, krullend, lang haar dat ze eronder had weggestopt en daardoor leek haar hoofd een paar maten te groot. Het lukte maar net om de riem van haar camera over haar hoofd te krijgen toen ze hem om haar nek hing. Niemand zei iets, en de meesten keken de andere kant op.

Het was moeilijk om de mensen te herkennen, omdat je alleen hun ogen kon zien. Toch lukte het Týr om enkelen uit de groep te identificeren. Hij kende zijn chef, Huldar, omdat hij langer was dan de meeste mensen. Op dezelfde manier identificeerde hij zijn kleinste collega, Lína, en een politieagente herkende hij aan haar huidskleur. Ze was donker en onderscheidde zich daarom van de rest van de groep. Ze heette Karólína en was in dezelfde periode begonnen als Týr. Zij tweeën waren er, naast een man van Poolse oorsprong, bijgehaald in een poging om de diversiteit binnen het politieteam te vergroten. De poging was het initiatief van Huldar geweest en ondanks dat Týr hem als commissaris weinig getalenteerd vond, had hij op dat gebied toch goed werk verricht. Zelf kon Týr zich gelukkig prijzen dat hij de baan had gekregen, maar dat kwam ook omdat weinigen ernaar hadden gesolliciteerd. Zijn connectie met Zweden was genoeg geweest om hem anders te maken dan de anderen die al bij de politie werkten. De misdaadwereld in IJsland was ook harder geworden en was meer gaan lijken op die in de omringende landen en daar had hij zijn ervaring opgedaan.

'Zijn we zover?' vroeg een van de gemaskerden. Týr kende de stem niet, maar de man stelde zich vervolgens aan Idunn en Týr voor als Hördur, hoofd van de centrale rechercheafdeling in Akranes. Daarna stelden nog twee anderen uit de groep zich voor, Elma en Sævar, die onder Hördur werkten. Sævar was ongewoon donker van voorkomen en Elma was blond. Zij was degene die op het braaksel had gewezen. Nadat Idunn en Týr de mensen uit Akranes hadden begroet, zei Hördur dat hij de leiding had in dit onderzoek en hij legde meer nadruk op die woorden dan op zijn naam. Het was duidelijk dat ondanks de dringende vraag om assistentie het bureau in Akranes niet van plan was de leiding in deze zaak uit handen te geven. Dat maakte Týr niets uit en Idunn ook niet, naar het scheen. Ze deden hun mondmaskers op, terwijl de man zich tot de groep richtte: 'Oké, ik wil de mensen die net uit de stad zijn gearriveerd waarschuwen voor wat jullie hierbinnen te wachten staat.' Zijn stem was ernstig, maar je kon er ook rouw in horen. 'Raak alsjeblieft niets aan, loop achter mij aan en verlaat de groep niet. We hebben al veel foto's gemaakt die we met jullie zullen delen, maar als jullie je eigen foto's willen maken, vraag ik of slechts een van jullie groep dat wil doen. Anders worden we nog blind van al dat flitsen.'

'Ik maak mijn eigen foto's, maakt me niet uit wat jullie doen.' Idunn verstevigde haar greep om haar camera alsof ze verwachtte dat iemand hem zou afpakken. Om ruzie te voorkomen over of de politie uit Reykjavik of de patholoog-anatoom foto's mocht maken, bond Hördur in en stond twee camera's toe.

Aan de voordeur hing een krans van groenblijvende takken, versierd met gedroogde bessen. Er hing een bordje aan met de woorden *Oost West Thuis Best.* De krans en de boodschap waren heel erg in tegenspraak met wat hun binnen wachtte.

Het duurde even voor het groepje binnen was. In eerste instantie schrokken de meesten terug voor de weeë geur die hun tegemoetkwam. De mensen herstelden zich echter snel en de een na de ander trok plastic overschoenen aan, voor ze de drempel over stapten. Dat ging niet snel doordat ze zo dicht op elkaar stonden, maar het lukte uiteindelijk en ze volgden Hördur door de grote hal, langs de schoenen van het gezin en een paar jassen aan de kapstok. Týrs aandacht werd opeens getrokken door een kleurige kinderjas en een muts met een grote pompon erop en wilde het liefst zo snel mogelijk de hal verlaten.

Dat was echter geen verbetering. Overal waar je keek, zag je sporen van kinderen. Hoewel alles onwerkelijk schoon en mooi was, lag er toch hier en daar iets wat op kinderen wees. Een paar waskrijtjes op het glanzende dressoir. Een klein, kleurig sokje midden op de grond en aan de muur tegenover de hal een ingelijste kindertekening. Er zat een pluchen konijn tegen een kast geleund, zijn kop gebogen en zijn lange oren voor zijn snuit. Daardoor leek het konijntje bedroefd en terneergeslagen, alsof het wist dat zijn tijd voorbij was. Geen enkel kind wil het knuffeldier van een dood kind erven.

In de groep heerste een diepe stilte terwijl ze hun ogen lieten gaan over de prachtige ruimte waarop de gang uitkwam. Het plafond was veel hoger dan je zou verwachten en er zou gemakkelijk nog een verdieping bovenop hebben gekund. Ervan uitgaande hoe groot het huis vanbuiten had geleken was er waarschijnlijk geen behoefte geweest aan nog meer vierkante meters.

Nergens was iets wat hen voorbereidde op wat ze te zien zouden krijgen. Alleen de stank wees erop dat ze in het goede huis waren. Er waren geen bloedvlekken te zien op de glanzend witte, gladde muren en nergens zag je gebroken serviesgoed of meubels die bij een worsteling waren omgevallen. Afgezien van het speelgoed zou je denken dat de eigenaren een fotograaf verwachtten van een makelaar, geen moordenaar. Misschien had Idunn het wel bij het rechte eind toen ze het over koolmonoxidevergiftiging had.

Vanuit de woonruimte gingen ze door de verbindingsgang naar de oude boerderij. Daar was alles wat traditioneler. De hoogte van het plafond was normaal, de ruimten waren kleiner en de moderne bouwstijl was ver te zoeken. Hördur ging ze voor naar de slaapkamer op de benedenverdieping, waar ze door de deuropening een jonge vrouw op het opgemaakte bed zagen liggen. Ze droeg een T-shirt en een pyjamabroek en lag op haar rug, met haar voeten op de grond, alsof ze achterover was gevallen op het bed. Haar mond hing open, de onderkaak omlaag gezakt, alsof het slachtoffer iets verbijsterends had gezien.

Aan het beddengoed te zien was de jonge vrouw nog niet naar bed gegaan toen zij werd aangevallen. Týr dacht dat ze ofwel bezig was geweest naar bed te gaan of de kamer binnen was gevlucht voor haar aanvaller. Eén ding was duidelijk: het was niet koolmonoxide dat haar noodlottig was geworden. Er waren afschuwelijke verwondingen te zien, waardoor er geen twijfel over bestond dat ze met geweld was omgebracht.

'We weten nog niet met zekerheid wie zij is, maar we denken dat het een meisje is dat voor het echtpaar werkte. Een au pair of zo. Boven is een kamer waarvan we denken dat die van haar was. Daar staat een bed dat beslapen is en op het nachtkastje ligt een telefoon die waarschijnlijk van haar was. De kledingkast is weliswaar leeg, maar in de kamer staat een tas die lijkt te zijn ingepakt. Verder is de kamer leeg, afgezien van een bladzijde die uit een boek is gescheurd en op de grond ligt. Daaruit zou je kunnen afleiden dat ze op het punt stond te vertrekken. Misschien had ze een weekend vrij, maar het is duidelijk dat ze niet ver is gekomen.' Hördur zweeg terwijl hij hun toestond een voor een naar binnen te lopen. De jonge vrouw was waarschijnlijk bijna aan haar lot ontkomen. 'Het lijkt erop dat zij is wakker geworden en naar beneden is gegaan om te zien wat er aan de hand was en daar haar aanvaller tegenkwam. Dat is natuurlijk maar een theorie.'

Ze bleven lang genoeg in de kamer tot Idunn en degene die foto's maakte voor de centrale recherche de situatie en het lijk goed genoeg hadden vastgelegd. Idunn nam daar aanzienlijk meer tijd voor. Ze was in de auto zwijgzaam geweest en ze nam ook geen deel aan het gesprek terwijl ze foto's nam. Ze richtte haar woorden niet tot degenen die buiten de kamer stonden en toekeken. In plaats daarvan praatte ze tegen zichzelf over wat ze zag. Toen ze zag dat de anderen met verwondering naar haar keken, rolde ze met haar ogen en zei ze dat ze het opnam. Haar camera had daar een functie voor.

Ze kreeg toestemming van Hördur om het lichaam aan te raken en pakte een arm en een been van de jonge vrouw voorzichtig vast en boog ze. Ze mat de temperatuur in de kamer en de lichaamstemperatuur van de dode. Omdat ze alles hardop zei, hoorden ze dat het lichaam dezelfde temperatuur had als de kamer. Het duurde minder dan een etmaal voor de lichaamstemperatuur omlaagging, en dus wist Týr dat Idunn dat ook deed uit plichtsgevoel. Om alle hokjes af te vinken. Er bestond geen twijfel over dat de dode daar langer dan een etmaal had gelegen. De stank en de rotting van het lijk wezen er niet op dat de dood recent was ingetreden. Idunn leek er geen enkele moeite mee te hebben de ledematen van de dode te bewegen en de lijkstijfheid was dus alweer afgenomen. Dat wees erop dat ze minstens twee etmalen dood was. Als Týr zou moeten raden, zou hij zeggen dat het nog langer was.

Toen Idunn klaar was, ging Hördur hun weer voor naar het nieuwe gebouw en vandaar naar de vleugel waar de slaapkamers waren. Het bloedspoor dat door de gang liep was met linten afgezet, maar er bleef genoeg ruimte over dat ze allemaal achter hem aan konden lopen. In de kamers die aan de gang lagen wachtte hun weinig beters en Týr had het gevoel dat het nooit zou ophouden. Het leek erop dat ze in een hel waren beland waar achter elke deur iets verborgen lag wat nog afschuwelijker was dan wat achter de vorige te zien was geweest. Hun ogen raakten niet gewend aan wat ze kregen voorgeschoteld en hun neus niet aan de stank. Het masker deed daar weinig tegen. De lucht van kots kwam daar nog bij, want bij een deur lag weer een plas, waar de rechercheur uit Akranes, Elma, de nieuwkomers op wees. Ze zei dat die ook van de degene was die het eerste ter plaatse was geweest. Toen ze gezien hadden wat er achter die deur op hen wachtte, was niemand verbaasd over die reactie.

De aanblik van het tafereel in de kamer van het tienermeisje en die van de jongste dochter was zeker gruwelijk geweest, maar het was duidelijk dat degene die dood in de slaapkamer van de ouders lag er het ergst aan toe was. Er viel niets te zeggen over de omstandigheden, maar de verwondingen wezen erop dat de dader volledig buiten zinnen was geweest. Týr had er moeite mee zich de haat voor te stellen die erachter moest hebben gezeten. Hoe langer hij keek naar het lijk van de vrouw, hoe verschrikkelijker hij de aanblik vond. De flitsen van de camera's die het naakte, opgezwollen vlees steeds weer verlichtten, maakten het er niet beter op. Týr wankelde en hij was bang zijn evenwicht te verliezen. Er was geen sprake van dat hij zich vastgreep aan de deurpost of steun zocht bij de muur. Hij wilde geen ruzie krijgen met de technische recherche die het hele interieur op sporen moest onderzoeken en er niet blij mee zou zijn als de plaats delict was verstoord.

Týr concentreerde zich op zijn ademhaling en voelde zich iets beter. De stem van Idunn verbrak zijn concentratie; hij moest wel horen hoe zij hardop sprak over de grote wond op de schedel van de dode, die haar hoofd bijna doormidden had gekliefd. Toen ze zich hardop afvroeg wat voor wapen daarvoor gebruikt kon zijn, riep hij uit: 'Een bijl. Het was een bijl!'

Idunn zweeg en draaide zich om. Týr zag alleen haar ogen, maar het leek of zij verbaasd was over deze bijdrage. Misschien wel net zo verbaasd als hijzelf. Hij was helemaal niet van plan geweest om iets te zeggen. De woorden waren zonder nadenken uit zijn mond gekomen. Het was niet aan hem om er een oordeel over te hebben. Dat was de taak van Idunn. Hij voelde zijn wangen rood worden en was dankbaar voor het mondmasker dat zijn gezicht grotendeels bedekte.

Idunn zei niets over wat hij eruit had geflapt, knikte alleen even en wendde zich weer tot de dode. Zijn woorden leken er wel toe te leiden dat ze over iets anders tegen haar camera begon te praten dan het moordwapen. In plaats daarvan had ze het erover dat in de ouderslaapkamer hetzelfde gold als voor de kamers van de meisjes. Het was duidelijk dat de aanval 's nachts had plaatsgevonden. De slachtoffers hadden in bed gelegen en waarschijnlijk sliepen ze.

Týr slaagde er maar net in niet hardop te zuchten van opluchting toen Hördur aankondigde dat ze nu klaar waren met de slaapkamers en dat er niet nog meer doden in het huis waren. Voor het eerst in zijn loopbaan werd hij overmand door wat hij tegenkwam op de plaats delict en hij had toch wel het nodige gezien in Stockholm voor hij was overgestapt naar fraudezaken. Hij had opeens een sterke drang om naar buiten te gaan, de frisse lucht in, en hij begreep dat dat kwam door claustrofobie. De verklaring was niet ver te zoeken, alles aan de moorden was zo overweldigend, zowel het aantal slachtoffers als de gruwelijkheid ervan. Er waren kinderen onder de slachtoffers, wat tegen alles in ging.

Hördur leidde de groep vervolgens naar de keuken. Hij volgde het bloedspoor op de grond. De keuken bleek net zo overdreven als al het andere in de woning. Alles was net zo mooi als de rest van het huis en de enige tekenen van leven waren de verpakkingen van voedsel en de etensresten op het aanrecht. Het zag er niet uit alsof het een avondmaal was geweest, want het waren een pak melk, een stuk kaas en een paar sneden zuurdesembrood in een zak. Týr dacht eerder dat iemand om middernacht nog even wat te eten had gepakt.

'Het is jullie natuurlijk niet ontgaan dat de man des huizes niet onder de doden is,' zei Hördur. 'Voordat jullie uit Reykjavik kwamen hebben we het hele terrein al afgezocht. Voornamelijk binnenshuis. We denken aan twee mogelijkheden: in het eerste geval is hij naar buiten gevlucht voor de aanvaller en heeft de dader hem daar ergens te pakken gekregen. Als dat zo is, dan wordt het lichaam gevonden als het weer licht wordt.' Hördur wees hen op een spoor dat vanaf de deur in de grote glazen wand liep. 'Wij denken dat dat spoor van de vader is. Hij is ofwel hier naar buiten gegaan na de daad of omdat hij ervan zou kunnen worden verdacht de dader te zijn.' Hij zweeg even, terwijl de anderen naar het opgedroogde bloedspoor keken dat over de grond liep naar de glazen deur. 'Als hij de dader is, dan is hij gevlucht, waarschijnlijk het land uit.'

'Ligt dat niet voor de hand?' hoorde Týr iemand achter hem vragen en hij herkende de stem van Huldar, zijn chef. 'Die kerel zwemt in het geld en kan gemakkelijk ergens een schuilplaats zoeken in zuidelijke contreien. Hij laat zijn gezicht veranderen en klaar is Kees.'

Týr was het er niet mee eens en fronste onwillekeurig zijn voorhoofd. Zijn beschermende bril bewoog mee en Hördur zag dat. Hij vroeg aan Týr wat hij dacht. Týr antwoordde, eerst aarzelend, omdat hij het onprettig vond om Huldar af te vallen ten overstaan van onbekenden: 'Ik heb natuurlijk geen poot om op te staan, maar het lijkt mij waarschijnlijker dat die man dood is. Deze moord heeft alle kenmerken van een gezinsmoord. Een moord waarbij een van de gezinsleden besluit dat het het beste is als ze allemaal doodgaan. Hij doodt iedereen en maakt er dan zelf een einde aan.'

Hördur leek niet overtuigd. 'Het kan ook een inbraak zijn geweest. Of een wraakneming. Ik denk dat we op dit moment beter niet kunnen generaliseren.'

'Ik generaliseer niet. Ik wijs er alleen op dat het mij waarschijnlijk lijkt.' Týr had nog nooit meegewerkt aan een onderzoek naar een gezinsmoord, niet in de korte tijd dat hij in IJsland had gewerkt, en ook niet bij de politie in Zweden. Maar hij had tijdens zijn studie over zulke moorden gelezen en ze interessant gevonden, al had hij nooit kunnen vermoeden dat hij ooit zelf aan een dergelijk onderzoek zou deelnemen. Hij besloot door te gaan, nu hij eenmaal was begonnen. Die afschuwelijke claustrofobie leek ook te verdwijnen zodra hij zijn mond opende. 'Bij gezinsmoorden worden de slachtoffers meestal in hun slaap aangevallen, zoals hier ook het geval lijkt te zijn. Een andere overeenkomst is dat de gezinsleden in één doorgaande aanval worden gedood, die doorgaans betrekkelijk kort duurt. Niet de een op de ene dag en de ander op de volgende. Ik denk dat het duidelijk is dat deze moorden in één nacht zijn gepleegd. Meestal is de vader de dader, wat in dit geval ook waarschijnlijk is.'

'En?' Hördur wilde meer horen. Hetzelfde gold voor de andere aanwezigen, die nu allemaal naar Týr keken.

'Ja, nou ja, als dat het geval is, dan lijkt het mij het meest voor de hand liggen dat de man de hand aan zichzelf heeft geslagen. Misschien is hij het land in getrokken om daar van de kou te sterven of zich op een andere manier van het leven te beroven.' Týr draaide zich om om door de grote glazen wand de duisternis in te kijken. 'Hij heeft zichzelf niet doodgeschoten, want hij zou zijn gezin ook met een geweer hebben gedood, als hij dat had gehad.'

Idunn knikte en vestigde op die manier weer de aandacht van de aanwezigen op haar bizar grote hoofd in de capuchon. 'Ik ben het met Týr eens. Is er iets bekend over hun financiele omstandigheden? Dreigde er misschien een faillissement, ondanks al die rijkdom?'

Hördur gaf antwoord. 'Zover zijn we nog niet. Maar volgens mij waren ze stinkend rijk. Wat natuurlijk niet betekent dat hun financiële situatie niet kan zijn verslechterd.'

'Ik wil graag weten wat het onderzoek daarnaar oplevert.' Idunn friemelde aan haar camera en Týr dacht even dat ze de geluidsopnamefunctie aanzette. Toen ging ze verder: 'Geldzorgen zijn een veelvoorkomende oorzaak van gezinsmoorden. De dader denkt dat hij zijn gezin moet beschermen tegen alles wat uit een faillissement voortvloeit. Het gebeurt vaker bij rijke dan bij arme mensen. Juist bij mensen die het heel goed hebben gehad. Hun comfortstandaard afschalen naar die van gewone mensen is een vreselijke gedachte. Eigenlijk ondraaglijk.'

'We gaan nu wel een beetje met onszelf op de loop.' Hördur klonk een beetje geïrriteerd. 'Laten we niet vergeten dat we in IJsland zijn en niet in het buitenland.'

De kleine Lína viel de mannen in de rede. 'Er is wel degelijk een gezinsmoord gepleegd op IJsland.' Alle aanwezigen keken naar haar en ondanks de mondmaskers ontging het niemand hoe tevreden zij was met al die aandacht. Ze ging verder: 'Halverwege de vorige eeuw. Toen doodde een apotheker zijn vrouw, zijn kinderen en zichzelf met gif. Als ik het me goed herinner, had hij drie kinderen.'

Niemand van het team uit Reykjavik twijfelde eraan dat Lína het bij het juiste eind had. Zij wist die dingen gewoon.

'Wie is doorgaans de dader in zulke zaken?' vroeg Hördur die van mening leek te veranderen over de hypothese van Týr.

'De vader. Precies zoals Týr al zei. Met een paar uitzonderingen, weliswaar,' antwoordde Lína.

Niemand leek van plan te zijn daar verder op in te gaan, dus nam Týr het woord: 'Eén ding. Er hoeft niet altijd sprake te zijn van geldproblemen. Er zijn ook voorbeelden van dat er ruimte wordt gemaakt voor een nieuwe partner, dat een van de gehuwden er genoeg van heeft en opnieuw wil beginnen. Of zoiets. Of dat ouders zich verzetten tegen de partnerkeuze van een tiener, waardoor die zich van hen wil ontdoen. Maar in die gevallen wordt geprobeerd het eruit te laten zien alsof er een aanval van buiten is geweest en dat de dader ook is aangevallen, maar het heeft overleefd. Dat is in dit geval heel onwaarschijnlijk, omdat de tiener dood is en er geen poging lijkt te zijn gedaan het eruit te laten zien alsof er is ingebroken.'

Idunn wendde zich tot Hördur. 'Was het huwelijk goed? Had het tienermeisje een vriendje dat niet in de smaak viel?'

'Niet voor zover wij weten. Maar zoals ik al zei, zijn we nog maar net begonnen.' Hördur pakte zijn telefoon en vroeg het telefoonnummer van Idunn. Hij zette het in zijn contactenlijst. 'Ik neem contact op zodra ik meer weet.' Hij hield zijn telefoon in de lucht en staarde naar het scherm. 'Er is nog altijd geen bereik. Zou de zender zijn gesaboteerd?'

Týr had geen interesse in de gsm-zendmast. Wat hem dwarszat waren die weerzinwekkende, gewelddadige moorden en zijn verlangen om hier weg te komen. Hij had het gevoel alsof de muren op hem afkwamen en kon zich niet losmaken van dat idee, al wist hij heel goed dat het maar hallucinaties waren.

Huldar liet zich niet van de wijs brengen. 'Dus de vader kan hier ergens in de buurt zijn? Gewond? En doet alsof hij aan de aanval is ontkomen? Wacht tot wij hem vinden? Dan heeft hij zich wel misrekend in hoelang het duurt voor zoiets ontdekt wordt.'

Voor iemand antwoord kon geven, klonk er een luide tik in de reusachtige glazen ruimte. Daarop volgde een roep die iedereen direct herleidde tot de koekoeksklok die in de gang naar de keuken hing. Het roepen herhaalde zich negenmaal, verstomde toen en de tik klonk opnieuw. Waarschijnlijk van het kleine luikje waarachter de koekoek zich verborg tussen het aangeven van de tijd door.

Zodra het weer stil was liep Idunn met doelbewuste passen naar het aanrecht waar de resten van de laatste maaltijd van het gezin op lagen. Ze boog zich over het geopende melkpak terwijl Hördur uitriep: 'Niets aanraken!'

Idunn keek niet op, maar trok haar masker van haar neus en rook aan het schenktuitje. Toen deed ze het masker weer op zijn plaats en keek naar de groep. 'Mijn oma heeft net zo'n klok als die net sloeg.'

Haar woorden verrasten Týr zo dat de muren ophielden met naar hem toe te komen. Hij zag dat de meesten verbaasd opkeken. Er waren er blijkbaar meer die dachten dat de patholoog-anatoom een beetje de weg kwijt was. Het bizar grote hoofd droeg bij aan dat gevoel. Maar toen Idunn verderging, bleek ze een punt te hebben.

'Een simpele rekensom. Die mensen zijn vier, misschien vijf dagen dood. Daaromtrent. Zo'n klok moet eenmaal per dag worden opgewonden. Hoe kan het dat hij nog loopt?' Idunn wees op het melkpak. 'Die melk is nog goed. Ik ben niet gespecialiseerd in het bewaren van voedsel, maar als hij een paar dagen bij kamertemperatuur op het aanrecht heeft gestaan, zou hij toch al zuur moeten zijn.'

'Is hij niet van degene die de moord gemeld heeft?' vroeg Lína.

'Vind je dat aannemelijk?' antwoordde Idunn en ze voegde eraan toe: 'Zou een van jullie hier gaan zitten eten na wat we gezien hebben? Of de klok opwinden?' Toen niemand antwoord gaf, ging ze verder: 'Ik dacht het niet. Maar je kunt die boer bellen en het hem vragen. Wie weet? Misschien was hij heel hongerig en vindt hij de voortgang van de tijd belangrijk.'

Er viel weer een korte stilte, terwijl Huldar verontwaardigd het woord nam: 'Als het die boer niet was, dan moet het de dader zijn geweest. Ja toch? Was hij hier al die tijd?' Niemand antwoordde op die vraag, maar Týr besefte dat ze allemaal hetzelfde dachten: wie vermoordt vier mensen en blijft dan dagenlang bij de lijken in huis?

'Negenennegentig, hóóónderd. Ik kom!' Sóldís haalde haar handen voor haar gezicht weg en kwam los van de muur. Ze had haar ogen niet dicht hoeven doen en ook nog eens haar handen voor haar gezicht hoeven houden, maar ze deed het toch. Gígja nam verstoppertje spelen serieus en Sóldís wilde hun drie dagen oude band voor geen goud beschadigen. Gígja begon haar net een beetje te vertrouwen. Ze was bijvoorbeeld opgehouden te betwijfelen of Sóldís wel eerlijk was in spelletjes. Eerst had Gígja delen van de kostbare tijd die ze had om zich te verstoppen verspild aan het controleren of Sóldís zich echt wel aan de spelregels hield. Dat wist Sóldís, want ze hoorde de voetstappen van het meisje als ze naar haar keek. Gígja was geen ninja.

Het was al het derde spelletje en de dag ervoor hadden ze het zelfs vier keer gedaan. Gígja genoot er meer van dan Sóldís, die haar best deed te doen alsof ze het leuk vond. Eigenlijk zou je kunnen zeggen dat haar grootste prestatie in het hele spel was voor Gígja te verbergen hoe vervelend ze het vond.

Gígja had Sóldís direct geaccepteerd, al was ze nauwelijks op haar komst voorbereid. Nu leek haar proefperiode voorbij, er waren drie dagen verstreken. Er kon veel gebeuren in drie dagen. Zelf was Sóldís er een keer in geslaagd verliefd te worden tijdens het Verslunarmannahelgi (het winkeliersweekend). Dat duurde maar drie dagen. Het duurde echter drie jaar voor ze eroverheen was dat die liefde niet werd beantwoord.

Íris, het oudste zusje op de boerderij, leek niet zo snel bereid om Sóldís te accepteren als Gígja. Dat was ook niet zo raar. Íris was een tiener en Sóldís was nog niet zo oud dat ze zich niet herinnerde hoe het was om te jong te zijn voor de dingen die je heel graag wilde doen en te oud voor andere dingen. En dat je iedereen stom vond die ouder of jonger dan jijzelf was. Daarom trok Sóldís zich er niets van aan als Íris met haar ogen rolde over iets wat zij voorstelde of als de puber zuchtte tijdens de IJslandse les. Het had geen enkele zin om zich aan zoiets te ergeren.

Sóldís keek naar Bói en Lubbi, de twee huishonden, die vol verwachting naar haar opkeken. Zij hadden de opdracht gekregen om bij haar te zitten terwijl zij aftelde en dat hadden ze gedaan. Ze kon zich niet voorstellen wat zij dachten dat zij aan het doen was, want ze hadden maar een beperkt begrip van wat de mensen allemaal deden.

'Gígja en ik spelen verstoppertje,' zei ze ter verklaring en de honden hielden allebei hun kop scheef, alsof ze er de nadruk op wilden leggen dat ze er niets van snapten. 'We gaan Gígja zoeken!' De honden kenden haar naam en veegden de vloer enthousiast met hun staart. Ze klapte in haar handen en ze sprongen op, vol verwachting over wat er nu ging gebeuren. Dat kon eigenlijk van alles zijn. Ze leken tenminste altijd even verbaasd over het spel, alsof ze het de allereerste keer speelden.

De honden volgden Sóldís de ongebruikte slaapkamer op de benedenverdieping uit, waar ze had gewacht tot Gígja zich had verstopt. Het meisje had gisteren besloten dat ze verstoppertje zouden spelen in de oude boerderij bij Sóldís en zij had dat niet tegengesproken. Ze had wel even geaarzeld. Het oude huis moest haar thuis zijn en ook al was het veel te groot, ze vond het niet vanzelfsprekend dat iedereen zomaar binnenliep zonder te kloppen. Nou ja, iedereen… Tot dan toe waren het alleen Gígja en haar moeder, Ása, geweest die er iets te zoeken hadden gehad. Ása was met een grootverpakking wc-papier binnengekomen en had een paar rollen in de badkamer gelegd. Ze was ook met allerlei etenswaren gekomen die ze bij Sóldís in de koelkast had gelegd. Beide keren had ze niet geklopt. Het is van mij, dus ik mag dat.

De laatste keer had Sóldís eraan gedacht om Ása te wijzen op de mooie kleren die waren achtergebleven in een van de kleine slaapkamers. Ása was met haar meegelopen, had de kast geopend en even naar de kleren gekeken. Vervolgens had ze ze betast, alsof ze zich afvroeg of er nog iets in de zakken zat. Dat was niet het geval geweest. Ze had in ieder geval niets in haar handen toen ze de kast sloot en zei dat de kleren terug moesten naar de eigenaar. Sóldís probeerde niet te laten merken dat ze vond dat Ása zich vreemd gedroeg en glimlachte alleen maar. Ása zei niets over van wie de kleren waren en gaf haar ook geen kans om ernaar te vragen. De dag erna had Sóldís uit nieuwsgierigheid in de kast gekeken en gezien dat hij leeg was. De hangertjes hingen er nog, maar alle kleren waren verdwenen. Ása moest ze hebben weggehaald toen Sóldís buiten iets aan het doen was, in de stal of het kippenhok, of aan de wandel met Gígja. Ze had in ieder geval niets gemerkt van het bezoek, dat het derde was geweest in net zoveel dagen.

Sóldís vond het nog te vroeg om de deur op slot te doen. Ása had haar gezegd dat dat niet nodig was op het platteland, de boerderij lag zo afgelegen dat er niemand zomaar voorbijliep. Iedereen die er kwam had er iets te zoeken. Sóldís had zich moeten beheersen om niet te zeggen dat niet iedereen met goede bedoelingen kwam. Schuldeisers bijvoorbeeld. Ze was bang dat de vrouw zou gaan gillen. Mensen als zij hadden alleen schulden bij mensen die advocaten in nette pakken inhuurden om die te incasseren. Geen kerels met een gebroken neus en een tatoeage in hun nek, een mes in hun met ringen versierde hand en de volgende dosis steroïden in hun jaszak. De woorden van haar werkgeefster zorgden er wel voor dat Sóldís de deur niet op slot durfde te doen. En al helemaal niet de deur naar de verbindingsgang met het huis waar de familie woonde. Niet eens 's nachts. Het was natuurlijk idioot, maar ze was bang dat Ása eerder wakker werd dan zij en voor een gesloten deur kwam te staan. Ze wilde niet dat haar baas het gevoel kreeg dat ze niet deed wat ze zei. Of dat ze het echtpaar ergens van verdacht.

Maar het zou er wel van komen dat ze de deur op slot deed. In ieder geval de buitendeur. Ze kon slecht slapen als ze wist dat die open was en het buiten donker was.

Ze besefte nu pas dat ze nooit echte duisternis had meegemaakt. In de stad waren overal lampen die voorkwamen dat de duisternis totaal werd. Straatlantaarns, lampen voor de ramen van mensen die laat opbleven, verlichte reclameborden en autolampen verdreven het donker. Hier was niets van dat alles. De duisternis legde zich als een zwarte schaduw over de nacht. Als ze 's avonds uit het raam keek was het alsof ze haar ogen dicht had. Buiten kon er wel van alles aan de hand zijn.

Het zou ongetwijfeld anders zijn als de hemel niet meer overdekt werd door het dikke wolkendek waarachter de maan zich verschool. Dan zou ze iets kunnen onderscheiden in het donker buiten. Zou dat beter zijn? Welk van de twee was erger? Een beweging te zien in de verlaten omgeving of je inbeelden dat er iets op pad was in de stikdonkere nacht? Sóldís neigde ertoe het laatste het ergst te vinden, nadat ze had geprobeerd de gordijnen dicht te doen. Het bleek een slecht idee te zijn, want toen kon ze niet stoppen met zich voor te stellen dat er iemand vlak voor het raam stond te wachten tot ze ze weer opende. Het was beter om in de zwarte duisternis te staren aan de andere kant van de ruit. Het maakte geen enkel verschil dat ze boven sliep en het uitgesloten was dat iemand door het slaapkamerraam staarde zonder over een ladder te beschikken.

'Ik kom eraan! Ik ga je nu zoeken!' riep Sóldís luid terwijl ze de gang in liep met Bói en Lubbi op haar hielen. Ze bleef staan en luisterde naar geluiden van Gígja, maar ze hoorde niets, behalve het gehijg van de honden. Ze begon het spel, opende met veel lawaai een kast in de gang en kondigde luid aan dat ze Gígja bijna gevonden had. Ze wist best dat het meisje niet in de kast zat, maar wilde de spanning van het spel opvoeren, dat je niet bent waar degene die aan het zoeken is denkt dat je bent. Ze wist ook dat het heel belangrijk was om teleurgesteld te zuchten en te zeggen dat je het bijna ging opgeven als je bij de plek stond waar ze verstopt zat.

Sóldís luisterde nog eens, maar hoorde nog altijd niets. Zelfs de honden leken te zijn gestopt met ademhalen. In het huis heerste een totale stilte, wat ongewoon was. Als ze alleen was en in bed lag, hield het geknars en gekraak haar uit haar slaap. De eerste nacht dacht ze nooit in slaap te zullen vallen vanwege al die geluiden en rekende ze er voortdurend op dat er ineens iemand in haar kamer stond. In het donker leken de kwasten in het houten plafond op ogen en uiteindelijk had ze zich op haar zij gedraaid om er niet meer naar te kijken. De woorden van haar opa over de aanstaande dood van de huiseigenaar waren ineens niet meer zo gek en kregen een onbegrijpelijk gewicht. Op het laatst had de vermoeidheid het toch van de angst gewonnen, ze was ingeslapen en niet meer wakker geworden voor de wekker haar met veel lawaai had gewekt.

De ochtend erna was ze rustiger en ze kon zelfs verklaringen bedenken voor die onaangename geluiden. Ze moesten komen door het warmteverschil tussen de dag en de nacht. Het hout in het huis zette uit en kromp weer, waardoor het een beetje bewoog en dat ging natuurlijk met geluid gepaard. Ze was de volgende nacht eerder in slaap gevallen met die verklaring in gedachten en verwachtte niet anders dan dat ze die avond direct naar dromenland zou vertrekken. Zelfs nu ook het bed begonnen was te kraken, terwijl ze doodstil lag. Na twee nachten zonder een volledige nachtrust en na een lange werkdag was ze zo moe dat het uitgesloten was dat ze wakker zou liggen.

Het werk bleek niet zo gemakkelijk te zijn als Sóldís had gedacht. Het zag er dus niet goed uit voor haar scriptie. Er was niet tegen haar gelogen, maar ze had zelf de omvang van haar dagelijkse taken onderschat. Er bleef niet veel tijd over tussen het verzorgen van de dieren, het reusachtige huis schoonhouden, koken, oppassen, voor de honden zorgen en de meisjes lesgeven. Nog afgezien van het opwinden van de koekoeksklok elke ochtend. Het lesgeven was niet alleen de taak van Sóldís, maar werd voornamelijk door de moeder gedaan. Sóldís nam het IJslands voor haar rekening; dat was bij allebei de meisjes hun zwakke punt. Ze spraken het goed, zonder accent, maar liepen in lezen en schrijven ver achter bij andere kinderen van hun leeftijd. Íris ging het duidelijk slechter af dan Gígja, in vergelijking met haar leeftijdgenoten, omdat zij ouder was en meer had gemist.

Ása had haar gezegd dat Íris een topleerling was die uitblonk in alles maar vooral in de exacte vakken. Sóldís zou er dus geen enkele moeite mee moeten hebben om haar haar moedertaal te leren. Nadat ze met Íris achter haar leerboeken had gezeten, dacht zij daar anders over. Het was ongetwijfeld een nieuwe en vervelende ervaring voor Íris' intelligentie om moeite te hebben met leren. Zoals gebruikelijk met leerlingen die problemen hadden was ze geïrriteerd en mopperde ze dat IJslands stom en zinloos was. De eerste taak van Sóldís was nu haar aan het verstand te brengen dat dat niet zo was. Dat had tijd nodig en zou hopelijk lukken, als ze maar volhield.

Ze maakte zich minder zorgen over Gígja, al vertoonde zij kenmerken van een aandachtstoornis en had ze er moeite mee zich te concentreren. Haar ouders hadden daar niets over gezegd. Sóldís wist eigenlijk niet of ze het wel beseften, maar neigde ernaar te denken dat ook al was dat zo, ze het niet onder ogen wilden zien. Ze zou er op enig moment over moeten beginnen, maar daar keek ze niet naar uit. Ze twijfelde er niet aan dat de echtelieden allebei heel intelligent en ambitieus waren en er tegelijkertijd van uitgingen dat hun dochters dat ook waren.

Sóldís herinnerde zichzelf eraan dat haar meeste taken eenvoudiger waren. Voor de stal, de kippen, de keuken en het schoonmaken had ze alleen haar handen nodig. Het was wel veel, maar geen moeilijk werk. Als je alles bij elkaar optelde, bleek het loon niet zo goed als ze gedacht had toen ze het bedrag voor het eerst hoorde. Uiteindelijk was het per uur weinig meer dan wat ze achter de kassa bij de supermarkt verdiende. Hier at ze gratis mee, betaalde ze geen huur en had ze ook geen onbeschofte klanten.

En dan was er het grootste voordeel van dit hele avontuur: hier ontmoette ze niemand uit haar vorige leven. Het was uitgesloten dat ze een oude vriendin zou tegenkomen die alles wilde weten over haar relatiebreuk of gewoon vroeg of alles goed was. Sóldís durfde een dergelijk gesprek helemaal niet aan. Niet zonder rood aan te lopen, of misschien zelfs wel in tranen uit te barsten. Het laatste wat ze nu wilde was zichzelf voor schut te zetten ten overstaan van haar vriendinnen en kennissen. Misschien lachten ze haar wel uit als Jónsi vertelde hoe ze het hadden uitgemaakt. Ze wist wel dat ze hem en zijn vriendengroep in een kwaad daglicht stelde, maar toch. Ze wilde niet het risico lopen dat hun problemen voor nog meer kwaadsprekerij zorgden onder die mensen. De tijd zou haar sterker maken en dan kon ze hen zonder schaamte onder ogen komen. Zelfs Jónsi. Ze had niets meer van hem gehoord sinds zijn boze bericht, dat hij in woede had verstuurd, en dat beviel haar prima.

Isolement en sociale veiligheid waren belangrijker dan kortere werkdagen.

Sóldís ging de woonkamer in, waar goede verstopplekken schaars waren. Ze keek achter de bank en achter de twee fauteuils. De honden volgden haar als een schaduw, ze hadden nog altijd geen idee wat ze aan het doen waren.

Ze was in de keuken ook snel klaar, want alle kasten waren vol en er was nergens plaats voor Gígja, al was ze nog zo klein.

Sóldís ging naar de slaapkamer op de begane grond. Daar bleek niemand verstopt te zitten. Ook niet in de gasten-wc. Daarmee was de benedenverdieping afgerond. De enige deur die ze niet had geopend leidde naar de kelder. Tot nog toe had Gígja zich alleen op de beneden- en de bovenverdieping van het huis verstopt en het was heel onwaarschijnlijk dat ze van dat patroon was afgeweken. Eerder had ze zich twee keer op dezelfde plaats verstopt, dus ze leek niet zo erg veranderlijk van aard.

Het was het laatste spelletje van die dag, want Sóldís moest nodig naar het nieuwe huis om te helpen met het avondeten. Ze besloot daarom de spanning op te voeren om er sneller een eind aan te kunnen maken, liep naar de deur van de kelder, pakte de deurknop en riep luid: 'Ik weet dat je in de kelder bent! Ik kom!'

Tegen hun gewoonte in zaten de honden niet aan haar voeten vastgelijmd. Ze stonden op een afstandje en leken de duisternis in te staren door de open deur. Van de bovenverdieping kon je Gígja onduidelijk horen roepen: 'Je mag niet in de kelder komen! En ik ben daar niet!' Ze had die laatste zin net zo goed kunnen overslaan, want het was duidelijk waar haar stem vandaan kwam.

'Jawel! Je zit daar wel! Probeer me niet voor de gek te houden!' riep Sóldís terug. Ze sloeg haar arm voor haar gezicht toen een onduidelijke stank uit de kelder haar tegemoetkwam. Dat was ongetwijfeld de reden waarom de honden op een veilige afstand bleven. Zij hadden de stank geroken zodra ze de deur had geopend.

De geur werd sterker en Sóldís gooide de deur dicht. Het was nu echt niet leuk meer.

'Je mag niet in de kelder komen! Dat zegt papa! Ik ben boven!' riep Gígja, die kennelijk niet begreep wat het geluid van de dichtslaande deur betekende.

De honden leken direct te begrijpen dat Gígja hen misschien wel riep. Ze renden de trap op. Bói had het er gemakkelijker mee dan Lubbi, die kleiner was en maar één tree tegelijk kon nemen. Sóldís haalde haar arm voor haar gezicht weg, trok een vies gezicht terwijl ze nog even naar de kelderdeur keek en volgde toen de honden naar boven. 'Haha! Nu vind ik je zeker!'

Ondanks dat de honden Gígja's verstopplaats met gejank verraadden en tegen de badkamerdeur blaften, liet Sóldís het meisje denken dat ze in alle andere kamers boven naar haar zocht: haar eigen slaapkamer, de kamer met de boekenplanken en de twee gemakkelijke stoelen en de opslagkamer met planken vol linnengoed, handdoeken en schoonmaakmiddelen.

Ten slotte liep Sóldís naar de badkamer. De honden stonden vol verwachting bij de badkuip, die ook als douche diende. Het douchegordijn was dichtgetrokken en je hoefde geen Einstein te zijn om te begrijpen waar Gígja zich verstopte. Sóldis deed toch of ze haar niet meteen kon vinden.

Uiteindelijk was het tijd om het douchegordijn vast te pakken en open te schuiven, onder aanmoedigend geblaf van de twee honden, die waarschijnlijk inmiddels dachten dat ze hersendood was omdat ze niet doorhad waar Gígja was.

Voor ze het gordijn opentrok, dacht ze nog aan de laatste voorwaarde van het spel: 'Ik heb overal gezocht. Ik denk dat ik het moet opgeven. Verdorie.'

Sóldís schrok zich kapot toen het douchegordijn dat ze vasthield opeens werd opengerukt. 'Tada! Ik ben hier, domkop!'

De honden waren door het dolle van blijdschap omdat ze het bij het juiste eind hadden gehad. Gígja sprong op uit de badkuip, breed lachend, zodat haar grote voortanden goed te zien waren, die beter bij haar zouden passen als ze groter werd. Haar fijne, schouderlange haar was statisch geworden van het douchegordijn en stond een beetje omhoog. Ze had niet het haar van haar moeder. Het leek meer op het haar van Sóldís. Gígja keek haar vol verwachting aan. 'Nog een keer! Nu ben ik 'm.'

Sóldís schudde haar hoofd. 'Helaas. Nu moet ik naar jullie huis toe om het avondeten voor te bereiden. Je mag me helpen, als je wilt.'

Het gezicht van Gígja wees er niet op dat ze dat een goed idee vond. Ze mokte, zoals kinderen dat doen, maar uiteindelijk zag ze dat ze deze strijd niet zou winnen en ze probeerde in plaats daarvan invloed uit te oefenen op wat er gekookt ging worden. 'Laten we gaan bakken. Koekjes bakken voor het avondeten.'

Sóldís lachte naar haar en wilde Gígja zeggen dat dat geen goed idee was, toen haar oog viel op een prachtig horloge aan de pols van het meisje. Het was haar veel te groot en ze had het nog niet omgehad toen het spel was begonnen. 'Wat is dat voor horloge, Gígja?'

'Ik heb het gevonden.'

'Waar?'

'Hier. In de badkamer.'

Ze stak haar smalle pols uit om het aan Sóldís te laten zien. 'Het is het horloge van Alvar.'

'Wie is Alvar?' Sóldís keek naar het horloge. Het stond aan en op het kleine schermpje zag ze zwart-op-wit dat ze zich moest haasten. Gígja moest geprobeerd hebben zich in het kastje onder de wastafel te verstoppen en het daar hebben gevonden. Het was de badkamer die Sóldís het vaakst gebruikte en vanochtend had er geen horloge gelegen.

'Alvar werkte hier. Net als jij. Mama vond hem beter dan Berglind die hier voor hem was. Maar papa vond Berglind veel beter. Ik vind jou het leukst. Zij konden niet spelen.' Gígja trok haar arm weer naar zich toe en lachte naar Sóldís. 'Jij bent de allerbeste.'

Sóldís lachte terug. Ze wist niet of het haar zou lukken om lang boven aan het populariteitslijstje van Gígja te blijven staan. Ze profiteerde er nu van dat ze nieuw was, maar dat zou niet eeuwig duren. 'Ik denk dat Alvar zijn horloge terug wil. We moeten je papa en mama vragen of ze het hem willen opsturen. Hij vindt het vast heel vervelend dat hij het kwijt is.'

Aan het gezicht van Gígja was af te lezen dat ze niet vond dat er in zulke gevallen sprake was van eigendomsrecht. 'Misschien heeft hij het expres laten liggen. Misschien wil hij het niet langer. Misschien wil hij dat ik het krijg. Omdat ik nooit iets mag kopen en nooit iets nieuws krijg. Mama vindt dat niet goed.'

Ása had Sóldís verteld dat ze probeerde het consumentisme van de meisjes te bestrijden. In Amerika hadden ze hun koopziekte veel te ver laten komen en pakjes van Amazon waren dagelijkse kost. Nu hoefden Reynir en zij zich niet langer schuldig te voelen omdat ze zoveel weg waren en hadden ze de tijd om het probleem aan te pakken. 'Ik denk dat Alvar zijn horloge zelf wil hebben, Gígja. Hij vindt het vast heel vervelend dat hij het kwijt is.'

Het hielp. Gígja knikte, al leek ze wel teleurgesteld. 'Ja. Misschien. Hij had haast. Hij heeft niet eens gedag gezegd. Hij is gewoon weggegaan.'

De reactie van Reynir, de vader des huizes, had Sóldís nog niet losgelaten toen ze de salade mengde. Hij had in een fauteuil gezeten bij de haard in de enorme keukenruimte, met een boek in zijn hand, en hij had luide klassieke muziek op staan. Sóldís had hem het horloge gegeven en hem verteld waar het was gevonden en van wie het waarschijnlijk was. Hij had het haastig in zijn zak gestopt en gemompeld dat hij ervoor zou zorgen. Toen zijn vrouw binnenkwam, de muziek zachter zette en vroeg waar ze het over hadden, zei hij 'niets' en richtte hij zich weer op zijn boek.

De fauteuil bij de haard leek de vaste plek te zijn van de man. Als hij niet in zijn bed lag of in zijn kantoor zat, met de deur dicht, dan zat hij daar naar begrafenismuziek te luisteren. Meestal met een boek of uit het raam starend. Er was eerder iets vaags gezegd over zijn ziekte voordat Sóldís was aangenomen, maar later werd er niet meer over gesproken. Ook had niemand iets gezegd over het enorme litteken op zijn hoofd, sinds ze was gearriveerd. Ze wist dus niet of dat te maken had met zijn ziekte of met een afschuwelijk ongeluk. Het ging haar ook helemaal niet aan, verpleging was eigenlijk het enige waar ze niet voor was aangenomen.

Het horloge maakte dat Sóldís niet anders kon dan concluderen dat de mooie kleren in de kast van Alvar waren geweest. Het was te ongeloofwaardig dat hij zijn horloge in het huis had laten liggen en iemand anders zijn kleren. Net als dat meer dan één persoon zich in grote haast uit de voeten had moeten maken. Die gedachte was nogal onaangenaam en ze zette hem van zich af.

De komkommer op de snijplank was in dunne plakjes gesneden en Sóldís legde het scherpe mes weg. Het was inmiddels donker geworden en de open ruimte weerspiegelde zich in de grote glazen wand die hem scheidde van de koude winter buiten. In de spiegeling zag ze dat Reynir was opgehouden met lezen en zijn favoriete houding in de stoel had aangenomen: hij zat uit het raam te staren. Hun ogen ontmoetten elkaar en ze haastte zich om haar blik af te wenden. Ze zag nog wel de vreugdeloze glimlach waarmee hij haar aankeek.

Sóldís deed of ze niets had gemerkt en schoof de plakjes komkommer van de snijplank in de schaal. Ze hoopte van harte dat niet te zien was hoe ongemakkelijk zij zich voelde. Ze had die glimlach heel ongepast gevonden, eigenlijk een beetje creepy, zoals ze zich voorstelde hoe een akelig kind glimlachte voor het een spin doodtrapte. Misschien had ze het zich maar verbeeld – de ramen waren niet als spiegel bedoeld.

Voordat Sóldís verderging met het snijden van de bloedrode paprika, keek ze weer even naar het raam. De glimlach was verdwenen en het leek of Reynir naar zijn eigen spiegelbeeld zat te staren. Het was niet langer ongemakkelijk om naar hem te kijken, aan zijn gezichtsuitdrukking te oordelen was hij bezorgd en in gedachten verzonken. Hij had zijn ene hand in zijn zak gestoken, waar hij het horloge bewaarde, en ze kon de gedachte niet van zich afzetten dat zijn bezorgdheid dat horloge betrof.

Toen ze na het eten opstapte, controleerde ze of ze gelijk had gehad. In de vuilnisbak zag ze iets van wit plastic glimmen dat volgens haar het horlogebandje was. Ze keek of niemand op haar lette toen ze het vuilnis opzijduwde en zag dat ze gelijk had. Het horloge was er niet per ongeluk in gevallen toen Reynir de etensresten van zijn bord had geschoven, dat was duidelijk. Het zat dieper onder het vuilnis dat al eerder in de bak had gezeten.

Sóldís bevochtigde haar droge lippen en bedekte het horloge met vuilnis. Ze wist niet hoe ze anders moest reageren. Toen sloot ze de bak.

HOOFDSTUK 5 | DONDERDAG

Op het scherm waren foto's van de slachtoffers te zien. Een van de hele familie, met Kerstmis in een onbekende kamer, een andere van de jonge vrouw die bij het gezin werkte. Die laatste was van het internet gehaald en was van toen ze haar paspoort had vernieuwd. Net als meestal bij zulke foto's leek het alsof er een pistool op haar gericht werd en ze werd gedwongen om te lachen.

'De overledenen: Ása Bjartmarsdóttir, zevenendertig jaar. Haar dochters, die ze had met haar man Reynir Logason: Íris, vijftien jaar, en Gígja, acht jaar. Sóldís Sigursveinsdóttir, vijfentwintig jaar, hulp in de huishouding. Er is niets bekend over het lot van de man, Reynir, zevenendertig jaar.'

De aanwezigen bij de vergadering staarden naar het scherm. Týr bekeek de twee vrouwen en de meisjes en probeerde hun gezicht te vergelijken met de gezichten die hij op de plaats delict had gezien. Dat ging moeilijk.

'Voorlopig weten we niets definitiefs over wanneer ze precies zijn vermoord. De patholoog-anatoom acht het waarschijnlijk dat ze allemaal in dezelfde nacht zijn gedood, enkele dagen geleden, maximaal een week. Sectie zal daar enig licht op werpen, maar omdat er aanzienlijke tijd is verlopen voor de lijken gevonden werden, zal de datering niet erg precies zijn. Het kan wel een dag of wat schelen. Misschien zelfs enkele dagen.' Huldar, de chef van Týr, zat de briefing voor. Hij schraapte zijn keel voor hij verderging: 'Ze waren allemaal gekleed alsof ze lagen te slapen of onderweg waren naar bed en werden in de slaapkamers gevonden. Aan de bloedspatten op de muren is te zien dat ze daar zijn vermoord. Er werd geen bloed gevonden in andere ruimten, afgezien van een bloedspoor dat van de ouderslaapkamer naar de deur loopt en de veranda op aan de achterkant van het huis waar het echtpaar woonde. Als er ergens anders bloed is gevonden in de gebouwen op de boerderij, dan is dat daar aangebracht om ons op een dwaalspoor te brengen. De technische recherche onderzoekt dat. Persoonlijk zie ik niet waarom dat gebeurd zou zijn, omdat er geen enkele poging lijkt te zijn gedaan om de moorden te verhullen. Er werd ook een sterke lijkenlucht waargenomen in de kelder van de oude boerderij, wat erop wijst dat een van de lijken een tijdje daar gelegen heeft, al zijn alle zichtbare sporen daarvan verdwenen. Die geur kan ook van iets heel anders komen. Zoals ik al eerder zei is de technische recherche daarmee bezig.'

Huldar wendde zich van het scherm tot de aanwezigen. Hij zag er moe uit, net als Týr en de anderen die op de plaats delict waren geweest. Ze waren pas diep in de nacht thuisgekomen. 'Het moordwapen is een slagwapen geweest. Een zwaar slagwapen. Er werd ter plaatse gezegd dat het een bijl zou kunnen zijn, maar we moeten wachten op de uitslag van de sectie.' Huldar keek naar Týr toen hij dat zei, maar wendde zijn blik toen af. 'Het weinige dat we op dit moment weten over de slachtoffers is dat het echtpaar allebei software developers waren. Ze gingen naar Amerika om door te leren en zijn daar blijven hangen. Ze richtten er een bedrijf op dat heel succesvol was en ze waren er waarschijnlijk gebleven als de man geen hersentumor had gekregen. Zijn ziekte was de reden dat ze het bedrijf hebben verkocht en weer naar IJsland verhuisden. Hoewel de verkoopprijs niet openbaar is gemaakt, is het wel duidelijk dat het om miljarden gaat. De verkoop werd in de media besproken en het is denkbaar dat hun rijkdom ertoe heeft geleid dat er is ingebroken bij het gezin. Het waarschijnlijkst is echter dat de man de dader is. Alles wordt op alles gezet om hem te vinden. Levend of dood. Tot het zover is moeten we alle mogelijkheden openhouden.'

Týr wist dat dat moeilijk zou worden. Als een vermoeden heel duidelijk in de ene richting wees, was het lastig om de energie op te brengen om ook naar andere mogelijkheden te kijken. Iedereen wilde meedoen aan het onderzoek naar de mogelijkheid die het waarschijnlijkst leek. Niemand wilde bij de verliezers horen.

De informatiestroom ging verder: 'De hulp was daarentegen een arme studente. Ze studeerde IJslands, had haar bachelor gedaan en was bezig met haar master. Ze was nog maar net bij het gezin komen werken en was single nadat ze haar relatie onlangs had verbroken. Op dit moment weten we niet of ze nog bevriend was met haar ex. We weten ook niet of het echtpaar conflicten had met andere mensen of wie kan hebben gewild dat het gezin zo gruwelijk aan zijn einde kwam.'

Daarover viel niets meer te zeggen en nu kregen ze de foto's te zien die op de plaats delict waren genomen. Slechts een deel van de aanwezigen was de vorige avond ter plaatse geweest, maar de meedogenloze beelden lieten niets aan de verbeelding over.

Zelf keek Týr de andere kant op. Hij had er al genoeg problemen mee gehad diezelfde beelden van zijn netvlies te krijgen toen hij de avond ervoor de slaap niet kon vatten. Uiteindelijk was het hem gelukt om in te slapen, maar toen waren de beelden van de plaats delict gaan samenvallen met zijn dromen. Hij had een soort nachtmerrie gekregen, maar kon zich die op geen enkele manier meer herinneren toen hij in alle vroegte wakker schrok, moe en onuitgeslapen. In plaats van zich op zijn andere zij te draaien en te proberen weer in slaap te vallen, was hij opgestaan met het voornemen om voor het werk naar de sportschool te gaan. Van lichamelijke inspanning knapte hij meestal wel op als hij slecht had geslapen.

Pijnlijke spieren na grote inspanning hadden die invloed op hem. Het werkte omdat hij zich maar op een van beide kon concentreren, de pijn of de vermoeidheid. De pijn won dan en de vermoeidheid trok aan het kortste eind.

De briefing liep ten einde. Er was niets meer te zeggen. Alles wat ze wisten over de moord en de slachtoffers was besproken. Nadat de bloederige beelden waren vertoond was sommige informatie nog eens herhaald in iets andere woorden, waarschijnlijk omdat de bijeenkomst anders zo kort zou zijn. Maar Huldar was nu echt uitgepraat.

Morgen zou de vergadering ongetwijfeld meer inhoud hebben, omdat er dan meer bekend zou zijn. De zoektocht naar de vader was begonnen in het uitgestrekte gebied rond de boerderij, maar er werd ook onderzocht of hij het land had verlaten. De technische recherche was onderweg naar de boerderij om sporenonderzoek te doen. Het zou nog wel even duren voor er resultaten waren van deze onderzoeken, maar het kon natuurlijk dat een ervan al direct iets zou opleveren. Voor hetzelfde geld zou er iets belangrijks aan het licht kunnen komen als het leven van het gezin en de huishoudelijke hulp werd doorgespit. In ieder geval zouden hun computergeschiedenis en gesprekken met hun naasten de gang van zaken iets kunnen verduidelijken en de focus kunnen scherpstellen. Tot nu toe wisten ze nauwelijks iets over die mensen en niemand had een idee wat ze de dagen voor de moord aan het doen waren. En al helemaal niet waar de vader mee bezig was geweest – als hij de dader was.

Huldar haalde het laatste scherm nog een keer terug, met het belangrijkste wat ze wisten in het onderzoek. Hij herinnerde er nog eens aan hoe belangrijk het was goed samen te werken met de centrale rechercheafdeling van de plaatselijke politie. Niemand in het gezelschap mocht vergeten dat zij hier waren om te assisteren en niet andersom. Daarna zei hij nog een paar woorden die bedoeld waren om het team aan te moedigen, maar die leken weinig uit te halen. Ze hadden allemaal nog net zo'n ernstige blik op hun gezicht als daarvoor. En dat was ook niet zo gek. Niets kon de sombere stemming wegnemen. Weinigen – als ze er al waren – hadden eerder een moord onderzocht waar kinderen onder de slachtoffers waren.

Týr boog zich wat naar voren om beter naar het scherm te kunnen kijken. De takenlijst was nogal lang. Zo lang dat de letters verkleind hadden moeten worden om hem in zijn geheel op het scherm te krijgen. Door zijn ogen tot spleetjes te knijpen lukte het hem te zien dat er enkele dingen op stonden die geschikt voor hem leken en maar twee waar hij echt geen zin in had. Hij voelde er niets voor om naar het westen te worden gestuurd om het plaatselijke team te helpen met het onderzoek ter plekke. Hij had er ook geen trek in om de financiële toestand van het echtpaar onder de loep te nemen. Hij had een tijdje meegewerkt aan fraudeonderzoeken bij de politie in Stockholm en saaier werk was moeilijk te vinden. Hij had het gevoel gehad dat hij krankzinnig werd en had snel ander werk gezocht.

Om er zeker van te zijn dat hij niet weer zoiets vervelends te doen kreeg in zijn nieuwe baan in IJsland had hij nergens genoemd dat hij ervaring had op dat gebied. Tijdens de sollicitatieprocedure had niemand hem gevraagd om op te sommen wat hij allemaal gedaan had bij de politie. Zijn basisopleiding was in orde. Hij had bij de politie in Stockholm gewerkt. Hij was prettig in de omgang en goedgehumeurd volgens de meegestuurde referenties. Verkeerde in uitstekende lichamelijke conditie. Hij voldeed aan alle eisen en de baan was van hem.

Týr haalde opgelucht adem toen bleek dat hij de financien van het echtpaar niet hoefde te onderzoeken. Maar zijn blijdschap duurde niet lang. Hem werd opgedragen om naar het westen te rijden en het plaatselijke team te ondersteunen, samen met Karólína. Hij was er vrijwel zeker van dat Huldar dat had besloten, omdat Týr niet goed in het team paste. Niet dat hij ruziemaakte of conflicten had met zijn collega's of dat hij het slachtoffer was van pesterijen of werd buitengesloten. Het halve jaar dat hij er nu had gewerkt had hij gewoon geen aansluiting kunnen vinden bij zijn collega's, zoals je dat zou verwachten. De meesten kenden elkaar al vele jaren en binnen zulke groepen valt er haast nooit een gat dat moet worden opgevuld. Het zou heus wel gebeuren dat hij zou integreren, maar dat kostte tijd.

Hetzelfde gold voor Karólína. De Poolse man die in dezelfde periode als zij was aangenomen was vanaf de eerste dag moeiteloos samengesmolten met de groep. Door Týr en Karólína samen op pad te sturen probeerde Huldar misschien hen samen te brengen. Als zij vrienden werden zou er niemand apart staan binnen het team. Týr kon zich veel slechtere kandidaten indenken voor die rol en maar weinig betere. Karólína was capabel, secuur en onvermoeibaar. Ze was sportief, zoals de meeste jonge mensen bij de politie en serieus, of dat nu kwam door wat ze in haar werk had meegemaakt of door haar karakter. Het enige nadeel was dat ze nogal stil was – net als hijzelf. Als zij tot partners werden gebombardeerd zou er meer worden gezwegen dan gangbaar was tussen twee nauw samenwerkende politiemensen, maar hij vond dat niet erg. Hopelijk zij ook niet. Hij kon haar leeftijd moeilijk inschatten, maar dacht dat ze ongeveer even oud waren.

De taak die zij kregen toebedeeld bleek nog erger dan hij had verwacht. Het was niet alleen dat ze moesten samenwerken met de politie in het westen die ze niet kenden, maar ze moesten ook in het gebied overnachten. Er was een kamer voor hen geboekt in een hotel dat het enige in de buurt van de plaats delict was. Het moest hun de rit heen en terug besparen met dit slechte weer in de drie dagen die ze volgens Huldar ter plaatse moesten zijn.

Týr was geen liefhebber van hotelkamers en wilde het liefst in zijn eigen bed slapen. Hij was echter ook niet bijzonder enthousiast over de flat waarin hij woonde, dus een hotelkamer zou misschien een welkome afwisseling zijn. De flat was van zijn ouders en stond het grootste deel van het jaar leeg, omdat ze in Zweden woonden. Ze hadden besloten die aan te houden, toen ze met hem emigreerden. Hij was toen twaalf jaar oud geweest en herinnerde zich er weinig van, behalve het gevoel dat hij had gehad rond de hele verhuizing. De spanning over het wonen in het buitenland, gecombineerd met het verdriet over het afscheid van vrienden en klasgenoten.

Hij kende elke vierkante centimeter van de woning, elke barst in de muur, elke kier in het parket, de motieven van de handdoeken en de inrichting waren hem bekender dan hem lief was. Hij was van plan geweest om te veranderen toen hij terugging naar IJsland, niet met meer van hetzelfde verder te gaan. Maar de flat was precies dat. Nadat ze verhuisd waren, hadden zijn ouders het heel belangrijk gevonden om IJsland te bezoeken en daar een zo groot mogelijk deel van de zomer te blijven. Voor een deel kwam dat door het feit dat ze eigenlijk nergens anders wilden zijn en het was ook de reden waarom ze Týrs banden met het land warm hielden en hem zijn IJslands lieten bijhouden. Zijn recente beslissing om te proberen zich in IJsland te vestigen had niettemin slechts een beperkt enthousiasme bij hen gewekt. Ze hadden een gezicht getrokken alsof hij had aangekondigd dat hij op een eilandje midden in een rivier ging wonen, omringd door krokodillen, om beter te leren zwemmen. Hetzelfde gezicht dat ze getrokken hadden toen hij hun had verteld dat hij naar de politieacademie ging. Zij hadden gehoopt dat hij in hun voetsporen zou treden en arts zou worden. En dat was wel het laatste waar hij zin in had.

Hij moest nog een pijnloze manier vinden om zijn ouders te vertellen dat hij op zoek wilde gaan naar een andere woning, als hij besloot te blijven. Dat hoefde niet te betekenen dat hij hun de waarheid moest vertellen, dat hij op zoek was naar zichzelf en niet dacht dat hij die zou vinden in het oude huis. Hoewel hij van plan was om er vaart achter te zetten, was het waarschijnlijker dat hij het tot de lente zou uitstellen, als ze weer op hun jaarlijkse zomervakantie naar IJsland kwamen. Dan zou hij hopelijk hebben besloten over zijn toekomst en kon hij bovendien naar voren brengen dat hij hun niet in de weg wilde lopen en hen met rust wilde laten. Dat zouden ze vast niet vreemd vinden, want het was al heel wat jaren geleden dat hij bij hen had gewoond. Hij was al lang het huis uit geweest toen hij naar IJsland vertrok.

Týr en Karólína kregen het adres van hun onderdak van hun chef en de sleutel van dezelfde jeep waarin Týr de vorige avond had gereden. Ook kregen ze het nummer van Hördur, van de centrale rechercheafdeling in Akranes, met wie ze contact moesten opnemen. Vervolgens kregen ze de opdracht naar huis te gaan en voor drie dagen te pakken.

Onderweg maakte Karólína van de gelegenheid gebruik om de sociale media van Ása te bekijken, de vrouw op de boerderij, en die van Sóldís, die bij het gezin werkte. Het jongste meisje en de man bleken geen sociale media te gebruiken en die van de oudste dochter waren afgeschermd voor mensen met wie zij niet was bevriend. Op de openbare pagina's stond niets interessants, volgens Karólína. Sóldís had niets gepost vanaf de boerderij, maar haar eerdere posts bestonden uit onschuldige foto's en nietszeggende teksten. Wat ze bij Ása zag was het tegenovergestelde: gestylede foto's van het leven op het platteland met sentimentele bijschriften die Károlína soms hardop aan Týr voorlas. Hij had er moeite mee de bedoeling van de posts te begrijpen; had nooit veel op gehad met die halfbakken filosofie die de belangrijke dingen des levens moesten samenvatten, maar nooit doel troffen. Misschien vanwege alle emoji's die in de tekst stonden. De vrouw met wie hij had samengewoond gebruikte die ook veel.

'De laatste foto die Ása plaatste is een beetje gek.'

'Hoezo?' Týr keek naar Karólína, die haar telefoon omhooghield. Hij moest zijn ogen weer op de weg richten voor hij hem goed had kunnen zien. Hij zag er volgens hem tamelijk normaal uit. Een schoorsteen en twee kopjes waaruit de damp opsteeg, naast allerlei andere dingen die op tafel stonden. Op de achtergrond zag je de winterse wereld door het grote raam.

'Die is in de serre bij hen thuis genomen. Daar is niets raars aan. Maar buiten zie je iets roods dat in beweging lijkt en daarachter lijkt het of er iemand naar binnen staat te kijken.'

Týr wendde zich weer tot Karólína, maar zij was bezig in te

zoomen op de foto op haar scherm. 'Is het iets geks? Of hoort het gewoon bij de opstelling?'

Karólína antwoordde niet meteen. 'Ja. Misschien. Maar het lijkt te sneeuwen en het is moeilijk te zien wat het is. De achtergrond is niet scherp. Haar foto's zijn eigenlijk nooit erg geheimzinnig. Ze zijn allemaal heel duidelijk. Je ziet precies wat je moet zien. De tekst is ook anders dan de andere dingen die zij gepost heeft. Er staat alleen: *Goed om binnen te zijn, veilig, terwijl het gevaar buiten is.*'

Uit zijn ooghoek zag Týr dat Karólína weer naar de foto tuurde. 'Het is een man, denk ik. Of niet? Het zou van alles kunnen zijn. Of niets. De foto is te onduidelijk.'

'Misschien doelde ze alleen op het weer. Dat kan ook gevaarlijk zijn.'

Dat was het eind van hun gesprek. Týr concentreerde zich weer op de weg en Karólína stak haar telefoon weer in haar zak en keek naar buiten.

Het hotel bleek te bestaan uit een aantal zeer eenvoudige zomerhuisjes. Het waren er drie in totaal en ze stonden op het terrein van een boerderij. Onder de sneeuw waren betonnen fundamenten te onderscheiden die in een rij lagen, aan weerszijden van de huisjes. Daaraan was af te lezen dat er ooit grote plannen waren geweest voor een lange rij eenvormige huisjes. Of dat voor een hotel kon doorgaan wist hij niet. Maar als de uitbreiding er zou komen had de receptie wel een kleine upgrade nodig. Nu werden de gasten in de stal ontvangen.

Eerst hadden Týr en Karólína zonder succes aangeklopt bij de boerderij, maar toen er niemand reageerde, gingen ze op zoek naar volk. Uiteindelijk vonden ze een vrouw van middelbare leeftijd in de stal. Ze droeg rubberlaarzen en een rafelige wollen trui en had een flinke bos springerig haar. Ze zag er niet uit als een doorsnee oma.

De vrouw keek op van waar ze mee bezig was, zag Karólína en zei: 'We have only one room available.'

Het was niet de eerste keer dat Týr er getuige van was dat Karólína in het Engels werd aangesproken. Ze sprak foutloos IJslands en het moest kwetsend en vermoeiend zijn om voortdurend in je eigen land voor een toerist te worden aangezien. Týr zag hoe Karólína vaag glimlachte en haar ergernis leek weg te drukken voor ze antwoordde: 'We zijn van de politie. We hebben begrepen dat er hier kamers voor ons geboekt zijn. De namen zijn Týr en Karólína.'

Voor de verandering reageerde de vrouw niet opgelaten zoals velen die Týr in een dergelijke situatie had gezien. 'Dat klopt. Er is gebeld.' Ze veegde haar rechterhand af aan haar broekspijp en begroette hen: 'Welkom.' Toen ze Karólína's hand schudde, voegde ze eraan toe: 'U ziet er niet uit als een politieagent.' Aan het gezicht van de vrouw was te zien dat ze eigenlijk dacht dat Karólína maar deed alsof. Waarom was onmogelijk te zeggen, maar misschien werd er om de huisjes gevochten en ging ze ervan uit dat ze zich op oneigenlijke wijze een boeking van anderen probeerden toe te eigenen.

'Toch is het zo. Ik ben alleen niet in uniform. Onze auto staat verderop en die is wel als politieauto herkenbaar, als dat misschien helpt.'

Týr moest zich inhouden om niet te vragen of de vrouw er problemen mee had dat Karólína een donkere huidskleur had. Hij wist niet zeker of het in goede aarde zou vallen bij Karólína als hij daarover begon. Dat kon het ongemakkelijke gevoel alleen maar groter maken en bovendien was ze heel goed in staat om voor zichzelf op te komen. Karólína vroeg er niet naar en had duidelijk geen zin om de conversatie langer te laten duren dan nodig was. Ze had ongetwijfeld geleerd dat het geen zin had om overal op in te gaan.

De vrouw maakte een gebaar met haar hand en leek daarmee te willen aangeven dat ze de auto niet hoefde te zien. 'Ik zei maar wat. Mijn naam is Gerdur.' Ze keek naar Karólína en leek nog steeds te twijfelen. 'Wat spreekt u goed IJslands. Nauwelijks een accent.'

Karólína liet dezelfde vage glimlach zien als eerder. 'Dat komt doordat ik IJslands ben. Die twee dingen gaan vaak samen.'

Gerdur knikte, maar ze leek niet helemaal overtuigd. Ze wendde zich tot Týr en nadat hij zich had voorgesteld staarde ze naar het litteken dat van zijn haargrens over zijn voorhoofd liep en eindigde tussen zijn wenkbrauwen, alsof het naar zijn neus wees. 'Over een accent gesproken. Ik meen bij u iets zangerigs te horen. Bent u een immigrant?'

'Ja en nee. Ik heb in het buitenland gewoond. Dat is alles.'

'Hmmm.' Gerdur leek nog altijd niet tevreden, maar vroeg niet verder. 'Loop maar met mij mee.'

Ze verlieten de stal en het goeiige geloei van de koeien en liepen samen naar de boerderij. Onderweg keek Gerdur naar de auto en zag dat het inderdaad een politieauto was. Ze hadden de proef doorstaan.

Týr en Karólína wachtten in een keurige gang terwijl Gerdur de sleutels haalde van twee huisjes. Toen ze hun de sleutels aanreikte, zei ze dat er een dekbed en een kussen was voor elk bed, en handdoeken. Het bleek dat de boodschap dat ze hun eigen beddengoed moesten meenemen niet was aangekomen.

Toen Týr de sleutels wilde aanpakken, trok de vrouw ze snel weer naar zich toe. 'Bent u hier vanwege die moord?'

Týr zag geen reden om dat geheim te houden en antwoordde bevestigend. Hij kreeg de sleutels echter nog steeds niet. Er volgde nog een vraag. 'Is bekend wie ze heeft vermoord?'

'We kunnen daar geen mededelingen over doen.'

Nog altijd kregen ze de sleutels niet en nu was duidelijk dat de hoteleigenaresse ze als ruilmiddel wilde gebruiken om informatie te krijgen. 'Wanneer is het eigenlijk gebeurd? Dat kan toch geen geheim zijn? En hoe? Zijn ze doodgeschoten? Dat hoorde ik.'

'Hetzelfde antwoord. We kunnen geen mededelingen doen over het onderzoek.' Týr stak zijn hand uit naar de sleutels. 'Kende u die mensen misschien?'

'Ja en nee. Ik wist wie ze waren. Het is niemand in de omgeving ontgaan toen ze het land kochten. Laat staan toen ze aan hun huis begonnen. Toen verscheen er een eindeloze rij auto's met allerlei materialen en dat is in deze contreien niet gebruikelijk.'

'Stonden ze in slecht aanzien?' Týr stond nog steeds met uitgestoken hand, maar de vrouw leek nog niet van plan hem de sleutels te geven.

'Nee, dat ook weer niet. Het is iets waar we inmiddels wel aan gewend zijn. Mensen die niet weten wat ze met hun geld moeten doen, die alle grond opkopen. Maar ze waren tenminste wel IJslands. Dat is minder erg dan die buitenlandse rijkaards die monopoly spelen met het land.' Ze keek strak naar Karólína en Týr kreeg het gevoel dat die laatste opmerking voor haar bedoeld was.

Karólína had hetzelfde gevoel. 'Ik ben IJslands, weet u nog? En geen rijkaard. Ik kom hier niets opkopen.' Deze keer glimlachte ze niet naar Gerdur, die niettemin iets ontspande en toen verderging:

'Ze hebben niet alles omheind, zoals die buitenlandse vrouwen die zich overal vestigen. Er viel dus weinig op ze aan te merken. Persoonlijk had ik liever mensen gezien die gewoon het boerenbedrijf voortzetten en niet een paar dieren hielden voor de sier, zoals dat echtpaar. Twee koeien, wat paarden en kippen, begreep ik. En misschien ook nog een paar geiten die naar ik begreep beter gehuisvest waren dan menig mens. Nee. Het is maar beter om er geen doen-alsof-spelletje van te maken.'

'Dus ze leefden in harmonie met de andere mensen in dit gebied? Ze hadden geen conflicten met de boeren en de eigenaren van de zomerhuizen?'

Gerdur klemde haar lippen op elkaar en zweeg even voor ze hun de sleutels overhandigde. 'Nee. Met niemand.'

Týr was er goed in te zien wanneer er tegen hem gelogen werd. Dit was zo'n geval. De vrouw sprak niet de waarheid. Hij pakte de sleutels aan en hij en Karólína namen afscheid zonder verder nog iets te zeggen.

Sóldís voelde de weldadige straling van de vloerverwarming door haar dunne sokken heen in de verbindingsgang. Ze bleef staan en sloot haar ogen even. Als zij ooit een woning of een huis zou bezitten, dan moest er vloerverwarming zijn, net als hier. Ze herinnerde zich de ijskoude slaapkamervloer in de flat die ze samen met Jónsi huurde heel goed. Ze herinnerde zich ook hoe ze blootsvoets naar beneden ging om hem te vragen naar boven te komen en haar te verwarmen. Hij deed dat haast nooit, hij speelde liever verder op de computer in de kamer. Terugkijkend was het raar dat ze niet zelf had ingezien dat de liefde in deze relatie eenrichtingsverkeer was.

Vanuit het huis klonk geen geluid. Alleen het tikken van de grote koekoeksklok voor in de hal. Sóldís overwoog even of ze niet moest teruggaan naar haar eigen ruimte. Ze wilde niet dat ze de keuken binnenkwam en erachter kwam dat Ása en de meisjes al naar bed waren en dat Reynir daar in zijn eentje zat met zijn boek.

Omdat er geen muziek te horen was, was het onwaarschijnlijk dat hij daar zat en ze dacht even na over de situatie. Als ze nu terugging, wachtte haar niets anders dan een beetje door sociale media scrollen, waarbij ze weer in de verleiding zou komen om Jónsi te bespioneren. Dat was de reden waarom ze van de bank was opgestaan en besloten had om even bij het gezin langs te gaan. Ze wilde niet langer toekijken hoe hij zijn leven voortzette alsof er niets was gebeurd. Ze had gehoopt iets van spijt te zien op de foto's die hij postte. Een sprankje verdriet in zijn ogen en iets vals in zijn lach. Dat was niet zo en ze voelde hoe ze bij elke post die ze bekeek verdrietiger werd. Het was moeilijk om onder ogen te zien dat ze niet meer was geweest dan een vuiltje dat hij van zijn schouder had geveegd en snel weer was vergeten. Hij kon niet eens zijn woede over dat ze de levels op zijn spelcomputer had gewist volhouden en haar met nieuwe, boze berichten over de telefoon bestoken. Ze was kennelijk te onbelangrijk in zijn ogen om zich nog langer met haar bezig te houden. Nee, het was minder erg om Reynir tegen te komen dan langer over die klootzak te moeten nadenken.

Er was dus geen sprake van dat ze terugging en Sóldís liep verder, de keuken in. Als ze Reynir in zijn stoel zou zien zitten, kon ze altijd nog stilletjes terug sluipen. Maar als Ása of de meisjes er waren, kon ze Gígja vragen om een ommetje met haar te maken in de sneeuw. Koude, frisse buitenlucht zou haar goed doen. Natuurlijk kon ze ook alleen gaan, maar ze verlangde naar gezelschap, iemand om mee te praten, zodat er geen ruimte overbleef om te piekeren en te verdrinken in haar ellende. Ze kreeg misschien wel een complimentje van het echtpaar, omdat het zondag was en ze eigenlijk vrij was. Van zaterdagmiddag tot maandagochtend werd er niets van haar verwacht.

Sóldís glimlachte bij zichzelf toen alleen Ása in de keuken bleek te zijn. Ze stond bij de keukentafel en was met iets bezig. Ze stond met de rug naar haar toe en merkte haar niet op tot ze even kuchte. Toen draaide Ása zich om en leek te schrikken. Ze probeerde te glimlachen, maar ze verraadde zichzelf toen ze haastig een traan van haar wang veegde. In haar andere hand had ze een grote camera. Ze droeg geen make-up en haar lange haren had ze opgestoken. Onopgemaakt en met dikke ogen zag ze er toch nog goed uit. Sóldís werd zich er ineens van bewust hoe verwaarloosd ze er zelf uitzag. Op haar oude sweater zat een vlek die er niet meer uitging en ze had die ochtend niet gedoucht. Om het nog erger te maken had ze donkere kringen onder haar ogen van de slapeloze nachten.

'Hoi. Jeetje. Ik schrok. Ik ging hier helemaal in op.' Ása haalde haar neus op en gebaarde dat Sóldís dichterbij moest komen. 'Kom maar. Natuurlijk. Ik kan wel wat gezelschap gebruiken.' Ze glimlachte vaag.

Op de tafel stonden twee koffiekopjes, een appeltaart, een schaal met pistachenoten in de dop, een geopend boek, een shawl en enkele groenblijvende takken in een zilveren vaas. De kopjes stonden tegen elkaar aan. Vanuit de juiste hoek gezien was het net of ze tegen elkaar aan leunden. Als een liefdespaar. Op tafel stond ook nog een reusachtig wijnglas, met een bodempje rode wijn. Dat hoorde vast niet bij de compositie. Anders had er meer wijn in gezeten.

'Wat vind je?' Ása zette twee passen achteruit, vormde met haar vingers een omlijsting en keek erdoorheen naar de opstelling op de keukentafel. 'Ik wilde nog één winterfoto maken en die op internet zetten. Maar ik ben niet zeker. Er zit te weinig leven in. Het mag niet te gekunsteld worden.' Ása wendde zich tot Sóldís. 'Wat denk jij?'

De opstelling was inderdaad een beetje geforceerd. Aan de andere kant was het nu eenmaal zo dat de meeste foto's op sociale media geregisseerd waren, dus het maakte niets uit. Ervan uitgaande dat de foto heel misschien, mogelijk een ogenblik weergaf dat onverwacht was vastgelegd, dan was het geen probleem. Sóldís zei daarom dat het prima was zo. Het leek of Ása had gehuild en het was niet nodig om onaardig te zijn. Soms was een leugentje om bestwil het beste. Ze had er echter meteen spijt van dat ze niet eerlijker was geweest en voegde eraan toe dat de foto misschien nog beter zou zijn met de schoorsteen op de achtergrond. Mensen konden soms zulke nare opmerkingen plaatsen en zij wilde daar geen verantwoordelijkheid voor dragen.

'Goed idee.' Ása lachte en deze keer was het natuurlijk. Ze maakte een paar foto's met het brandende haardvuur erop. 'Zeg! Wil je misschien ook wat wijn?'

Sóldís wilde eigenlijk bedanken, maar veranderde van gedachten voor ze haar mond had opengedaan. Ze hield niet zo van wijn en dronk liever bier of breezer. Maar een glas zou haar goed doen, net als de zorgeloosheid die erbij hoorde als ze een beetje tipsy werd. Ze was niets gewend, dus er was niet veel voor nodig. 'Ja, graag. Als het mag.'

'Natuurlijk. Je doet me juist een plezier. Nu hoef ik me tenminste niet schuldig te voelen omdat ik in mijn eentje zit te drinken.' Ása pakte nog een glas en de open fles van het kookeiland. De fles had een mooi etiket en Sóldís rekende erop een of andere godendrank te zullen proeven. De wijn was echter veel te sterk van smaak en door de zware eikentoets had ze het gevoel dat ze spuug dronk. Maar ze liet niets merken. 'Waar is iedereen?'

'Reynir is naar bed gegaan. Hij is de laatste tijd erg zwak. Zijn gezondheid is... Hij is...' Ása leek weer in tranen te zullen uitbarsten, maar ze schudde het nare gevoel van zich af en herstelde zich. 'Íris is boos op mij en zit op haar kamer en Gígja is een sneeuwpop gaan maken. Ze had nog maar een sneeuwbal ter grootte van een voetbal toen ze er al genoeg van had en in plaats daarvan is ze een stukje gaan lopen. De honden zijn daar heel blij mee.'

Ása nam een grote slok wijn, veegde haar lippen af met de

rug van haar hand en ging toen verder: 'Het leven is zoiets geks. Op jouw leeftijd dacht ik dat alles goed zou gaan, als ik maar hard werkte, gewetensvol, eerlijk en braaf was. Als ik niet zou roken, geen drugs zou gebruiken, met mate zou drinken, naar de sportschool zou gaan, keurig zou leren. Maar nee. Dat is niet genoeg. Sommige dingen in het leven gebeuren gewoon. Hoe goed je je best ook doet.'

Sóldís kon niets bedenken wat ze daarop kon zeggen. De vrouw doelde waarschijnlijk op de ziekte van haar man. Sóldís wist zo goed als niets over hen en het laatste wat ze wilde was iets ongepasts zeggen. Afgaand op hoe treurig Ása eruitzag, was zijn toestand waarschijnlijk verslechterd en kon ze er onmogelijk iets over zeggen. In plaats daarvan vroeg ze of Ása wilde dat ze zou proberen met Íris te praten.

Ása lachte kort. 'Dank je voor het aanbod, maar ik wil dat niet aan jou overlaten. Als Íris een bui heeft dan kun je haar maar beter rustig in haar eigen tempo laten bijdraaien.' Ze nam nog een slok en Sóldís deed hetzelfde. De wijn smaakte beter, nu ze wist wat haar te wachten stond.

Door de glazen wand zag Sóldís Gígja spelen in de dichte sneeuwval. Pas als haar spel haar vlak bij de grote ruit bracht kon je haar goed zien. En toch ook weer niet. De sneeuwvlokken haalden alle scherpte weg en daardoor leek het meisje uit focus te zijn. Hetzelfde gold voor de twee honden die heen en weer renden in het wonderlijke achtervolgingsspel dat ze met zijn drieën speelden. Het veranderde voortdurend wie wie achtervolgde en er leek geen systeem te zitten wie 'm elke keer was. Ze verdwenen in de stal, verschenen even later weer en waren dan van rol gewisseld. Dan verdwenen ze opnieuw en herhaalde het spel zich.

Ása staarde ook uit het raam en keek naar haar dochter. Ze

verbrak de stilte toen de sneeuw Gígja weer aan het oog onttrok. 'Gek. Íris heeft nooit zo gespeeld op die leeftijd. Nooit.' Ása dronk weer van haar wijn, haalde diep adem en ging toen verder. 'Ze zouden niet meer van elkaar kunnen verschillen, die twee zusjes. Zoals je ongetwijfeld al hebt gemerkt.'

Sóldís knikte en nam weer een slok. Ze zei niets, want ze wist niet goed wat, en Ása ging verder: 'Gígja maakt zich nergens druk om. Volgens haar komt alles goed, als er al eens iets is wat verkeerd zou kunnen gaan. En daarom is ze altijd opgewekt. Ik zou willen dat ik dat kon. Ik wil helemaal niet piekeren over alles wat er aan de hand is. Ik wil me veel liever richten op alles wat goed gaat.' Ása draaide haar glas rond en keek hoe de wijn gehoorzaamde aan de middelpuntvliedende kracht. 'Dat lukt me maar zelden. Zeker niet nu alles zo afschuwelijk is als nu.'

Sóldís waakte ervoor dat Ása de verbazing op haar gezicht niet zag. Zij had gedacht dat Ása een waar droomleven leidde. Zij en Reynir leken gelukkig samen, ze hadden twee gezonde dochters en het ontbrak hun aan niets. Reynir was ziek geweest, maar ze had begrepen dat hij aan de beterende hand was. Eigenlijk was dat nergens op gebaseerd, ze was er gewoon van uitgegaan. Ze probeerde iets positiefs te bedenken om te zeggen: 'Jullie huis is ongelooflijk mooi.'

Ása keek naar haar, glimlachte en lachte toen kort. 'Dank je. Je bent lief.' Ze tikte met haar glas tegen dat van Sóldís. 'Proost.'

Sóldís lachte terug en nam een slok. Gígja en de honden naderden de glazen wand weer, haar rode jas en de zwarte vlekken van Bói, de grootste hond, waren het eerste wat Sóldís zag. 'De foto wordt misschien nog beter als je Gígja met de honden in de sneeuw ziet spelen op de achtergrond. Dan komt er wat leven in.'

Ása lachte weer, nu nog breder. Ze bracht haar camera omhoog naar haar gezicht en drukte af. Op hetzelfde ogenblik hoorde je iets tegen de ruit slaan en ze liet de camera weer op haar borst vallen.

Dicht tegen het glas stond Gígja, met haar handen boven haar hoofd plat tegen het raam gedrukt. Haar gezicht was ook tegen het raam gedrukt en daardoor vervormd. Niet direct wat Sóldís in gedachten had gehad als achtergrond voor de foto.

Gígja bewoog haar lippen, maar het geluid drong niet door het glas naar binnen. Het raam besloeg door haar adem. Bói's neus liet ook een vlek achter toen hij aan haar voeten opdook en eveneens naar binnen keek. De kleinste hond, Lubbi, bleef natuurlijk niet achter. Hij ging op zijn achterpoten staan, met zijn voorpoten tegen het raam, en keek naar binnen. Hij was zo klein dat als hij op vier poten bleef staan hij weinig kon zien en hij wilde niets missen. Geen van de honden stoorde zich aan de sneeuwvlokken die ze in hun ogen kregen. Allebei schudden ze de sneeuw van zich af, de grote hond met meer kracht dan de kleine, die zijn evenwicht verloor en weer op vier poten terugviel.

Sóldís schoot meteen in de rol van hulp, haastte zich naar de glazen deur en opende hem. 'Wat zei je, Gígja?'

'Mogen we warme chocolademelk?'

De honden leken de vraag te hebben begrepen, want zij keken met een verlangende blik naar Sóldís. 'Niet meteen. Straks. En alleen jij. Honden mogen geen chocolademelk.'

Gígja wees achter zich. 'Ik had het niet over de honden. Die man die hier is wil ook chocolademelk.'

'Welke man?' Sóldís sloeg haar armen om zich heen toen de koude lucht van buiten de warmte binnen verjoeg. 'Er is niemand buiten met dit weer. In ieder geval niet hier.'

'Jawel. Hij is daar. Ik zag hem. Hij wil chocolademelk. Hij gaat me helpen een sneeuwpop maken. Het is te moeilijk voor mij alleen.'

Ása kwam naast Sóldís staan. 'Stop met die onzin, Gígja. Wie zou er met dit slechte weer nu buiten moeten zijn? Kom binnen of ga weer naar buiten. De deur mag niet lang openblijven. De kou komt zo naar binnen.'

Bói draaide zich om en blafte tegen de wind in. Sóldís en Ása keken op van het rode gezichtje van Gígja en staarden de sneeuw in. Het was moeilijk om goed te zien vanwege de witte sneeuwvlokken die alles omhulden. Maar er was geen twijfel mogelijk: daar stond iemand. Niet dichtbij genoeg om zijn gezicht te zien, maar je kon met enige moeite de contouren van een man onderscheiden.

Sóldís voelde de haren op haar armen overeind komen. Ze kreeg het ineens ijskoud en dat kwam niet door de open deur. 'Binnenkomen, Gígja. Nu.'

'Maar...'

'Geen gemaar.' Ása duwde Sóldís opzij en greep haar dochter bij de schouder. Ze trok haar naar binnen en de honden volgden. Er viel een hele berg sneeuw op het parket, maar daar trok Ása zich niets van aan. Ze sloot de deur en draaide hem op slot. Vervolgens stak ze haar hand uit naar de knop waarmee je de vouwgordijnen in de grote ruimte bediende. Ze begonnen omlaag te zakken, voor het eerst sinds Sóldís hier was komen werken. Daarvoor was er geen enkele reden geweest om ervoor te zorgen dat je niet naar buiten kon kijken.

En ook niet dat je niet naar binnen kon kijken.

Sóldís besefte dat het moment gekomen was dat ze de deuren op slot moest doen. Ongeacht wat de rest van het gezin daarvan mocht vinden.

HOOFDSTUK 7 | DONDERDAG

Karólína had Týr gevraagd haar Karó te noemen en eraan toegevoegd dat niemand haar bij haar volledige naam noemde, alleen haar oma en Huldar, haar chef. Hij knikte en prentte die naam in zijn geheugen, want hij wilde niet de derde worden in dat rijtje. Hij hoopte dat dit de eerste stap zou zijn in het wegwerken van het ongemak in hun omgang. Ze hadden het moeilijk gevonden een gesprek gaande te houden tijdens de autorit uit Reykjavik, afgezien van hun gesprekje over de foto van Ása. Hoewel ze nu een halfjaar op hetzelfde bureau werkten, hadden hun wegen elkaar zelden gekruist. Hij was voornamelijk bezig geweest met zaken rond inbraken in opdracht en zij met zedenzaken. Het enige wat ze gemeenschappelijk hadden was hun chef en hun werkplek. Die gaven allebei weinig reden tot uitgebreide gesprekken, vooral omdat ze elkaar niet goed genoeg kenden om in alle eerlijkheid en openheid met elkaar te praten. Om het nog erger te maken wisten ze zo weinig over het lopende onderzoek dat ze met dat gespreksonderwerp snel klaar waren. Nu hadden ze echter iets om over te praten, namelijk waar ze een winkel moesten vinden om beddengoed te kopen.

Týr had Hördur gebeld, de baas van de recherche in Akranes, en te horen gekregen dat ze met de man moesten gaan praten die de vondst van de lijken had gemeld. Hij heette Karl en wilde liever niet naar het bureau komen voor een officiële verklaring, omdat hij nog niet van de schrik bekomen was. Omdat het belangrijk werd gevonden om allereerst met hem te praten, moest het dan maar zo. Een formeel proces-verbaal zou maar even moeten wachten. Týr had informatie gekregen over de boerderij waar de man woonde en een vage routebeschrijving, die hij zonder erbij na te denken in zijn geheugen had opgeslagen. Ze waren op het platteland en er waren veel minder wegen en straten waar ze zich in konden vergissen dan in de bebouwde kom.

Karó had gevraagd of ze mocht rijden en Týr was dus bijrijder. Hij vond dat niet prettig, ook al was ze een prima chauffeur. Hij voelde zich in een auto het best als hij achter het stuur zat. Vooral als er over moeilijk begaanbare wegen werd gereden, zoals deze onverharde weg. Hij hield zich vast aan het handvat boven het portier, maar dat gaf niet dezelfde zekerheid als het stuur. Hij was dus blij toen het schudden was afgelopen en de auto stilstond bij het bewuste adres.

De boerderijhond begroette hen zodra ze uitstapten, maar hij was niet heel enthousiast. Hoewel overal sneeuw lag, had hij toch kans gezien om in de modder te rollen, want hij zat onder de drab. Gelukkig bleef hij op een afstandje, want Týr had niet veel ingepakt en had niet op een vieze broek gerekend. In het 'hotel' werd geen wasservice aangeboden, net zomin als andere diensten. Karó begreep de blik die hij de hond tijdens het korte stukje lopen naar het huis toewierp verkeerd en zei dat hij niet bang hoefde te zijn. De hond was vast niet vals. Týr antwoordde dat hij niet bang voor hem was, maar dat hij hem vies vond. Dat klonk niet zoals hij het bedoeld had, maar er was geen tijd om het uit te leggen. Karó had al aangeklopt. Ze hield haar hand nog in de lucht toen de deur al openging.

In de deuropening stond een vrouw met een verdrietig gezicht, die zich voorstelde als Ella. Ze leek verbaasd een politieagente te zien die donker was en schrok, maar ze zei niets en begroette hen met een handdruk toen ze zich voorstelden. Ze liet hen binnen en legde een hand op haar borst terwijl ze hun schoenen uittrokken. 'Het is zo afschuwelijk. Er zijn gewoon geen woorden voor. Wie doet zoiets?'

Týr liet het aan Karó over om de vrouw te antwoorden. Het was goed dat zo snel mogelijk duidelijk was dat ze IJslands sprak. 'Daar komen we uiteindelijk wel achter. Het onderzoek is nog maar net begonnen. De dader zal niet ontkomen.'

'Het is niemand hier uit de omgeving. Zoveel is zeker. Dat is volstrekt uitgesloten.' De vrouw klonk niet bijzonder zeker van haar zaak. 'Volstrekt uitgesloten.'

'Zoals het er nu voor staat, moeten we alle mogelijkheden openhouden.' Karó zette haar schoenen langs de muur en kwam overeind. 'We kunnen voorlopig niets uitsluiten. Hier niet en ergens anders ook niet.'

Týr zag de schrik op het gezicht van de vrouw en voegde eraan toe: 'We zijn hier om met uw man te praten als getuige. Niets anders.'

Dat leek het beoogde effect te hebben en de vrouw wendde zich tot Týr. Ze leek rustiger. 'Hij is volledig van de kaart. Ik kan me niet herinneren dat ik hem ooit zo overstuur heb gezien. Maar hij zit in de kamer op u te wachten. Ik hoop dat het hem goed doet om met u te praten, dat hij de informatie aan u kan geven en het daarna kan vergeten. Niemand wil aan zoiets blijven denken. Waarom ook?'

Týr knikte. Hij was het volledig met haar eens.

In de kamer zat Karl. Hij stond op toen Týr en Karó in de deuropening verschenen en zich voorstelden. Týr voegde eraan toe dat ze van de politie in Reykjavik waren, toen de man verbaasd leek omdat hij hen niet kende. Hij was ongeschoren, zijn gezicht was gezwollen en zijn handen trilden.

Karó opende het gesprek met te vragen hoe het met Karl

ging en hem eraan te herinneren dat hij later op het bureau in Akranes nog een officiële verklaring moest afleggen. Toen kwam ze ter zake. Ze begon met de vraag waarom hij naar de boerderij was gereden en vroeg hem te beschrijven wat er daar gebeurde. Karl herhaalde wat Týr die ochtend had gelezen in de korte verklaring waarin in grove lijnen stond beschreven wat hij de avond ervoor aan de politie had verteld. Vrijwel woordelijk.

Karl vertelde dat hij een paar dagen niets van het gezin had gehoord en wilde zien of alles wel in orde was. Hij had dat twee dagen eerder ook al gedaan, op maandag, maar toen ook niemand gezien. Hij had een paar keer geprobeerd te bellen, maar er was niet opgenomen. Toen gisteren de telefoons nog altijd dood bleven, begon hij het vreemd te vinden en had hij besloten nog een keer te gaan kijken. Hij was ruim na vijf uur bij de boerderij gearriveerd en was van plan geweest om voor het eten thuis te zijn. Wat niet was gelukt.

Het verhaal hoe hij in het huis was gekomen en wat hij daar aantrof kwam ook overeen met wat er in de verklaring stond. Het maakte alleen meer indruk om de man de gruwelen te horen beschrijven dan de beschrijving ervan te lezen in Times New Roman-letters op een scherm. Het hielp natuurlijk ook dat ze het allemaal met eigen ogen hadden gezien en goed begrepen hoe de man zich moest hebben gevoeld.

Karó zweeg terwijl de man zijn verhaal deed. Toen hij klaar was en zij weer het woord nam, was haar vraag doelgericht: 'U zei gisteravond dat u het echtpaar niet goed kende. Het klinkt alsof dat niet helemaal klopt. Ze lieten u in ieder geval niet onverschillig. Niet veel mensen zouden twee keer gaan kijken, steeds weer bellen en zich grote zorgen maken om mensen die ze nauwelijks kennen. Hoe was uw relatie met ze?'

Karl was door die vraag niet van zijn stuk gebracht. 'Ik zou zeggen dat zij kennissen van ons waren. Geen goede vrienden of zo.'

Karó knikte voor ze verderging. 'Hoe hebt u elkaar leren kennen en wanneer was dat?'

'O, dat was kort nadat ze hier in de omgeving zijn komen wonen. Ik weet niet meer precies wanneer dat was, maar ik passeerde Reynir, de man, toen hij afgelopen winter in een sneeuwstorm van de weg was geraakt. Ik sleepte hem weer de weg op en we raakten aan de praat. Hij vroeg me eens langs te komen voor een kop koffie en dat deed ik kort daarop. Toen bleek dat ze een soort hobby-boerderij aan het opzetten waren en ik gaf ze af en toe advies. Zoals dat gaat. Dus ik kende ze niet goed, zoals ik al zei. Maar genoeg om te weten dat het prima lui waren. Met twee dochters. Natuurlijk liet mij dat niet onverschillig.'

'U dacht niet dat ze misschien weg waren? Naar de stad of naar het buitenland?' Týr stelde de vraag tussendoor en Karó leek dat niet te storen. Ze hadden onderweg niet besproken hoe ze het gesprek met de man zouden aanpakken en wie van de twee de leiding zou nemen, al had Karó het voortouw genomen.

'Nee. Ik ging ervan uit dat ik dat zou hebben geweten. Als ze dat deden, namen ze contact op en vroegen ze ons om zolang voor de dieren te zorgen. Je gaat niet zomaar op vakantie zonder maatregelen te treffen als je een boerderij hebt. Ása had ook een afspraak om haar haar en dat van het jongste meisje te laten knippen door mijn vrouw. Dat was op maandag, maar ze kwamen niet. Dat was nog niet eerder gebeurd. Ze is één keer niet gekomen, maar dat had ze laten weten. Dat droeg bij aan de bezorgdheid.'

'Dus uw vrouw is kapster?' Karó noteerde iets in haar notitieboekje terwijl ze de vraag stelde.

'Ja. Ze is naar de kappersschool geweest. Ze doet het als bijverdienste en knipt mensen uit de buurt. De mensen die niet naar de stad of naar Akranes willen gaan. Ze heeft een kleine salon in de kelder, maar één stoel. Het is niet veel werk.'

Karó keek op van haar notitieboekje. 'Ik vraag me af of we dan niet ook even met haar moeten praten. Ása heeft uw vrouw misschien iets verteld wat belangrijk kan zijn toen ze eerder door haar werd geknipt. Is er misschien iets voorgevallen rond het echtpaar dat licht kan werpen op wat er is gebeurd? Hadden ze een conflict met iemand? Denkt u dat er problemen waren in het huwelijk?'

Karl zweeg even voor hij antwoord gaf op de vragenstroom: 'Ella wil vast wel met u praten. Maar volgens mij was er niets aan de hand. Ze hebben in ieder geval nooit iets gezegd over de dingen die u noemt, niet tegen mij. En ik zag ook niets wat erop wees dat ze een slecht huwelijk hadden. Maar toch...' Hij zweeg weer en leek na te denken.

Týr en Karó keken hem verwachtingsvol aan. Hij rekende erop dat zij hetzelfde dacht als hij, dat Karl getuige was geweest van een ruzie tussen de echtelieden of misschien wel erger. Toen de man verder praatte bleek het om iets heel anders te gaan.

'Ik wil niet suggereren dat het iets met de zaak te maken heeft, maar niet iedereen in de omgeving was dol op ze. Sommigen vonden dat ze zich met dingen bemoeiden die hen niet aangingen en waar ze geen verstand van hadden. Dat ging dan vooral over Ása. Reynir deed niet zoveel. Hij was tenslotte ziek. Maar ik herhaal nog eens dat het niets ernstigs was. Alleen verschillende inzichten over het houden van dieren.'

'Kunt u dat nader toelichten?' Týr begreep niet waar de man het over had.

'De ruzie, of het ongenoegen, ging over paardenweiden. De boerderij die het echtpaar kocht was vroeger een deel van een groot perceel dat door twee broers werd geërfd en onderling verdeeld. Ik heb geprobeerd mij er niet mee te bemoeien, maar weet toch dat voor zij het kochten de ene broer zijn paarden liet grazen op het land van de andere. Dat land ging bij de verkoop in andere handen over. Ása en Reynir legden zich er niet bij neer en beweerden dat die begrazing nooit aan de orde is geweest bij de verkooponderhandelingen. Maar ik ben niet de aangewezen persoon om daar iets over te zeggen. U kunt het beter vragen aan degene over wie het gaat. Hij weet natuurlijk alles over die zaak tussen hem en het echtpaar.' Karl keek om beurten naar Karó en naar Týr, terwijl hij eraan toevoegde: 'Maar zeg in godsnaam niet dat u het van mij hebt.'

'Wie is die man?' Karó's hand zweefde boven haar aantekenboekje, klaar om de naam op te schrijven.

'Einar Ari. Einar Ari Arason. Woont op Minna-Hvarf.' Karl keek hen om beurten aan. 'U moet hem kennen bij de politie.'

'O.' Karó stopte met schrijven en keek Karl aan. 'Hij is niet bekend bij ons in Reykjavik, voor zover ik weet, dus u moet iets specifieker zijn. Is hij gewelddadig?'

Karl probeerde niet eens te verbergen hoe vervelend hij het vond om over zijn buurtgenoot te praten. Het was begrijpelijk en volstrekt normaal. Mensen zijn bang dat hun uitspraken bij de betreffende persoon terechtkomen en dat zij dan de gevolgen ondervinden. 'Hij is opvliegend. Een klootzak. Daar wil ik het bij laten.'

'Heeft hij het echtpaar bedreigd? Vanwege die weidegang waar het conflict over ging?' Týr vroeg het toch, al was duidelijk dat Karl niet verder over die Einar Ari wilde praten.

'Ik ben daar niet bij geweest. Ik heb alleen het woord van Ása over hoe het gegaan is. Hij bedreigde ze met van alles, maar naar mijn weten heeft hij nooit echt iets gedaan.'

'Zoals wat?'

'Poe.' Karl blies lucht uit zijn wangen. 'Hij dreigde in ieder geval niet ze te vermoorden. Gewoon de normale onzin. Dat hij ze het leven zo zuur zou maken dat ze zich niet meer veilig voelden op het land. Hij dreigde te procederen en zo.'

'En dat allemaal vanwege een paar grazende paarden?' Karó stak haar verbazing niet onder stoelen of banken.

'Nee. Het ging om meer. Vooral over hoe je met paarden omging. Ása vond het ronduit dierenmishandeling hoe hij ze behandelde. Maar geloof me, hun conflicten hebben niets te maken met die gruwelen op de boerderij. Geen sprake van. Einar Ari is een schoft, maar hij is niet gestoord.'

Týr was het op zich met hem eens, maar hij wilde alle mogelijkheden openhouden. Het was moeilijk te begrijpen dat zo'n weerzinwekkende gebeurtenis als deze moordpartij zijn wortels had in een weiland of uiteenlopende opvattingen over het houden van dieren. Toch hadden mensen om mindere redenen gemoord. Het was niettemin heel onwaarschijnlijk dat de man de dader was. Misschien was dit gesprek over een onaangename man op de naastgelegen boerderij uiteindelijk maar tijdsverspilling.

Karó ging verder met haar vragen en richtte zich nu op de tijdlijn. Wanneer had Karl de familie voor het laatst gesproken of gezien? Het was nog onduidelijk of er een preciezer tijdstip van overlijden uit de sectie zou komen of dat daar op een andere manier naar moest worden gezocht. Týr achtte het waarschijnlijk dat het internetgebruik de beste aanwijzingen zou opleveren over het moment dat zij het leven hadden gelaten. Doden gaan niet het internet op, maar levenden doen dat met een zekere regelmaat, als het hun niet onmogelijk wordt gemaakt.

Volgens Karl had hij de familie verleden week donderdag voor het laatst gezien, precies zeven dagen geleden, zes dagen voor hij de doden aantrof. Hij was ze tegengekomen op de weg naar de Hvalfjördur, zij op de terugweg, hij op weg naar de stad. Ze waren gestopt en hadden wat gepraat, tot er een auto achter hem verscheen en hij moest doorrijden. Terugkijkend had het echtpaar wat gehaast geleken, maar ze hadden niets gezegd wat je vreemd zou kunnen noemen. Hij zei ook nog dat hoewel hij ze daarna niet meer had gezien, dat niet betekende dat ze niet springlevend waren geweest na die ontmoeting. Hij was maandag de eerste keer naar de boerderij gereden, toen Ása niet op haar knipafspraak was komen opdagen, drie dagen geleden, en toen was hij niemand tegengekomen. Hij voegde er echter aan toe dat hij er vrij zeker van was dat de familie toen nog in leven was. Ze waren misschien wandelen. Hij had de honden in het woonhuis gehoord en toen hij na twee dagen terugkwam, hadden ze jankend in de stal gezeten. Als je daarvan uitging, was de familie gedood nadat hij op maandag bij het huis was geweest. Dat kwam alleen niet overeen met de toestand van de lijken. Zij hadden eruitgezien alsof ze verder heen waren dan als ze slechts twee etmalen daar gelegen hadden. De eerste conclusies van de patholoog-anatoom die op de ochtendbriefing waren bekendgemaakt, ondersteunden dat.

'Wat betreft Reynir.' Karó keek op van haar aantekenboekje. 'Hebt u iets van hem gezien toen u daar was?'

'Nee. Zoals ik al zei, ik heb niemand gezien. Ik had het natuurlijk gezegd als ik hem gezien had.'

'Ik bedoelde eigenlijk of u iets had gehoord waaruit was op te maken dat hij in het huis was, een spoor in de sneeuw had gezien of iets dergelijks. Of iets wat erop wees dat hij net was vertrokken? Bandensporen van een auto die hem misschien had opgehaald, bijvoorbeeld?'

Karl schudde zijn hoofd. 'Nee. Niets van dat al. Ik herinner me alleen dat het leek alsof iemand de gordijnen van het oude huis bewoog, toen ik wegreed. Maar ik was mijzelf niet, zoals u waarschijnlijk wel begrijpt. Ik kan er niet zeker van zijn dat het niet gewoon verbeelding is geweest.' Toen bedacht hij iets. 'Wacht even. Is Reynir niet gevonden? Ze hadden het er op de radio over dat de politie vier moorden onderzoekt. Ik ging ervan uit dat Reynir een van de slachtoffers was.' Toen Týr en Karó niets zeiden, voegde hij eraan toe: 'Jullie denken toch niet dat hij het heeft gedaan?'

'Tot nu toe weten we niets met zekerheid. Het onderzoek is nog maar net begonnen.' Karó zei verder niets meer over Reynir. Ze vroeg hem nog naar de jonge hulp in de huishouding die dood was aangetroffen in de oude boerderij, zonder dat met zoveel woorden te zeggen. Karl zei dat hij nooit met haar had gesproken, haar alleen uit de verte had gezien, en vroeg vervolgens verbaasd of zij verdacht werd van de moorden. Karó vertelde hem voorzichtig dat dat niet het geval was, maar liet onvermeld dat de jonge vrouw een van de slachtoffers was. Volgens zijn verklaring was Karl niet de oude boerderij binnengegaan en wist hij niets over haar lot. Hij leek een en ander echter wel bij elkaar op te tellen.

'Nog een vraag, Karl. Kan het zijn dat u iets te eten hebt gemaakt toen u het huis binnenging? Brood en melk?' Karó likte haar lippen en leek het gevoel te hebben zich te moeten verdedigen. 'Mensen in shock doen soms de raarste dingen.'

Karl dacht even na over de vraag. 'Of ik iets te eten heb gemaakt? Vraagt u dat aan mij?'

'Ja. Hebt u dat gedaan of niet. Het is geen misdaad als het zo is.'

'Nee. Ik heb niets te eten gemaakt. Natuurlijk niet. Ik ben niet helemaal van het padje. Er stond eten op tafel toen ik binnenkwam. Brood en nog wat als ik het mij goed herinner. Een bord en een glas. Een melkglas. Dat was niet van mij. Hoe komt u daar eigenlijk bij?'

Daarna verliep het gesprek wat moeilijk, omdat Karl steeds terugkwam op dat onderwerp, hoe de politie in godsnaam kon denken dat hij naar de koelkast was gegaan nadat hij de lijken had gezien.

Ze namen daarom snel afscheid en besloten dat ze nog even zouden wachten met een gesprek met Ella, de vrouw van Karl. Ze waren bang dat dat zo zou worden uitgelegd dat ze de politie van Akranes werk uit handen wilden nemen, omdat niemand hun die opdracht had gegeven.

Toen Karó de auto draaide en wegreed leek het of de ongemakkelijkheid tussen hen was verdwenen. Nu hadden ze eindelijk iets om over te praten. 'Ik durf erom te wedden dat het eten van Reynir was. Zoek dat maar eens uit. Hij was er gek genoeg voor om iets te eten te pakken nadat hij die moorden had gepleegd.'

'Hij deed nog meer dan dat, denk ik. Hij was een paar dagen in huis, bij de lichamen. Als je iets kon opmaken van Idunn, de patholoog, gisteren, dan was het eten verser dan het geweest had moeten zijn als het daar had gestaan vanaf het moment dat ze vermoord waren.' Týr keek naar Karó en zijn blik bleef hangen op haar mooie profiel. 'We zijn waarschijnlijk op zoek naar een bijzonder verward individu.'

Karó bleef geconcentreerd voor zich uit kijken, op de weg. 'Nog iets. Er stond geen glas op tafel gisteren. En ook geen bord. Reynir was dus waarschijnlijk nog in huis toen Karl binnenkwam, omdat hij een glas en een bord heeft gezien. Maar waarom zou je die opruimen?'

Týr haalde zijn schouders op. 'Als hij zo gestoord is als hij lijkt te zijn, heeft hij ze misschien in de vaatwasser gezet. Voordat hij het huis verliet en verdween.'

'Nee. Verdorie.' Karó ging harder rijden om de blaffende boerderijhond die hen volgde kwijt te raken.

Týr keek achterom en zag door de achterruit hoe de hond midden op de weg stond en keek hoe ze wegreden. Hij blafte nog een keer, draaide zich om en sjokte naar huis.

De vouwgordijnen waren nog altijd naar beneden in de grote ruimte. Sóldís vermeed het naar ze te kijken en draaide zelfs haar rug naar de glazen wand. Ze wilde niet worden herinnerd aan de schim buiten en was er nu nog meer van overtuigd geraakt dat het beter was om naar buiten te kijken dan dat niet te doen. Verbeeldingskracht kon veel angstaanjagender beelden oproepen dan wat ze de avond ervoor had gezien. Bovendien had ze er moeite mee om het in detail terug te halen. Het was allemaal zo snel gegaan en de opwinding die volgde had haar alleen maar van streek gemaakt. Helemaal nadat Ása Reynir was gaan halen. Ze was met hem in haar kielzog verschenen. Hij was net wakker en verward. Verward genoeg om te beweren dat zij het zich hadden verbeeld. Terwijl zijn vrouw, zijn dochter en Sóldís er getuige van waren geweest.

Ása had zijn twijfels niet zwijgend geaccepteerd. Ze hadden onderdrukt ruziegemaakt, zoals echtparen dat doen als er anderen bij zijn. Uiteindelijk had Reynir toegegeven en was hij op zijn hurken gaan zitten om van Gigja een betere beschrijving van de man te krijgen. Dat ging maar moeizaam, maar uiteindelijk had Gígja gezegd dat het misschien de paardenman was geweest. Toen kwam hij overeind en zweeg. Ása deed hetzelfde en er viel een ongemakkelijke stilte. Sóldís had niet durven vragen wie dat was, want het was overduidelijk dat ze daar niet zomaar over kon beginnen. Toen ze de stilte eindelijk verbraken, zeiden ze dat het maar het beste was als ze weer naar haar eigen verblijf ging. Het echtpaar moest met elkaar praten.

Ze was zonder iets te zeggen vertrokken en had de deur op slot gedaan. Zowel de deur naar de verbindingsgang als de buitendeur. Daarna voelde Sóldís zich even veilig, maar dat duurde niet lang. Sloten haalden weinig uit tegen angst. Ze kon het feit dat ze alleen was in het oude huis, en op zichzelf aangewezen als er iets mocht gebeuren, niet van zich afzetten. Deuren waren niet de enige weg naar binnen. Er waren allerlei ramen die gemakkelijk konden worden stukgegooid om binnen te komen. Haar angst nam alleen maar toe toen ze eraan dacht dat er heel veel slechte mensen rondliepen. Mensen die er niet voor terugschrokken anderen pijn te doen en er een gestoorde kick van kregen om mensen te bedreigen en angst aan te jagen.

Toen ze had geprobeerd haar angst met realiteitszin te verdrijven, was die alleen maar erger geworden. Realiteitszin vertelde haar dat het helemaal niet eng was om iemand buiten te zien. Het weer was niet erg geschikt voor een wandeling, maar het kon natuurlijk altijd dat er iemand onderweg was. Realiteitszin vertelde haar echter ook dat de reactie van Ása en Reynir erop wees dat er iets meer aan de hand was. Die man buiten was geen wandelfanaat. Hij was iemand die hun kwaad wilde doen. De paardenman. Ze had geen idee wie hij was of waarom het echtpaar zo was geschrokken toen ze hoorden dat hij het misschien was. Ze had er echter geen enkele moeite mee te bedenken dat zowel Ása als Reynir tot de nuchterste mensen behoorde die zij kende. Het waren mensen die zich baseerden op bewijzen en feiten en zich niet door hun gevoelens lieten meeslepen. Mensen die naar bewijzen voor de opwarming van de aarde zochten op het internet. Als zij schrokken, dan was daar een reden voor.

Toen ze eenmaal naar bed was gegaan, was ze zich steeds

slechter gaan voelen. De wind was aangetrokken en het huilen klonk soms alsof iemand buiten haar raam aan het fluiten was. Het huis reageerde met een gekraak en gekreun, dat werkelijk klonk als voetstappen op de houten vloer. Een keer hoorde ze een angstaanjagend knarsen dat uit de gang leek te komen. Toen was ze zo geschrokken dat ze rechtop was gaan zitten, opstond, de deur opende en de gang in keek. Er was natuurlijk niemand te zien. Ook niets raars. Ze voelde zich nogal stom toen ze weer onder het dekbed kroop, maar dat gevoel maakte snel plaats voor dezelfde angst die haar er eerder uit gejaagd had. Haar poging om zichzelf gerust te stellen door naar een podcast te luisteren mislukte omdat ze dan niet goed genoeg kon horen wat er om haar heen gebeurde. Ze wilde liever gewaarschuwd zijn als iemand van plan was bij haar binnen te komen. En dat zou niet moeilijk zijn, want de deur zat niet op slot. Hij had een ouderwets slot, in de stijl van de deur zelf, maar er zat geen sleutel in, net zomin als elders in het oude huis. Ze zou ongetwijfeld beter in slaap kunnen vallen als ze de deur op slot kon doen en hem het liefst ook nog kon barricaderen.

Uiteindelijk was ze in slaap gevallen en had ze de gedachte dat ze alleen in huis was en dat er iemand voor de deur stond kunnen loslaten.

Toen ze die ochtend aan haar werk begon, had niemand er nog een woord over gezegd. Het was alsof er niets was gebeurd. Maar de vouwgordijnen voor het grote raam waren nog steeds naar beneden.

Íris liet zich voorover vallen op de papieren die voor haar op tafel lagen. Ze lag met haar gezicht op een half voltooide grammaticarepetitie en zuchtte dramatisch. Het blonde haar dat ze van haar moeder had lag verspreid over de tafel en bedekte haar etui. Íris had moeten toegeven dat ze verslagen was door haar zusje, in de conjunctief en de bedrijvende vorm.

'We stoppen even.' Sóldís begreep dat het weinig zin had om door te gaan. Een kleine pauze kon geen kwaad. 'Kom, laten we ons even uitrekken.'

Íris keek op. Ze leek nog net zo geïrriteerd als toen ze zich gewonnen had gegeven. 'Ons uitrekken?'

'Of zoiets. Laten we gewoon even opstaan.' Sóldís stond op van haar stoel. Íris volgde haar voorbeeld, maar zuchtte opnieuw, zodat niemand zou kunnen denken dat zij het eens was met dit voorstel. Natuurlijk was ze dat wel. 'Zullen we anders in de kamer gaan zitten? Het een beetje rustig aan doen?'

Íris haalde haar magere schouders op. Sóldís kon niet anders dan met haar meevoelen en lachte vriendelijk naar haar. Het kon niet gemakkelijk zijn voor een tiener om op zo'n afgelegen boerderij te wonen. Jongeren gedijden het best te midden van leeftijdgenoten. Die hadden ze nodig om zich sociaal te ontwikkelen. Volgens Sóldís was dat thuisonderwijs helemaal niet goed voor de meisjes. Het was alleen niet aan haar om zich daarmee te bemoeien. 'Je mag ook wel even op je telefoon als je dat wilt.'

Íris' ogen lichtten op en ze rekte zich inderdaad uit. Maar de blijdschap trok meteen weer weg en maakte plaats voor een mokkend gezicht. 'En mama dan? Ik mag overdag mijn telefoon niet aanraken, als ik moet leren.'

Ása en Reynir waren met Gígja gaan wandelen. 'Ze is niet thuis en ik beloof je dat ik er niets over zal zeggen. Als ze erachter komt, neem ik de schuld op me. En jij moet beloven dat je alleen IJslandse dingen bekijkt. Je leert een taal soms heel goed door over het internet te surfen.'

'Ik wilde op de sociale media gaan kijken.'

'Daar wordt ook IJslands gesproken. Heb je geen IJslandse vrienden? Familie of iemand die je volgt?'

Íris schudde haar hoofd. 'Ik heb één IJslandse vriend. Mama haat hem.'

Sóldís betwijfelde dat. Haten was een groot woord en er waren maar weinig mensen die degenen die ze niet mochten werkelijk haatten. Ze besefte dat ze aan de rand stond van een slangenkuil, maar ging toch verder: 'Heet hij Robbi?'

Íris' mond viel open en ze staarde Sóldís verbaasd aan. 'Hoe weet je dat? Heeft mama iets over hem gezegd?'

Sóldís schudde haar hoofd. Ze was zijn naam tegengekomen in de marges van haar schoolboeken en vertelde haar dat. Dat werd ontvangen met een boos gezicht, alsof Sóldís haar had bespioneerd. Dat was natuurlijk niet het geval, want het was nauwelijks mogelijk om de krabbels niet te zien. Íris vrolijkte weer op toen ze de kamer binnenkwamen en zij zich op een van de grote banken liet vallen, met haar telefoon in haar hand.

Zelf had Sóldís haar telefoon niet bij zich, want zij had zich aangewend hem overdag niet mee te nemen. Ze was aan het werk en ze wist dat de meeste werkgevers het niet waardeerden als je op je telefoon keek. De woorden van Íris wezen erop dat Ása er ook niet van hield. Zo was ze ook niet in de verleiding om tijdens haar werk op sociale media te kijken. Met als gevolg dat ze nu niets omhanden had. 'Vertel me eens, Íris.'

'Hmmm.' Íris was in een andere wereld beland en zich nauwelijks meer bewust van Sóldís' aanwezigheid.

'In een van de kamers aan mijn kant hingen allemaal kleren. In een kast. Weet jij van wie die zijn?'

'Kleren?' Íris leek alleen dat ene woord te hebben meegekregen.

'Ja. Kleren. Een kast vol met kleren. Dure kleren.'

'Ik heb geen idee.' Íris keek heel even op van haar telefoon. 'Misschien zijn het de kleren van Alvar. Hij liet alles achter toen hij wegging, volgens mij.' Ze trok haar neus op. 'Het zijn geen dure kleren. Ze zijn nep. Geef ze maar aan mij, als ze in de weg liggen.'

Sóldís onderdrukte haar ergernis. 'Niet iedereen heeft geld voor dure merkkleding, Íris. Misschien waren die kleren voor hem heel waardevol.'

'Als dat zo was, had hij ze niet laten liggen. Hij heeft niet eens de moeite genomen om ze zelf weg te gooien. Ik zou mijn spullen nooit achterlaten als ik ze nog wilde houden.'

'Soms hebben mensen te veel aan hun hoofd om hun spullen bij elkaar te zoeken. Misschien had hij geen tijd om te pakken.' Sóldís besloot van de gelegenheid gebruik te maken om Íris uit te horen over haar voorgangers. Het gebeurde niet vaak dat Ása en Reynir allebei tegelijk weg waren. Als ze thuis waren, had Sóldís altijd het gevoel dat ze meeluisterden met haar gesprekken met de meisjes en vermeed ze het over dingen te praten die ze niet met het echtpaar durfde te bespreken. 'Is hij niet overhaast vertrokken?'

Íris haalde haar schouders op en het kussen waarop haar hoofd lag, rolde weg. 'Ja, volgens mij wel. Hij is laat in de avond of 's nachts weggegaan. In ieder geval nadat ik was gaan slapen.' Ze voegde er met een verontwaardigd gezicht aan toe. 'Er is hier 's avonds toch niets te doen.'

Sóldís negeerde haar klaagzang. 'Was er iets voorgevallen? Omdat hij zo plotseling vertrok?'

'Weet ik niet. Wat mij betreft mocht hij gaan. Hij was een regelrechte idioot.'

'Hoezo dat?' Sóldís wist dat in de puberwereld van Íris vrijwel iedereen gestoord was. Alleen zijzelf en haar vriendinnen niet, de weinige die waren overgebleven nadat ze naar een ander land verhuisd was.

Íris rolde met haar ogen, alsof Sóldís werkelijk niets begreep. 'Gewoon. Hij was *saai.*' Dat laatste woord sprak ze uit met een dik Amerikaans accent. 'Maar hij dacht dat hij interessant was. Hij was meer een soort creep. En hij kreeg ruzie met papa. Terwijl hij wist dat papa ziek was. Een regelrechte idioot. Zoals ik al zei.'

'Maakte hij ruzie met je vader? Waarover dan?' Sóldís kon zich er wel iets bij voorstellen. Reynir had een onaangename houding en zei soms dingen die echt niet konden. Hij stelde heel persoonlijke vragen, vroeg haar naar haar gemiddelde studieresultaten, wat haar ouders deden en waarom ze geen broers en zussen had. Om er nog maar over te zwijgen dat hij haar op een middag vroeg of ze ooit een relatie had gehad en tot welk geslacht ze zich aangetrokken voelde. Toen had Ása ingegrepen en was snel over iets anders begonnen. Ze had toen zachtjes tegen Sóldís gezegd dat Reynir was veranderd na de operatie en dat ze het zich niet moest aantrekken. Het was prima om hem gewoon geen antwoord te geven. Hij had wat hersenschade opgelopen toen de tumor uit zijn hoofd was verwijderd.

'Ik weet het niet. Ik was in mijn kamer en hoorde alleen het lawaai. Ze schreeuwden tegen elkaar. Maar Alvar begon. Papa niet.'

Het maakte natuurlijk niets uit waarover ze ruzie hadden gemaakt of wie er was begonnen. Haar voorganger was gestopt na een aanvaring met Reynir. 'En de vrouw die hier vóór hem was? Was zij hier korter dan ze van plan was?'

Íris keek haar scherp aan. 'Bedoel je Berglind? Zij is ontslagen.'

'Weet je ook waarom?' Sóldís rekende er half op dat Íris iets naar haar zou gooien of haar vragen waarom ze zo nieuwsgierig was. Maar dat deed ze niet.

'Mama verdroeg haar niet. Toen heeft ze haar weggestuurd.'

Dus Ása en Reynir hadden er allebei voor gezorgd dat de hulp in huis ervandoor ging. Ze kon dat nog begrijpen in het geval van Reynir, maar Ása had tot nu toe heel geschikt geleken en niet iemand met wie je snel problemen kreeg. Sóldís dacht dat Berglind misschien de regels over de sociale media had geschonden. Misschien had ze een foto van het gezin gepost of een filmpje waar Ása zich aan had gestoord. 'Had ze iets verkeerd gedaan?'

'Ik heb geen idee, maar kennelijk wel. Je moet wel iets ergs hebben gedaan om te worden ontslagen. Dat denk ik in ieder geval.'

Sóldís knikte. Ze betwijfelde of Íris ooit al eens gewerkt had. Ze had niet de hele zomer op het land hoeven werken als vakantiebaantje of in de weekenden achter de kassa in de Bónus hoeven zitten om te sparen voor iets wat ze graag wilde hebben. Íris zou ook niet in een restaurant hoeven te werken tijdens haar studie en haar resultaten zouden des te beter zijn. Haar vader zou niet verwijtend naar haar kijken als hij haar naar haar cijfers vroeg. Maar het was niet gepast om deze gedachten met haar te delen. 'Ja. Meestal is dat wel zo.'

De telefoon van Íris piepte en ze vergat Sóldís direct. Ze las iets op haar scherm dat haar blij leek te maken en er speelde een zeldzame lach om haar lippen. Sóldís was er vrijwel zeker van dat ze een bericht had ontvangen van Robbi, de jongen op wie ze verliefd was. Ze stelde nog een vraag, in de hoop dat Íris antwoord zou geven, ook al was ze met haar gedachten ergens anders. 'Wie is de paardenman, Íris?'

Íris keek meteen op van haar telefoon. 'Wat?'

'De paardenman. Gígja had het gisteren over de paardenman toen we iemand buiten zagen. Ik vergat te vragen wie zij eigenlijk bedoelde.' Dat was niet helemaal zoals het gegaan was, maar dat maakte niet uit. Íris was er niet bij geweest.

'Gígja zegt maar wat. Ze gelooft alle shit van mama. Die is helemaal vol van die man. Verbeeldt zich dat hij achter haar aan zit. Wie gelooft dat nou? Hij heeft genoeg andere dingen te doen. En hij is helemaal niet zo.'

'Wie is hij eigenlijk?'

Íris snoof geïrriteerd. 'De vader van mijn vriendje. De vader van Robbi. Mama is gestoord. Ze begrijpt er niets van.'

'Wat begrijpt ze niet?'

Íris kreeg niet de kans om antwoord te geven. Vanuit de gang klonk een geluid waaruit bleek dat de voordeur werd geopend. Genoeg voor hen beiden om op te springen en weer de keuken in te gaan. Daar bogen zij zich weer over de conjunctief en de bedrijvende vorm en deden ze of ze al die tijd niets anders hadden gedaan. Sóldís voelde haar hart sneller kloppen en ze besefte dat haar bestaan niet heel erg spannend was. Als het leven een autorit was, dan was zij een oudere vrouw met een beperkt zicht die op het midden van de weg reed, de helft langzamer dan alle anderen. Ze was voorzichtig en daarom veilig, maar ze liep van alles mis. Zoals het gevoel dat haar hart af en toe sneller ging kloppen. De grootste spanning voor ze naar Hvarf kwam was als ze in de supermarkt haar boodschappen nog niet in haar tas had gedaan en de volgende klant ze al op de band begon te zetten.

Misschien had Jónsi wel gelijk. Ze was tomatensaus. Geen bearnaise.

Sóldís probeerde de concentratie die ze eerst hadden weer te bereiken en ze staarde naar het geopende leerboek dat tussen hen in lag op de keukentafel. Maar de teksten gingen niet direct leven. Het waren alleen maar letters op papier. Er was niets aan te doen. Niemand kwam de keuken in om deze saaie les bij te wonen. Ze hoorden zelfs geen enkel geluid uit de gang of ergens anders in huis.

Sóldís keek naar Íris. 'Hoorde jij net ook de buitendeur?'

Íris knikte. Ze draaide zich om en keek naar de deuropening. Toen leek het of ze wilde opstaan, maar Sóldís legde haar hand op haar schouder en zei dat ze zelf zou gaan kijken. Ze liep in de richting van de gang en schrok zich wezenloos toen die vervloekte koekoeksklok begon te roepen. Ze kreeg zowat een hartverzakking. Zonder de gebeurtenissen van de vorige avond zou ze niet zo gespannen zijn geweest. Natuurlijk was er niets aan de hand. Ása, Reynir en Gígja waren gewoon thuisgekomen en hadden de deur misschien geopend om alvast hun natte wanten of shawls binnen te leggen en waren vervolgens naar de stal gegaan om voor de dieren te zorgen. De voordeur zat op slot, ze had hem in het slot horen vallen toen het gezin was weggegaan.

In de gang lagen geen natte wanten op de grond. Ook geen shawls. Voor de dichte deur was echter wel een nat voetspoor te zien op de betegelde vloer. De sporen waren groot en zeker niet van Gígja. Waarschijnlijk van Reynir. Maar zijn schoenen waren nergens te zien en je kon niet anders concluderen dan dat hij even naar binnen was gekomen, maar direct weer naar buiten was gegaan. Hij moest achteruit zijn gelopen, want er waren geen andere sporen te zien dan deze.

Sóldís besloot de voordeur te openen om te kijken of ze de familie zag. Toen ze de deurknop had vastgepakt en de deur een klein eindje had geopend, dacht ze aan die man. Wat als hij nu buiten stond? Er zat een kijkgaatje in de deur waardoor ze had kunnen kijken, maar het was nu te laat. Ze had de deur al opengedaan.

Er was geen onbekende te zien op het erf. Er was geen levende ziel. Ze kon niet ver kijken vanwege de sneeuw die was begonnen te vallen toen ze met Íris aan de keukentafel had gezeten. Dikke vlokken vulden de sporen en geleidelijk aan verdween het pad.

Toen de familie uiteindelijk thuiskwam, waren de sporen in de sneeuw helemaal verdwenen. En de vloerverwarming had de sporen in de gang laten verdampen.

HOOFDSTUK 9 | DONDERDAG

Het beddengoed was duurder dan Týr had gedacht. Het was bedoeld voor toeristen. Er stond een groenige afbeelding op van het noorderlicht. Daardoor was het bijzonder kleurrijk en het zou hem waarschijnlijk uit de slaap houden. De kleur deed hem denken aan de groenige kleur van Ása's lichaam, en daar wilde hij voor het slapengaan liever niet aan worden herinnerd. Het zou ook het noorderlicht zelf de komende jaren voor hem verpesten. Hij stak zijn creditcard in zijn portefeuille, bedankte de verkoopster en liep terug naar de auto. Hij zette de tas met het beddengoed op de achterbank en ging voorin zitten.

'Gelukt, zie ik.' Karó startte de auto. Ze had zich de winkel uit gehaast nadat ze haar eigen lakens en sloop had gekocht, die net zo lelijk waren, met een afbeelding van een vulkaan. Hij had het gevoel gehad dat ze zich niet prettig had gevoeld in die winkel. Dat was ook geen wonder; de verkoopster had in het Engels tegen haar gesproken, ook al had Karó haar steeds in het IJslands geantwoord. Hij had bijna zijn zelfbeheersing verloren en zich ermee bemoeid. Hij voelde zich een idioot als hij er zo bij stond en moest doen alsof hij niets merkte. Ooit zou hij dat tegen haar moeten zeggen en van haar horen hoe zijn reactie zou moeten zijn. Hij wilde het niet nog erger maken. 'Ik heb Hördur gebeld terwijl jij nog binnen was. Hem het weinige laten weten wat uit het gesprek is gekomen. En we hebben een volgende opdracht gekregen.'

Týr probeerde zijn ongenoegen te verbergen. Het nieuws was net zo teleurstellend als het armzalige aanbod van beddengoed in deze winkel. Hij had gehoopt dat ze iets te horen zouden krijgen over de volgende stappen die er zouden worden gezet. Maar hij dacht aan de woorden van zijn chef dat Reykjavik er alleen was bij gehaald om steun te verlenen en besloot te zwijgen in plaats van daarover te mopperen. Het liefst zou hij met Einar Ari Arason zijn gaan praten, die man van de boerderij naast het gezin en die een conflict had met het echtpaar. Hij vroeg wat Hördur over hem had gezegd en Karó zei dat dat niet veel was geweest. De man was in de omgeving bekend wegens de overlast die hij veroorzaakte. De politie had vaak met hem te stellen gehad en de vrede moeten herstellen. Een keer wegens bedreiging aan het adres van Ása om het gebruik van land dat aan Hvarf toebehoorde. Hördur had er snel aan toegevoegd dat er een groot verschil was tussen dit gedoe en het plegen van een moord. En dat was natuurlijk zo. Niettemin zorgden zijn contacten met de familie voor een donkere vlek op hun verder vreedzame bestaan.

'We moeten gaan praten met de technici van het telefoonbedrijf dat de gsm-mast bij Hvarf heeft opgesteld. Zij waren gestuurd om het contact met de plaats delict te herstellen, maar ik begrijp dat ze denken dat het om vernieling gaat. Ze wachten op ons, zodat wij foto's kunnen nemen en het kunnen registreren. Voor het geval het met de moordzaak te maken heeft.'

Týr kon zich niet inhouden. 'En die Einar Ari? Moet er niet ook met hem worden gesproken?'

'Voorlopig niet. Mij werd gezegd dat ze wilden wachten tot er meer bekend is over hoe die conflicten tussen hem en het echtpaar zich ontwikkelden. Hördur zei dat het echtpaar niet meer had gebeld en had geklaagd nadat de politie met de man had gesproken en hem had gevraagd te stoppen met zijn bedreigingen. Waarschijnlijk ging daarna alles als een nachtkaars uit. Maar wie weet. Het is beter om goed voorbereid te zijn als die vent raar gaat doen. En het kan natuurlijk ook zijn dat het onnodig blijkt om met hem te praten. Als Reynir wordt gevonden en hij schuldig blijkt.'

Ze reden in de richting van de boerderij van het gezin en stopten toen ze het busje tegenkwamen van de telefoonmaatschappij. Karó zette de auto langs de kant van de weg achter het busje en ze begonnen aan de klim tegen de helling op naar de zendmast, in de voetsporen van de technici. Ze zwaaiden naar hen, toen ze hen zagen zitten op een grote rots die uit de sneeuw oprees. Ze stonden op toen Týr en Karó nog maar een klein stukje hoefden te lopen, sloegen hun armen over elkaar en keken toe hoe ze hijgend en puffend de laatste meters aflegden. Het was hun niet aan te zien dat ze van hun verblijf daar genoten. Ze zagen allebei vuurrood en waren duidelijk verkleumd en het wachten moe.

In de sneeuw op de helling naast hen lag een gsm-antenne, een witte aluminium cilinder die aan een stalen paal vastzat. Aan een uiteinde van de paal zaten draden die alle kanten op gingen. De antenne zag eruit als een plant die met wortels en al uit de grond was gerukt. Er stond een laag betonnen voetstuk naast en het was overduidelijk dat de paal met de antenne daar ooit op had vastgezeten. Het was open terrein, dus het moest er heel winderig zijn. Týr dacht dat de paal het misschien begeven had bij een krachtige windstoot. Nadat hij zich had voorgesteld, legde hij die theorie aan hen voor: 'Is hij niet gewoon omgewaaid?'

De jongste van de twee mannen antwoordde: 'Kan zijn. Als de wind met een Engelse sleutel kan omgaan. De moeren op de bevestiging zijn losgedraaid en vervolgens is de antenne omvergetrokken. Alle draden losgekoppeld. Daarom belden we.'

Karó leek de sneer naar Týr niet op te merken. Of die kon haar niet schelen. 'Is dat een vaker voorkomend probleem? Dat vandalen zo'n apparaat omvergooien?'

'Nooit eerder gezien,' antwoordde de oudste man en de jongste knikte bevestigend. 'Zelfs idioten die fietsen stelen en kledingcontainers in de fik steken willen nog internet en bereik voor hun telefoon. Nog afgezien van het feit dat ze hier niet toevallig voorbijkomen. Degene die dit deed, wilde de verbinding verbreken.'

Týr keek uit over het gebied. 'Welk gebied bestreek die zender?'

'Maar één boerderij. Hij heet Hvarf en het is niet zonder reden dat die naam verdwijning betekent. Voordat die zender werd geplaatst bevond die boerderij zich in een soort schaduwgebied, buiten het normale distributienetwerk. Andere boerderijen hier in de omgeving bereikten andere zenders. Dus als het de bedoeling was om de verbinding te verbreken, dan moest dat bedoeld zijn voor die ene boerderij.' De oudste man wees naar de boerderij waar de doden waren aangetroffen.

Vanaf het punt waar de zender had gestaan leek de boerderij nog lager op de vlakte te liggen. Je kon de auto's op het erf zien staan en als je verderop keek zag je een groep mensen van de reddingsdienst in kleurige hesjes zoeken naar het lichaam van Reynir.

'Is bekend wanneer de zender ophield met werken? Wanneer de verbinding werd verbroken?' Týr wendde zich weer tot de mannen.

Ze keken elkaar aan. 'Ja, natuurlijk.'

Omdat geen van beiden van plan leek meer te zeggen, drong Karó bij hen aan. 'En wanneer was dat?'

'Vorige week vrijdag, volgens mij.' De oudste man leek zich een beetje te generen.

'Zes dagen geleden dus. Wachten jullie altijd zo lang met ingrijpen? Klopt het dat jullie er pas achter kwamen toen wij jullie vroegen te komen?' Karó glimlachte om de scherpte uit haar stem te krijgen.

'Ja, je zou kunnen zeggen dat het ongewoon is. Maar dit is ook geen gewone zender. Hij is vorig jaar speciaal opgericht voor die ene boerderij. Het zat niet in de planning om het onmiddellijk te doen, maar de eigenaren betaalden alle kosten en kwamen zo vooraan in de rij te staan. De vorige eigenaar had nooit geklaagd. Maar omdat die zender dus een soort privézender is werd er gewacht tot die mensen contact opnamen en om reparatie vroegen. Het zou moeilijk zijn geweest om het betaald te krijgen als we er zomaar heen waren gegaan en achteraf de rekening hadden gestuurd. Maar ze belden niet. Ze stuurden geen mail. Niets. Ze lieten niets van zich horen.'

'Nee. Ze lieten niets van zich horen.' Karó keek even naar Týr. Ze dacht ongetwijfeld hetzelfde als hij. Dode mensen namen meestal geen contact op met dienstverleners.

Het was een grote drukte op het erf van de boerderij. Er stonden twee auto's van de technische recherche, naast de voertuigen van de slachtoffers en twee politiejeeps. Er stond ook een grote veewagen. De deuren van de stal waren open en er werden twee koeien de laadklep op geleid die de wagen in voerde. De mensen die ze meevoerden droegen beschermende overalls, met handschoenen en mondmaskers, net als degenen die de dieren van achteren opdreven. Týr begreep dat dat niet vanwege de dieren was, maar vanwege de stal. Je kon nooit weten of de dader daar naar binnen was gegaan, misschien zelfs daar het moordwapen vandaan had, als het inderdaad een bijl was geweest. Al die voorzorgsmaatregelen hadden natuurlijk weinig zin als Reynir de dader was. Hij woonde op de boerderij en zijn sporen waren waarschijnlijk overal te vinden. Op zich vertelden ze de onderzoekers dus weinig. In de gevallen waarin de dader de slachtoffers kende of tot hetzelfde gezin behoorde moesten dergelijke bewijzen direct met de moord verband houden of niet op een andere manier kunnen worden verklaard.

Týr en Karó werden niet door hondengeblaf verwelkomd toen ze uitstapten, dus Týr begreep dat ze die arme dieren hadden weggehaald. Wat er in zo'n situatie met honden gebeurde wist hij niet. Misschien had familie van het gezin ze opgevangen. Er waren er niet veel die daarvoor in aanmerking kwamen, want het echtpaar was nogal op zichzelf geweest. Familieleden zouden echter vast niet het vee hebben opgenomen, zoals die loeiende koeien.

Een politieman die Týr kende van de technische recherche in de stad zwaaide naar hen vanaf de veranda van het nieuwe huis. Hij liep hun tegemoet. 'Is er iets te melden over die verdomde gsm-verbinding? We hebben maar één Tetra-station en het begint echt ondraaglijk te worden.'

Karó herhaalde wat de reparateurs hun hadden verteld, dat de reparatie zo snel mogelijk gedaan zou worden, maar dat er pas over enkele uren weer bereik zou zijn. Als het apparaat niet beschadigd was tenminste. Anders moesten ze onderdelen bestellen en dan zou het nog zeker een dag duren.

De man hief zijn handen ten hemel en zuchtte. Týr vroeg zich af hoe hij zou reageren op een échte crisis. Karó leek zich van het dramatische gedoe niets aan te trekken en vroeg of er nog iets te melden was.

De man kalmeerde en gedroeg zich weer normaal. 'Niets, eigenlijk. Het huis zit natuurlijk boordevol sporen. Het wordt nog wat om die allemaal uit te werken. En misschien wel voor niets. We hebben niets gevonden wat op iets anders wijst dan dat de man het gedaan heeft en hij is natuurlijk overal geweest in zijn eigen huis. Sporen van hem zeggen ons dus helemaal niets, ook al zitten ze in de slaapkamers. Maar natuurlijk is het wel van belang als die theorie niet blijkt te kloppen. Vooral als de sporen in de slaapkamers zijn gevonden. Er wordt niet vaak aan gasten gevraagd om in bed te gaan liggen.'

'Is er iets anders wat Reynir met de moorden in verband brengt?' Týr verwachtte het niet, maar je wist maar nooit. Hij kon in ieder geval weinig bedenken wat alle twijfel zou wegnemen. Alleen als er een afscheidsbrief van Reynir zou worden gevonden waarin hij de moorden bekende. En dat was onwaarschijnlijk. Zaken werden zelden zo gemakkelijk opgelost.

'Nee. Niets doorslaggevends. We vonden een heleboel medicijnen die aan hem waren voorgeschreven. Ze zijn naar de stad gestuurd om na te trekken, maar we weten in ieder geval dat in één doosje sterke pijnstillers zaten die vaak worden misbruikt. Er waren ook slaapmiddelen. De rest waren medicijnen die vast te maken hadden met zijn ziekte.'

'En zijn paspoort? Is dat teruggevonden?' Karó ritste haar jas dicht tot aan haar kin toen de wind draaide en hen nu recht in het gezicht blies.

'Ja. Dat wel. Het zat in een la in de inloopkast van het echtpaar. Samen met de paspoorten van zijn dochters en zijn vrouw. Dat is in ieder geval goed nieuws. Hij is dus waarschijnlijk nog in het land. Al is dat natuurlijk niet zeker.'

Dat was juist opgemerkt. Het was mogelijk om zonder paspoort te reizen tussen de Schengenlanden, als je je ticket kocht bij een luchtvaartmaatschappij die zulke documenten niet vereiste. Maar dat Reynir het niet had meegenomen maakte het wel waarschijnlijker dat hij nog in IJsland was. Mensen die aan gerechtelijke vervolging probeerden te ontkomen moesten verder vluchten dan Europa, wilden ze enige kans van slagen hebben.

De man draaide zich om en keek even naar de twee auto's van het gezin. 'We hebben één ding ontdekt. De autosleutels zijn onvindbaar. Ze zijn letterlijk nergens. Ook geen reservesleutels. Hetzelfde geldt voor de sneeuwscooter in de stal. Ook de sleutels daarvan zijn verdwenen.'

Karó en Týr keken allebei tegelijk naar de auto's. Zij was de eerste die reageerde: 'Is er overal gezocht?'

'Ja. Eigenlijk wel. Alleen de stal is nog over.' De man haastte zich eraan toe te voegen: 'De vraag is of de sleutels in de koeienstal liggen of op de mesthoop. We hebben de mest niet gezeefd. Maar, hallo, wie bewaart daar nu zijn sleutels?'

'Niemand natuurlijk. Maar degene die ze heeft weggenomen kan ze daar wel hebben weggegooid.' Karó haalde haar schouders op.

'En het glasvezelkastje is kapotgemaakt.' De man schudde zijn hoofd. 'Vreselijk.'

'Vergeet de gsm-zender niet. Die is ook vernietigd.' Týr keek naar het hoge woongebouw. Onder normale omstandigheden zou hij er behoorlijk van onder de indruk zijn. Nu liepen de rillingen hem over de rug als hij ernaar keek. 'Is het niet duidelijk dat dat is gedaan om het gezin te isoleren? Om te voorkomen dat ze om hulp zouden bellen of dat iemand met de auto zou kunnen ontkomen?'

'Of te paard.' De man wees naar de stal. 'Ze hadden twee paarden die ook zijn verdwenen, net als de sleutels. Je zou haast denken dat ze zijn losgelaten, en dan met dezelfde reden. Opdat het niet mogelijk zou zijn om te paard weg te komen. Het kan ook nog dat de man des huizes in het zadel is gesprongen.'

'Is het zeker dat ze maar over twee auto's beschikten?' Týr vroeg het, omdat het een heel eind was naar de bewoonde wereld, zeker in deze barre winterse omstandigheden. Als Reynir wilde ontkomen, dan had hij dat niet te voet of te paard gedaan. Niet met twee auto's op het erf.

'Volgens de voertuigregistratie ging het alleen om deze twee. Maar hij kan natuurlijk nog een huurauto hebben gehad. Daar wordt navraag naar gedaan bij de grootste autoverhuurbedrijven. Het is niet waarschijnlijk dat dat wat oplevert.'

'Waarom niet?' Týr begreep niet waarom die conclusie werd getrokken.

'Er ontbreekt een sneeuwscooter. Volgens de voertuigregistratie hadden ze er twee, maar we hebben er maar één aangetroffen. Waarschijnlijk is Reynir daarop ontkomen. Wat betekent dat het zoekgebied veel groter is dan we eerst dachten. Die sneeuwscooter kan natuurlijk ook ergens in een garage staan of zijn uitgeleend. Die kans bestaat altijd.'

Na een beetje gedoe was het gelukt om de koeien de veewagen in te krijgen. Er klonk een luid geloei uit de auto, maar toen waren ze stil en verschenen de mannen die ze de stal uit hadden geleid weer. Ze liepen de laadklep af en sloten de deuren van de auto. 'Waren die paarden eigenlijk goede rijpaarden? Dure paarden die iemand kan hebben gestolen?' vroeg Karó.

De man haalde zijn schouders op. 'Dat weet ik niet. Er zijn daar twee boxen waarin de paarden tot voor kort hebben gestaan. En er zijn allemaal paardenspullen. Zadels en hoofdstellen en zo. Natuurlijk is het denkbaar dat ze zijn vrijgelaten voordat de moorden werden gepleegd en dat dat door de eigenaren is gedaan, maar het is onwaarschijnlijk. Paarden die gewend zijn binnen te staan, worden in de winter niet naar buiten gestuurd. En het weer is wel heel erg slecht geweest, dus dat maakt het nog onwaarschijnlijker. Wij denken dat het de bedoeling is geweest de boerderij te isoleren. Het gezin af te sluiten. Voor het geval dat een van hen de aanval zou overleven.'

Het huis begon hem steeds meer tegen te staan en Týr wendde zijn blik af. 'Is duidelijk geworden wanneer ze voor het laatst actief waren op internet of op sociale media?'

De man schudde zijn hoofd. 'Nee. Niet voor zover ik weet. Hun telefoons zijn naar de stad gestuurd, samen met de eerste monsters. Net als alle computers in het huis. We zullen daar vanavond pas iets over horen. Of morgen. Maar omdat elke verbinding met de boerderij was afgesneden vertellen die apparaten ons misschien alleen wanneer dat is gebeurd.'

'Misschien wel op hetzelfde moment.' Týr voegde er ter verklaring aan toe: 'Als ze net als de meeste mensen waren, dan hebben ze het niet zwijgend geaccepteerd dat ze geen internet meer hadden. Als het gebeurde nadat de gsm-zender uitviel, zou je denken dat ze erheen zijn gereden om de verbinding te herstellen of de storing hadden doorgegeven. Gevraagd om een monteur. Maar wie weet, misschien waren de autosleutels al verstopt? Of misschien zijn de moorden gepleegd direct nadat het glasvezelkastje is vernield.'

'Het wordt interessant om te zien wat de sectie heeft opgeleverd.' De man klonk optimistischer dan in deze situatie gepast was. Idunn, de patholoog-anatoom, had gezegd er geen doorslaggevende conclusies zouden kunnen worden getrokken over het moment van overlijden. Týr kon dat nog steeds niet echt geloven. Er moest toch in ieder geval íets uit komen.

Hij had altijd moeite gehad met wachten en zeker als er veel van afhing. Hij wenste vaak dat je het leven kon vooruitspoelen als een film. Het kwam veel minder vaak voor dat hij wilde dat je kon terugspoelen. Er was weinig in het verleden dat hij nog eens wilde overdoen of op een andere manier zou willen aanpakken. Hij besefte dat er dan waarschijnlijk niets zou veranderen. Hij speelde maar een heel kleine rol in het bestaan en was eigenlijk meer een figurant. Niets wat hij deed of zei, niet deed of niet zei, had enige invloed op de loop van het leven.

'Die verdomde sneeuw!' Karó maakte een schoppende beweging naar de sneeuwvlagen. 'Er zijn waarschijnlijk geen sporen gevonden rond het huis?'

'Nee. Die zijn allemaal verdwenen.' De man voegde eraan toe: 'We hebben wel twee kippenkoppen gevonden onder de sneeuw achter het huis. Op de veranda.'

'Kippenkoppen?' vroeg Týr. Zijn ouders hadden ervoor gezorgd dat hij goed IJslands sprak. Maar soms stuitte hij op een woord of een samenstelling die hij niet begreep. Zoals nu.

'Ja. Afgehakte koppen. Van kippen. Die hadden waarschijnlijk in het kippenhok gezeten achter het huis. Er hadden een paar kippen gezeten, maar nu zat alles daar onder de veren.'

'Hielden ze kippen om ze op te eten?' Karó's gezicht wees er niet op dat ze het erg vond dat ze niet op dat feestmaal was uitgenodigd.

'Nee. Zeker weten van niet. We vonden ook kippen zonder kop. Iemand heeft geprobeerd ze achter het huis te begraven. Er stond een schop tegen de muur en we zijn daar natuurlijk meteen gaan zoeken. Maar de grond was waarschijnlijk bevroren geweest, want ze lagen heel ondiep.'

'Kunnen jullie bepalen hoelang ze daar hebben gelegen?' vroeg Karó.

'Nee. Maar ze zijn naar de stad overgebracht voor onderzoek. Waarom weet ik eigenlijk niet. Ik zou niet weten wat ze met de moorden te maken kunnen hebben.'

'Misschien waren ze een voorspel. De eerste stap van de waanzin. Of een oefening.' Týr vond dat er alle reden voor was om de restanten van de vogels te onderzoeken. Het kon niet normaal zijn om je kippen te onthoofden, alleen om ze te begraven.

Er kwam een abrupt eind aan het gesprek, alsof het geluid werd uitgezet. Ze stonden even naar de boerderij te kijken, voordat de man de stilte verbrak en vroeg of ze binnen wat wilden rondkijken. Týr had daar helemaal geen zin in, maar Karó wilde wel en nam het aanbod voor hen beiden aan.

Ze trokken overalls aan, ook al was het grootste deel van de twee gebouwen vrijgegeven na het verzamelen van sporen. Ze kwamen een paar mensen van de technische recherche tegen die net naar buiten kwamen, allemaal gekleed in vergelijkbare beschermende kleding. Een van hen zei hun voorzichtig te zijn, niets aan te raken en liever geen kamers binnen te gaan, tenzij het echt niet anders kon. Ze mochten de wastafels niet gebruiken en nergens anders kranen openen, omdat de waterleiding nog moest worden leeggepompt om de neerslag van het water te onderzoeken. Het was waarschijnlijk dat de dader zich na het bloedbad had gedoucht of gewassen. Ze zei vervolgens dat zij onderweg waren naar de stal om daar alles na te lopen. Toen ze weg waren, zei degene die met Týr en Karó meeliep dat alles erop wees dat de dieren de afgelopen dagen waren verzorgd, tot het moment dat de lijken waren ontdekt. De veearts had de koeien en de honden nagekeken en ze waren in orde geweest.

Dat wees allemaal op hetzelfde. Reynir was de dader. Wie anders zou de dieren hebben verzorgd, in het huis hebben gewoond, eten voor zichzelf hebben gemaakt en de klok in het huis hebben opgewonden nadat hij twee vrouwen en twee meisjes had vermoord?

Toen ze naar binnen gingen wees Týr naar een klein bordje boven de voordeur. Hij was er vrij zeker van dat het bij een beveiligingscamera had gehoord. De draden die ernaast uit de muur staken wezen daarop. 'Is er een beveiligingssysteem in het huis? Camera's?' Hij was de vorige avond te veel in shock geweest om net zoveel om zich heen te kijken als hij gewoon was te doen op een plaats delict. Er hadden op elke hoek camera's kunnen hangen zonder dat het hem was opgevallen.

De politieman keek op en antwoordde: 'Ja. Dat lijkt zo te zijn. Maar ze zijn allemaal weggehaald. We hebben er niet een gevonden in het hele huis. Wanneer dat is gedaan is niet goed te zeggen, al heeft het waarschijnlijk wel met de moorden te maken.'

'Het heeft weinig zin om ze na afloop weg te halen.' Karó keek ook omhoog. 'De opnames moeten zijn bekeken. Is de computer ook vernield of meegenomen?'

'Nee. Er lijkt geen computer te ontbreken. Het systeem was nog verbonden met de computer die naar de stad is gebracht voor onderzoek, dus het lijkt erop dat alleen de camera's zijn weggehaald.' De man keek omlaag. 'Waarschijnlijk voor de moorden zijn gepleegd, dus we zullen wel niets aan die opnames hebben. Zoals je al zei, wat heeft het voor zin om ze na afloop weg te halen?'

Týr ademde iets lichter toen ze naar binnen gingen. Hij vond het huis minder bedrukkend dan de vorige keer. Er stonden overal bordjes van de technische recherche die de afschuw die de sporen van het bloedbad hadden gewekt verminderden. Er waren overal schijnwerpers geplaatst die alle schaduwen verdreven. De geur binnen was ook beter – maar het grootste verschil was dat de doden niet meer in hun bedden lagen. Het was minder erg om in de slaapkamers te kijken, bijna alsof er niets gebeurd was. Afgezien van de bloedsporen op de muren. Het van bloed doortrokken beddengoed was opgestuurd voor onderzoek, net als de matrassen uit alle slaapkamers. Volgens de man die ze door het huis leidde waren ze met het beddengoed meegestuurd naar de stad, omdat ze net zo doordrenkt waren van bloed als de lakens.

De kamers van de meisjes zagen er daardoor bijna normaal uit en Týr keek er eens goed rond. Hij keek naar de decoraties aan de muur, dingen die zij er hadden opgehangen en de kleren die in de geopende kasten hingen. Het eerste wat hem opviel was het leeftijdsverschil tussen de zusjes als je hun kamers vergeleek. Bij de jongste was alles kinderlijk en kleurig, in de kast hing kleding in alle kleuren van de regenboog en de tekeningen aan de muur waren van haarzelf. Allemaal leken ze geluk en blijdschap uit te drukken. Op elke tekening stond een grote gele zon, omringd door zonnestralen, aan de hemel. De tekeningen waren meestal van blije mensen of lachende dieren. Of een combinatie van beide. Bloedspatten op de tekeningen aan de muur naast het bed van het meisje haalden de vrolijke sfeer wel wat naar beneden.

Er hingen ook Star Warsposters aan de muren. Die wereld leek favoriet bij het meisje. Het meeste speelgoed dat uit haar speelgoedkist op de grond was gerold waren ruimteschepen en figuren uit die films. Bloed was ook op die kist en de inhoud ervan gespat.

Týr keek kennelijk te lang naar de gruwelijk uitziende speelgoedkist. Degene die met hen meeliep vatte dat op als een teken dat Týr vond dat ze het bloed niet hadden gezien. ‘Dat gaat allemaal met het volgende transport mee naar de stad. Er was geen plaats voor alles, vanwege de matrassen.’

Týr knikte alleen maar en zei niet dat hij er niet aan twijfelde dat alles in goede handen was. Hij ging door met om zich heen kijken.

Een van de dingen waarbij Týr bleef staan was een schrift dat op het bureautje van het meisje lag. Op de voorkant stond *Woordenlijst*, geschreven met kleurige stiften, elke letter in een andere kleur. Hij opende het schrift en las een paar woorden die met een kinderlijk handschrift waren opgeschreven. Ze volgden niet altijd netjes de lijntjes op de bladzijden. Soms was een woord doorgehaald dat niet goed was gespeld en was het opnieuw geschreven. *Sadel* werd *Zadel* en *Gietje* werd *Geitje*. Er waren maar een paar bladzijden beschreven en nu zou die woordenlijst nooit worden afgemaakt. De meeste woorden hadden met dieren en de natuur te maken en het moeilijkste woord dat hij tegenkwam was *Poedersneeuw*. Het was het meisje gelukt dat in één keer goed te schrijven en Týr was er bijna zeker van dat een ouder iemand dat voor haar had gespeld, uitgaande van de fouten die ze in veel eenvoudiger woorden in het schrift had gemaakt.

Týr bladerde door de lege bladzijden tot hij helemaal achterin was gekomen. Daar was een bladzijde waar met veel grotere letters dan voorin was geschreven: *Niet kijken!* Hij negeerde dat, ging naar de volgende bladzijde en las de paar woorden die daar stonden geschreven: *Kut, Teef, Klootsak, Hoer, Zmeerlap, Rat, Swijn, Fuking* en *Ferdomme*. Het was duidelijk dat het meisje geen hulp had gehad van een volwassene om deze woorden in haar woordenlijst op te schrijven. Waar had zij die scheldwoorden en vloeken gehoord? Op de televisie, in rapmuziek of in haar naaste omgeving? Als dat laatste het geval was, wees dat erop dat er luide ruzies hadden plaatsgevonden. Maar het was onmogelijk om de bron te achterhalen als niemand uit het gezin er nog iets over kon zeggen.

Týr wees de man op de tekst. 'Jullie moeten dit ook meenemen.'

De kamer van het tienermeisje was heel anders dan die van haar jongere zusje. De kleuren waren donkerder en nergens was iets te bekennen wat je schattig zou kunnen noemen. De kleren in de kast waren in aardetinten of zwart en er hingen een paar uitverkoren kledingstukken op hangertjes aan haken in de muur, ter versiering, net als enkele handtassen. Hij vermoedde dat het merkproducten waren waarvan het niet vreemd werd gevonden om ermee te pronken. Net als de tekeningen van haar kleine zusje zaten die dingen ook onder het bloed.

Als de bedbodem er niet had gestaan, met alleen de ondermatras, en de muren niet onder het bloed hadden gezeten, zou dit net zo goed het kantoor kunnen zijn van iemand uit de modewereld. Zoals het tieners betaamt had ze een klein beetje te veel haar best gedaan om cool te lijken en was daardoor haar doel voorbijgeschoten. De kamer was nogal clichématig en stijf. Met de tijd zou ze ongetwijfeld de balans hebben gevonden om een zwoel type te kunnen zijn, maar zo ver zou het nooit komen en daarom was haar puberkamer eigenlijk nog verdrietiger dan die van haar zusje.

Ze keken ook in de kamers waar ze de avond tevoren niet binnen waren geweest. Er zat bij elke slaapkamer een grote badkamer en er was ook een inloopkast bij de ouderslaapkamer. In het huis was ook een fitnessruimte, met alle belangrijkste apparaten. Een kamer bleek een wijnkelder te zijn en een andere een groot kantoor. Daaruit waren de computers weggehaald; er stonden nog een paar grote schermen, naast elkaar op twee tafels. Op de grond in een hoek stond een apparaat dat Týr nog het meeste deed denken aan een kleine robot. Het bezat twee grote ronde lenzen die op ogen leken, had twee grijparmen, rupsbanden in plaats van voeten en een lade aan de voorkant waarvan het doel niet meteen duidelijk was. 'Wat is dat?'

De man haalde zijn schouders op. 'De huisrobot, denken we. Een apparaat dat nog iets verder is ontwikkeld dan de robotstofzuiger. Of misschien is het speelgoed.' Hij liep naar de kast die tegen de muur stond en opende hem. Onderin was een safe, die hij ook openmaakte. 'Deze was dicht, maar niet op slot. Er zaten buitenlandse bankbiljetten in. Euro's, dollars, ponden.'

'Veel?' Karó hurkte neer om erin te kijken. Er leek niet veel te zien te zijn, want ze kwam direct weer overeind.

'Op zich niet. Ongeveer tweehonderdduizend kronen, snel gerekend. Er waren ook wat documenten. Hun trouwakte, de geboortebewijzen van de meisjes. Dat soort dingen.'

'Maar zoals jullie zien, was het in ieder geval geen roofmoord.' De man sloot de safe en wees naar de twee bureaus. 'Afgezien van het geld staat het huis vol kostbare spullen die niet zijn aangeraakt. De computers die hier stonden kosten bijvoorbeeld een fortuin. Er ligt zilveren bestek voor tien personen in de keukenkast, juwelen in de laden, er hangt dure kunst aan alle muren, allerlei verzamelobjecten en bankbiljetten door het hele huis. We hebben roof vrijwel uitgesloten. Niets van dat alles is meegenomen.'

Týr keek nadenkend om zich heen. 'Tenzij er iets is verdwenen dat kostbaarder was dan alles wat je hebt opgesomd. Zoveel kostbaarder dat het niet in verhouding stond met andere dingen.' Hij zweeg en wachtte op de vraag die moest komen. Die kwam ook na een korte stilte.

'Zoals wat?'

Týr haalde zijn schouders op. 'Geen idee. Diamanten, misschien.'

'Misschien waren de sporen van een hoer.' Gígja staarde vol spanning naar Sóldís en leek op een reactie te wachten.

Die kwam al snel. Sóldís fronste haar voorhoofd. 'Wat zeg je?' Ze dacht eerst dat Gígja zich versproken had, dat ze een heel ander woord had willen gebruiken, misschien een dat erop leek. IJslands was nog niet helemaal vanzelfsprekend voor haar. Ze probeerde te bedenken wat Gígja had willen zeggen. 'Bedoelde je dat de sporen misschien van een boer waren? Welke boer dan?'

'Ik weet het niet.' Gígja lachte opeens breed. 'Ik ken niet veel boeren.'

Sóldís begon weer over wat Gígja had gezegd. 'Wat wilde je zeggen, Gígja?'

'Niks.' Gígja lachte, kennelijk tevreden dat haar woordgebruik een reactie bij Sóldís had opgeroepen. 'Ik zei maar wat. Ik weet niet wat hoer betekent. Wilde het gewoon even proberen.'

'Sommige woorden kun je beter niet gebruiken, Gígja. Woorden kunnen pijn doen en mensen kunnen boos worden of verdrietig. Je moet oppassen met wat je zegt. Geen woorden gebruiken die je niet kent.'

'Maar ik verzamel woorden. Begga heeft me dat geleerd. Ze zei dat ik alle woorden die ik hoor moest opschrijven. Dan word ik het beste in taal. Beter dan Íris.' Gígja lachte bij de gedachte. 'Dan snapt zij niet wat ik zeg en moet ze mij vragen wat de woorden betekenen.' Van dit toekomstbeeld raakte ze helemaal opgetogen en ze lachte weer, nu nog breder. 'En als ze het vraagt, ga ik het haar lekker niet vertellen.'

Dat was best een goed idee geweest van Berglind, haar voorgangster, ook al was er een lelijk woord tussendoor geglipt bij Gígja. Maar dit was niet het juiste moment om het meisje aan te sporen ermee door te gaan. Het was beter om het morgen weer op te pakken, als Gígja het weer vergeten was. Ze wilde haar niet hoeven uitleggen wat een hoer was. En ze was zelf ook nog met haar gedachten bij dat rare spoor dat die middag was ontstaan.

Het was inmiddels bijna avond, maar ze was nog steeds gespannen. Het hielp niet dat ze eigenlijk de enige was die dacht dat er iemand binnen was geweest – die vervolgens op wonderbaarlijke wijze weer uit de gang was verdwenen. Dat deel van het verhaal was natuurlijk niet erg geloofwaardig en ze had de waarheid beter een beetje kunnen aanpassen en zeggen dat ze een spoor had gezien dat naar en van het huis liep. Ása en Reynir leken haar in ieder geval niet te willen geloven toen ze thuiskwamen. Ze zeiden dat ze de deur achter zich op slot hadden gedaan en dat niemand zonder sleutel naar binnen kon.

Toen waren de sporen verdwenen, zowel buiten als in de gang. Ze kon niets aanwijzen, alleen de sporen van henzelf in de verse sneeuw en zeggen dat de sporen van de onbekende ongeveer daar hadden gelegen. Ze hadden om zich heen gekeken, maar keken al snel weer wat ongemakkelijk naar haar en hadden hun hoofd geschud.

Pas toen Sóldís vroeg of het misschien dezelfde man zou kunnen zijn geweest als die de vorige dag buiten was geweest, verscheen er schrik op Ása's gezicht. Ze deed of er niets aan de hand was toen Reynir zijn handen ophief en begon te roepen dat ze nu niet weer met die verdomde onzin moesten beginnen. Toen was hij naar binnen gestormd en had Ása met een idioot opgewekte stem geroepen dat ze aan het avondeten moesten beginnen. Meer werd er niet over gezegd.

Sóldís zag dat Ása's handen trilden toen ze de ingrediënten voor het eten uit de koelkast pakte. Toen had ze luid *nee* geroepen toen Íris de vouwgordijnen omhoog wilde trekken. Het had dus weinig zin dat Ása deed of ze kalm was. Sóldís wist wel beter. En ze voelde zich nog slechter omdat haar zorgen blijkbaar door Ása werden gedeeld. De beste manier om ze kwijt te raken was erover te praten, maar dat was uitgesloten. Toen ze er iets over probeerde te zeggen tijdens het koken, viel Ása haar direct in de rede en begon over iets anders te praten.

Daarom had Sóldís van de gelegenheid gebruikgemaakt toen zij en Gígja alleen waren en aan het meisje gevraagd of ze iemand waren tegengekomen op hun wandeling. Reynir was opgestaan van tafel, nog voor hij klaar was met eten, en Ása was hem achternagelopen. Íris had toen het dreigende gevaar gezien dat zij zou moeten helpen met de afwas en was snel verdwenen. Anders dan haar zus had Gígja toen breed geglimlacht en gevraagd of ze mocht helpen. Ze had er zelfs *please* aan toegevoegd, alsof Sóldís het liefst in haar eentje opruimde na het eten.

Maar Gígja zei dat ze niemand hadden gezien. Zij had één en één bij elkaar opgeteld na de vragen van Sóldís en begreep dat het om de voetsporen ging. Gígja was natuurlijk bij haar ouders geweest toen Sóldís hen had ontvangen na de wandeling en de opwinding was haar niet ontgaan. Ze had zelfs geprobeerd in de sneeuw te zoeken naar de sporen en in haar kinderlijke beleving gedacht dat ze ook werkelijk sporen had gezien. Maar dat was natuurlijk niets geweest. De sneeuw had alles bedekt.

Gígja's opmerking over dat een hoer de sporen kon hebben

nagelaten waren van hetzelfde kaliber. Ze wilde helpen een verklaring te vinden. Ze kwam met een woord waarvan ze wist dat het iets slechts betekende – waarschijnlijk had ze het horen gebruiken in een negatieve context.

Sóldís liet Gígja de afwas in de vaatwasser zetten en hem aanzetten. 'Dank je wel, Gígja. Je bent geweldig.'

'Ik weet het.' Hoewel het compliment geen verrassing was voor Gígja, lachte ze toch breed, tevreden over zichzelf. 'Wat zullen we nu doen? Wil je Star Wars spelen?'

Onder normale omstandigheden zou Sóldís vriendelijk tegen Gígja hebben gezegd dat ze nu naar haar eigen huis wilde gaan om te lezen. Ze kon zich echter niet voorstellen dat ze nu alleen zou zijn, laat staan alleen in het oude huis. Het praatgrage meisje zou er in ieder geval voor zorgen dat ze niet op al het gekraak en geknars zou letten en de geluiden op de slechtste manier zou uitleggen. Maar van Star Wars kon geen sprake zijn.

'Vraag je moeder of je bij mij naar een film mag kijken. Als ze dat goedvindt, doen we dat. Maar alleen als ze ja zegt.'

Gígja liet zich dat geen twee keer zeggen; ze rende weg. Ze verscheen even later weer en gleed haast uit op het gladde parket in haar haast Sóldís het blijde nieuws te kunnen vertellen. Het mocht. Maar alleen een kinderfilm. Ze voegde er toen fluisterend aan toe dat ze het niet tegen haar moeder zou zeggen als ze naar een griezelfilm zouden kijken. Met monsters. Of mummies.

Het laatste wat Sóldís wilde was naar zulke films kijken. Ze schudde haar hoofd en zei dat het een kinderfilm zou worden. Ze keek nog eens goed naar de keuken voor ze hem verlieten, om er zeker van te zijn dat ze niets over het hoofd had gezien. Het echtpaar was enorm pietluttig wat de huishouding betrof. Ása het meest. De keuken blonk haar tegemoet en er was niets om over te klagen. Hij was precies zoals ze hem wilden hebben, geen rommel en alle oppervlakken klaar voor gebruik. Het rook er zelfs naar allesreiniger.

Bij haar binnen was het niet zo steriel. Zowel het huis als de meubelen waren ouderwets, ze glommen minder en hoeken waren niet zo scherp. Het was er ook minder licht, want er waren geen felle lampen. Daardoor waren er meer schaduwen en als je de barsten in het hout erbij optelde voelde ze zich minder prettig in haar eigen omgeving dan in het hypermoderne huis ernaast.

Maar elk nadeel heeft zijn voordeel... Na het zien van de sporen had ze niet meer zoveel aan Jónsi gedacht. Ze was te gespannen om zich druk te maken over zijn afwijzing. En dat was prettig. Hopelijk zou de vragenstroom van Gígja voorkomen dat ze zou nadenken over de sporen en de man die buiten was. Sóldís zou blij zijn even van de angst en het onrustige gevoel verlost te zijn.

Gígja sprong op de bank voor de televisie en trok haar benen op. Ze had maar één sok aan. Dat stoorde haar niet, maar het had haar moeder enorm geïrriteerd toen ze aan tafel zaten voor het eten. Ása had zich niet op haar eten kunnen concentreren, maar had steeds onder de tafel gekeken om haar irritatie te verhullen. Die ging vervolgens over op Reynir, die haar dwangmatige gedrag niet kon verdragen en uiteindelijk opstond en de keuken verliet zonder zijn bord te hebben leeggegeten. Doorgaans bleef hij gewoon zitten en at hij zonder op de anderen te letten, dus het was overduidelijk dat er iets speelde tussen het echtpaar. Het gezicht van Ása, toen ze hem achternaliep, bevestigde die theorie.

Voordat Sóldís naast Gígja ging zitten liep ze naar de televisie om de afstandsbediening te pakken. Ze legde hem altijd op het televisiemeubel, maar nu greep ze mis. Toch was ze er vrijwel zeker van dat ze hem op zijn plaats had gelegd toen ze de vorige avond tevergeefs naar iets interessants had zitten zoeken. Ze probeerde het zich te herinneren en kon in haar hoofd het beeld oproepen van hoe ze de afstandsbediening op de kast legde. Ze moest het zich verkeerd herinneren. Je pakte de afstandsbediening tenslotte steeds weer en je kon onmogelijk weten of de herinnering oud was of nieuw. Net als wanneer ze 's ochtends de anticonceptiepil innam. Vijf minuten later was ze er niet meer zeker van of ze dat al of niet had gedaan. Niet dat dat op dit moment belangrijk was.

Toen ze de afstandsbediening nergens in de kamer kon vinden, begreep Sóldís er niets meer van. Ze haalden de kussens van de bank en de stoelen om te zien of hij daartussen was gevallen. Ze bleef terugdenken aan de vorige avond. Ze dacht dat ze van de televisiekamer direct naar de badkamer was gegaan, haar gezicht had gewassen, haar tanden gepoetst, en toen naar bed was gegaan. Maar de afstandsbediening was niet in de badkamer, niet op het nachtkastje en niet onder haar bed.

Ze zochten overal in het huis, in de keuken, de zitkamer, de andere kamers, het washok, de voorraadkast en de badkamer op de benedenverdieping. Maar de afstandsbediening was spoorloos.

'Íris heeft hem gepakt.' Gígja koos voor de meest voor de hand liggende verklaring die bij haar opkwam. Zij vond dat altijd alles de schuld was van Íris – en dat zij nooit iets goed deed. 'Zij heeft mijn kleurpotloden een keer verstopt.'

Normaal gesproken zou Sóldís Gígja erop gewezen hebben dat ze niet zo negatief moest zijn over haar zus. Maar op een bepaalde manier had Gígja gelijk. Iemand moest de afstandsbediening hebben gepakt. Hij verdween niet zomaar. Omdat hij nergens te vinden was in het oude huis, moest iemand hem daar hebben meegenomen en er kwamen niet veel mensen in aanmerking. 'Ben jij hier vandaag geweest, Gígja?'

'Nee. Alleen nu.' Gígja stak haar handen uit, met haar handpalmen omhoog. 'Ik heb hem niet.'

'Natuurlijk niet. Jij helpt mij zoeken, weet je nog?' Sóldís probeerde te doen alsof er niets aan de hand was. Maar ze kon het niet laten de dag in haar gedachten terug te spoelen en tot de conclusie te komen dat Reynir de enige was die bij haar naar binnen kon zijn gegaan. Hij was een groot deel van de dag in zijn kantoor geweest of in de slaapkamer, terwijl zij en Ása de meisjes lesgaven en deden wat er gedaan moest worden.

Hij had best naar het oude huis kunnen zijn gelopen, zonder dat zij het merkte. Ze deed de deur naar de tussengang overdag niet op slot. Dat was gewoon nooit bij haar opgekomen. Tot dat moment had ze gedacht dat er mogelijk dreiging bestond van iemand buiten. Niet binnen. Maar waarom zou Reynir in vredesnaam haar afstandsbediening hebben meegenomen? Ze klapte in haar handen en zette een geforceerde glimlach op. 'Zullen we dan maar een spelletje doen?'

Dat moest dan maar. Het spel kaarten bleek op zijn plaats te liggen, in de la van het televisiemeubel. Ze speelden een paar potjes pesten, maar het spelletje was minder spannend met maar twee spelers. Gígja vermaakte zich toch goed. Vooral omdat ze vaker won dan ze verloor. Dat kwam vooral doordat Sóldís er moeite mee had zich te concentreren en ook niet heel erg haar best deed om te winnen.

'Vertel me eens iets, Gígja.'

'Wat?' Gígja keek op van het spel.

'Wie is eigenlijk de paardenman?' Sóldís stelde de vraag zo terloops mogelijk. Ze wilde niet dat het meisje merkte dat de vraag eigenlijk op de grens van ongepast was. Sóldís zou eigenlijk niet iets aan het meisje mogen vragen wat kennelijk geheim moest blijven. Ze moest echter wel overgaan tot ongepaste maatregelen. Ze vond dat ze het recht had te weten wie het gezin dacht dat rond het huis sloop. Zij maakte weliswaar geen deel uit van het gezin – maar ze woonde wel in het huis. Wat ze uit Íris had weten te krijgen vond ze niet genoeg. Dat de man de vader van Robbi was, op wie Íris verliefd was, zei haar niets.

'De paardenman? Die slechte?'

'Ja, die.' Sóldís vermoedde al dat de man in de ogen van de andere gezinsleden – behalve Íris – slecht was.

'Ja. Ik weet wie hij is. Maar ik ken hem niet.'

'Woont hij in de buurt?' Sóldís hoopte in stilte dat Gígja dat zou ontkennen. Ze wilde niet weten dat de man vlakbij was. Het zou iets minder erg zijn als hij in de stad woonde.

'Ja. Op de volgende boerderij. Maar die is best ver.'

Sóldís kreunde zachtjes. 'En waarom is hij slecht? Was hij het die je met die sneeuwpop wilde helpen?' Het was een vergissing om twee dingen tegelijk te vragen, maar het moest maar.

'Ik weet niet of hij het was. De man in de sneeuw had een muts over zijn gezicht, zo'n bivakmuts met gaten voor je ogen.' Gígja legde uit en lachte. 'Gewonnen!'

Sóldís deed of ze erg teleurgesteld was met haar verlies. De waarheid was dat het haar niets kon schelen. Haar hart klopte zo snel dat het bijna uit haar borst barstte en ze had er haast spijt van dat ze erover begonnen was tegen Gígja. Ze had liever niet willen weten dat die vent een bivakmuts had gedragen, als een bankovervaller. Wie droeg er nou zoiets? Niemand. In ieder geval niet iemand met veel goeds in de zin. Ze kon haar theorie dat het een wandelaar was geweest die voorbij was gelopen nu wel vergeten. 'Waarom wordt hij de paardenman genoemd, Gígja? Heeft hij jullie de paarden verkocht? Heeft hij ze misschien voor jullie ingereden?'

'O, nee. Dat zou mama nooit goedvinden. Hij zou ze vermoorden. Al het bloed uit ze halen tot ze dood zijn.' Gígja keek naar Sóldís. 'Jij bent.'

Sóldís haastte zich drie kaarten te trekken zonder in de kaarten van Gígja te kijken. 'Pas.'

Gígja fronste haar voorhoofd. 'Probeer je mij te laten winnen?'

'Nee. Helemaal niet.'

'Weer gewonnen!'

Sóldís liet Gígja even van haar overwinning genieten. Toen ze vond dat ze daar genoeg tijd voor had gehad, vroeg ze door over die onbegrijpelijke opmerking over dat bloed. 'Weet je zeker dat je je moeder niet verkeerd hebt begrepen, Gígja? Vampiers bestaan niet en zelfs in de verhalen over vampiers laten ze paarden met rust. Niemand komt hier het bloed uit jullie paarden drinken.'

'Jawel. Dat zei mama. Ik weet heus wel wat ze zegt.' Gígja verzamelde de kaarten op tafel en deed een poging ze op te stapelen. 'Daarom mag Íris die jongen niet zien op wie ze verliefd is. Want hij is zijn vader. Misschien is mama wel bang dat hij ook bloed uit Íris haalt.' Er speelde een vals lachje om haar lippen. 'Dat zou net goed zijn. Dan zou ze helemaal wit zien. Als een spook.'

Het gesprek leidde nergens toe. Ze zou geen informatie meer krijgen. Ze praatten langs elkaar heen. Sóldís hoopte dat Gígja niets over hun gesprek tegen haar moeder zou zeggen en besloot het er maar bij te laten, zodat ze het snel weer zou vergeten. Ze speelden nog een paar spelletjes, maar toen kwam het moment dat Sóldís moest zeggen dat het tijd was om naar bed te gaan. Ze verlangde er helemaal niet naar om alleen achter te blijven, want dan zou ze weer aan die slechte paardenman gaan denken die buiten rondliep. Of aan Reynir die bij haar binnenliep om de afstandsbediening te pakken. Vervolgens zou ze zich allerlei vreselijks in haar hoofd gaan halen over wat hij allemaal van plan was.

Het zou moeilijk worden om in slaap te vallen. Maar voor één ding zou ze niet bang hoeven zijn – dat de paardenman al haar bloed uit haar zou komen zuigen. Dat ging te ver, zelfs voor haar, terwijl ze er nooit problemen mee had zich over van alles druk te maken. Er waren tenslotte grenzen.

Toen ze Gígja had thuisgebracht, deed ze de deur naar de tussengang dicht en draaide hem op slot. Ze controleerde ook of de voordeur veilig op slot zat. Daarna voelde ze zich iets beter. Ze was veilig en zeker dat er niemand bij haar kon binnenkomen.

Tot ze bedacht dat Reynir eigenaar van het huis was. Ze moesten natuurlijk reservesleutels hebben. Ze had de deuren net zo goed niet op slot kunnen doen. Ze voelde haar hart opnieuw sneller kloppen en deed haar best rustig en regelmatig adem te halen. Er moest een oplossing zijn. Ze herinnerde zich dat beide deuren naar binnen opengingen, dus ze pakte twee keukenstoelen en barricadeerde daar de deuren mee. Wie met een sleutel naar binnen wilde, zou zich dan ook een paar keer tegen de deur moeten werpen en de stoelen opzij gooien. Ze voelde zich beter. Maar niet goed.

Ze maakte de fout op haar telefoon te kijken, haar mail te openen en een mail van haar docent te lezen. De vrouw vroeg hoe het met haar scriptie ging en of ze een korte samenvatting kon sturen. Sóldís antwoordde niet, want ze had niet eens aan haar studie gedacht sinds ze naar het platteland was vertrokken. De samenvatting zou daarom aan de korte kant zijn, eigenlijk maar één zin: *Er is niets te melden.* Ze nam zich voor er vanaf nu hard aan te werken en de verloren tijd in te halen. Misschien was een deel van hoe slecht zij zich voelde toe te schrijven aan schuldgevoel omdat zij haar studie had verwaarloosd, iets waar zij best iets aan kon doen. Zij moest daarvoor natuurlijk wel haar best doen en spelletjes doen of tv-kijken was vanaf nu uit den boze. Misschien was het maar goed dat de afstandsbediening was verdwenen. Ze stopte haar telefoon weer in haar zak om de verleiding van de sociale media te vermijden. In plaats daarvan besloot ze iets te lezen te zoeken.

Sóldís koos een boek van de boekenplank in de zitkamer. Gelukkig ging het niet over iets wat haar meer angst zou kunnen aanjagen. Ze had nog nooit van de schrijver gehoord. Het had er alle schijn van dat hij Aziatisch was. Heel waarschijnlijk dus dat ze weinig van het boek zou begrijpen en van verveling in slaap zou vallen.

Wat ook gebeurde.

Maar het was haar niet gegeven om acht uur achter elkaar door te slapen. Ze werd midden in de nacht wakker, met het boek geopend op haar borst en de lamp op het nachtkastje nog aan. Dat op zich had haar niet hoeven wekken. Ze was vaak op die manier in slaap gevallen, was dan wakker geworden, had het boek weggelegd, het licht uitgedaan, zich op haar zij gedraaid en was opnieuw naar dromenland vertrokken. Maar nu voelde ze iets in haar linkerhand, waardoor ze wakker schrok. Eerst dacht ze dat het haar telefoon was. Maar het ding voelde anders.

Sóldís opende haar ogen en zag dat ze de verdwenen afstandsbediening vasthield. Het kraken in de gang klonk alsof er iemand over de trap liep.

HOOFDSTUK 11 | DONDERDAG

Het kleine huisje was van onder tot boven met grenenhout betimmerd. De meubels waren in stijl, een kleine keukentafel met drie stoelen, een weinig comfortabele tweezitsbank, een salontafel, een kinderbed en een smal tweepersoonsbed dat te groot was voor het laken met het noorderlicht. Zelfs de inrichting van het keukenhoekje en de badkamer was van grenenhout. Veel mensen zouden het gezellig vinden. Týr niet. Binnen hing een houtlucht, vermengd met iets chemisch, dat vast afkomstig was van de lak op het vele hout. Týr verdroeg die geur slecht en hij had inmiddels hoofdpijn die alleen maar erger werd. Hij had het liefst een raam open willen zetten om frisse lucht binnen te laten, maar het was te koud en het was hard gaan waaien. Er viel ook weer sneeuw en het huisje zou zich al snel met sneeuw vullen als hij het raam open had staan. Hij had de twee ramen die open konden al op een kier gezet en toen had de sneeuw zich op de vensterbanken opgehoopt.

Om het nog erger te maken was de internetverbinding slecht in de huisjes. Op het scherm van zijn laptop zag hij het gezicht van Huldar, zijn chef, bevroren, met zijn mond open, midden in een zin. Het geluid was in orde, afgezien van een enorme echo die op alles volgde wat hij zei.

Týr had geen moeite met IJslands – normaal gesproken. Hij dacht zelf dat hij geen accent had, wat niet klopte, maar je moest wel heel goed luisteren om het te horen. Dat gebeurde niet zo vaak, want er waren maar weinigen die elk woord dat hij zei in zich opnamen of vol spanning wachtten tot hij zijn mening gaf. Zijn goede IJslands had hij aan zijn ouders te danken die hem er nooit mee weg lieten komen als hij thuis Zweeds praatte. Niettemin hoefde er maar weinig te gebeuren of hij begon te stotteren.

De verbinding verbeterde iets en nu vielen beeld en geluid samen. 'De speurhonden zijn goed begonnen,' zei Huldar. 'Ze lijken het spoor van Reynir de eerste meters van het huis te hebben opgepikt. Maar toen raakten ze het kwijt en daarna hadden ze niets meer aan hen. Sneeuw en ijs zijn niet hun beste vrienden. Vooral niet als een spoor al oud is. Het is ook niet gelukt de verdwenen sneeuwscooter te vinden, niet in de garage of ergens anders, dus waarschijnlijk is hij daarmee weggekomen. Dat zou ook verklaren waarom de honden het spoor maar zo kort roken. Eigenlijk alleen vlak bij de veranda.'

'Dus het was Reynir die door de glazen deur de keuken heeft verlaten?'

'Ja, als we op die honden moeten afgaan. Ze pikten zijn geur op van gedragen kleren die duidelijk van hem waren en begonnen direct aan het bloedspoor te ruiken, begreep ik. Onderzoek naar het bloed moet dat uitwijzen. Als het tenminste zijn bloed is. Het kan ook bloed zijn van de slachtoffers waarin hij trapte voor hij naar buiten vluchtte. Denk jij ook niet dat het Reynir moet zijn geweest?' Het was moeilijk om de reacties van mensen te zien tijdens een videocall en Týr merkte dat die vraag hem op de zenuwen werkte. Hij was waarschijnlijk moe na deze lange dag en wilde hem graag afsluiten. Alles wat Týr nog te berde zou brengen zou het later maken, of het nu ergens op sloeg of niet. Het verheugde hem wel dat zijn chef tijd had uitgetrokken om met hem te overleggen en de conclusies van die dag met hem door te nemen. Dat toonde aan dat hij Týr niet was vergeten zodra hij uit het zicht was verdwenen.

'Jawel, jawel. Maar het zegt niet direct dat hij de dader is. Het wijst er eerder op dat hij op de vlucht is geslagen voor de aanvaller. De deur in de keuken is dichter bij de slaapkamers dan de voordeur. En dan is er nog zijn aanwezigheid in huis na de moord. Waarom ging hij naar buiten en daarna weer naar binnen?'

'Een man die net zijn gezin heeft vermoord is misschien niet helemaal bij zinnen.' De vermoeidheid op Huldars gezicht nam toe. 'Dat wijst op niets anders dan dat Reynir schuldig is. Dat het zo'n gezinsmoord is, zoals jij al noemde. We vinden hem vast ergens dood, ofwel doodgevroren of nadat hij er zelf een eind aan heeft gemaakt. Een zoekteam heeft een oude hut gevonden aan de rand van het terrein. Daar heeft hij het misschien een tijdje volgehouden. Er lagen lege frisdrankblikjes en snoeppapiertjes. Uit de data daarop bleek dat ze daar nog niet lang hebben gelegen. Laten we afwachten wat er uit het onderzoek van die wikkels komt.'

'En het eten op de keukentafel? Zaten er geen vingerafdrukken op de verpakkingen?' Het leek Týr verstandiger niet naar de monsters te vragen. Die waren eerder die dag verzameld en ze zouden pas de volgende ochtend naar het buitenland worden gezonden. Het zou dagen, zo niet weken duren voor ze daar meer over zouden horen. Er was geen erkend onderzoekscentrum in IJsland en hoewel de kennis en de apparatuur er wel waren, was een certificering nodig als de resultaten voor de rechtbank zouden worden gebruikt. Voor vingerafdrukken gold dat niet. De technische recherche kon die zonder hulp van buiten onderzoeken.

'Ja. Die zaten er vol mee, want meerdere bewoners hadden de verpakkingen aangeraakt voor de moord. Het eten was niet net gekocht, al was het wel vers. Maar de vergelijking van de vingerafdrukken zal nog moeten wachten. Er moeten nog vingerafdrukken worden genomen van de slachtoffers en de vingerafdrukken van Reynir moeten nog worden gevonden op iets wat hij moet hebben aangeraakt. Maar we zijn nog maar net begonnen. Het wordt wel duidelijk.' Huldar leek een gaap te onderdrukken en ging toen verder: 'En dan is er nog iets wat de verdwijning van de paarden misschien verklaart. In ieder geval van een van de paarden. Het telefoonnummer van het pubermeisje, Íris, werd gevonden op de lijst van 112. Met haar telefoon is gebeld om een gestolen of vermist paard te melden. Dat was op woensdagavond voor de moord.'

'En? Is die melding nagetrokken?'

'Degene die het telefoontje aannam wilde het noodnummer bellen van de politie in Akranes. Daar werd niet opgenomen. Hij probeerde toen terug te bellen, maar hij kreeg geen gehoor. Hij overlegde met de hoofdcommissaris en ze zagen geen reden om er verder op in te gaan. Ik weet niet of het belangrijk is, maar het is natuurlijk wel vreemd.'

'En het is zeker dat dat op woensdagavond was?'

'Ja. Heel zeker.' Huldar wreef vermoeid over zijn voorhoofd. 'O ja, nog één ding voor ik het vergeet. Reynirs naam is in LÖKE gevonden. Hij lijkt toch niet de brave burger te zijn geweest waar iedereen het over heeft.'

'Wat heeft hij gedaan?' Týr hoopte eigenlijk dat het huiselijk geweld was. Dat zou alle twijfel over de schuld van de man bij hem wegnemen.

'Het kweken van hennep. De zaak zat nog in het systeem en was waarschijnlijk verjaard of bestraft met een boete. Hij werd niet verdacht van dealen. Alleen het kweken voor eigen gebruik. Volgens hem medicinaal. Alles is in beslag genomen en verbrand.'

'Hoe was het ontdekt?'

'Een melding. Van een boer op de boerderij ernaast. Die Einar Ari met wie ze in de clinch lagen. Hij komt ook voor in LÖKE – een of ander oud geschil tussen hem en zijn broer – maar ook voor het bedreigen van dit echtpaar. Het lijkt de afgelopen maanden echter rustig te zijn geweest. Geen van de partijen heeft de ander onlangs nog aangeklaagd.'

Týr knikte. De ruzie tussen de buren had kennelijk allerlei vormen aangenomen. 'En andere drugs? Gebruikte hij die?'

'Niet voor zover wij weten. Hij had wel allerlei zware medicijnen in huis die hem waren voorgeschreven en die kan hij natuurlijk wel hebben misbruikt.' Huldar zweeg en voegde er toen aan toe: 'Dat was een van de dingen die ik je nog wilde vertellen. We spraken met de arts van Reynir over diens ziekte en dat gesprek versterkte het vermoeden dat hij de dader is. Hij kon natuurlijk niet op de details ingaan, maar het gesprek was toch erg verhelderend. Kort gezegd heeft Reynir hersenschade opgelopen toen de tumor werd verwijderd. Bij een dergelijke schade horen vaak het wegvallen van remmingen en neiging tot geweld. Hij zei dat hij niet wist of Reynir gewelddadig was geworden, maar hij had hem nog niet zo lang onder behandeling. De ingreep is gedaan toen zij nog in Amerika woonden. De ongeremdheid was hem wel bekend en hij herhaalde dat hij de gewelddadigheid niet kon uitsluiten. Hij zei dat het soms voorkwam dat naaste familieleden zulke informatie verzwegen voor de artsen, in een misplaatste poging hun geliefde te beschermen. In ieder geval, we mogen de ogen niet sluiten voor andere theorieën, maar moeten ons er niettemin allereerst op richten die man te vinden.' Huldars gezicht op het scherm bevroor weer.

Týr knikte, maar dacht er toen aan dat zijn beeld aan de

andere kant natuurlijk ook stilstond, net als dat van zijn chef. 'Ja. Vanzelfsprekend. Hopelijk wordt hij snel gevonden.' Hij vertelde maar niet over een vergelijkbare zaak in Frankrijk, waarbij een man eerst zijn vrouw en kinderen vermoordde wegens een dreigend faillissement, toen vluchtte en nooit werd teruggevonden. Ze moesten er rekening mee houden dat Reynir nooit boven water kwam, levend of dood. Het was niet het moment om pessimistisch te zijn, wat er later ook zou gebeuren. 'Is er al iets te melden over de sectie?'

Zijn chef zuchtte. 'Nee. Wat een rare vrouw, die Ídunn. Maar dat hoef ik jou niet te vertellen, toch?'

Týr besloot daar geen antwoord op te geven. Ídunn was zeker bijzonder, maar hij wilde daar niet over praten. Hij vond dat hetzelfde als roddelen en daar hield hij niet van. 'Is ze nog niet begonnen?'

'Jawel. Begonnen, maar nog niet klaar. En niet bereid om nu al haar conclusies met ons te delen. Ze was erg kort van stof, maar ik begreep dat ze sectie hebben verricht op twee van de slachtoffers. Nog twee te gaan. En dan moeten we nog wachten op de resultaten van de bloedmonsters en andere monsters die ze heeft afgenomen.'

Als hij zijn chef beter had gekend, zou hij met hem hebben gewed dat er resten van slaapmiddelen in het bloed van de slachtoffers zouden worden aangetroffen, in ieder geval bij de twee meisjes. Hij had ergens gelezen dat de meeste ouders die hun kinderen doodden wilden voorkomen dat ze wakker werden en beseften wat er gebeurde. Daarom verdoofden ze hen met medicijnen. Met name degenen die beweerden hun gezin te willen redden en dat het voor hun bestwil was dat ze dit aardse leven zouden verlaten.

'En het beveiligingssysteem? Is de computer die daarop was

aangesloten al bekeken, en is daar iets uitgekomen?' Týr vroeg het, al kon hij het antwoord eigenlijk zelf wel bedenken. Als er opnames van Reynir of iemand anders op zijn moordende tocht door het huis waren gevonden, dan had Huldar dat direct gezegd.

'Nee. Er is nog van alles mogelijk, maar er zijn geen nieuwe opnames aangetroffen. De laatste zijn een paar maanden oud. Het lijkt dus niets met de moorden te maken te hebben dat het systeem eruit lag. Tenzij er maanden van tevoren opdracht toe was gegeven.'

Het gesprek ging verder en Týrs chef begon steeds sneller te praten. Hij wilde kennelijk zo snel mogelijk klaar zijn en naar huis. Het was heel wat dat hij volhield.

Hij vertelde Týr dat de gesprekken met familieleden en vrienden weinig hadden opgeleverd. Ze waren allemaal in shock geweest en het was vaak nodig dat ze nog een paar dagen wachtten om de rouwenden zover te krijgen dat ze iets zinnigs over de slachtoffers vertelden. Het lukte ook nog niet om de geldzaken van het echtpaar te bekijken omdat de eigendom van de bedrijven ingewikkeld was geregeld, anders dan bij de meeste mensen, die in het slechtste geval een gescheiden kapitaal hadden en twee rekeningen, afgezien van een auto en een flatje. Er was nog maar een deel van het geld waarvan bekend was dat ze het bezaten teruggevonden. Týr zweeg terwijl Huldar de bekende problemen opsomde die hoorden bij buitenlandse rekeningen, bedrijven, dochterbedrijven en andere vervelende zaken die hij zo goed kende van zijn werk in Stockholm. Hij had bijna zijn hulp aangeboden om de knoop te ontwarren, maar kon zich nog net inhouden.

Het was minder erg om te moeten logeren in een met grenenhout betimmerd hutje met slecht internet en te slapen op een stijve kussensloop met een patroon van het noorderlicht en onder een te klein dekbed dan voor een computerscherm te zitten en te proberen wijs te worden uit overboekingen, omschrijvingen en boekhoudkundige gegevens.

Týr had meer belangstelling voor wat Huldar direct daarna zei. De computers in het huis leken volgens het onderzoek niet meer te zijn aangeraakt sinds vrijdagavond, vijf dagen voordat de lijken werden gevonden. De telefoons vielen in de namiddag van diezelfde dag uit, maar zij stonden tot de avond in verbinding met het draadloze netwerk van het huis; de bewoners hadden waarschijnlijk niet in de gaten dat je vanaf dat moment niet op de gebruikelijke manier kon bellen. Desondanks wees alles erop dat de moorden in de nacht van vrijdag op zaterdag waren gepleegd, of vrijdagavond laat. Daar kwam nog bij dat de telefoon van Reynir nog steeds niet was gevonden. Volgens de telefoonmaatschappij van het echtpaar was er sinds de verbinding op vrijdag uitviel niet meer mee gebeld en was er ook niet mee op het internet gegaan via het 4G-netwerk. Het was ook niet gelukt om de locatie van de telefoon te bepalen, maar mogelijk zou hij worden gevonden als de reparatie van de zender morgen zou worden afgerond. Alleen als hij in de buurt van de boerderij was, niet kapot en opgeladen. Wat onwaarschijnlijk was. Wat dat betekende was niet bekend. Reynir kon hoe dan ook zowel dood als levend zijn of gewoon zijn telefoon zijn verloren. De computerafdeling was er nog niet aan toegekomen om de telefoons van de slachtoffers te bekijken. Dat stond morgen op het programma. De verwachting dat in de drie telefoons iets zou worden gevonden dat bruikbaar zou zijn was klein. Van de twee vrouwen en het tienermeisje Íris werd niet verwacht dat ze iets met de aanval te maken hadden, alleen als slachtoffer. Het jongste meisje, Gígja, had voor zover bekend geen telefoon.

Týr beloofde zichzelf dat dit het laatste zou zijn wat hij zou vragen. Hij wilde niet dat zijn baas hem een zeurpiet vond die van geen ophouden wist. 'Nog één ding – zijn er aanwijzingen gevonden dat Reynir op internet heeft gezocht naar slaapmiddelen of moord of manieren om zichzelf om te brengen?'

Het beeld op het scherm begon weer te bewegen. Hij zag dat Huldar de tijd gebruikte om papieren door te nemen terwijl hij met hem praatte. 'Nee, nog niet. We vonden ook niets wat erop wijst dat hij een vliegticket naar het buitenland heeft gekocht.'

Týr weerstond de verleiding het gesprek nog te rekken. Maar dat weerhield hem er niet van erover na te denken. Als softwareontwikkelaar en voormalig eigenaar van een groot computerbedrijf moest Reynir in staat zijn om alle sporen op het internet achter zich te wissen. Als hij van plan was geweest ervandoor te gaan, lag het voor de hand dat hij alles zou verwijderen dat hem in verband bracht met de zaak. Maar als hij van plan was geweest een eind aan zijn leven te maken na de moorden, was daar geen reden toe. Týr hield dat voorlopig voor zich. Het kon wachten tot morgen. Of langer. Die bijdrage zou het onderzoek waarschijnlijk niet snel verder helpen.

Ze maakten zich op om afscheid te nemen, maar Huldar zei eerst nog dat er de volgende dag in de omgeving van de boerderij verder zou worden gezocht. Dat had Týr al begrepen. Ten slotte vroeg zijn chef of het hotel in orde was en hij en Karólína het goed met elkaar konden vinden. Týr zei dat het hotel dicht bij de plaats delict stond, wat handig was. Hij liet het na erover te klagen; hij was tenslotte niet op vakantie. Hij was aan het werk en dit verblijf voorkwam dat hij in de auto moest slapen. Hij voegde eraan toe dat hij en Karólína goed samenwerkten. Ook dat ze te eten was gevraagd bij een vriendin van haar in

Borgarnes en dat ze op dat moment dus niet aanwezig was. Hij zei er niet bij dat hij ook was uitgenodigd, maar aan haar gezicht had gezien dat dat alleen uit beleefdheid was geweest. Toen hij had bedankt, had Karó haar opluchting niet kunnen verbergen.

Týr beloofde haar de groeten te doen en wat Huldar en hij hadden besproken morgen aan haar over te brengen. Hij bleef zwijgend achter toen hij zijn laptop had dichtgeklapt en keek naar het avondeten dat hij had gekocht. Het waren sandwiches met gerookt lamsvlees en salade, volgens het etiket. Gerookt lamsvlees deed hem altijd aan Kerstmis denken en bracht warme herinneringen aan een voorbije tijd. Daarom had hij voor deze sandwiches gekozen en niet voor de voedzamere kant-en-klaarmaaltijden in de winkel van het benzinestation. Zijn ouders vonden Kerstmis zonder gerookt lamsvlees geen Kerstmis en deden er alles voor om dat te kunnen kopen, net als de traditionele gefrituurde wafels, die meestal verkruimeld waren als ze in Zweden waren aangekomen. Behalve met Kerstmis had hij nooit gerookt lamsvlees gegeten en hij verheugde zich erop.

Maar de sandwich herinnerde niet aan het feest van licht en vrede. Tussen de droge sneetjes brood lag een flinterdun plakje lamsvlees en een flinke portie bonen in mayonaise. Toen hij kauwde ontstond er een soort klei in zijn mond en het kostte hem moeite die door te slikken zonder een flinke slok water. Hij gaf het op toen de sandwich half op was, maar had nog altijd honger. Een sandwich was niet genoeg, laat staan een halve. Jammer genoeg had hij twee dezelfde meegenomen, omdat hij ervan overtuigd was geweest dat ze een waar feestmaal zouden zijn.

Týr stond op en legde wat er over was van zijn avondmaal in

het kleine ijskastje, waarvan hij had gehoopt dat het een minibar was met lekkere dingen. Dat was echter niet het geval, maar hij schoot in de lach toen hij er een appel in aantrof, flatbread met kaas en een klein blikje chocolademelk. Hij wijdde een warme gedachte aan Gerdur, de vrouw die hen had ontvangen, maar begon toen te twijfelen. Waren dit misschien dingen die een vorige gast had laten liggen? Hij haalde het plastic van het flatbread en het leek vers. Misschien was Gerdurs toekomst als hoteleigenaar toch niet verloren.

Nadat hij het flatbread en de appel had opgegeten voelde hij zich beter. Zelfs de hoofdpijn was minder geworden. Er was nog een restje van over, maar misschien was dat alleen een herinnering. Zoals de afdruk van een pleister. Om er helemaal af te komen besloot Týr naar buiten te gaan om wat frisse lucht in te ademen. De sneeuw zou hem niet deren.

Terwijl hij zijn jas dichtritste, ging zijn telefoon en hij zag dat het zijn moeder was. Hij had de gewoonte zijn ouders altijd op te nemen, behalve als het echt niet anders kon. Dan had hij geen rust voor hij had teruggebeld. Hij was hun enig kind. Het was duidelijk dat ze erg bezorgd over hem waren geweest in zijn jeugd, altijd het ergste scenario voor zich zagen en altijd klaarstonden met voorzorgsmaatregelen. Ze staken niet onder stoelen of banken dat ze altijd vanaf de zijlijn meekeken, klaar om in te grijpen als er iets verkeerd ging. Misschien was het omdat ze allebei arts waren op de spoedeisende hulp en wisten hoeveel er mis kon lopen. Daar kwam bij dat ze geen kinderen hadden kunnen krijgen en geen plan B hadden, mocht hem iets overkomen. Hetzelfde gold natuurlijk ook voor hem, zij waren de enige ouders die hij had en er was ook voor hem geen plan B. Eigenlijk waren ze allemaal een plan B voor elkaar geweest.

Zijn moeder klonk zoals altijd blij, maar toch op haar hoede, alsof ze altijd op slecht nieuws rekende. Ze vroeg hem naar het weer, en vervolgens naar hemzelf en kondigde toen aan dat ze erover dachten om bij hem langs te komen voor een kort bezoek. Ze misten hem en konden met hun diensten schuiven, waardoor ze een paar dagen konden komen, direct na het weekend. Toen Týr niet meteen reageerde, haastte ze zich te zeggen dat als hij liever naar hen toe wilde komen, dat net zo leuk was.

'Het komt nu heel slecht uit. Ik zit op het platteland, midden in een onderzoek. Ik weet niet of ik terug ben in de stad voor die zaak is afgerond. En ook als ik wel terug ben, heb ik het ongetwijfeld heel erg druk.' Týr voegde eraan toe voordat zijn moeder zou terugkrabbelen en zeggen dat het geen goed plan was geweest: 'Maar het zou geweldig zijn jullie te ontvangen als het onderzoek klaar is. Het duurt vast niet heel lang.'

Er viel een stilte. 'Is dat die moordzaak die nu in het nieuws is?' Tot nu toe was alleen bekendgemaakt dat de politie een moord op vier personen onderzocht in Vesturland. Er zou sprake zijn van een gezin. Maar zijn ouders waren meer geïnteresseerd in IJslands nieuws dan in berichten over Zweden en ze lazen de berichten op internet met zoveel belangstelling dat niets hun ontging.

'Ja. Inderdaad.'

'Is er niet iets anders voor je te doen? Zijn er niet genoeg gewone misdaden die opgelost moet worden? Andere criminelen leggen hun werk toch zeker niet neer als er een moord wordt gepleegd?'

'Ik denk niet dat het goed wordt opgenomen als ik vraag om verlof omdat mijn ouders naar IJsland komen. Het is niet zo erg om een reis uit te stellen die nog niet eens is geboekt. Toch? Of hebben jullie misschien al tickets?' Het zou niet de eerste keer zijn dat ze hem iets voorlegden alsof hij een keus had, terwijl alles in werkelijkheid al was beklonken.

'Nee, we hebben geen tickets. Ik had het niet over die reis. Gewoon in het algemeen. Moet je aan zoiets afschuwelijks als moord werken? Waarom doe je geen fraudezaken, zoals hier?'

Týr boog zijn hoofd naar achteren, sloot zijn ogen en ademde diep in. 'Ik ben tevreden. Tevredener dan met fraudezaken. Zou jij ergens willen werken waar je je doodverveelde?'

'Nee. Maar toch.'

Ze zwegen allebei even en Týr rechtte zijn rug, opende zijn ogen weer en ademde uit. Hij probeerde iets te bedenken om het gesprek in een positievere richting te sturen, maar zonder succes. Zijn moeder was hem voor, maar het ging nog over hetzelfde. 'Is het niet een gezin? Dat is vermoord? Een moeder en kinderen?'

'Ik mag er niet met je over praten. Net zomin als jij met mij over je patiënten mag praten. Maar maak je geen zorgen. Ik ben niet in gevaar en red me wel.'

'Maar...' Zijn moeder zweeg en ze leek na te denken. Toen ze weer begon te praten, klonk haar stem anders. Het was dezelfde stem die ze gebruikte als ze vanaf haar werk belde. 'Natuurlijk red je je. Daar twijfel ik geen moment aan.'

Ze praatten nog even over van alles en nog wat, hoe het met zijn vader ging, de politiek in Zweden, de verkoop van het huis van de buren, die lang naast hen hadden gewoond, voorgenomen reparaties aan hun zeilboot en Zweedse kaneelbroodjes. Zijn moeder beloofde een paar zakken mee te nemen als ze kwamen voor dat weekend, waarvan ze hem vroeg het te onthouden. Hij moest maar laten weten wanneer er een eind kwam aan die moordzaak.

Toen ze al afscheid hadden genomen en hij op het punt stond

de verbinding te verbreken, vroeg ze nog één ding: 'Heb je de lijken gezien?'

De vraag kwam zo rauw op zijn dak vallen dat hij antwoordde en vergat zich aan zijn geheimhoudingsplicht te houden. 'Ja. Waarom?'

'Niet nadenken over wat je gezien hebt. Probeer het te vergeten. Beloof me dat. Ik weet waar ik het over heb. Er komen vreselijke dingen bij ons binnen op de eerste hulp en je moet het van je afzetten.'

'Ik beloof het.' Sommige beloften kon je snel maken, maar niet nakomen, ondanks je goede bedoelingen. Hij vermoedde dat dit er zo een was. Beelden van de plaats delict schoten af en toe door zijn hoofd zonder dat hij daar iets aan kon doen. Net zoals hij vanzelf zijn hand terugtrok als hij iets gloeiend heets aanraakte.

Týr deed zijn telefoon weer in zijn jaszak en ging naar buiten. Hij ademde de koude, frisse avondlucht in en keek hoe de wind de sneeuwvlokken in de rondte blies. Hij dacht na over de slotvraag van zijn moeder. Hij had tot nu toe niet veel lijken gezien tijdens zijn werk, heel weinig toen hij bij de recherche in Zweden werkte en geen enkele nadat hij achter een computerscherm was terechtgekomen. Er waren geen kinderen bij geweest en geen moeders. Alleen jonge mannen die de weg waren kwijtgeraakt en weinig toekomst hadden. Verdrietig, maar op een bepaalde manier voorspelbaar.

Hoe langer hij de sneeuwstorm in staarde, hoe meer hij zich afvroeg waarom zijn moeder hem had gevraagd te beloven het te proberen te vergeten. Als hij eraan terugdacht, was er iets in haar stem geweest dat anders klonk dan anders als ze zich zorgen over hem maakte. Hij kon er de vinger niet op leggen. Hij ademde een paar keer diep in en dacht er niet meer aan.

En zoals dat zo vaak gaat, kwam het antwoord korte tijd later zijn hoofd binnen.

In de stem van zijn moeder had een bepaalde angst geklonken. Týr ritste zijn jas dicht en vulde zijn longen met koude winterlucht. Een overdaad aan zuurstof scherpte zijn denkvermogen en hij besefte wat eigenlijk het meest voor de hand lag. Een van hen tweeën, zijn moeder of zijn vader, was gediagnosticeerd met een ongeneeslijke ziekte. Ze waren boven de zestig en je kon dus met van alles rekening houden. Werkpaarden die altijd goed zorgden voor de gezondheid van anderen, maar zichzelf vergaten. In de loop der jaren had Týr gezien dat het leek alsof artsen het ondenkbaar vonden dat hun of hun familie iets overkwam. Zijn ouders leken zich in ieder geval geen zorgen over hem te maken, ondanks het feit dat zijn biologische moeder op jonge leeftijd aan kanker was overleden. Toen hij nog thuis woonde moest hij hen eraan herinneren dat ze een afspraak voor hem maakten voor de jaarlijkse controle bij een vriend van hen, die oncoloog was. Er kwam weliswaar nooit iets uit die onderzoeken, behalve dat hij kerngezond was, dus zijn zorgen waren altijd ongegrond. Vooralsnog.

Dezelfde onverschilligheid zorgde ervoor dat zijn moeder het eindeloos uitstelde om te laten controleren of zij het borstkankergen bezat dat haar zuster en zijn biologische moeder fataal was geworden. Nu moest ze daar misschien voor boeten.

Týr staarde naar de witte zee die door de maan werd verlicht en in een dofblauwe glinstering was gehuld. Hij probeerde vergeefs een andere verklaring te vinden, maar moest zich er uiteindelijk bij neerleggen dat dit het waarschijnlijkst was. Dat verklaarde ook die plotselinge plannen om naar IJsland te komen. Ze wilden het hem persoonlijk vertellen.

Týr schopte in de sneeuw om zijn woede af te reageren. Die

was gericht op de dood en de onrechtvaardigheid van het leven. Zijn biologische moeder, de moeder die hem had geadopteerd, die twee vrouwen en de meisjes op de boerderij zouden allemaal langer hebben moeten leven. Hij kon niets beginnen tegen ziekte, maar hij werd gegrepen door een overweldigend verlangen om de moordenaar van de vier slachtoffers te vinden. Hij hoopte alleen dat Reynir nog in leven was, zodat hij kon worden berecht.

Erg waarschijnlijk was dat niet. Týr ademde nog een paar keer diep in en uit en liep toen terug naar het kleine huisje.

HOOFDSTUK 12 | EERDER

Sóldís zette haar lege koffiebeker neer. Ze was de tel kwijtgeraakt hoeveel koffie ze achterover had geslagen die ochtend. De artsen zouden het vast niet eens zijn met zoveel koffie, maar anders was ze zeker in slaap gevallen tijdens haar werk. Ze zou tegen de droger in de wasruimte zijn gaan leunen, nadat ze de was voor de familie in de machine had gedaan, een kussen hebben gemaakt van hooi in de stal nadat ze de koeien had gevoerd, Gígja en Íris hebben toegestaan hun opgaven zelf te maken en ondertussen haar hoofd op de tafel hebben gelegd. En ze zou zeker hebben bedankt voor de lunch en naar huis zijn gegaan om even te gaan liggen. Slaap was belangrijker dan eten, als je uitgeput was.

Koffie voorkwam dat allemaal. De angst zou ook hebben voorkomen dat ze een middagdutje deed. Sóldís besefte dat zoals de zaken er nu voor stonden ze niet meer naar bed kon gaan in haar huis. Net zomin als het haar gelukt was om nog in slaap te vallen nadat ze wakker was geworden met de afstandsbediening in haar hand. Zeker niet toen ze zag dat de twee stoelen nog op hun plek stonden. Iemand was binnengekomen zonder ze te verschuiven. Haar vermoeide brein had daar uiteindelijk twee mogelijke verklaringen voor gevonden. De nachtelijke bezoeker had door het raam kunnen binnenkomen. De ramen bleken echter allemaal dicht te zijn, en vergrendeld. De andere verklaring was dat ze had geslaapwandeld en de afstandsbediening zelf had gepakt. En dat twee nachten achter elkaar. De vorige nacht had ze de afstandsbediening in de kamer gepakt en hem verstopt, en de nacht erop had ze hem uit zijn verstopplek gehaald. Maar ze had, voor zover ze wist, nog nooit geslaapwandeld. Niet als kind, niet als jonge vrouw. Dus het was eigenlijk uitgesloten.

De derde mogelijke verklaring was haar net te binnen geschoten. Was het misschien mogelijk om het huis binnen te komen via de kelder? Ze was nooit achter het oude huis gaan kijken, want ze had daar niets te zoeken, dus het kon best zijn dat daar een trap omlaag liep. Ze zou daar snel achter komen als ze naar haar kant van het huis ging en zou gaan kijken. Maar daar was geen sprake van. Ze was veel te bang dat ze iemand tegen het lijf zou lopen die van die ingangsroute gebruikmaakte.

Als daar een trap was, dan hadden de stoelen en zorgvuldig op slot gedraaide deuren geen enkele zin. Reynir, of wie dan ook, had 's nachts naar binnen kunnen gaan alsof ze open waren. Maar het zou waarschijnlijk geen onbekende zijn of de paardenman, want je ging toch zeker niet bij andere mensen de kelder in om de afstandsbediening te pikken en hem vervolgens weer terug te leggen? Reynir eigenlijk ook niet, al deed hij rare dingen. Deze gedachten hadden geen enkele zin, tenzij ze wist of er een deur was.

'Gígja. Wil je even met mij meekomen? Even de honden uitlaten?'

Sóldís hoefde niet bij het meisje aan te dringen. Ze sprong op van de stoel waarop ze van haar moeder moest blijven zitten en lezen. Het boek dat Ása haar gegeven had was voor oudere kinderen bedoeld en het was uitgesloten dat Gígja het voor haar plezier las. Daarmee zou Ása niet voor elkaar krijgen dat haar dochter later een genie zou worden, maar eerder voorkwam ze ermee dat ze een boekenwurm werd. Sóldís was echter niet van plan haar werkgeefster hierop aan te spreken. Ze was niet aangenomen als life-coach.

Als ze dat wel was geweest, zou ze meer dingen aanstippen dan alleen dat de ouders er niet zo mee bezig zouden moeten zijn om genieën groot te brengen. Ze zou hun zeggen dat ze hun dochters beter moesten proberen te begrijpen. Íris was net vertrokken om een ritje te paard te maken. Dat deed ze altijd als de lessen waren afgelopen. Sóldís vond het nogal duidelijk dat die ritten om iets heel anders draaiden dan het trainen van de paarden. Íris was veel te blij geweest toen ze mocht gaan en had mascara opgedaan. Ze was overduidelijk op weg naar Robbi. Hij woonde op de naastgelegen boerderij en het was een kleinigheid voor Íris om naar hem toe te rijden. Hij kon haar zelfs tegemoet rijden. Sóldís wist niet of hun vriendschap bij hem thuis net zo negatief werd bekeken als bij Íris, maar ze vermoedde van wel.

Waarschijnlijk ontmoetten ze elkaar in de hut waarover ze Ása en Reynir had horen kibbelen en die op de erfgrens stond. Ze had begrepen dat hij geen stuiver waard was, maar dat er niettemin om gevochten werd. Er was nagelaten te vermelden bij welke boerderij hij hoorde toen het terrein destijds werd gesplitst. Reynir wilde de hut afstaan, Ása bleef er ruzie over maken. Sóldís wist niet of daar de oorsprong lag van het conflict met de 'paardenman', de vader van Robbi, of dat Ása de hut niet wilde opgeven vanwege die conflicten. Uiteindelijk maakte het geen verschil. Als een ruzie uit de hand is gelopen, maakt het niet meer uit hoe hij was begonnen. Vaak wisten degenen die begonnen waren niet eens meer waar hij over ging.

'Gaan we een sneeuwpop maken?' Gígja deed de wanten aan die ze uit haar jaszakken had getrokken. Een zat binnenstebuiten, maar dat deerde haar niet. De honden stonden afwachtend naast haar en kwispelden alsof het al bijna Kerstmis was.

'Misschien. Of een iglo?'

Dat voorstel viel in nog betere aarde en voor ze de drempel over waren, vertelde Gígja al aan Sóldís hoe de iglo eruit zou moeten zien. Hij moest groter worden dan de stal, met vleugels en een garage.

Sóldís kreeg Gigja zover even te wachten met haar plannen en met haar rond het huis te lopen, onder het voorwendsel dat ze een goede plek voor de iglo wilde zoeken. Ze was al begonnen sneeuw bij elkaar te vegen op de oprit.

Ze liepen samen naar de achterkant van het oude huis. De honden volgden. De dikke laag sneeuw was moeilijk om overheen te lopen voor de kleine hond, Lubbi, die soms tot aan zijn oren wegzakte. Met enorme krachtsinspanning lukte het hem om eruit te komen en door te lopen. Bói, de grotere hond, had daar minder last van, maar hij werd steeds opgehouden doordat hij stilstond en in de sneeuw hapte, ofwel om zijn dorst te lessen of om zijn frustratie af te reageren op de sneeuw.

Zodra ze de hoek om kwamen, zagen ze een kleine kas. Er lag geen sneeuw op, waarschijnlijk was hij verwarmd. Door het glas zag je lege planken, maar nergens waren potten of planten te bekennen. Sóldís bleef niet lang staan kijken, maar wendde zich tot het huis en zag dat er een trap omlaag liep naar de kelderdeur. Ze wist niet of ze opgelucht was of geschrokken.

'En hier, Soldís?' Gígja draaide een rondje op het vlakke terrein bij het huis dat bijna net zo lang was als het oog reikte. 'Laten we hem hier bouwen!'

Sóldís antwoordde afwezig, terwijl ze naar de trap liep. 'Ja. Goed.' Ze wilde zien of er kortgeleden over gelopen was. Als dat zo was wilde ze ook controleren of er voetsporen uit de kelder zichtbaar waren. Dan zou ze iets lichter kunnen ademhalen. Maar niet veel.

'Het is verboden om de kelder in te gaan. Het mag niet van papa.' Gígja zocht niet langer naar een plek om te bouwen, maar stond naast Sóldís. 'Er zitten bacteriën in de kelder en je kunt er ziek van worden. Als je ziek wordt, is het soms nodig dat je hoofd wordt kaalgeschoren.' Gígja trok aan Sóldís' mouw. 'Niet ziek worden. Ik vind je leuk.'

'Dank je, Gígja. En rustig maar. Ik ga heus de kelder niet in. Ik keek alleen naar de trap.' Er waren sporen in de sneeuw op de trap, maar onduidelijk, want het had die ochtend gesneeuwd. Sóldís meende te zien dat het twee sporen waren. Waarschijnlijk een omlaag en een omhoog. Ze ademde lichter, maar de opluchting duurde niet lang. Dat betekende waarschijnlijk dat er niemand in de kelder verborgen zat, maar ze stond niettemin voor twee keuzes en geen van beide was goed. Dat iemand van buiten die nacht bij haar naar binnen was geslopen of iemand uit het huis. De onduidelijke sporen leken te groot om van Gígja te zijn, dus er bleven er drie over: Íris, Ása en Reynir.

Sóldís probeerde het van zich af te zetten terwijl ze een iglo begon te bouwen met Gígja. Het ging precies zoals ze had verwacht. Gígja kreeg er na een halfuur genoeg van, toen ze een buitenmuur van een halve meter hoog hadden gebouwd voor een veel kleiner huis dan oorspronkelijk gepland. Het hielp niet dat de honden dachten dat ze het deden om hen te vermaken en om het hardst tegen de half afgebouwde muur aan sprongen. Gígja leek daar niet mee te zitten, ze boog zich steeds weer naar hen toe en legde hun uit dat het een muur was, geen speelgoed. Dat werkte even, maar dan waren de honden het weer vergeten en deden ze een nieuwe aanval. Toen ze weggingen sprongen ze nog een laatste keer tegen de muur, maar Gígja noch Sóldís keek om om de schade op te nemen. De iglo behoorde tot het verleden.

'Hé, ik heb een idee.' Sóldís wees naar de kas. 'Hoe zou het zijn als we zaadjes, aarde en kleine potjes kochten en jij die zaadjes plant? Als je ze dan braaf water geeft, heb je in het voorjaar volop bloemen om in de tuin te zetten. Ik kan je de IJslandse namen van de bloemen leren en jij voegt ze toe aan je woordenlijst. Hoe klinkt dat? IJslandse les met je handen in de grond?'

Gígja keek Sóldís aan. Ze leek te twijfelen en aan haar gezicht kon je de strijd zien tussen verwachting en angst. 'Maar als de politie komt?'

'De politie? Je bedoelt als we in de auto zitten? Geen zorgen – ik zal voorzichtig rijden en niet te snel.'

'Niet in de auto. Als de politie hier komt? Het is verboden om hier bloemen te hebben.'

'Verboden?' Sóldís begon het te begrijpen. 'Kwam de politie hier vanwege de planten in de kas?'

Gígja knikte. 'Ze namen alle bloemen mee. Ze waren van papa. Het zijn medicijnenbloemen.'

Sóldís slaagde erin te verbergen hoe verbaasd ze was, want ze had nooit gedacht dat Reynir of Ása iets illegaals zou doen. Laat staan hennep kweken, ook al was het ongetwijfeld voor Reynirs gezondheid geweest. Ze wilde het liefst terugspoelen en een heel ander onderwerp aansnijden. Het was een ongemakkelijk gespreksonderwerp dat ze hoe dan ook wilde hebben afgerond voor ze weer naar binnen gingen. 'We moeten dat idee maar weer vergeten. We willen de politie niet op ons dak. Zullen we iets anders doen om nieuwe woorden te verzamelen?'

'Zoals wat?'

'Bakken? Of een wandeling maken en praten over alles wat we zien?'

Het bakken won en zorgde ervoor dat Gígja alles over de kas

weer vergat en er niet meer over begon toen ze weer binnen waren. In plaats daarvan rende ze meteen naar haar moeder en zei haar dat zij en Sóldís wilden gaan bakken.

Sóldís keek naar de reactie van Ása terwijl ze dat tot zich door liet dringen. Het leek of de vrouw zich eerst tegen het idee wilde verzetten, maar opeens lachte ze. 'Wat een goed idee. Misschien willen jullie mueslibrood bakken?'

Gígja trok een vies gezicht. 'Nee. Koekjes. Of chocoladecake.'

'We bakken van alles.' Sóldís lachte naar Gígja voor ze zich tot Ása richtte. Ze had een manier bedacht om iemand naar de kelder te laten gaan. Iemand die met haar meeging naar beneden en die ze kon vertrouwen met het slot. Alleen zou ze niet naar beneden gaan. En gezien hoe het echtpaar het gesprek over de sporen bij de voordeur had afgekapt, was ze niet van plan om hen naar de achterkant van het huis mee te nemen om naar sporen te kijken die je nauwelijks kon zien. Laat staan dat ze zou beginnen over een afstandsbediening die verdwenen was en midden in de nacht weer opdook. Ze begon die mensen een beetje te kennen en ze zouden zeggen dat ze doordraaide. Ze schraapte haar keel. 'Ik vroeg me iets af. Ik opende de kelderdeur laatst, toen Gígja en ik verstoppertje speelden. Het stonk daarbeneden enorm. Kan iemand daar eens naar kijken? Zodat die stank niet naar boven komt?'

'O, verdorie. Hangt die lucht daar nog altijd?'

'Ja, helaas.' Sóldís voegde er voorzichtig aan toe: 'Is het een probleem dat al langer speelt?' Ze hoopte dat het zo was. Dat de stank bij het huis had gehoord toen ze het kochten. Dan was uitgesloten dat hij te maken had met wat zij vermoedde, dat Reynir daarbeneden iets walgelijks uitspookte.

'Nee. Het begon een tijdje geleden. Ik deed de deur open en moest gewoon terug vanwege die lucht. Waarschijnlijk zijn we nu twee maanden verder. Wow, wat vliegt de tijd. Ik kan maar beter de loodgieter bellen. Reynir was van plan er iets aan te doen maar is het vergeten. Net als ik. Bedankt dat je mij eraan herinnert. Ik kan het maar beter zo snel mogelijk doen.'

Terwijl Ása haar telefoon pakte en de loodgieter belde, schoot Sóldís een verklaring te binnen. Kon het zijn dat Reynir hennepplanten in de kelder had? Dat hij een nieuwe plantage had opgezet nadat de politie de kas had gesloten? Ze had zo'n plantage nog nooit gezien, het kon zijn dat daar zo'n stank van afkwam als hij niet goed werd gelucht. Dat deed haar wel aan iets anders denken. Ze kende de plant weliswaar alleen van foto's, maar de lucht als mensen hasj of marihuana rookten kende ze heel goed. Die lucht had ze niet geroken sinds ze op de boerderij was komen werken.

Misschien was de kwekerij nog niet zover dat Reynir kon gaan roken. Hij had natuurlijk opnieuw moeten beginnen.

Als dat het geval was, zou hij niet blij zijn als er een loodgieter in de kelder kwam kijken.

HOOFDSTUK 13 | VRIJDAG

Toen hij wakker schrok had Týr moeite het geluid dat hem had gewekt te herkennen en hij wist ook niet waar hij eigenlijk was. Pas toen hij zijn ogen opende en naar het grenen plafond staarde wist hij het weer. Hij was in het kleine huisje en het geloei van de koeien had hem gewekt. Hij bleef liggen, lang nadat hij echt wakker was geworden, en verzamelde moed om onder het dekbed vandaan te komen. Hij had het raam op een kier gezet toen hij ging slapen, om ervoor te zorgen dat hij niet met hoofdpijn wakker zou worden. Dat betekende ook dat het binnen net zo koud was als buiten.

In de keukenkast vond hij oploskoffie en een waterkoker. De koffie overwon het ergste rillen en een hete douche verdreef de kou definitief uit zijn lichaam. Jammer genoeg kon hij daar geen stevig ontbijt aan toevoegen. Hij moest het doen met de restjes van de sandwiches in de koelkast, maar niet nadat hij de mayonaise en de bonenprut eraf had geschraapt. Daarna zag alles er beter uit: hij was niet koud meer en had genoeg gegeten. Toch voelde hij zich niet goed. Diep vanbinnen was hij niet tevreden. Er was geen toverformule, zoals koffie en sandwiches, om de zorgen over zijn ouders te verdrijven.

Hij had besloten de wekker vroeg te zetten, maar het geloei van de koeien had hem nog veel vroeger gewekt. Daarom was hij veel eerder dan Karó en zijn collega's in Akranes en Reykjavik op de been. De onverwachte verlenging van zijn werkdag die de koeien hem hadden geboden zou hij dus niet naar behoren kunnen gebruiken. Het enige wat hem te binnen schoot was naar Zweden te bellen, waar het al later was in de ochtend. Misschien zou dat zijn zorgen kunnen wegnemen over zijn ouders en hem ervan overtuigen dat hij zich zorgen maakte om niets.

Deze keer besloot hij met zijn vader te praten, hoewel hij meestal zijn moeder belde. Het enige wat zijn vader doorgaans aan een gesprek toevoegde was iets rechtzetten over zichzelf wat zijn moeder verkeerd zou hebben begrepen. Daarom was hij een beetje verbaasd dat Týr belde en vroeg hij meteen of er iets was. Hij werd rustiger toen zijn zoon hem uitlegde waar het telefoontje over ging en leek er niet beledigd door te zijn dat deze toewijding vooral te maken had met het feit dat hij te vroeg wakker was geworden. Ze praatten even samen, maar het gesprek vlotte niet erg. Er vielen stiltes en er werden veel opvulwoordjes gebruikt, maar daar keek Týr niet echt van op. Hij kende weinig mensen die er zoveel moeite mee hadden om over de telefoon te praten.

Toen duidelijk werd dat het telefoongesprek ten einde liep, vroeg Týr hoe het met zijn moeder ging. Zijn vader begon haar gezondheid te beschrijven met een dorre opsomming van cijfers, maar Týr viel hem in de rede. 'Ik vroeg niet naar haar bloeddruk. Ik vond alleen dat ze een beetje... ik weet niet... angstig klonk toen we elkaar gisteravond spraken. Ik vroeg me af of ik moest rekenen op slecht nieuws. Iets ernstigs.'

Dat bleek niet zo te zijn. Alles was prima, volgens zijn vader. Maar hij klonk niettemin een beetje raar. Het viel niet te ontkennen dat er iets in de lucht hing. De toestand deed Týr denken aan de ijspegel die aan de dakrand van een huis hing waar hij op weg naar zijn werk voorbijkwam. Hij was groot en zou waarschijnlijk flink wat schade veroorzaken als hij op iemand viel. Niemand deed er echter iets aan. De huiseigenaar niet en de mensen die voorbijliepen ook niet, inclusief Týr. Dezelfde onbegrijpelijke besluiteloosheid maakte dat hij niet aandrong bij zijn vader. Ze namen afscheid zonder dat Týr meer te weten was gekomen over waar dat wonderlijke gedrag vandaan kwam. Hij wist alleen niet meer zeker of hij het de avond tevoren wel bij het juiste eind had gehad.

Misschien was er niets ernstigs en zou dat onderliggende probleem vanzelf oplossen. Maar als hij heel eerlijk was, dan was het waarschijnlijker dat het zou eindigen met een zware klap, net als een ijspegel bij dooi.

Het had geen enkele zin om nu over de situatie te piekeren. Dit huiselijke vraagstuk zorgde er echter wel voor dat Týr niet kon zitten wachten tot het laat genoeg was om Karó te wekken. Hij besloot in plaats daarvan naar de plaats delict te rijden en in de vroege ochtenduren wat rond te kijken. Het zou goed zijn om de situatie in ogenschouw te nemen zonder dat er een heel leger aan mensen aanwezig was die onderzoek deden of naar Reynir zochten.

Het was nog donker, maar een halvemaan verlichtte de witte sneeuwvlakte. De koude lucht was verfrissend en Týr haalde een paar keer diep adem voor hij naar de auto liep. Het kraakte onder zijn voeten en toen hij een licht zag aangaan in de boerderij, begreep hij dat de mensen daardoor wakker waren geworden. Het kraken onder zijn voeten overstemde nauwelijks het geloei van de koeien en hij dacht dat de mensen eerder daardoor waren gewekt. Misschien stonden ze altijd zo vroeg op. Hij had geen idee hoe een werkdag eruitzag voor boeren. Hij was opgegroeid in de stad.

Hij pakte de autosleutels vanaf de zonneklep aan de bestuurderskant, startte de auto en hoopte maar dat de koeien geen last hadden van het geluid van de motor. Toen hij de gordijnen op de bovenverdieping van het woonhuis zag bewegen, keek hij gauw de andere kant op, uit vrees dat hij de boerin zou zien en zij naar hem zou zwaaien en zou gebaren dat hij moest wachten. Het kon zijn dat er ontbijt bij het verblijf was inbegrepen, maar hij wilde weg. Het laatste waar hij op dit moment zin in had was een geforceerd gesprekje over een zachtgekookt eitje. Vooral niet omdat hij vermoedde dat hij net als de koeien zou worden uitgemolken om inlichtingen te krijgen over het onderzoek.

Het was maar een klein eindje rijden naar de plaats delict. Dat was tenminste een voordeel van dit hotel. Onderweg kwam hij niemand tegen en toen hij de omheining binnenreed zag hij geen politieauto's op het erf. Er stond wel een personenauto geparkeerd bij het nieuwe huis, maar die was te oud om van de politie te kunnen zijn. Týr dacht dat ze misschien een nachtwaker hadden ingehuurd en ze het goedkoper hadden gevonden om iemand uit de omgeving te vragen dan iemand uit het politieteam in te zetten. Ze hadden overdag al hun mensen nodig en het was niet verstandig om iemand uit het onderbezette team als nachtwacht te gebruiken.

Týr parkeerde naast de auto en zag dat er niemand in zat. Hij stapte uit en keek in de auto, in de hoop iets te zien waaruit zou blijken van wie hij was. Op het dashboard zat geen kaartje van een beveiligingsbedrijf, noch iets anders dat erop wees dat de eigenaar van de auto dergelijk werk deed. Tussen de stoelen in lagen een wit blikje met nicotinepleisters en een haarborstel met plukken blond haar, genoeg voor een toupet. Op de grond voor de bestuurdersstoel lagen twee lege blikjes van een energiedrankje en een vuilniszak vol proppen papier.

Týr kwam weer overeind en luisterde. De stilte was volmaakt. Hij hoorde niets wat erop wees dat er iemand rondliep en de dieren waren natuurlijk allang van de boerderij verdwenen. In de sneeuw rond het huis waren overal voetsporen te zien. Nergens ongerepte sneeuw, voetsporen en bandensporen gingen alle kanten op. Het was onmogelijk om te zien welke sporen van de drukte overdag waren en welke van de eigenaar van de auto.

De deuren van het huis waren allemaal goed afgeschermd met waarschuwingsborden van de politie, het felgeel viel enorm op in het kleurenpalet van de winter. De borden stonden midden tussen de deurstijlen en het was lastig om erlangs te komen. De gast zou dus waarschijnlijk niet binnen zijn.

Týr wendde zich van het huis af en keek over de vlakte die naar het oosten liep. Hij strekte zich uit tot aan de voet van de bergen die hem omringden en de hoogvlakte waarnaar de boerderij was genoemd. Daar leek de sneeuw nog vaster te zijn aangestampt dan op het erf. De reddingswerkers hadden daar rondgelopen, op zoek naar Reynir, maar hadden niets gevonden. Het was ook onwaarschijnlijk dat de man was weggevlucht op een sneeuwscooter die nergens was teruggevonden. Op dit terrein was het ook niet mogelijk om nieuwe sporen te onderscheiden van oudere.

Týr hoorde hetzelfde geluid als toen hij van het huisje naar de auto was gelopen. Het was zacht, maar gemakkelijk te herkennen. Iemand liep achter het huis over de sneeuw. Týr ging onmiddellijk die kant op. Hij probeerde onder het lopen het geluid te volgen, maar het kraken onder zijn eigen voeten maakte dat moeilijk. Hij wilde horen of degene die daar liep op de vlucht sloeg. Maar niets wees daarop.

Achter het nieuwe huis was niemand te zien. Er was een grote veranda. Een grote pot die daar stond, was omgevallen. Het was dus niet mogelijk je daarachter te verschuilen. Er was ook een kippenhok dat van een ongewoon goede kwaliteit leek te zijn en duidelijk niet was gemaakt van afvalhout. De vogels hadden een grote uitloop voor hun hok, omringd met kippengaas. Er bleek zich niemand achter het hok te verstoppen. Er klonk geen enkel geluid uit het hok, want de kippen hadden een nieuw onderdak gekregen. Allemaal, behalve de twee die nu zonder kop in het onderzoekscentrum in Keldur lagen.

Iets anders was er niet en Týr liep verder langs het huis tot hij achter de verbindingsgang naar de oude boerderij was gekomen. Eerst zag hij niemand, maar toen dacht hij een beweging waar te nemen achter de kleine kas. De kas was leeg en daarom was er niets dat hem het zicht benam, behalve een vaag licht aan de voorkant. Hij was er vrij zeker van dat Reynir daar zijn hennep had gekweekt. Weer zag hij beweging achter de kas. Net als de eerste keer had Týr er moeite mee om te onderscheiden wat het was. Hij zag niet veel in het maanlicht en het kon ook heel goed gewoon rommel zijn.

Maar hoe dichterbij hij kwam, hoe zekerder hij van zijn zaak was. Het was een mens. Toen hij de hoek van de kas om kwam, zag hij een jonge vrouw. Blond, met lang haar en zonder twijfel de eigenaar van de haarborstel in de auto. Ze zat in elkaar gedoken, maar haar vuurrode jas was desondanks goed zichtbaar.

Týr bleef op de hoek van de kas staan. 'Hallo.'

De jonge vrouw die daar ineengedoken zat keek op en kwam toen overeind. Ze staarde naar het politielogo op de jas van Týr. 'Hallo.' Ze verplaatste haar gewicht ongemakkelijk van het ene op het andere been en voegde er toen aan toe: 'Ik ging net weg.'

Týr knikte. 'Ik denk dat dat een goed idee is. Het is u vast niet ontgaan dat u zich op een plaats delict bevindt. Of wel?'

De jonge vrouw schudde haar hoofd zonder het oogcontact met Týr te verbreken. Ze was heel knap en goed gekleed, niet direct het schoolvoorbeeld van een inbreker. Haar schoonheid had ze niet uitsluitend van nature, daar waren haar lippen te vol voor, haar wenkbrauwen te donker en te perfect geplaatst. Maar dat veranderde er niets aan. Ze was mooi, hoe dat ook tot stand was gekomen. En ze was zich daar duidelijk goed van bewust. Met een al te vrouwelijk handgebaar veegde ze een lok uit haar gezicht en keek onschuldig vanonder haar zwaar aangezette wimpers. 'Ik heb niets gedaan.'

'Is er iemand bij u of bent u alleen?'

Er vormde zich even een zorgelijke rimpel op haar voorhoofd, alsof ze bang was dat hij misbruik zou maken van de situatie. Het was een gezicht dat hij vaker had gezien en altijd hoopte hij even vurig dat hij het nooit weer zou hoeven te zien. Hij werd er altijd kwaad om dat vanwege een paar idioten die van hetzelfde geslacht waren als hij vrouwen vreesden dat hij hun geweld zou aandoen. Die woede was niet op die vrouw gericht, maar op die gestoorde mannen. 'Ik vraag het alleen omdat als er iemand bij u is, diegene zich dan ook nu moet melden.'

'Ik ben alleen. En ik ga.'

'Voordat u gaat, moet ik u naar uw naam vragen. En of u zich kunt legitimeren.'

'Ik heb niets gedaan.'

'Dat maakt geen verschil. U bent op een plaats delict waar onderzoek gaande is. Op een groot bord bij de oprit staat dat toegang verboden is voor onbevoegden. We hebben informatie over u nodig, voor het geval sporen van u overeenkomen met de sporen die wij aan het verzamelen zijn.'

De jonge vrouw fronste haar perfect getekende wenkbrauwen. 'Jullie hebben die vast al verzameld. Ik werkte hier.'

Týr had nu reden zijn aantekenboekje uit zijn zak te halen. 'Wanneer hebt u hier gewerkt en wat deed u precies? En uw naam graag.'

'Berglind. Berglind Mímisdóttir.' Ze keek hoe Týr haar naam opschreef en gaf toen antwoord op zijn vragen. 'Ik begon ruim een jaar geleden en ben enkele maanden terug gestopt. Ik was een soort hulp in huis. Leerde de meisjes IJslands, kookte soms, deed de was en verzorgde de dieren die ze hadden. Maar daar zijn ze kennelijk mee gestopt. Ik hoorde niets in de stal.' Ze bracht haar hand naar haar wang. 'Ik heb mijn oor tegen de staldeur gelegd. Komt daar een oorafdruk van? Net als een vingerafdruk?'

Týr glimlachte. 'Misschien. Ik maak er een notitie van.' Hij schreef het met zo min mogelijk woorden op in zijn kleine aantekenboekje. 'Waarom kwam u hierheen? En nog wel bijna midden in de nacht?'

'Ik wilde alleen zien of zij het waren. Die in het nieuws zijn. Ik hoopte dat ik het mis had. Maar nu zie ik dat dat niet zo is. Ik wilde niet overdag komen, omdat er dan politie zou zijn en jullie zouden kunnen denken dat ik er iets mee te maken had.' Ze sperde haar ogen wijd open. 'Ik heb er niets mee te maken. Helemaal niets.'

Týr toonde geen reactie, al geloofde hij wel dat ze de waarheid sprak. Ze leek bijvoorbeeld te denken dat alle gezinsleden waren vermoord, want er was niets gezegd over het geslacht van de vier slachtoffers. Iemand die met de moord te maken had, zou weten dat er geen man bij was. 'U hoefde toch niet die hele rit te maken om u ervan te overtuigen dat het in het nieuws over dit gezin ging? En wat deed u achter het huis?'

'Ik was in shock nadat ik het bord had gezien en begreep wat dat betekende. En nog meer in shock toen ik die lelijke afzetlinten overal zag. Het is allemaal zo onwerkelijk.' Ze zweeg, likte haar lippen en haalde diep adem. 'Ik liep naar de achterkant van het huis om door het grote raam naar binnen te kijken. Ik weet eigenlijk niet waarom. Misschien hoopte ik dat er nergens bloed te zien zou zijn of zo. Dan kon ik naar huis gaan en me voorstellen dat ze vermoord waren zonder te hebben geleden. Als dat al mogelijk is. Is het mogelijk om iemand te vermoorden zonder dat hij pijn lijdt?'

'Ja. Dat is mogelijk.' Týr liet zich niet verleiden om te beschrijven hoe je dat deed. Hij wilde ook niets zeggen over hoe de slachtoffers op de boerderij aan hun eind waren gekomen. 'Waarom verstopte u zich?'

De jonge vrouw legde een hand op haar borst en zuchtte diep. 'Ik schrok zo verschrikkelijk toen ik een auto naar het huis hoorde komen. U had net zo goed de moordenaar kunnen zijn. Die terugkwam om iets te doen. Misschien zoeken naar het moordwapen of... ik weet niet wat een moordenaar doet. Ik kon me nergens verbergen, dus ik kroop zo stil als ik kon achter die kas. Stom. Ik weet het. Maar er was geen betere plek.'

Týr knikte, best tevreden met die verklaring. 'Had u nog contact met het gezin nadat u bij ze gestopt was?'

De jonge vrouw aarzelde even voor ze antwoord gaf. 'Nee.'

Door die aarzeling vermoedde Týr dat dat niet helemaal volgens de waarheid was. Maar omdat contacten tegenwoordig een elektronisch spoor nalaten hoefde hij haar niet met die leugen te confronteren. Als het niet waar was, was het een koud kunstje voor de technische recherche om het tegendeel te bewijzen, tenzij zij al haar berichten had gewist. En dat was onwaarschijnlijk. Het contact moest onschuldig zijn geweest. En misschien had ze ook wel gelijk. 'Ik ben er vrij zeker van dat u op een bepaald moment tijdens het onderzoek wordt opgeroepen voor een verklaring. Er zijn maar weinig mensen die iets kunnen zeggen over hoe het gezin leefde. Maar voor het zover is, kunt u misschien iets vertellen over de relatie van het echtpaar terwijl u bij ze werkte?'

Het antwoord van Berglind verraste Týr. Meestal schetsten getuigen een voorbeeldig plaatje. Tot dat moment had niemand zich anders dan positief geuit over het echtpaar. 'Hopeloos. Ronduit hopeloos. Het was slechts een kwestie van tijd wanneer ze uit elkaar zouden gaan.'

'Maakten ze veel ruzie?'

'Vooral zij. Hij was ziek en zij was gewoon ontevreden met haar leven en dat hij niet van haar hield. Ása is een echte bitch.'

Týr verbeterde de tegenwoordige tijd in haar antwoord niet. 'Waarover maakten ze ruzie?'

Berglind dacht na. 'Eigenlijk over alles. Ik weet het niet precies. Ik zorgde meestal dat ik wegkwam. Ik had er helemaal geen zin in om ze te horen ruziën.'

Dit was niet de plaats noch het tijdstip voor een uitgebreid verhoor, al vermoedde Týr dat Berglind meer over de ruzies wist dan ze deed voorkomen. Hij was er zeker van dat als ze zouden doorvragen zij enig licht zou kunnen werpen op de reden waarom de man deze afschuwelijke daad had begaan. 'Bent u gestopt vanwege de sfeer in huis? Of was het misschien nooit de bedoeling dat u langer zou blijven?'

Er trok een boze donderwolk over het mooie gezichtje die net zo snel weer verdween. 'Ik werd ontslagen. Ása ontsloeg me. Om niets.'

Týr wist nu zeker dat deze vrouw niets met de moorden te maken had. De woede in haar stem vertelde hem dat ze nog altijd boos was over haar ontslag en dat wees erop dat ze haar frustratie niet had kunnen botvieren en geen wraak had kunnen nemen.

Hij liep met haar mee naar haar auto en kreeg haar rijbewijs te zien. Hij noteerde haar telefoonnummer en vroeg haar ten slotte of ze de man die haar had opgevolgd misschien kende of de vrouw die na hem kwam. Berglind schudde haar hoofd en keek toen verbaasd naar Týr: 'Hebben ze weer een vrouw aangenomen? Ik wist alleen van die vent die na mij kwam. Hij is dus ook gestopt? Of is hij misschien ook ontslagen?'

Týr gaf daar geen antwoord op en nam afscheid. Berglind gespte haar autogordel vast, sloot de deur en reed weg nadat ze ten afscheid naar hem gezwaaid had en ongemakkelijk gelachen. Hij noteerde het kenteken van de auto en stopte zijn aantekenboekje weer in zijn zak. Toen keek hij toe hoe zij met volle snelheid wegreed.

In de kelder bleek geen grootschalige wietplantage te zijn opgezet. Niets wees er echter op dat Reynir de apparatuur ervoor had weggedaan voordat de loodgieter kwam. Beneden lagen alleen de zaken die de meeste mensen in de kelder hebben liggen, overal ter wereld. Spullen in dozen die niet belangrijk of nuttig genoeg zijn om in huis te hebben. Spullen die te kostbaar of te dierbaar zijn om weg te gooien. Er was daar verder weinig anders te zien dan in de opslagplaatsen waar Sóldís eerder was geweest. Het grootste verschil was dat Ása en Reynis niets in kartonnen dozen bewaarden. Ze gebruikten plastic bakken die allemaal even groot waren en het logo droegen van een Amerikaans verhuisbedrijf. Ze waren ook niet willekeurig opgestapeld, maar hadden elk hun plaats op planken langs de muur, waartussen ze precies pasten. Afgezien van deze precieze rangschikking was er niets anders in de kelder dan meetapparatuur, kabels, koelkasten en vrieskisten. En een oeroude werkbank die waarschijnlijk van de vorige bewoner was achtergebleven. Sóldís dacht niet dat Ása en Reynir grote doe-het-zelvers waren.

Het eerste wat ze deed toen ze met de loodgieter naar de kelder ging, was naar de kelderdeur lopen, hem openen en hem op slot doen. Hij had niet op slot gezeten, dus haar vermoeden bleek juist te zijn. Willekeurig wie had door deze deur in het oude huis kunnen komen. Ze probeerde er niet aan te denken dat Reynir haar nachtelijke bezoeker was, want dan had hij sleutels en had het weinig zin de deur nu op slot te draaien. Ze kon altijd nog met een stoel naar beneden gaan om die onder de deurknop te zetten als de loodgieter weg was.

De stank hing nog in de lucht, maar Sóldís was er inmiddels wat aan gewend geraakt. De honden waren boven gebleven, waar ze onrustig heen en weer liepen en jankten, zoals ze deden als ze zich niet veilig voelden. Of het de steile trap was of de stank die hun angst aanjoeg was niet goed te zeggen. Het kon ook zijn dat ze niet blij waren met de loodgieter. Ze hadden geblaft en gegromd alsof ze vonden dat hij niet welkom was in huis. Ása had geprobeerd zich voor hen te verontschuldigen en had gezegd dat ze altijd zo deden als ze een onbekende man binnenlieten. De loodgieter moest het maar niet persoonlijk opvatten. Uit vrees dat ze de man zouden bijten had Sóldís ze niet de trap af geholpen. Dat was jammer, want zij hadden misschien de bron van de stank kunnen vinden. Het was de loodgieter en Sóldís nog niet gelukt die te lokaliseren. Ze had een week als invaller biologielessen gegeven en een opdracht was gegaan over de reukzin. Daarin stond dat honden zes keer beter roken dan mensen. Een beetje assistentie van de honden was dus welkom geweest.

De loodgieter wendde zich af van de buizen en legde zijn sleutel in zijn gereedschapskist. Hij had besloten die buizen eerst maar eens te checken, nu hij hier toch was. 'Hier is alles in orde.'

'Dus de stank komt niet uit die buizen?' Toen ze niets vonden wat de lucht kon verklaren, had ze bedacht dat er misschien ergens bedorven water lekte uit het buizenstelsel. Een lege, niet aangesloten vrieskist bleek niet vol bedorven vlees te liggen. Uit geen van de plastic bakken kwam een vieze lucht die erop wees dat er voor de vlucht een wasbeer uit Amerika in was gekropen en erin was doodgegaan. Ook de koelkast was leeg en schoon.

De loodgieter lachte. 'Nee, het is geen lucht die uit de buizen kan komen. Uit het riool, misschien, maar niet uit een waterleiding. Ik zie dat er iets aan de vloer is vertimmerd. Het zou niet de eerste keer zijn dat mensen leidingen proberen te leggen zonder dat ze een idee hebben van wat ze aan het doen zijn. Het is niet onwaarschijnlijk dat het riool precies daaronder loopt. Misschien is de vloer opengebroken, zijn er een paar buizen verlegd en is er toen een verstopping ontstaan.'

Sóldís staarde naar een grote vlek in de betonnen vloer die anders van kleur was en veel grover en viezer dan de rest van het oppervlak. Het was geen onwaarschijnlijke theorie van de loodgieter, maar het was uitgesloten dat Ása of Reynir zelf de riolering zou hebben verlegd. Het was duizend keer waarschijnlijker dat ze de werkbank hadden gebruikt en dat was al haast ondenkbaar. 'Kan de lucht door het beton heen komen?'

'Nope.' De loodgieter wees naar een verlaging in de vloer vlak bij het stuk waaraan gewerkt was. 'Maar als het riool lekt onder de vloer en als de afwerking van de installatie tekortschiet, dan kan de stank erdoorheen komen.'

Er was een luid geblaf hoorbaar boven. Bói was half de trap afgedaald. Daar leek de moed hem te hebben verlaten en hij durfde niet meer omhoog en niet meer omlaag. Sóldís had medelijden met de arme hond en haalde hem erbij. Hij leek zich met de loodgieter te hebben verzoend en richtte al zijn aandacht op de vloer. Zodra ze hem op de grond zette, rende hij linea recta naar de grote vlek in het beton en begon eromheen te snuffelen.

De loodgieter keek van de hond naar Sóldís. 'Heb je nog meer bewijs nodig? Dat is de verklaring, voorspel ik je.' De man reikte naar zijn gereedschapskist. 'Maar ik kan het nu niet herstellen. Er moeten muren worden doorgebroken en nieuwe gemetseld. Ik doe dat niet alleen en niet zonder het juiste gereedschap. Kunnen we voor volgende week een dag afspreken?'

Sóldís vertelde de man naar waarheid dat zij daar niet over ging en dat hij het met Ása en Reynir moest opnemen.

Ze gingen weer omhoog naar de begane grond, de loodgieter voorop, omdat het Sóldís even kostte om Bói te laten ophouden aan de grond te snuffelen. Uiteindelijk moest ze hem aan zijn halsband ervandaan slepen. Hij zette zich schrap, maar moest uiteindelijk aan het kortste eind trekken. Vervolgens durfde hij de trap niet op, dus Sóldís moest hem dragen. Ondertussen keek hij met een verlangende blik over haar schouder naar de vloer en ze herinnerde zich dat geen van de honden had geblaft in de nacht waarvan ze vermoedde dat er iemand bij haar was binnengekomen. Dat kon alleen betekenen dat ze diegene kenden of dat het een vrouw was. Volgens Ása lieten ze zich alleen door mannen opjutten. Opnieuw viel de verdenking op Reynir.

Lubbi was dol van vreugde toen Sóldís verscheen met zijn grote vriend en negeerde de loodgieter. Ze was bijna achterovergevallen, de keldertrap af, toen hij voor haar voeten liep toen ze naar boven kwam. Haar gedachten waren bij Reynir geweest en ze was vergeten voorzichtig te zijn. Gelukkig greep de loodgieter haar bij de arm voor ze naar beneden stortte. Na een ongemakkelijk bedankje, onder gegrom en luid geblaf van de honden, liet hij haar eindelijk los en gingen ze naar het nieuwe huis, op zoek naar Ása en Reynir.

Zodra ze uit de verbindingsgang kwamen werden ze ontvangen door klassieke muziek. Het werd luider onderweg naar de keuken waar het onmogelijk was om een fatsoenlijk gesprek te voeren vanwege het dramatische vioolspel. Het was dan ook geen wonder dat de meisjes nergens te bekennen waren, en Ása evenmin.

Reynir zat met zijn rug naar hen toe. Het enige wat van hem te zien was in zijn gemakkelijke fauteuil waren zijn armen die door de lucht zwaaiden alsof hij de muziek dirigeerde. Hij zat naar het raam gekeerd en had de vouwgordijnen opgetrokken. Buiten was het begonnen te schemeren, de korte winterdag liep ten einde.

De loodgieter wendde zich tot Sóldís en trok zijn wenkbrauwen op. Als ze elkaar beter hadden gekend, had hij ongetwijfeld naar zijn voorhoofd gewezen en met zijn vinger een paar rondjes gedraaid. Hij volstond nu met het fronsen van zijn voorhoofd. Sóldís lachte wat dom naar hem, een beetje bezorgd dat Reynir haar kon zien. Het liefst had ze ook haar wenkbrauwen opgetrokken. Er zelfs het handgebaar aan toegevoegd dat de loodgieter achterwege liet.

In plaats daarvan liep ze naar Reynir en moest hem een paar maal aanstoten om zijn aandacht te trekken, want hij had zijn ogen dicht, helemaal verzonken in het dirigeren van de muziek. Hij schrok en keek nogal boos naar haar. Ze moest bijna schreeuwen dat de loodgieter klaar was en met hem wilde praten. Toen pas zette hij de muziek zachter met de afstandsbediening en stond hij op.

Reynir glimlachte allervriendelijkst naar de loodgieter. 'Neem me niet kwalijk. Het is een sonate die je nu eenmaal op zijn luidst moet beluisteren. Er wordt gezegd dat hij voor een deel door de duivel is gecomponeerd.' De loodgieter leek hier niet koud of warm van te worden en Reynir voegde eraan toe: 'De duivel verscheen in een droom aan de componist en speelde voor hem op een viool. Hij noteerde de noten toen hij wakker werd. Niet slecht!'

De loodgieter probeerde niet eens te doen alsof het hem interesseerde. Hij kwam direct ter zake: 'De vloer in de kelder. De stank komt waarschijnlijk van de rioolbuizen. Ik vermoed dat iemand die er geen verstand van heeft eraan geklust heeft. De vloer moet worden opengebroken om de lekkage te stoppen.'

Reynir leek niet te weten hoe hij het had. 'Wacht eens. Zou u die riolering niet aanleggen? U zei dat die in orde was.'

'Dat was hij ook. Maar iemand anders heeft de vloer opengemaakt en er iets aan veranderd.'

'Niet dat ik weet.' Reynir leek er nog niet helemaal bij te zijn met zijn hoofd.

'Het is in ieder geval niet vanzelf gegaan.' De loodgieter was geïrriteerd. 'Je ziet zo dat de vloer is opengebroken. Misschien dat de duivel dat heeft gedaan tijdens een vioolconcert.'

Opeens was Reynir er weer bij met zijn hoofd. 'De vloer. Ja. Nu begrijp ik het.' Toen hij zag dat dat niet gold voor de man die voor hem stond, voegde hij eraan toe: 'Het was alleen een reparatie aan de vloer. Er zijn geen leidingen verlegd. En al helemaal het riool niet.'

De loodgieter knikte. 'Weet u het zeker? Degene die dat gedaan heeft, is een echte beunhaas. Ik heb nog nooit zulk slecht betonwerk gezien. Grof en onafgewerkt.'

Reynir leek daardoor geschokt te zijn en zweeg. Sóldís wist bijna zeker dat hij er zelf de hand in had gehad.

'Wilt u dat ik volgende week kom en het repareer? De vloer openbreek, de schade herstel en de leidingen meteen nakijk?'

Die vraag doorbrak Reynirs zwijgen. 'De vloer openbreken?' Toen de loodgieter knikte, zei Reynir onnodig luid en scherp: 'Nee. Het is goed zo.' Hij haastte zich om eraan toe te voegen dat hij naar de hotpot moest kijken, omdat de druk van het warme water niet voldoende was. Sóldís had ze daar nog nooit over gehoord, ondanks dat Ása dagelijks in de hotpot ging om na te denken. Ze kreeg het idee dat Reynir de aandacht van de kelder af wilde leiden. Als dat de bedoeling was, dan slaagde hij erin. De twee mannen verdwenen door de glazen deuren de veranda op om naar de hotpot te kijken.

In de fauteuil piepte de telefoon van Reynir. Hij had hem laten liggen of was hem vergeten. Sóldís keek automatisch omlaag naar de telefoon en zag het bericht. Ze was het helemaal niet van plan geweest, het ging eigenlijk vanzelf toen ze naar het scherm keek. Het bericht was van een afzender die zich *Begga Babe* noemde. Het was kort, in ieder geval het deel dat op het scherm te zien was: *Mis je. Kunnen we elkaar zien?*

Begga Babe. Sóldís bloosde, zo pijnlijk vond ze het. Kon het Berglind zijn? Haar voorganger? Gígja had haar in ieder geval steeds Berglind of Begga genoemd. Sóldís sloeg haar armen om zich heen. Hadden zij samen iets gehad? Zij en Reynir? Dat kon toch niet. De taxichauffeur had gezegd dat het een jonge vrouw was geweest, van dezelfde leeftijd als Sóldís. Zij zou nooit iets kunnen voelen voor een man van middelbare leeftijd. En zeker niet voor zo'n rare kerel als Reynir. Dat kon gewoon niet waar zijn. Maar welke Berglind van zijn leeftijd noemde zich nou *babe*?

Sóldís bleef staan en wist niet goed wat ze moest doen. Doen alsof er niets aan de hand was? Achter ze aan gaan? Wachten? Op zoek gaan naar Ása voor een nieuwe opdracht? Het laatste lag het meest voor de hand. Hoe minder tijd ze in de nabijheid van Reynir doorbracht, hoe beter. Hoe eerder ze dat bericht kon vergeten – ook hoe beter. Ze had niets met Reynir te maken. Ze wist ook dat ze niet bij Ása moest gaan klagen, want de brenger van slechte berichten wordt zelden bedankt. Iemand uit de vriendengroep van Jónsi was erachter gekomen dat een vriend van haar vreemdging en vertelde dat aan diens vriendin. Het liep helemaal uit de hand en de relatie werd verbroken. Maar het resultaat was dat het stel weer bij elkaar kwam en degene die het had verteld uiteindelijk uit de groep werd verstoten. Waarna er over haar gesproken was alsof het haar schuld was.

Ze vond Ása in de zitkamer waar ze met Gígja aan het kaarten was. Aan haar gezicht te oordelen was ze net zo slecht in pesten als Sóldís. Ze keek op toen ze Sóldís zag en in haar ogen stond een wanhopige noodkreet om hulp.

Sóldís deed haar best om normaal te klinken en niets te laten merken: 'Zal ik je aflossen?'

Ása legde de kaarten die ze in haar handen had neer en zei tegen Gígja dat ze gewonnen had. Dat viel niet zo goed bij Gígja, maar Ása deed of ze het protest van haar dochter niet hoorde. 'Is de loodgieter weg?'

'Nee. Hij is buiten met Reynir naar de hotpot aan het kijken.'

'De hotpot?'

'Iets met de druk van het hete water. Reynir zei dat die te laag was.'

Ása trok een geërgerd gezicht. 'Wat weet hij daar nou van? Hij gaat nooit in de hotpot.' Ze veranderde onmiddellijk van onderwerp. 'Eén ding. Reynir gaat morgen voor controle naar het ziekenhuis. We gaan er niet van uit dat hij eerder dan laat in de middag klaar is en uitgaande van eerdere controles is hij na afloop uitgeput. We willen daarom in de stad blijven slapen en de dag erna naar huis rijden. Jij kunt ondertussen toch wel op de meisjes passen?'

Gígja slaakte een kreet van vreugde en Sóldís moest weer denken aan hoe geïsoleerd de meisjes hier leefden. Ze lachte naar Gígja, die was begonnen *please, please, please* te roepen en antwoordde toen dat het geen probleem was. Ze liet niet merken dat ze dolblij was om van hen verlost te zijn, vooral van hem. Ze had het nog niet gezegd of ze besefte dat dat niet helemaal waar was. Het zou wél een probleem zijn. Hoewel ze zich helemaal niet prettig voelde bij Reynir en ze Ása nogal wonderlijk vond, waren zij wel twee volwassen mensen die je maar beter om je heen kon hebben, mocht er iets gebeuren. De gedachte de enige volwassene te zijn in zo'n verlaten omgeving was niet aanlokkelijk. Wat moest ze doen als de man die eerder buiten stond weer verscheen? Of als iemand binnensloop? De politie bellen? Hoelang zouden die onderweg zijn?

Waarschijnlijk te lang.

Aan de sloten op de buitendeuren had je waarschijnlijk niets. De hoge glazen wanden in de keuken waren vast niet onbreekbaar. Als iemand wilde binnenkomen, dan kwam hij binnen.

'Wanneer vertrekken jullie?' Sóldís probeerde haar opkomende bezorgdheid te onderdrukken door zich te concentreren op het werk en op het nu.

'Vroeg. Ik wil van de gelegenheid gebruikmaken om een beetje inkopen te doen.' Ása keek verontschuldigend naar Sóldís. 'Ik grijp die kansen, want ze komen niet vaak voor. Het is heerlijk om hier te wonen, maar god, wat mis ik veel. Restaurants, musea, winkels, cafés, zwembaden.' Ása zweeg even. 'Ik moet de loodgieter eens vragen of onze bron groot genoeg is voor een zwembad.'

Ása liet Gígja en Sóldís alleen en ging op zoek naar de loodgieter. Sóldís bleef achter met het meisje dat direct de kaarten begon uit te delen. Ze had helemaal geen zin in kaarten en moest daarom snel iets bedenken. 'Weet je wat wij gaan doen?'

'Kaarten?'

'Nee. Wat dacht je van een wandeling nu het nog licht is?' Sóldís verlangde ernaar om het huis uit te komen, in de frisse lucht. De dag begon al op zijn eind te lopen en het feit dat ze dat bericht had gezien op Reynirs telefoon verergerde haar slechte gedachten alleen maar. Ze zouden snel gaan avondeten, waarna het tijd werd om naar bed te gaan. Ze kon het gevoel niet van zich afzetten dat ze in haar bestaan werd bedreigd als ze alleen was en in bed lag. Buiten kon ze alle kanten op rennen als er iets gebeurde. Niemand kon haar tegenhouden, alleen door in de deuropening te staan.

Gígja dacht even na en stond toen op. 'Oké. Dan kunnen we vanavond kaarten. En morgen! De hele dag en de hele avond! Ik weet wat... ik weet wat... We houden de Olympische Spelen pesten!'

Sóldís waakte ervoor dat ze geen ja zei op al die voorstellen. De eerste raad die haar moeder haar gaf toen ze vertrok naar haar nieuwe baan was de meisjes nooit iets te beloven wat ze niet kon nakomen. Daarop volgden nog een heleboel andere adviezen over van alles, maar het eerste was het enige wat was blijven hangen. 'Zal ik je trekken op de slee? We kunnen een goede helling zoeken en omlaagglijden.'

Er was niets voor nodig om Gígja enthousiast te maken, een positiever kind zou je moeilijk kunnen vinden. In haar haast om naar buiten te komen trok ze haar jas binnenstebuiten aan. Die had zo aan het haakje in de gang gehangen. 'Gígja. Je jas zit binnenstebuiten.'

'Hij is toch warm. Net zo warm als wanneer hij goed zit.'

Sóldís hielp haar uit haar jas en draaide hem goed. Toen alles klaar was en er geen vinger of oor meer onbedekt was en de snowboots dicht geveterd, gingen ze naar buiten om de slee te halen die in de stal stond. Sóldís besloot Bói mee te nemen en Lubbi thuis te laten, eraan denkend hoe dik de laag sneeuw was en hoe Lubbi er tot zijn oren in zou wegzakken. Toen ze hem opsloot, protesteerde hij met een luid gejank. Buiten bij de stal hoorden ze hem niet meer en vergaten ze hem.

De koeien en de paarden keken op en staarden met grote bruine ogen naar hen. Je hoorde de koeien loeien en een paard hinnikte zacht. Toen duidelijk werd dat ze niet waren gekomen om de dieren te voeren, verdween hun belangstelling. De slee stond bij de hooivork en het stof dat erop lag wees erop dat hij niet veel was gebruikt. Het was geen kinderslee, maar een grote rode plastic slee met handremmen aan de zijkanten. Sóldís hoopte dat Gígja die niet te pas en te onpas zou gebruiken tijdens de wandeling. Dan zouden ze niet ver komen.

Toen Sóldís de stoffige slee wilde pakken viel haar een grote bijl op die in de hoek van de stal stond, naast de slee. Hoewel ze dagelijks in de stal kwam, had ze die bijl nog nooit gezien, want de slee had ervoor gestaan. Sóldís voelde hoe ze plotseling kippenvel kreeg en ze trok haar hand terug. Ze kon haar ogen niet van de bijl afhouden, noch het vreemde gevoel kwijtraken dat er iets verschrikkelijks stond te gebeuren, dat die bijl een voorbode was van een gruwelijke gebeurtenis. Ze voelde een rilling en het kippenvel kroop omhoog tot over haar rug. Pas toen Gígja aan haar mouw trok en vroeg of ze de slee niet zouden meenemen, hervond Sóldís zichzelf. De bijl werd weer een onschuldig stuk gereedschap dat kennelijk niet vaak werd gebruikt. De fraaie spinnenwebben tussen de steel en de muur wezen daar duidelijk op, en ook dat de snede kennelijk goed geslepen was. Hij leek zo scherp dat je je ermee zou kunnen scheren.

Dat ze er zo van schrok moest worden toegeschreven aan stress. Die begon haar parten te spelen en ze moest zichzelf in de hand houden. Die vreemde gebeurtenissen die ze volgens haar had meegemaakt moesten een gewone verklaring hebben en hopelijk zou ze er later om kunnen lachen dat de angst haar zo te pakken had. Ze werkte bij een stelletje wonderlijke types en was gewoon niet gewend aan zulke mensen. Tot dan toe had ze alleen contact gehad met heel gewone mensen. Gemiddeld leuk en gemiddeld goed – heel gewoon. Daar kwam het van.

Sóldís voelde het kippenvel wegtrekken. Maar hoewel het haar gelukt was zich weer moed in te praten was ze toch blij toen ze de deur van de stal achter haar en Gígja dichttrok en niet meer naar die bijl hoefde te kijken.

Sóldís veegde het meeste stof van de slee voordat ze Gígja toestond erop te gaan zitten. Toen verbood ze haar te remmen zonder dat vooraf aan te kondigen en ging ze op pad. Om te beginnen was de weg hobbeliger dan ze had verwacht, maar het duurde niet lang voor ze goede grip op het touw had gekregen en de slede gleed voort zonder dat ze er veel voor hoefde te doen. De koude lucht en de lichamelijke inspanning hadden een helend effect en ze voelde wat er nog over was van de angst langzamerhand verdwijnen. Af en toe vroeg Gígja of ze zouden ruilen, maar nadat ze twee keer had geweigerd, gaf ze het op. Bói probeerde een paar maal bij het meisje in de armen te springen. Dat eindigde er meestal mee dat de slee omviel.

Sóldís had koers gezet naar het kleine dalletje ten westen van de boerderij. Het was op hun land, dus het zou in orde moeten zijn, aangenomen dat ze niet te ver ging of de grens met Minna-Hvarf overschreed. Het lukte haar alleen niet om een mooi schuine helling te vinden voor de slee en ze liepen uiteindelijk verder dan ze oorspronkelijk van plan was geweest.

'Paarden!' Gígja trok aan de remmen en de schok ging door het touw door Sóldís' arm naar haar schouder.

'Denk eraan. Niet remmen zonder het eerst te zeggen.' Sóldís wreef haar pijnlijke schouder.

Gígja sprong op. Ze wees in het dal. 'Paarden. Kijk.'

Sóldís en Bói keken in de richting waar Gígja wees. Het meisje bleek gelijk te hebben en Bói begon te blaffen. Op enige afstand was een kudde paarden en het leek erop dat nieuwsgierigheid ze naar hen toe dreef. Misschien legden de paarden een verband tussen mensen en paardensnoepjes. Die hadden ze jammer genoeg niet bij zich.

De paarden leken langzaam dichterbij te komen. 'Vind je niet dat ze traag zijn?' Sóldís wendde zich tot Gígja.

Gígja haalde haar schouders op. 'Misschien hebben ze het koud.'

Of misschien hadden ze moeite met door de sneeuw lopen. Sóldís interpreteerde het zo dat ze maar beter niet verder konden gaan. De helling waarvoor zij stonden moest maar goed genoeg zijn. Hij was steil, maar als ze niet te hoog gingen, zou het wel lukken.

Gígja klom een paar maal tegen de helling op en gleed omlaag. Bói rende steeds achter haar aan omhoog en weer omlaag, soms naast de sneeuw. Hij probeerde er dan op te komen, maar dat lukte nooit.

Toen Gígja er genoeg van had gekregen, waren de paarden iets dichterbij gekomen. De voorste waren zo dichtbij dat je ze tamelijk goed kon zijn, ook al begon het te schemeren. Ze stonden stil toen ze zagen dat Sóldís en Gígja naar ze keken en ze keken terug. Toen liepen ze verder, met de kudde achter zich aan, langzaam en sloom, alsof de paarden geen energie meer hadden, van vermoeidheid of omdat ze honger hadden.

'Mama wordt boos.' Gígja keek naar Sóldís. 'Ze wil die paarden hier niet hebben.'

'Zijn ze van de slechte paardenman? De papa van Robbi?' Die vraag was naar de bekende weg. Natuurlijk waren ze van hem.

Ze moesten dicht bij het land van Minna-Hvarf zijn gekomen. De paarden leken een nauwelijks zichtbare erfafscheiding aan te geven. Ze dacht niet dat er een hek stond, dwars door het dal, maar misschien ook wel. Kosten zouden Ása en Reynir niet tegenhouden.

'Ja.'

Sóldís keek vragend naar Gígja. 'Hoe weet je dat?'

'Ze zien er slecht uit. Zijn paarden zien er altijd slecht uit. En het zijn altijd meisjes.'

'Merries. Vrouwelijke paarden noem je merries. Voeg dat woord maar toe aan je woordenlijst.'

'Dat weet ik. Begga vertelde het me. Het staat in mijn woordenlijst, maar ik was het vergeten.'

Terwijl Gígja het woord steeds weer herhaalde, kon Sóldís haar ogen niet van de kudde merries afhouden. Ze had liever niet herinnerd willen worden aan Berglind en het bericht aan Reynir en daarom concentreerde ze zich op de dieren. Ze was geen paardenkenner, maar had de afgelopen tijd veel met de paarden van het gezin te maken gehad, had ze gevoerd, uitgemest en naar buiten gelaten. Ze vond dat Gígja gelijk had. De merries zagen er slecht uit. Alsof ze aan het eind van hun Latijn waren en dat wisten. Hun vacht was plukkerig en ze leken verwaarloosd. De winter deed deze dieren geen goed.

'Welk woord gebruik je voor een paard dat zwanger is?' Gígja was gestopt met het woorden oefenen en probeerde Bói op de slee te tillen.

'Drachtig,' zei Sóldís, zonder haar ogen van de kudde af te halen.

'Ze zijn allemaal prachtig,' zei Gígja en ze steunde toen ze Bói optilde.

'Drachtig. Met een d.'

'Ja, dat ook.' Gígja zette Bói op de slee en wilde hem voorttrekken, maar de hond sprong eraf zodra hij in beweging kwam.

Hoewel ze warm was aangekleed, kreeg Sóldís het plotseling koud. Ze besefte dat Gígja het waarschijnlijk niet helemaal bij het juiste eind had, maar er was iets vreemds met die treurige kudde. Of het nu kwam doordat het alleen merries waren of niet. Of doordat ze allemaal drachtig waren of niet. Eén ding was namelijk duidelijk: de dieren voelden zich niet goed op deze plek. Dat hadden de merries en Sóldís met elkaar gemeen.

'Op de slee, Gígja. Het begint donker te worden.'

Op de terugweg keek Sóldís steeds achterom. De kudde volgde hen in het begin, maar bleef toen staan en keek ze na. Uiteindelijk kon Sóldís de paarden niet meer zien. De duisternis had ze opgeslokt.

Opnieuw voelde ze zich onprettig en angstig.

HOOFDSTUK 15 | VRIJDAG

Týr was terug in het huisje en wachtte tot zijn werkdag echt kon beginnen. Het was inmiddels halfnegen en hij begon ongeduldig te worden om iets van Karó te horen. Net toen hij zich zorgen begon te maken dat ze te lang bij die vriendin was blijven hangen en zich had verslapen, verscheen ze eindelijk en klopte op zijn deur, klaar om aan de dag te beginnen. Aan haar frisse uitstraling te oordelen had het etentje niet zo lang geduurd als Týr had gevreesd. Nadat hij in IJsland was komen wonen, had hij gemerkt dat er een groot verschil in slaapgewoonten bestond tussen de IJslanders en de Zweden. IJslanders gingen veel later naar bed dan hij gewend was. De zeldzame keren dat hij te eten werd gevraagd of op een feestje werd uitgenodigd, was hij verbluft geweest over hun uithoudingsvermogen. Misschien had het grote verschil in de lengte van de dagen iets met hun inwendige klok gedaan.

Klokslag acht uur had hij naar het bureau in Akranes gebeld om te vragen wat vandaag hun opdracht was. Hij kreeg te horen dat hij en Karólína vandaag hun eigen plan moesten trekken – op dat moment lag er niets waarvoor zij konden worden ingezet. Hördur, die het onderzoek leidde, leek op het punt te staan de verbinding te verbreken, dus Týr haastte zich om hem te vertellen over de jonge vrouw die hij onverwacht was tegengekomen op de plaats delict. Hördur luisterde en zei *ja* en *interessant* op de juiste momenten, maar Týr begreep dat het moest wachten. Natuurlijk had hij gelijk, het was niet dat het gesprekje met Berglind het onderzoek op zijn kop had gezet.

Alleen wisten ze nu wel dat het echtpaar ruziemaakte en niet zo gelukkig met elkaar was geweest als eerst had geleken. Dat versterkte de hypothese dat de vader, Reynir, de dader was.

Nadat Hördur de verbinding had verbroken, belde Týr Huldar, zijn chef in Reykjavik. Hij hoopte half dat hij en Karó zouden worden teruggeroepen. Hij had er genoeg van om tussen al dit grenenhout te verblijven. Zo'n feest was het echter niet. In plaats daarvan kreeg hij de onduidelijke opdracht door te gaan met het ondersteunen van de plaatselijke politie. Ze konden op de plaats delict meehelpen met het verzamelen van bewijsmateriaal of iets anders doen wat zij belangrijk achtten. Er volgden geen nadere instructies.

Het verslag van de onverwachte ontmoeting met Berglind in de vroege ochtend wekte meer interesse bij Huldar dan bij Hördur. Huldar was een beetje teleurgesteld dat Berglind in Borgarnes woonde, want dat betekende dat de plaatselijke politie een verklaring van haar zou moeten opnemen. De teleurstelling werd niet minder toen hij Alvar Grétarson opzocht, de jongeman die Berglind was opgevolgd op de boerderij. Hij bleek in Mosfellsbær te wonen en Huldar vond het voor de hand liggend dat de politie in Akranes ook met hem wilde praten. Toch stelde hij voor dat ze daar nu heen zouden gaan, in overleg met de Akranessers.

Uiteindelijk werd besloten dat Týr en Karó naar Mosfellsbær zouden gaan. In een volgend telefoongesprek met Akranes kreeg Týr te horen dat het een voorbereiding zou zijn op het officiële verhoor, waaruit hij opmaakte dat ze het niet zo belangrijk vonden. Het kon ook zijn dat de plaatselijke politie blij was om even van hem en Karó verlost te zijn. Als er veel te doen was kon het irritant zijn om er mensen van buiten bij te hebben die niet bekend waren met alle ins en outs en voortdurend vroegen wat ze nu moesten doen.

Het maakte Týr niet uit wat erachter zat. Hij glimlachte bij zichzelf, blij dat ze iets anders te doen kregen dan rondhangen op de plaats van die afschuwelijke daad. Hij verlangde er helemaal niet naar om weer in het huis van de familie rond te lopen en te worden herinnerd aan wat er gebeurd was. Hoe eerder die herinneringen vervaagden, hoe beter. Hij zag de beelden van de doden steeds weer op zijn netvlies als hij zijn ogen sloot.

Het was algemeen bekend dat zelfs de meest door de wol geverfde politiemensen er ervaring mee hadden dat bepaalde moordzaken een blijvende invloed hadden op hun geest. In slechte zin. Meestal waren dat zaken die uitzonderlijk gewelddadig waren, begaan door een gestoorde dader, en soms speelde de onschuld van de slachtoffers een rol. Bovendien konden politiemensen de gevoelens waarmee zij worstelden moeilijk tonen. Ze hadden drie opties: een manier vinden om er zelf mee om te gaan, professionele hulp zoeken of psychische schade oplopen. Týr begon het idee te krijgen dat hij bij deze zaak de eerste optie zou moeten kiezen. Hij was er altijd snel in te besluiten welke kant hij op wilde gaan. Het enige wat duidelijk was was dat van de laatste optie geen sprake kon zijn.

Misschien had zijn moeder het aan zijn stem gehoord toen ze met elkaar praatten over de telefoon. Ze was niet gek. Misschien was dat de reden waarom ze zich er zorgen over maakte dat hij meewerkte aan dit onderzoek. Zijn angst dat hij slecht nieuws van hen te horen zou krijgen was dan ongegrond. Tot er iets anders aan het licht kwam, zou hij het bij deze verklaring houden.

Een stevige klop op de deur had een eind gemaakt aan deze overpeinzingen. Týr vertelde Karó wat hun nieuwe opdracht was terwijl hij zijn jas aantrok en de geur van het grenenhout achter zich liet.

Op weg naar de auto belde hij het nummer dat Huldar hem had gegeven. Een voicemail maakte hem direct duidelijk dat de telefoon van Alvar uitstond of dat hij geen bereik had. Die gedachte hield Týr voor zich. Natuurlijk kon er een heel normale verklaring voor zijn. De batterij van de telefoon was misschien leeg, de eigenaar zat aan boord van een vliegtuig of was ergens waar slecht bereik was. Misschien zette hij zijn telefoon 's nachts uit en was hij nog niet opgestaan. Meestal was er een heel onschuldige reden voor zoiets. Het was nooit *zomaar*. Of omdat er iets ergs aan de hand was. Toch was het altijd een beetje ongemakkelijk.

'Ik krijg alleen de voicemail.' Týr haalde zijn schouders op en stak de telefoon in zijn zak. 'Misschien moeten we wachten met naar Mosfellsbær te rijden. Het heeft geen zin als die vent niet thuis is of nog slaapt.'

Karó liet zich niet zo snel ontmoedigen. 'Misschien heeft hij meer nummers.'

Týr googelde zijn naam op zijn telefoon. Hij vond Alvar meteen. 'Nee. Hij heeft maar één nummer.' Hij probeerde te zoeken op zijn adres om te zien of hij bij zijn ouders woonde of met een partner samen. Toen kwam de naam Bogi Lúthersson naar boven. Hij kon niet de vader van Alvar zijn, omdat die Grétarson heette, maar misschien was hij zijn stiefvader. Het was ook uitgesloten dat ze broers waren en Bogi kon ook niet zijn zoon zijn. Alvar was zelf net boven de twintig en zijn zoon zou nog niet in het telefoonboek staan, als hij al een zoon had. Deze Bogi kon zijn stiefbroer zijn, de verhuurder, een medehuurder of een partner. 'Hier staat een andere naam die op zijn adres staat ingeschreven. Bogi Lúthersson.'

Týr keek op de plattegrond en zag dat Alvar in een eengezinswoning woonde. Hij gaf de telefoon aan Karó. 'Zou het zijn stiefvader zijn? Of zou Alvar de garage huren bij die Bogi, of een bijgebouw?'

De beste manier om erachter te komen was de man te bellen.

De stem die de telefoon opnam was jonger dan waarop hij had gerekend, ergens rond de twintig.

Týr stelde zich voor en legde uit waarvoor hij belde. Er viel een korte stilte, maar toen vroeg Bogi: 'Zit Alvar in de problemen?'

'Nee, we willen alleen even met hem praten. Niets anders.'

Bogi leek dat niet heel aannemelijk te vinden. 'Dan moet u maar blijven bellen. Hij is hier niet en ik kan er ook niets aan doen als hij zijn telefoon niet wil opnemen.'

'Mag ik vragen wat u van elkaar bent?'

Bogi had geen probleem daarop te antwoorden: 'Ik huur een kamer bij hem. Heb gereageerd op een advertentie.'

'Aha. Kunt u mij zeggen waar Alvar is? Is hij op zijn werk of thuis?'

Er kwam geen antwoord van de andere kant van de lijn. Bogi was kennelijk aan het overwegen of hij Alvar in de problemen zou brengen als hij antwoordde. Uiteindelijk leek hij tot de conclusie te zijn gekomen dat het wel kon: 'Hij is hier niet. Hij is op zijn werk.'

'En waar werkt hij?'

'Op een boerderij of zo. In Hvalfjördur. Bij een of andere miljonair.'

Karó maakte haar autogordel los nadat Týr de motor had uitgezet. Geen van beiden maakte aanstalten om uit te stappen. Ze keken naar de kleine eengezinswoning waarvoor ze stonden.

'Er moet een eenvoudige verklaring voor zijn.' Karó liet haar ogen over het huis gaan, alsof ze het antwoord op dit nieuwe raadsel hoopte te vinden tussen de barsten in het beton.

'Ja. Hopelijk.' Týr had onderweg zelf ook geprobeerd om het te begrijpen, maar zonder succes. Volgens Bogi werkte Alvar nog altijd op Hvarf, hoewel niets erop wees dat dat zo was. Týr had zich beheerst om zijn vragen niet via de telefoon te stellen, omdat hij meteen begreep dat hij persoonlijk met de man moest spreken. Die Bogi had vast geen antwoord op al hun vragen, maar hopelijk wel op een paar. Hij leek één en één nog niet bij elkaar te hebben opgeteld in verband met het nieuws over de zaak. Dat nieuws was dan ook behoorlijk vaag. Er waren geen namen genoemd, er was alleen gesproken over Vesturland – Hvalfjördur werd niet genoemd. Hij was bovendien van een generatie die geen enkele belangstelling voor het nieuws leek te hebben en Týr dacht niet dat de zaak de smaak was van TikTok, YouTube of Instagram.

'Wat zou zo'n huis kosten?' Karó keek naar Týr, die zijn schouders ophaalde. 'Het is misschien niet het mooiste huis in de stad, maar ik had er op mijn eenentwintigste geen geld voor .' Ze had onderweg de eigenaar van het huis opgezocht en had ontdekt dat het pand alleen op Alvars naam stond ingeschreven.

'Misschien weet die Bogi hoe Alvar eraan komt. Je zou denken dat hij aan het dealen is geweest. Maar jij zegt dat hij niet voorkomt in LÖKE of andere registers bij ons?'

Karó had onderweg naar het bureau gebeld en gevraagd of ze hem konden opzoeken. 'Nee. Volgens Lína heeft hij geen veroordelingen aan zijn broek hangen en is hij nooit in verband gebracht met een zaak.'

Het had geen zin om te wachten en ze stapten uit, liepen

langs een oud vehikel dat voor de garage stond geparkeerd en naar de voordeur. Týr klopte, toen ze geen deurbel zagen, en korte tijd later deed een jonge man de deur open. Hij was van een gemiddelde lengte en zag er heel kleurloos uit. Hij droeg een joggingbroek en een T-shirt die twee dagen geleden al in de was hadden gemoeten. Hij was niet echt een sloeber, want van alles wees erop dat hij om zijn uiterlijk gaf. Hij had bijvoorbeeld een streep in zijn haar geschoren, een paar grote ringen aan zijn vingers en twee kettingen om zijn hals.

Týr stelde zichzelf en Karó voor, maar hoefde geen woorden vuil te maken aan het doel van hun komst, want hij had Bogi aan het eind van hun telefoongesprek gezegd dat ze zouden komen.

'Wilt u misschien binnenkomen of zo?'

Ze accepteerden de uitnodiging en hij vroeg ze onhandig om niet op de rommel te letten. Hij wilde gaan opruimen, maar was alleen nog niet begonnen.

Týr rekende op een vreselijke rotzooi, dat er overal verpakkingen zouden liggen van thuisbezorgde maaltijden, blikjes en kleren, alsof er een wervelwind was gepasseerd. Maar toen ze werden binnengelaten in de woonkamer viel het allemaal reuze mee. Hem viel vooral op hoe ouderwets de meubelen en de spullen waren, niet direct dingen waarvan je dacht dat jonge mensen ze zouden uitzoeken. Smaken verschilden natuurlijk en misschien had Alvar geen geld voor iets anders dan wat je bijna voor niets bij de kringloop haalde.

Er lag stof in de hoeken op het parket en onder de meubelen. Er lag een paar binnenstebuiten gekeerde sokken op de grond, twee lege snoepzakken lagen op de marmeren salontafel naast de bank en op de bank zelf lag een dekbed. Verder was er nergens rommel te bekennen. Toen ze waren gaan zitten, konden ze echter de keuken in kijken en daar had Bogi nog wel wat werk te verzetten. De gootsteen stond vol potten en pannen en lege verpakkingen en rommel bedekte de werkbladen aan weerszijden daarvan.

Bogi haalde het dekbed van de bank en haastte zich de deur van de keuken te sluiten toen hij zag dat Týr die kant op keek. Toen vroeg hij hun op de bank te gaan zitten en plofte zelf neer op een stoel.

'Waar gaat het eigenlijk over?' Bogi was hun voor en stelde de eerste vraag.

'Zoals ik al zei over de telefoon, zijn we op zoek naar Alvar. We moeten alleen even met hem praten. Hij wordt nergens van verdacht en hij hoeft nergens bang voor te zijn.'

Het antwoord stelde Bogi niet gerust. 'Maar waarom? De politie wil nooit met iemand praten, tenzij het om een misdaad gaat. Is het niet zo? Of doet u nog iets anders dan misdaden oplossen?'

Karó lachte naar de jongeman. 'Voor het oplossen van misdaden moet je met meer mensen praten dan degenen die ergens van worden verdacht. Alvar is misschien getuige in een zaak waarmee wij bezig zijn.'

'Oké. En waarom wilt u dan met mij praten?'

'Omdat Alvar onbereikbaar blijkt te zijn op zijn telefoon en we hopen dat u ons kunt helpen hem te vinden. Kent u bijvoorbeeld zijn ouders? Een partner? Vrienden? Broers of zussen? Het zou ons helpen als u ons naar iemand kunt verwijzen die contact met hem heeft.'

'Hij heeft geen partner en geen broer of zus. Weinig vrienden en geen ouders meer. Dus ik kan u niet helpen. Waarom rijdt u niet naar die boerderij waar hij werkt? Geloof me, ik zou het weten als hij in de stad was. Hij woont hier. Dit is zijn huis.'

'Heeft hij dit huis al lang?' Týr was blij de vraag waarom

ze niet naar de boerderij reden waar Alvar werkte te kunnen ontwijken.

Bogi haalde zijn schouders op. 'Dat weet ik niet. Hij erfde het toen zijn moeder stierf. Het was haar huis. Hij woonde hier bij haar. Als ik het me goed herinner is zij twee jaar geleden overleden. Daaromtrent.'

'En zijn vader?'

'Hij stierf toen Alvar nog een kind was. Een auto-ongeluk of zo. Zijn moeder had kanker.' Bogi sprak erover zonder enig gevoel, alsof hij vragen beantwoordde van een examen over de levensloop van iemand met wie hij geen enkele band had. Týr moest denken aan hoe hij zelf was geschrokken toen hij vreesde dat zijn moeder misschien kanker had. Het gevoel was anders als het om een naaste verwant ging dan over iemand die je niet kende. Dat was ongetwijfeld het geval bij Bogi.

'Wanneer hebt u voor het laatst iets van hem gehoord?' vroeg Karó toen Bogi zweeg.

'O... pfff. Een paar dagen geleden, denk ik. Meer dan een week zelfs.'

'Is dat ongewoon? Dat u zo lang niets van hem hoort?' Karó slaagde erin de vraag onschuldig te laten klinken.

Bogi schudde zijn hoofd. 'Nee. Zo is onze relatie niet. Nadat hij op het platteland ging wonen, hadden we alleen contact als er iets was. Toen hij hier nog woonde, praatten we natuurlijk weleens met elkaar. Maar niet veel. Ik woon hier nog maar vier maanden.'

Týr kwam met een vraag tussenbeide. 'U zegt dat u alleen contact had als er iets was. Zoals wat?'

'Er was laatst een regenpijp kapotgegaan. Er schoof een pak sneeuw en ijs van het dak en dat trok hem mee. Ik liet het hem weten en hij zei dat ik het maar moest laten repareren en om de rekening vragen. Dat heb ik gedaan. Die man is nog niet geweest. Ik heb Alvar nog een bericht gestuurd om hem dat te vertellen, maar hij heeft niet geantwoord. Dus ik weet niet wat hij wil dat ik eraan doe. Hij kan de reparateur moeilijk dwingen om te komen.' Bogi zweeg en schoof wat ongemakkelijk heen en weer op zijn stoel. 'Toen stuurde ik hem afgelopen week een bericht om om uitstel van betaling van de huur te vragen. Daar heeft hij ook niet op gereageerd. Ik hoop maar dat het wie zwijgt, stemt toe is. Hij heeft het bericht in ieder geval wel gezien.' Bogi voegde er wat verlegen aan toe: 'Het lukt mij niet om werk te vinden. Ik heb geen auto en wilde het liefst iets in de buurt vinden, zodat ik mijn tijd niet verdoe in de bus.'

Týr zag ervan af Bogi erop te wijzen dat hij niet veel meer tijd kwijt zou zijn aan de bus dan als hij met de auto naar zijn werk zou gaan. 'Van wie is de auto die hiervoor staat?'

'Van Alvar.'

'Waarom is hij niet met de auto naar die boerderij gegaan? Heeft Alvar twee auto's?'

'Nee. Hij is opgehaald. Ik weet nog dat hij het niet aandurfde om er met zijn eigen auto heen te rijden. De banden zijn nogal slecht en hij heeft geen geld voor nieuwe. Zoiets was het. Alvar heeft dit huis wel, maar verder is hij nogal blut. Hij erfde alleen het huis, geen geld of zo. Het huis en de auto.' Bogi gebaarde om zich heen. 'En al deze spullen. Daarom zette hij een advertentie voor die kamer. Om te verhuren voor de aflossing en zo. Er zit een hypotheek op het huis, begrijp ik. En hij is een beetje een modegek.'

Týr en Karó waren niet gekomen om over kleren te praten. 'Wat deed Alvar voor werk voor hij op die boerderij begon?' Týr rekende er niet op dat Alvar werkloos was geweest. Hij moest iets hebben gedaan voor hij naar dat gezin ging. Het echtpaar had waarschijnlijk goed nagedacht over wie ze in huis haalden.

'Hij had geen werk. Hij zat op school. Dat is nog steeds zo, denk ik, hij studeert naast zijn werk. Misschien is het geen volledige baan of zo. Ik heb hem er niet naar gevraagd.'

'Wat studeert hij?' vroeg Karó.

'Programmeren. Computerprogramma's schrijven of zo.'

Týr trok zijn wenkbrauwen op. 'Dat is niet een studie die je voorbereidt op werk op een boerderij.'

'Nee, misschien niet. Maar ik begrijp van Alvar dat die mensen contacten hebben binnen de computerwereld. Hij hoopt dat hij een referentie krijgt of misschien wel een baan binnen een computerbedrijf via hen, als hij er klaar is. Dat is niet zo'n gek idee.'

Misschien was dat zo, maar Alvar had hopelijk nog een plan B. Het was uitgesloten dat Ása en Reynir hem nu nog werk konden bezorgen.

'Mogen we hier even rondkijken? De kamer van Alvar bekijken of misschien zijn werkruimte, als hij die had?' vroeg Karó.

Bogi keek moeilijk. 'Ik kan u alleen toestaan mijn kamer te bekijken. Over iets anders in dit huis heb ik niets te zeggen. Daarvoor moet u bij Alvar zijn.' Hij bedacht dat Týr de keuken had gezien en voegde eraan toe: 'Ik mag ook de keuken en de badkamer gebruiken, natuurlijk. En nu Alvar weg is, gebruik ik ook de woonkamer. Die kunt u bekijken. Maar ik laat u niet in zijn slaapkamer of zijn werkkamer. Dat moet u aan hem vragen.'

'Geen punt.' Karó glimlachte.

Even later hadden ze geen vragen meer. Bogi leek zijn huurbaas niet erg goed te kennen. Ze stonden op en bedankten hem voor zijn gastvrijheid. Toen ze in de deuropening stonden, op weg naar buiten, ging Karó's telefoon. Ze zwaaide even naar Bogi ten afscheid en liep toen naar de auto, terwijl ze opnam. Týr nam uitgebreider afscheid en vroeg nog één ding: 'Klopt het dat jullie contact met elkaar hadden via internet? Via de mail?'

Bogi knikte.

'Kunt u kijken wanneer Alvar voor het laatst heeft gereageerd?'

Bogi haalde zijn telefoon uit de zak van zijn broek en keek erop. 'Ruim een week geleden.' Hij draaide de telefoon naar Týr die op het scherm de tekst las waarin Alvar Bogi vroeg de reparateur te bellen vanwege de regenpijp. Er stond ook in dat Alvar niet kon langskomen, er was op dat moment veel te veel te doen op de boerderij. De datum was zoals Bogi zei, tien dagen geleden. Týr zei het niet, maar het was onmogelijk dat Alvar toen nog op de boerderij werkte. Volgens de gegevens die uit het gesprek met de ouders van Sóldís naar voren waren gekomen, was zij er toen al begonnen en was er geen ander personeel op de boerderij geweest. Alvar moest toen dus al gestopt zijn. Het was natuurlijk mogelijk dat de ouders van Sóldís zich vergisten of dat zij hen verkeerd had ingelicht en Alvar nog steeds bij hen in dienst was. Misschien was gebeurd waar hij op had gehoopt en was hij als programmeur aangenomen door het echtpaar. Hoewel ze hun bedrijf hadden verkocht, kon het zijn dat ze hulp nodig hadden bij een nieuwe opdracht en dat hij ergens anders werk had gekregen dan op Hvarf.

Týr zag Karó vanuit de auto naar hem wuiven, nog altijd aan de telefoon. Hij haastte zich om afscheid te nemen. Toen ze in de auto zaten en de deur hadden gesloten, legde ze haar hand over de microfoon en fluisterde tegen hem: 'Reynir is gevonden.'

HOOFDSTUK 16 | EERDER

Toen Sóldís de volgende ochtend in het nieuwe huis kwam, waren Ása en Reynir vertrokken. Op de keukentafel lag een handgeschreven lijst van Ása met taken voor die dag, plus wat Sóldís die avond voor de meisjes moest koken. Daaronder had Ása ook een voorstel gedaan voor de lunch en onderstreept dat Sóldís ervoor moest zorgen dat de meisjes hun bord leegaten. Ze wilde niet dat ze de hele dag de koelkast zouden plunderen. De beste manier om dat te stoppen waren voedzame maaltijden.

Sóldís stond zichzelf toe met haar ogen te rollen over de bemoeizucht van Ása. Ze had dat al veel eerder willen doen, maar het niet gedurfd omdat ze bang was dat Ása of Reynir het zag. Nu bestond dat gevaar niet en ze zou daar goed gebruik van maken. Ze herhaalde het spel zelfs nog eens en rolde de tweede keer met nog meer overtuiging met haar ogen. Ze voelde zich beter nu ze zich eindelijk even had kunnen laten gaan. Het had zijn tol geëist om eindeloze onnodige instructies te krijgen over hoe ze wilden dat ze de dingen deed. Ze vonden zelfs dat bepaalde handelingen in de stal beter waren dan andere. Alsof het uitmaakte hoe je mest ruimde.

Op het papier stond ook dat het echtpaar had besloten heel vroeg te vertrekken om het maximale uit hun reis te halen. Ze zouden waarschijnlijk pas laat de volgende avond terug zijn. Onderaan stonden hun telefoonnummers, voor als er iets aan de hand was. De nummers waren met grote cijfers geschreven, alsof Ása voor een of andere catastrofe vreesde, waarbij Sóldís niet meer kon zien vanwege de rook of het bloed dat in haar ogen stroomde.

Sóldís besloot de meisjes te laten uitslapen. Ze hanteerden een militaire discipline met hun lessen en zij met haar werk en het zou goed zijn het even wat rustiger aan te doen. Ása had natuurlijk een lijstje gemaakt met wat ze allemaal moesten leren terwijl zij weg waren en Sóldís dacht dat ze die dingen er in de middag wel door konden jagen. Er was geen sprake van het leerwerk helemaal te laten zitten, want ze wist zeker dat Ása de meisjes zou vragen of de lessen wel goed waren afgewerkt.

Het was de eerste keer dat Sóldís alleen was in het huis van de familie. Er was anders eigenlijk altijd wel iemand binnen gehoorsafstand. Er heerste een volstrekte stilte en ze voelde zich daardoor een beetje vreemd. Ze had het gevoel dat ze was verlaten, alleen achtergelaten om het op te nemen tegen de vreemde dingen die er gebeurden. Het was geen prettig idee en ze herinnerde zichzelf eraan dat de meisjes er ook waren, al merkte je op dit moment niets van hen. Daardoor voelde ze zich iets beter, tot ze besefte dat ze van hen geen hulp kon verwachten als er iets voorviel. Dan zou zij zichzelf en hen moeten redden, op eigen houtje.

Voor het eerst sinds een paar dagen was ze snel ingeslapen nadat ze naar bed was gegaan en ze had rustig geslapen. Het was haar gelukt de problemen in haar leven en de nieuwsgierigheid naar wat Jónsi deed van zich af te zetten. Ook haar angst voor een mogelijke nachtelijke bezoeker had ze overwonnen, in de wetenschap dat alle deuren in het huis nu waren afgesloten en gestut met een keukenstoel. Zelfs de deur in de kelder. Het hielp ook dat het weer nu kalm was, want daarmee was het gekraak in het hout opgehouden. Toen ze wakker werd na negen uur slaap was haar eerste reactie verbazing geweest. Ze kon het. Maar toen ze voor de spiegel had gestaan, haar mond vol tandpasta en haar tandenborstel in de hand, was de angst teruggekomen. Hoe wist ze of niet iemand naar binnen was geslopen toen ze sliep? Er had net zo goed iemand naast haar bed hebben kunnen staan die naar haar had gekeken terwijl ze lag te slapen.

Sóldís rekte zich uit en hoopte daarmee haar kracht en geloof in zichzelf terug te krijgen. Ze dwong zichzelf door de glazen wand de duisternis in te kijken en er vrede mee te sluiten. Duisternis was niet iets om bang voor te zijn, alleen wat zich daar mogelijk ophield kon angstaanjagend zijn. Op zichzelf had duisternis geen betekenis en kon die haar niets doen.

Sóldís bleef door de hoge ramen naar buiten kijken en voelde dat die gedachten haar goed deden. Ze zou zulke dingen meer moeten doen en ze begon op internet te zoeken naar zelfhulpcursussen. Daar bleken er heel veel van te zijn, maar er voldeed er geen een aan haar eisen. Hij moest goedkoop zijn en online kunnen worden gevolgd. Voor de weinige cursussen die goedkoop leken moest je ergens heen of ze leken nogal raar. Voor andere die haar wel aanspraken moest je je voor een jaar vastleggen en daar was geen sprake van. Ze durfde het niet en bovendien wilde ze direct resultaat. Niet pas over een jaar.

Teleurgesteld stopte ze haar telefoon weer in haar zak, om er zeker van te zijn dat ze niet in de verleiding kwam om naar haar e-mail te kijken. Ze had gezien dat ze een ongelezen bericht had en dat kon eigenlijk maar van één iemand zijn, van de begeleider van haar scriptie – waar ze geen stap verder mee was gekomen. Ze was nog precies even ver als toen ze naar het platteland verhuisde. Je zou eigenlijk kunnen zeggen minder ver. Ze was opgehouden met nadenken over haar scriptie en was zelfs het beetje interesse dat ze had voor het onderwerp kwijtgeraakt.

Terwijl Sóldís koffiezette bedacht ze iets. Misschien had Reynir wel zelfhulpboeken die ze kon inzien. Hij had toch zeker gas moeten terugnemen en met zichzelf in het reine moeten komen toen hij ziek werd. Niet dat dat zo heel goed was gelukt, maar hij zou vroeger vast nog erger zijn geweest. Het kon in ieder geval geen kwaad om eens in zijn boekenkast te kijken in zijn werkkamer. Ze zou daar niet snel de kans voor krijgen, want Reynir was heel gevoelig over zijn werkruimte. Ze mocht er wel schoonmaken, maar dan stond hij in de deuropening toe te kijken, alsof hij haar ervan verdacht iets slechts van plan te zijn. Anders dan Ása zei hij haar niet voortdurend wat ze moest doen, maar hij stond daar maar en staarde. Ze kon echt de titels van de boeken op de planken niet bekijken, terwijl hij in haar nek hijgde.

Ze sloop stilletjes door de gang naar het kantoor om de meisjes niet wakker te maken. Ze wilde niet het risico lopen dat zij, expres of per ongeluk, het aan hun vader vertelden. Het lukte haar de deur te openen zonder een geluid te maken en was verbaasd dat die niet op slot zat. Meestal was dat wel zo als zij er ging schoonmaken en Reynir binnen was. De kamer was raamloos. Ze dacht dat dat was zodat het daglicht niet op het computerscherm zou vallen en hem bij het werk zou hinderen. Ze sloot de deur voorzichtig achter zich en stond in het donker terwijl ze naar het lichtknopje op de muur tastte. Toen het licht aanging in de kamer kon ze iets lichter ademen. Er was niemand, ondanks wat haar fantasie haar had geprobeerd wijs te maken in die paar seconden dat het licht nog uit was.

Sóldís ging niet meteen naar de boekenkast, maar leunde tegen de deur en keek om zich heen. Binnen stond alles op zijn plek. Het bureau met drie grote monitoren, de stoel, de printer, de archiefkast en de boekenkast. De wat griezelige robot stond op zijn plaats in de hoek van de kamer, maar ze was er inmiddels aan gewend geraakt. De ronde lenzen leken niet meer op ogen die elke beweging die ze maakte volgden. Aan de muur hingen ingelijste artikelen uit buitenlandse tijdschriften. Ze gingen allemaal over het bedrijf dat Ása en Reynir hadden opgericht. Bij sommige zaten foto's van het echtpaar in allerlei leeftijden. Op de oudste waren ze jong en lachend, maar ze werden steeds serieuzer naarmate de artikelen dichter bij de tegenwoordige tijd kwamen. Sóldís had nog niet de gelegenheid gehad om ze te lezen, maar was ervan uitgegaan dat het bedrijf erin geprezen werd. Niemand lijst negatieve berichten over zichzelf in en hangt ze aan de muur. Nu ze alleen was en de tijd had, had ze eigenlijk helemaal geen zin meer om ze te lezen.

Ze liep naar het bureau en liet haar ogen gaan over de losse papieren die erop lagen. De meeste waren oninteressant en leken uitgeprinte regels van codes die zij niet begreep. Reynir had op de meeste papieren iets gekrabbeld, maar daar gold hetzelfde voor – het gekrabbel zei haar niets. Eén papier was anders. Er stond een handgeschreven tekst op in twee kolommen, de zinnen en woorden waren aan elkaar gekoppeld. Het wekte de nieuwsgierigheid van Sóldís en ze besloot er eens beter naar te kijken nu ze alleen was en er geen Reynir in de deuropening stond.

Je hoefde niet lang na te denken om te zien wat het was. De zinnetjes waren duidelijk wachtwoorden voor websites, apps of programma's. In de eerste kolom stond om welke website het ging, bijvoorbeeld van de Gezondheidszorg, twee IJslandse banken, Facebook, Google, Icelandair Saga Club en meer van die dingen. In de tweede kolom stonden dan de wachtwoorden waarmee je toegang kreeg. Ze waren niet bijzonder ingewikkeld, maar ook niet heel erg simpel. $$Gig3ja$$, $$Ir3is$$, 28pizza#%, Boi%8!Lubbi enzovoort.

Sóldís wilde niet lang naar de wachtwoorden kijken, want ze was bang om ze ongewild in haar geheugen op te slaan. Ze legde het papier echter niet weg, omdat onderaan een soort samenvatting of duiding leek te staan van de wachtwoorden. Ze kon zich niet voorstellen waarom Reynir zoiets zou hebben gedaan, alleen als hij wilde kijken of hij andere wachtwoorden kon bedenken voor als hackers er een paar zouden kraken.

Hij was blijkbaar nog gekker dan ze had gedacht. Ze legde het papier weg, maar toen viel haar oog op de afkorting van een website die ze kende. AWC. Om de dag haalde ze de post op uit de brievenbus die aan de weg stond. Ze kregen weinig brieven, maar af en toe hadden er enveloppen in gezeten waarop die letters ook stonden. Onder een vreselijk saai logo stond: *Association for Women in Computing*. De brieven waren natuurlijk aan Ása gericht, niet aan Reynir.

Sóldís kreeg een vieze smaak in haar mond. Ása, Íris noch Gígja had iets op het papier dat voor haar lag geschreven. Uitsluitend Reynir. Het wachtwoord tot iets wat met een vereniging van vrouwen in de computerbusiness te maken had moest van Ása zijn. Hetzelfde moest wel gelden voor alle andere wachtwoorden. Reynir verzamelde haar wachtwoorden, analyseerde ze en probeerde er een systeem in te ontdekken.

Sóldís' telefoon piepte en ze schrok van het schelle geluid in de stille kamer. Ze had een slecht geweten over dat ze ergens was waar ze eigenlijk niet mocht zijn en ze verstrakte. Ze pakte haar telefoon, zag dat ze het nummer kende en opende het bericht. Er stond: *Wat ben je aan het doen? Blijf van mijn spullen af.*

Sóldís bevroor. Het moest van Reynir zijn. Ze had het nummer herkend uit het opdrachtenlijstje van Ása. Ze keek omhoog, van haar telefoon naar een camera die boven de computerschermen midden op het grote bureau hing. Ze besefte dat ze oog in oog met hem stond via internet en op heterdaad was betrapt. De camera bewoog licht, eerst naar rechts, dan naar links, alsof het apparaat de hoofdbeweging nadeed van een mens die iets afkeurt. Het was geen toeval. De camera werd ongetwijfeld op afstand bestuurd door Reynir. Sóldís voelde hoe het bloed naar haar wangen stroomde en ze hoopte maar dat de camera het rood niet oppikte en daarmee hoe vreselijk zij zich voelde. Maar Reynir was een computerman met eindeloos veel certificaten, dus het was belachelijk om dat te hopen. De camera was ongetwijfeld de beste die er te krijgen was.

De vernedering was volmaakt. Sóldís stond als aan de grond genageld en staarde naar de bolle lens. Gelukkig drong er een luide fluittoon door de gesloten deur naar binnen. Ze schrok, haastte zich naar buiten en deed het licht uit voor ze de deur achter zich sloot. Het was een schrale troost te weten dat Reynir nu naar een zwart beeld op de camera staarde.

De fluittoon werd steeds luider en Sóldís ging op het geluid af naar de keuken voordat hij ondraaglijk werd. Ze kende het geluid van de waterketel die altijd op het aanrecht stond. De enige die die ketel gebruikte was Ása. Zij kookte er water in als ze kruidenthee maakte. Sóldís was nog in shock omdat ze in het kantoor van Reynir was betrapt en het eerste wat haar inviel was dat ze waren teruggekomen. Misschien hadden ze moeten omkeren omdat de weg geblokkeerd was of de auto kapot. Voordat ze de hoek om liep, bleef ze even staan om diep adem te halen en zich schrap te zetten voor de verwijten, de ironische opmerkingen en de ondervraging door Reynir.

De keuken was leeg. De grote, prachtige ketel blies stoom door de twee fluiten die op de tuit zaten, maar verder was alles rustig. Het was buiten nog net zo donker als eerder en het briefje van Ása lag nog op zijn plek.

Eerst was Sóldís opgelucht, blij dat het echtpaar niet was teruggekomen. Maar de blijdschap was van korte duur. De meisjes verschenen in hun pyjama, met verwarde haren en wreven de slaap uit hun ogen. De honden waren achter hen aan gekomen en sprongen opgewonden rond hun etensbakken. Die waren leeg en ze likten ze niettemin vol overgave schoon. Het lawaai leek geen enkele invloed op hen te hebben.

De stem van Íris klonk hees toen ze op bevelende toon naar Sóldís riep: 'Zet die rotherrie uit. Zo kan ik niet slapen. Ik werd er wakker van en dacht dat er brand was.'

Sóldís zette snel de ketel uit. Er volgde een heerlijke stilte die werd doorbroken toen Gígja slaperig vroeg: 'Waar is mama?'

'Ze zijn weg. Ze zijn vertrokken voor wij wakker werden.' Sóldís dacht na. 'Je mag de waterkoker niet aanzetten, Gígja. Als hij droogkookt, kan het slecht aflopen.'

Gígja gaapte voor ze antwoord gaf: 'Ik heb de waterkoker niet aangezet. Ik drink geen thee. Dat vind ik vies.'

Sóldís draaide zich naar Íris die met een boos gezicht haar hoofd schudde. 'Kijk niet naar mij. Ik werd er wakker van. En ik drink ook geen thee.'

De meisjes keken allebei naar Sóldís en wachtten op wat zij te zeggen had. 'Ik heb hem ook niet aangezet,' zei ze, maar ze voelde dat er geen overtuiging in haar stem lag. Kon het zijn dat ze de ketel per ongeluk had aangezet? Hij stond op een moderne kookplaat met tiptoetsen, dus het was denkbaar dat ze die had aangeraakt. Maar ze kon zich niet herinneren dat ze in de buurt van het kookeiland was geweest. Ze was recht naar de dure koffiemachine gelopen en had koffie voor zichzelf gemaakt. De koelkast geopend om er melk uit te halen. Zich toen omgedraaid en naar de duisternis buiten gekeken. Niets anders. In ieder geval herinnerde ze zich niets anders.

Gígja sperde haar ogen wijd open. 'Maar... als jij het niet gedaan hebt, en ik niet en Íris niet... wie heeft het dan gedaan?' Ze keek naar de honden die nog steeds hun lege bakken aan het uitlikken waren. 'Bói? Of Lubbi?'

Íris slaakte een geïrriteerde zucht. 'Natuurlijk niet, Gígja.' Toen keek ze naar Sóldís en in haar ogen stond angst te lezen die hetzelfde ongemak weerspiegelde dat zich in Sóldís' hoofd had genesteld.

'Misschien heeft jullie moeder hem aangezet.' Die verklaring was mogelijk geweest als de waterkoker op de laagste stand had gestaan, maar dat was niet zo. Toen Sóldís hem uitzette, stond hij op de hoogste stand. Ze had Ása zo vaak thee zien zetten dat ze wist dat het maar kort duurde voor het water in de ketel kookte. Ze zei het toch om de angst bij Íris weg te nemen. Het voegde niets toe als Íris ook onrustig was. Integendeel, het zou haar eigen ongemakkelijke gevoel alleen maar verergeren.

'Ik bel ze en vraag het.' Íris wilde haar telefoon uit haar broekzak halen, maar merkte toen dat ze nog in pyjama was en greep mis.

'Nee, dat doe je niet.' Sóldís was veel te uitgesproken, maar ze wilde niet het risico lopen dat Reynir opnam. Ze wist dat Ása reed, vanwege zijn ziekte, en ging ervan uit dat het gesprek draadloos doorkwam in de auto. Ze zouden er allebei aan deelnemen. Het mocht niet gebeuren dat hij Ása vertelde over haar bezoek aan zijn werkkamer, als hij dat niet al had gedaan. Als ze haar baan niet kwijtraakte door dit akkefietje, zou ze in ieder geval dalen in de achting van Ása. 'Ik moet de knop hebben aangeraakt. Dat is de verklaring.'

Íris rolde met haar ogen. 'Jezus! Pas in het vervolg een beetje op. Wat als er brand was uitgebroken?'

Sóldís deed of ze dat niet had gehoord en vroeg wat ze voor hun ontbijt wilden hebben. Ze wilde niet meer met de zusjes over de waterkoker praten, hoewel ze er zelf nog steeds over nadacht. Ze hadden er niets mee te maken. Vooral niet omdat ze zich ineens afvroeg of Reynir de kookplaat van een afstand kon bedienen. Daar was misschien helemaal niet zoveel voor nodig. Misschien was het een kwestie van een tijdschakelaar instellen.

Gígja wilde ontbijtgraan en ze wilde er suiker op, maar normaal gesproken was dat verboden. Íris wilde het ontbijt liever overslaan, maar dat was ook verboden. Bói en Lubbi wilden gewoon iets te eten krijgen.

Terwijl Gígja met de suikerpot naast haar bord zat, de honden hun vlees naar binnen schrokten en Íris in de fauteuil van haar vader hing met haar telefoon, nam Sóldís nog een kop koffie en toen ze die ophad nog een. Ze had niet speciaal zin in meer koffie, maar ze moest iets omhanden hebben, liever dan dat ze voor zich uit staarde en kon nadenken. Na het derde kopje kon ze dit spelletje niet herhalen. Ze had inmiddels een te snelle hartslag en was begonnen te zweten.

'Ga je mee de dieren voeren, Gígja?'

Het meisje knikte, niet in staat om iets te zeggen met haar mond vol.

'En jij, Íris?'

Het antwoord dat uit de fauteuil kwam was een soort grom die in de meeste talen van de wereld 'bekijk het maar' betekende. Sóldís trok er zich niets van aan. Ze had erom gevraagd. Ze legde haar hand op de schouder van Gígja en zei dat ze haar ontbijt moest opeten terwijl zij even naar haar kant liep om haar laarzen te pakken. Daarna zou ze Gígja helpen om kleren te kiezen voor vandaag.

Nog altijd met haar mond vol ontbijtgranen en suiker knikte het meisje weer.

Sóldís wilde gaan, maar kwam de keuken niet uit. Staand in de deuropening en kijkend naar de verbindingsgang, zag ze dat de deur naar de gang openstond. Het was heel zeker dat ze die achter zich dicht had gedaan. Dat deed ze altijd. Zonder uitzondering.

HOOFDSTUK 17 | VRIJDAG

Er stonden politieauto's en een grote auto van de reddingsdienst langs de kant van de oprit naar de boerderij Minna-Hvarf. Daar woonde Einar Ari Arason, de boer met wie het echtpaar in conflict leefde, degene die aangifte had gedaan van de wietplantage van Reynir. Dat die conflicten ergens mee te maken hadden werd met de vondst van dit lichaam erg onwaarschijnlijk. De man zou toch zeker niet het gezin en de jonge vrouw vermoorden en dan het lijk van Reynir voor zijn huis deponeren. Letterlijk in de voortuin. Volgens de informatie die Karó had gekregen lag het lijk in een badkuip op een besneeuwd veld dat bij de boerderij hoorde. Er werd niet bij gezegd wat die badkuip daar deed.

Het duurde niet lang voor ze de badkuip zagen. Drie agenten die voor hen waren gearriveerd stonden bij de omheining van het veld en staarden naar twee mannen in beschermende overalls die een poging deden een tent op te zetten om de badkuip af te schermen.

Boven hen een hemel met donkere wolken die zich spoedig zouden legen. De weersvoorspelling was niet goed en er werd gewaarschuwd dat Kjalarnes tegen de avond moeilijk bereikbaar zou zijn. Hoewel het gebied rond de badkuip met sneeuw was bedekt, moest de plaats delict in dezelfde toestand worden bewaard als waarin hij was aangetroffen. Ze mochten blij zijn dat de vorstperiode nog aanhield en dat er nog geen dooi was voorspeld. Onder deze omstandigheden waren kou en een dikke laag sneeuw eén feest, vergeleken met nattigheid en prut. Eigenlijk onder alle omstandigheden, maar vooral deze.

Týr wendde zich naar de boerderij toen hij uit de auto stapte. Je kon niet anders dan het verschil opmerken tussen deze en de boerderij van het gezin. Het was overduidelijk dat hier nog een echt boerenbedrijf werd uitgeoefend en dat dit niet zo'n hobby-boerderij was zoals bij de vermoorde buren. Op het erf stond een oude jeep. Het woonhuis kon wel wat onderhoud en een verfje gebruiken. De stal en de schuur waren ook niet nieuw en de tractor die naast een enorme stapel in wit plastic gerolde hooibalen stond leek ook al op jaren. Er stonden gereedschappen en hekken, maar nergens waren dieren te zien. Op het veld waar de tent werd opgezet zag je in de verte een kudde paarden staan, zonder belangstelling voor wat die mensen daar aan het doen waren. Dat gold niet voor de zwart-witte hond die op de trap bij het woonhuis stond. Hij hield zijn ogen niet van Týr en Karó af, maar was aangelijnd, dus kon nergens heen. Waarschijnlijk was dat om te voorkomen dat hij de plaats delict verstoorde. Hij zat hopelijk niet altijd aan de riem.

Voor het raam stonden twee mensen te kijken naar wat er allemaal gebeurde. Týr dacht te zien dat het een volwassene was en een puber. De volwassene hield iets vast, Týr vermoedde een kussen. Hij was te ver weg om details te kunnen zien en het kon net zo goed een halfvolle boodschappentas zijn. Hij dacht echter eerder dat het een vrouw was dan een man, ongeacht wat diegene in de armen had. Als hij het bij het rechte eind had, dan verkoos de boer, die met het echtpaar overhoop had gelegen, om niet toe te kijken.

Týr versnelde zijn pas om Karó in te halen. Zij was meteen gaan lopen en was niet blijven staan om rond te kijken. 'Is het niet gek dat ze niet in de gaten hebben gehad dat er een lijk in hun badkuip lag? Het is nogal dicht bij het huis,' zei Týr toen hij haar had ingehaald.

Ze keek om, liet haar ogen over het erf gaan en keek toen weer in de richting van waar de tent werd opgezet. 'Het is maar een klein stukje. Zou het misschien in de nacht zijn gebeurd? Misschien is Reynir ondergesneeuwd. Dat gebeurt snel. En ik denk dat die badkuip iets is waar ze vanaf wilden, misschien als het beter weer werd. Ze zullen er niet veel aandacht aan hebben besteed. Laat staan dat ze hem gebruikten.'

Týr trok een vies gezicht. 'Maar waarom zet je hem dan helemaal in dat veld? Ze hadden hem ook aan de weg kunnen zetten.'

Karó reageerde niet. Onderweg had ze hem alles verteld wat uit het telefoongesprek naar voren was gekomen. Haar was verteld dat de zoon des huizes twee merries van het veld was gaan halen, omdat de veearts voor hen was gekomen. Toen had hij gezien dat er iets in de badkuip lag. Hij schoof de sneeuw gedeeltelijk opzij tot hij snel wegkeek toen duidelijk werd wat er aan de hand was.

Týr herkende de drie die toekeken hoe de tent werd opgezet. Het was de kern van de recherche van de politie in Akranes: Hördur, die het onderzoek leidde, met Sævar en Elma. Karó voegde zich zonder te groeten bij de groep, alsof ze alleen even was weggelopen. Týr was niet zo relaxed en begroette hen formeel. De mensen knikten naar hem en richtten hun aandacht toen weer op het veld. Hördur was de uitzondering. 'Ze zijn onderweg uit de stad. Jullie mensen, de technische recherche en de patholoog-anatoom.'

Dat sprak vanzelf, maar Týr zei niets. Het was een gelukje dat het lijk was gevonden voordat de dag verder was gevorderd. De technische recherche en Idunn, de patholoog, zouden hopelijk hun werk kunnen doen terwijl het nog een beetje licht was, in ieder geval voor een deel. Ze zouden echter zeker ook schijnwerpers bij zich hebben, omdat het nu eenmaal tijd kostte om de situatie in kaart te brengen, foto's te maken en bewijsmateriaal te verzamelen. Ze zouden tot in de avond bezig zijn en dan zou het allang donker zijn.

Er zweefden piepkleine sneeuwvlokjes omlaag. Týr wist dat dat een voorbode was van wat er nog zou komen, vriendelijke sneeuwvlokjes waren speciale eenheden die vooruit werden gestuurd om de situatie te verkennen voordat de bui losbarstte. Hij keek omhoog en zag dat de hemel nog donkerder was geworden en dat het niet lang zou duren voor het serieus zou gaan sneeuwen. Als de storm die was voorspeld ook nog eens echt zou doorgaan, zou het groepje uit de stad hier moeten overnachten, in ieder geval een deel van hen. Eigenlijk hoopte hij dat het zo zou gaan, want dan hoefde hij niet nog een avond in zijn eentje te zitten. Hij vermoedde dat Karó weer een afspraak had in Borgarnes en hij zou met de anderen kunnen gaan eten en misschien na het eten ook wat gezelschap hebben.

Týr vertelde de drie alles wat ze bij het bezoek aan Bogi te weten waren gekomen. Hij schetste zijn bezorgdheid over Alvar, de voormalige hulp van de familie, die van de aardbodem verdwenen leek te zijn. Ze luisterden zwijgend en kwamen niet met theorieën. Dat werd ook niet van hen verwacht. Onderweg uit Mosfellsbær naar de plaats delict in Minna-Hvarf hadden Týr en Karó geprobeerd om verklaringen te bedenken, maar geen ervan sneed hout. Het was dus niet zo gek dat wie het voor het eerst hoorde ook niets te binnen schoot. Uiteindelijk zei Hördur dat hij de telefoon van de jongeman zou laten natrekken of zijn laatste locatie zou opvragen als de telefoon helemaal niet meer reageerde. Hij wees er toen terecht op dat het onderzoek waarschijnlijk een duidelijker richting op zou gaan en gebaarde daarbij naar de badkuip. Hij stelde voor dat Týr en Karó die Alvar-invalshoek op zich zouden nemen. De man leek nogal opgelucht dat hij een taak had die hen voorlopig van de straat zou houden.

Hördur keek op zijn horloge. 'Het is zeker een halfuur geleden dat zij verschenen. Willen jullie misschien een korte verklaring gaan afnemen van de jongen, terwijl wij wachten?' Hij richtte zijn woorden tot Týr, maar knikte naar Karó die naar de bezigheden in het veld stond te kijken en met haar rug naar hen toe stond. 'Hij was in shock toen wij arriveerden en het was moeilijk om iets uit hem te krijgen. Hij kan er natuurlijk niet veel over zeggen, maar het is misschien goed om even met hem te praten terwijl het nog vers in zijn geheugen zit.'

Týr nam de opdracht met beide handen aan. Het was beter dan toekijken hoe een witte tent werd opgezet op een witte sneeuwvlakte. 'En de ouders? Moet een van beiden erbij aanwezig zijn?'

'Als ze dat willen. Ik zie geen reden om ze dat te verbieden. Hij is nog maar vijftien jaar. Maar stel ze geen vragen. Dat zullen wij later doen.'

Týr weersprak hem niet, al had hij het zelf juister gevonden de vader erbuiten te houden. Hij was misschien niet schuldig, maar er kon nog van alles veranderen. Voorlopig was er nog niets zeker over wat er gebeurd was, al dachten ze nu op de goede weg te zijn. Aan de andere kant was er misschien weinig wat de jongen kon zeggen over de vondst van het lijk dat de loop van het onderzoek in gevaar zou kunnen brengen, zelfs niet als zou blijken dat zijn vader er de hand in had gehad. Het was een ander verhaal als ze hem zouden vragen naar de relatie van zijn vader met het echtpaar.

Toen hij en Karó naar het huis liepen, gingen de mensen weg bij het raam en viel het gordijn terug op zijn plaats. De hond schaamde zich er in het geheel niet voor dat hij had staan kijken en kon zijn vreugde over dat ze in zijn richting liepen niet verbergen. Zijn staart sloeg heen en weer en toen ze de trap op gingen, raakte hij door het dolle heen. Er kwamen daar duidelijk niet vaak gasten en iedereen werd met blijdschap ontvangen.

Týr krabde de dankbare hond achter de oren, terwijl Karó op de deur klopte. Toen die openging, herstelde de puppy zich en blafte luid tegen de nieuwkomers, alsof hij wilde laten zien dat hij goed de wacht had gehouden als waakhond. De vrouw in de deuropening schonk geen enkele aandacht aan de show die de hond opvoerde, maar beval hem ruw stil te zijn. Toen vroeg ze aan Týr en Karó wat ze kwamen doen. In haar armen sliep een mollig kind. Ze leek terneergeslagen, maar dat was volkomen normaal onder deze omstandigheden.

Karó nam het op zich hen voor te stellen en vroeg of ze even konden praten met Róbert, hun zoon. De vrouw weigerde eerst en zei dat haar zoon, die ze Robbi noemde, in grote shock verkeerde. Karó beloofde dat ze voorzichtig met hem zouden zijn en dat er voor de jongen niets te vrezen was. Het zou beter zijn dit nu af te sluiten dan de hele gebeurtenis morgen weer te moeten oprakelen. Om helemaal duidelijk te zijn voegde ze eraan toe dat het natuurlijk kon gebeuren dat hem later om een formele getuigenverklaring zou worden gevraagd, maar hopelijk was een kort gesprek nu voldoende.

De vrouw had daar vrede mee, zolang zij erbij aanwezig kon zijn. Daar gingen ze onmiddellijk mee akkoord. Ze besefte toen dat zij zich niet had voorgesteld, zei dat haar naam Dísa was en vroeg of ze wilden binnenkomen. Ze volgden haar naar een mooie, ouderwetse keuken en gingen aan de keukentafel zitten.

Dísa vroeg of ze koffie wilden, maar ze bedankten daarvoor. Toen verdween de vrouw om haar zoon te halen, nog altijd met het slapende kind in haar armen. Toen ze terugkwam, was het verdwenen, waarschijnlijk had ze het in de wagen gelegd.

Ze had wel haar tienerzoon, Róbert, bij zich. Hij was duidelijk in shock, zoals zijn moeder al had gezegd. Dat was zelfs licht uitgedrukt. De jongen was volledig van de kaart. Zijn ogen waren opgezet van het huilen en hij leek niet in staat om zijn blik ergens op te vestigen. Zijn voorhoofd leek bezweet en zijn ademhaling was onregelmatig. Zijn ongemak leek haast tastbaar en het was naar om naar de jongen te kijken. Hij was nog niet oud genoeg om zijn gevoelens te verbergen. Toch was er iets vreemds aan deze heftige reactie. Týr kon begrijpen dat de jongen in shock was, maar hoe langer hij naar hem keek, hoe meer verdriet hij van zijn gezicht af las. Hoe kon het zijn dat hij zoveel verdriet had om het gezinshoofd van de naastgelegen boerderij? Er was niet zoveel contact tussen de boerderijen, gezien de conflicten tussen de eigenaren van de grond. De moeder van Róbert legde haar handen op zijn schouders en stuurde hem haast in de richting van een stoel aan tafel, tegenover Týr en Karó. Er was nog één stoel over, maar Dísa bleef bij de gootsteen staan, zodat ze kon meeluisteren, zonder aan het gesprek deel te nemen. Ze sloeg haar armen om zich heen en keek naar hen, haar voorhoofd vol zorgelijke rimpels.

Róbert staarde naar het witte tafelblad. Zijn voeten wipten op en neer in een ritmische beweging. Tot ieders verbazing nam hij het woord zonder dat ze hem daartoe hadden hoeven aansporen. 'Ik wist niet dat zij het waren. Op het nieuws. Ik dacht dat ze op reis waren. Naar het buitenland. Niemand vertelde mij iets.'

Voor Týr en Karó iets konden zeggen, hoorden ze de moeder reageren: 'We wisten het niet zeker, Robbi. Hadden alleen geruchten gehoord. We wilden jou ervoor afschermen, voor als het gewoon onzin zou blijken te zijn.'

Róbert keek niet op en gaf er ook geen blijk van dat hij zich bij deze verklaring neerlegde. Týr haastte zich iets te zeggen voordat zijn moeder doorging: 'Dus je wist niet eerder dan vandaag dat de moorden die in het nieuws waren op de boerderij hiernaast zijn gepleegd?' Dat verklaarde de reactie van de jongen natuurlijk. Te horen dat een heel gezin in je naaste omgeving is vermoord zou de meeste mensen aangrijpen. Een ongeluk in je eigen land roept meer reactie op dan in het buitenland. Hoe dichterbij afschuwelijke gebeurtenissen plaatsvinden, hoe meer ze mensen raken.

Róbert schudde zijn hoofd. 'Nee. Pas toen ik de sneeuw van het lijk veegde en zag wie er in de badkuip lag.' Hij keek op. 'Of nee. Ik zag dat het de vader van Íris was, maar ik dacht eerst dat hij een ongeluk had gehad of was doodgevroren of zo. Ik rende meteen naar huis en vertelde het, papa belde de politie en zei toen dat de man die gevonden was woonde op de boerderij waar de moorden waren gepleegd. Toen begreep ik het pas.'

'Dat moet vreselijk zijn geweest.' De stem van Karó was warm en begripvol. 'Was Íris je vriendinnetje?'

Róbert liet zijn hoofd weer hangen en knikte. 'Ja. Maar niet aan papa vertellen.'

Týr en Karó keken elkaar even aan voordat zij verderging: 'Waarom niet? Wilde hij niet dat jullie met elkaar omgingen?'

'Nee. Hij wilde niet dat ik contact met haar had. Of haar zag. De moeder van Íris ook niet. Ze verbood Íris om met mij te praten. Ze zijn allebei gestoord.'

'Robbi!' De moeder riep dit schijnbaar automatisch en zweeg direct weer.

Het was niet de tijd noch de plaats om de jongen uit te vragen over de conflicten die zijn vader met het nu dode echtpaar had. Als bleek dat die ruzie met de moorden te maken had zou dat altijd nog kunnen en dan hopelijk zonder dat zijn moeder erbij aanwezig was. Týr vond het opmerkelijker dat de aanwezigheid van de politie en de zoekteams de afgelopen dagen de jongen volledig ontgaan was. Er was een behoorlijke afstand tussen de boerderijen en ze lagen niet binnen elkaars zichtveld, maar het constante heen en weer gerij moest toch zijn opgevallen. 'Vertel me eens, Róbert. Heb je de politie niet gezien in de omgeving? Je kunt het vanuit hier niet zien, maar die drukte kan je toch niet zijn ontgaan?'

'Ik was in Borgarnes, bij mijn oma. Het was proefwerkweek op school, dus ik logeerde bij haar. Ik ben net pas thuisgekomen.' De jongen keek naar zijn moeder. Op zijn gezicht was teleurstelling te zien en hij moest beseffen dat zijn ouders één en één bij elkaar hadden opgeteld.

Moeder en zoon moesten het later maar uitvechten. Týr ging verder: 'Ik snap het. Hoe onderhielden jij en Íris je vriendschap, Róbert? Zagen jullie elkaar of hadden jullie alleen contact via internet of de telefoon?'

Róbert keek weer naar zijn moeder. Hij beet aarzelend op zijn onderlip en leek niet te kunnen bedenken wat hij hierop moest antwoorden. Zijn moeder greep gelukkig in: 'Vertel gewoon maar de waarheid, Robbi. Het maakt nu toch allemaal niet meer uit.'

De jongen wierp een snelle blik op Týr. Hij keek meteen weer weg, maar liet zijn hoofd niet meer hangen, zoals eerst, wat een hele verbetering was. Nu kon je zijn gezicht zien toen hij antwoordde: 'Allebei. We zagen elkaar als het kon en praatten via internet als het niet lukte.'

'Waar spraken jullie af? Bij Íris thuis?'

'Eerst, ja. Maar toen werd haar verboden mij te zien en toen zagen we elkaar in de schuur op de erfgrens. Waar onze grond aan elkaar grenst. We spraken af en gingen er te paard heen. We deden niets verkeerds. Gewoon kletsen en een beetje stoeien. Ik nam vaak snoep mee en frisdrank, omdat ze dat thuis niet kreeg.' Róberts ogen glansden, maar toen leek het of hij in huilen zou uitbarsten.

'Wanneer zag je haar voor het laatst?' Karó stelde de vraag.

Róbert haalde zijn neus op en rechtte zijn afhangende schouders. 'Ehmm. Voor ik naar oma ging. Vorige week woensdag. Ik bezocht haar toen haar vader en moeder naar Reykjavik waren. We zouden elkaar vrijdagavond in het huisje zien, maar toen was het heel slecht weer en kwam ze niet. Ik probeerde haar te bellen, maar haar telefoon stond uit. En ze antwoordde ook niet op de berichten die ik haar die avond stuurde. Ze heeft ze ook niet gezien. Ik dacht dat haar moeder misschien ontdekt had dat we met elkaar praatten en haar telefoon had afgepakt, of had begrepen dat Íris mij bij haar thuis had gevraagd, hoewel dat niet mocht. Of dat ze naar het buitenland waren, op vakantie. Ik had nooit gedacht dat er zoiets vreselijks was gebeurd.'

Týr was bang dat de jongen zou gaan huilen en stelde gauw een vraag om dat te voorkomen: 'Jij en Íris hebben vast over van alles gepraat als jullie elkaar zagen. Heeft zij het er ooit over gehad dat er iets niet in orde was bij haar thuis? Of vertelde zij iets wat erop wees dat ze misschien in gevaar waren? Als je terugdenkt.'

Róbert schudde zijn hoofd, heel zachtjes, alsof hij zijn nek losmaakte. 'Nee. Niet echt. Ze zei dat haar vader en moeder ondraaglijk waren. Ze waren vreselijk streng en maakten vaak ruzie. Ze was bozer op haar moeder dan op haar vader. Ze had medelijden met hem, denk ik.'

'Vanwege zijn ziekte?'

'Ja. En ook omdat haar moeder hem had gedwongen het bedrijf te verkopen. Hij wilde dat niet kwijt. En er was gedoe om geld. Hij kreeg geen geld of zoiets.'

Týr begreep niet waar de jongen het over had. Hij had niet gehoord dat Reynir geld was kwijtgeraakt door zijn ziekte. Hij zag ook niet hoe de opbrengst van de verkoop van het bedrijf alleen bij Ása terecht had kunnen komen. De eigendom moest toch gelijk verdeeld zijn geweest tussen de echtelieden, maar ze konden natuurlijk een contract hebben opgemaakt met een bepaling dat het bedrijf alleen van haar was. 'Wat bedoel je dat Reynir geen geld had gekregen?'

Robbi haalde zijn magere schouders op. 'Misschien was het niet zo. Hij kreeg vast wel iets, maar Íris zei dat haar moeder alles besliste als het om geldzaken ging. Haar vader wilde graag een klein computerbedrijf kopen en weer gaan werken, maar haar moeder verbood dat.'

Misschien wisten anderen uit het team inmiddels meer hierover, maar Týr noch Karó had ervan gehoord. 'En die jonge mensen die bij ze werkten? Heb jij ze ook ontmoet?'

'Ja en nee. Ik heb degene die het eerst bij ze werkte nooit gezien. Zij was al gestopt voor ik Íris leerde kennen. Maar die vent heb ik daar wel ontmoet. Die Alvar. En een keer die nieuwe. Ik weet niet meer hoe zij heet.'

'Haar naam was Sóldís.' Karó gebruikte de verleden tijd, zonder dat Róbert leek te beseffen wat dat betekende. 'Wat vond je van ze? Was er iets wat je opviel?'

Net als andere jongeren was Róbert niet gewend dat een volwassene die hij niet kende hem om zijn mening vroeg. Laat staan naar zijn mening over mensen met wie hij nauwelijks iets te maken had. Toen hij antwoordde, probeerde hij zijn best te doen andere woorden te kiezen dan oudere mensen. 'Ze leek wel oké. Gewoon. Gewoon nice, eigenlijk. Maar die Alvar mocht ik niet. Die was een beetje creepy.'

'Creepy? Hoezo creepy?' vroeg Karó.

'Ik had het gevoel dat hij mij niet zag zitten. Alsof hij niet wilde dat ik met Íris omging. Maar toen werd ons verboden om elkaar te zien, dus ik kan het mis hebben. Toch denk ik van niet. Hij was een beetje fake, alsof hij altijd deed alsof. Lachte als hij helemaal niet wilde lachen. Een rare kerel. Ik vroeg haar hem niet te vertellen dat wij elkaar zagen. Ik vertrouwde hem niet. Zo'n type was hij. Denk ik. Íris kon in ieder geval ook niet met hem overweg.'

'Weet je waar hij heen ging toen hij daar stopte? Of waarom hij ermee is opgehouden?'

'Hij is ontslagen, volgens mij. Ik weet niet waarom en Íris wist het ook niet. Ze zei dat hij ruzie had gemaakt met haar vader en toen is weggestuurd. Of zelf is weggegaan. Ze wist het niet zeker. Ze wist ook niet waarover die ruzie ging. Volgens mij kon het haar ook niet schelen. Het nieuwe meisje kwam bijna onmiddellijk in zijn plaats, dus het maakte niets uit. Ze kwam maar een paar dagen later.'

Het gesprek ging vervolgens over de vondst van het lijk, maar daar kwam niets nieuws uit naar voren. Hij was de paarden gaan halen en had iets geks onder de sneeuw gezien in de badkuip toen hij naar de kudde toe liep. Dat verhaal leek te kloppen.

Zodra hij was uitgesproken, zei Týr: 'Eén vraag nog. Wat doet die badkuip eigenlijk in jullie veld?'

De jongen keek op, duidelijk blij dat de vraag over iets anders ging dan het gezin. 'Die wordt gebruikt om de paarden water te geven in de zomer. Soms ook in de winter, als het niet vriest.'

Týr knikte en probeerde niet te laten merken hoe tevreden hij ermee was dat hij gelijk had. De badkuip stond niet in het veld omdat ze hem weg wilden doen, maar omdat ze hem gebruikten voor iets anders.

De baby begon te huilen toen ze eigenlijk wel genoeg hadden gevraagd en ze maakten een eind aan het gesprek. Het was niet nodig dat ze het risico namen de tiener te blijven ondervragen zonder zijn moeder erbij. Ze konden niet weten hoe dat later zou worden opgevat.

Týr en Karó lieten de gebroken tiener achter aan de keukentafel, alleen met zijn verdriet. Týr voelde met hem mee. Liefdesverdriet hoorde bij het leven, maar meestal was dat niet zo heftig. De eerste liefde van Týr had het bijvoorbeeld uitgemaakt via een vriendin, een lief meisje dat een hele tijd bij hem was blijven zitten en hem op haar schouder liet uithuilen. Ze had hem ook een toffee gegeven die ze in haar zak had gevonden. Nog altijd kon hij dat snoep niet in een winkel zien liggen zonder een klein steekje in zijn hart te voelen. Hij was toen net zo oud geweest als Róbert nu. Die relatiebreuk was eigenlijk pijnlijker in zijn herinnering dan zijn laatste scheiding. Daarom vond Týr het ongepast om het verdriet van de jongen af te doen met de woorden dat het wel goed zou komen.

Toen ze hun schoenen stonden aan te trekken in de gang, ging de deur open. Týr en Karó keken op en zagen een lange man, gekleed in een thermo-overall die betere dagen had gekend. Hij droeg werkhandschoenen en een muts die hij met gefronst voorhoofd van zich af gooide. 'Wat moeten jullie verdomme hierbinnen?'

Týr richtte zich op en vond het beter daar geen antwoord op te geven. Het ontging hem niet hoe de man naar Karó keek. 'We hebben met uw zoon gepraat. Ik neem aan dat u Einar Ari bent.'

De man bevestigde noch ontkende dat. 'Robbi heeft er niets mee te maken. Idioot dat jullie dat denken.'

Týr deed zijn best beleefd te blijven en de man niet op de kast te jagen. 'Hij heeft een lijk aangetroffen op uw terrein. Het is gebruikelijk om in zo'n geval met de betrokkene te praten. Hij is getuige, geen verdachte.'

De man wendde eindelijk zijn blik van Karó af en keek nu Týr aan. Hij maakte geen aanstalten opzij te gaan om ze door de deur te laten of zijn vuile laarzen uit te trekken. 'Robbi was niet thuis toen het gebeurde. Hij heeft nergens iets mee te maken.'

'Dat hebben we begrepen.' Týr herinnerde zich de woorden van Hördur, zijn chef, dat ze de ouders van Róbert niet mochten verhoren. Toch kon hij de verleiding niet weerstaan. Hij nam het risico dat later op zijn brood te krijgen. 'Maar u en uw vrouw waren hier wel. Hebt u iets bijzonders opgemerkt het afgelopen weekend? Of daarna?'

'Zoals wat? Geschreeuw? Er zitten ruim twee kilometer tussen de boerderijen. Natuurlijk hebben we niets gemerkt.'

'De afstand tot die badkuip is korter. Eigenlijk had ik het daarover. Of u iets hebt gemerkt dat ons kan helpen te bepalen wanneer de buurman daarin is terechtgekomen en hoe.'

'Ik heb een sneeuwscooter gehoord.' Týr draaide zich snel om en zag Róberts moeder in de gang staan. Hij wilde haar man niet uit het oog verliezen. Ze stonden in een kleine ruimte en de man was tot alles in staat als je de verhalen over hem mocht geloven. Het was heel goed mogelijk dat hij twee politieagenten aanvloog, als ze niet oppasten. Zijn gezichtsuitdrukking na de opmerking van zijn vrouw wees er in ieder geval op dat hij daar allerminst blij mee was.

'Wanneer was dat?' vroeg Karó.

'De nacht van vrijdag op zaterdag of zaterdagochtend vroeg. Ik weet het niet meer precies. Ik werd wakker van het kind en hoorde iets buiten. Zoals een sneeuwscooter. Maar dat is niet ongewoon in deze omgeving, dus ik lette er verder niet op. Ik herinner het me eigenlijk alleen omdat het midden in de nacht was en dat komt minder voor. Tegen drie uur, geloof ik.'

'En u vond het niet nodig om dat te zeggen?'

Einar Ari wierp zijn vrouw een woedende blik toe en Týr draaide zich om om het gezicht van de vrouw te kunnen zien toen ze de vraag van Karó beantwoordde. Ze keek hen niet aan, maar staarde naar haar man. 'Nee. Ik besefte niet dat er een verband was. Tot nu.'

Týr was er vrij zeker van dat dat niet waar was. Hij achtte het waarschijnlijker dat Einar Ari haar had verboden zich ermee te bemoeien. Dat hoefde op zich niets te betekenen. Het was begrijpelijk dat hij er zo weinig mogelijk mee te maken wilde hebben als mensen met wie hij in onmin leefde werden vermoord.

'Wacht even, is dit een verhoor?' gromde Einar Ari.

'Nee,' antwoordde Týr en hij keek naar Karó. 'We gingen net weg. Bedankt voor uw hulp. Er neemt binnenkort iemand contact met u op om een formele verklaring van u af te nemen.' Hij ademde lichter toen Einar Ari opzij stapte toen hij de deur voor hen opende en hen naar buiten liet. Hij sloeg de deur met een ferme klap achter hen dicht.

Buiten waren er meer mensen bij gekomen. De technische recherche was gearriveerd en Idunn, de patholoog-anatoom stapte uit de jeep. Ze zwaaide naar Týr en liep toen naar de mensen die nog bij het hek stonden en door de gestaag vallende sneeuw naar de tent staarden die werd opgezet.

Ze trok een witte beschermende overall aan en liep toen naar de witte tent, bijna onzichtbaar in deze witte omgeving.

HOOFDSTUK 18 | EERDER

Sóldís roerde in het eten op haar bord. Ze had geen trek, maar wilde niet dat de meisjes het merkten. Ze had zich de moeite kunnen besparen, want ze gingen helemaal op in hun eten en waren heel tevreden met de tosti's die ze voor hen had gemaakt. Ze had ze in de koekenpan moeten grillen, want ze vond geen tosti-ijzer in de keuken. In de grote laden zaten alle denkbare keukenapparaten, een elektrische molen voor himalayazout, een sapmachine, een raclette-grill, een fonduestel, een eierkoker en zelfs een pizzaoven, hoewel er nooit pizza's op het menu stonden, maar geen tosti-ijzer.

Zelf had ze de bonenschotel genomen die Ása voor de meisjes had voorgesteld voor de lunch. Die moest natuurlijk wel weg zijn uit de koelkast. Ze nam wat overbleef mee naar de stal, waar ze er misschien een koe of een paard blij mee kon maken. In het ergste geval zouden Lubbi en Bói het opeten. Zij aten alles. Zelfs Ása's gezonde eten.

'Jullie moeten met mij mee naar de stal.' Sóldís hoopte dat de meisjes niet zouden protesteren of vragen zouden stellen. Ze wilde niet tegen hen hoeven zeggen dat het uitgesloten was dat zij hen uit het oog zou verliezen, en dat ze hen zeker niet alleen binnen zou achterlaten. Het was natuurlijk idioot, maar ze was nog steeds bang dat er iemand door de gesloten deuren naar binnen kwam of dat iemand zich had laten insluiten zonder dat zij het wist. Een andere verklaring kon zijn dat ze gek begon te worden en vergat wat ze wel en niet had gedaan. Had zij de waterkoker aangezet en de deur open laten staan?

Ze was ervan overtuigd dat dat niet het geval was, maar toen het tegen de middag liep, was ze nergens meer zeker van. Hoe vaker ze zich probeerde te herinneren wat ze precies gedaan had, hoe verder de herinnering was weggezakt en hoe minder ze ergens zeker van was. Het was alsof ze mist probeerde vast te pakken.

Omdat ze niet kon weten of haar theorie klopte, had ze besloten om maar van het ergste uit te gaan: dat een onbekende het huis in en uit kon lopen. Als dat het geval was, dan was het haar verantwoordelijkheid om op de meisjes te letten.

'We hoeven alleen de koeien en de paarden naar buiten te laten. En de kippen te voeren.'

'Ik ga mee!' Gígja lachte naar haar. Er zat tomatenketchup in haar mondhoeken.

'Ik heb geen zin.' Íris duwde het lege bord van zich af. Ze pakte haar telefoon en wilde opstaan.

Sóldís schoot uit haar slof, voor het eerst sinds ze hier was komen werken. 'Het maakt niet uit of je wel of geen zin hebt. Je komt mee!' Ze had geen zelfhulpboek kunnen meenemen uit Reynirs kantoor, maar dat leek niet de oorzaak te zijn. Ze kon zich best inhouden. Ze was alleen een beetje bang. Bovendien werkte het. Íris hield op met het bord van zich afschuiven en bleef zitten, met een boos gezicht.

'Ik ga vanavond rijden. Dan zorg ik wel voor de paarden. In mijn eentje. Waarom moet ik alles doen?'

Sóldís gaf zich niet gewonnen: 'Je gaat vanavond niet rijden. Geen sprake van.'

Íris staarde haar met open mond aan. 'Ik heb het beloofd. Ik heb afgesproken met mijn vrienden. Jij kan mij dat niet verbieden.'

'Jawel, dat kan ik zeker. Je vrienden mogen hierheen komen,

als je ze wilt zien. Maar jij gaat niet uit. Het slechte weer dat voorspeld wordt kan eerder komen dan ze zeggen en ik ben tot morgen verantwoordelijk voor je.' Sóldís vermoedde dat Íris niet had afgesproken met haar *vrienden*, maar met haar *vriendje*. Robbi. Omdat niemand haar had gezegd dat de jongen *persona non grata* was, deed ze niets waarvoor Ása en Reynir haar op haar kop konden geven. Bovendien was ze toch misschien haar baan al kwijt nadat ze in het kantoor van Reynir was betrapt.

Gígja zette haar melkglas op tafel. 'We kunnen gaan spelen. Star Wars. Wij allemaal samen, wij en je vrienden, Íris. Ik heb genoeg poppetjes en raketten, genoeg voor iedereen.'

Íris rolde met haar ogen. 'We gaan helemaal niet met je spelen, Gígja.' Toen wendde ze zich tot Sóldís. 'Mag er echt bezoek komen?'

'Ja.' Sóldís verzachtte haar toon een beetje. 'Maar laten we dat maar tussen ons houden. Net als de tosti's. Je vader en moeder hebben genoeg andere dingen aan hun hoofd en zouden zich over zulke kleine dingen geen zorgen hoeven te maken.' Ze gaf Íris, die weer opleefde, een knipoog. Nu kon ze zich verheugen op bezoek van haar vriendje in plaats van zich te wentelen in al het onrecht van de wereld en het grote misverstand dat zij *alles* moest doen.

Sóldís deed de deur op slot toen ze voor de dieren gingen zorgen, wat de meisjes gek vonden. Ze legde uit dat ze niet wilde dat de wind de voordeur zou openblazen. Ze leken tevreden met die verklaring, al was het op dat moment windstil, en al was de deur zwaar en ging hij naar buiten open, anders dan de meeste voordeuren.

Tijdens de korte wandeling naar de stal bedacht Íris wat een gemakkelijke prooi zij waren als iemand hun kwaad zou willen doen: Gígja in haar kinderlijke moonboots en gele jas, de magere Íris in haar modieuze overjas en dan zijzelf in haar kleurloze buitenkleding. Zelfs in volledig oorlogsornaat zouden ze samen minder wegen dan een gemiddelde man en van Lubbi en Bói, die mee waren, viel ook weinig hulp te verwachten. Maar er waren geen sporen te zien op het erf en Sóldís dwong zichzelf om te ontspannen. De frisse, koude buitenlucht deed haar ook goed en de kraakheldere hemel verlichtte haar gemoed. De zon scheen, verwarmde haar gezicht en bracht een belofte van voorjaar met zich mee. Je kon in alle richtingen kijken en nergens was een levend wezen te zien. Sóldís begon zich veiliger te voelen.

Toen ze in de stal waren, kwam het vreemde gevoel terug. Zodra ze de deur achter zich hadden gesloten werd ze weer ongemakkelijk. Het voelde niet goed om in een ruimte te zijn ingesloten met ramen die hoog zaten en waardoor je niet kon zien wat er buiten gebeurde. Ze dwong zichzelf niet steeds naar de hoek te kijken waar de bijl nog altijd stond, onaangeroerd.

Bij de twee koeien en de paarden bleek het leven zijn gewone gang te gaan. De dieren keken kalm naar de bezoekers en ze leken niet erg onder de indruk van hun komst. De koeien stonden los in de stal en hoefden niet naar buiten, zeker niet in de winter. Maar Ása had ergens gelezen over boeren in het buitenland die dagelijks met hun koeien gingen wandelen in de winter en dat wilde zij ook. Ze zei dat dat een humane manier was om met dieren om te gaan, maar Sóldís was er niet van overtuigd dat de koeien er veel zin in hadden om de kou en de sneeuw in te gaan. Ása vond echter dat het zo moest en terwijl Íris de paarden naar buiten liet op het veld achter de stal, dreven Sóldís en Gígja de koeien aan de voorkant naar buiten.

Ze dreven de koeien een klein eindje voort, maar je kon het nauwelijks een wandeling noemen. De honden sprongen voortdurend om de dieren heen en deden vergeefse pogingen om ze aan het spelen te krijgen. Sóldís was allang tot de conclusie gekomen dat ze dachten dat ze grote honden waren die ze alleen een beetje hoefden op te vrolijken. Het maakte niets uit dat dat altijd mislukte. Gígja praatte aan één stuk door over Star Wars en welke figuur Sóldís zou willen zijn als ze mocht kiezen. Sóldís wist niet veel van die wereld en kon niemand anders bedenken dan Darth Vader. Gígja zei toen dat zij hem wilde zijn. Ze waren nog niet tot een conclusie gekomen toen ze de koeien de stal weer in lieten en ze hooi gaven. Ze hielpen Íris de paarden op stal te zetten en Sóldís liet Gígja hun de rest van de bonenschotel geven, waarvoor ze weinig belangstelling hadden.

Íris was ongewoon opgewekt terwijl ze daarmee bezig waren en ze keek voortdurend op haar telefoon alsof ze berichten bekeek. Sóldis begreep dat die van Robbi waren en dat ze zo vrolijk was vanwege het bezoek dat hij aan hen zou brengen. Het moest een verschil voor haar zijn om dat vriendje van haar ergens anders te ontmoeten dan onder de blote hemel op de rug van een paard. Het maakte de vreugde niet minder toen Sóldís Gígja voorstelde dat zij tweeën konden spelen of kaarten als de gast kwam, zodat Íris wat rust zou krijgen. Toen lachte Íris helemaal van oor tot oor en Sóldís bedacht dat ze haar nog nooit zo gelukkig had gezien. Weer schudde ze haar hoofd over de beslissing van de ouders van de zusjes om ze thuis te houden en ze sociaal tekort te doen.

Ze lieten de paarden en de koeien alleen om de kippen eten te geven achter het huis.

Gígja trok een pruillip toen ze langs de stal liepen. 'Hadden we nog maar geiten. Zij waren zo schattig.'

Íris zuchtte overdreven. 'Nee. Ze waren ondraaglijk. Ze zaten je altijd dwars of deden stomme dingen.'

'Dat was per ongeluk.' Gígja wendde zich tot Sóldís. 'Íris praat onzin. Ze waren heel lief. Hopelijk komen ze in het voorjaar terug.'

'Ze komen niet terug, Gígja. Mama zei dat alleen maar zodat jij niet verdrietig zou zijn. Ze wil van hun stal een kantoor maken. Of zoiets.'

Sóldís greep in om een ruzie te voorkomen die in tranen zou kunnen eindigen. 'Geiten zijn heel lief. En misschien gingen ze naar zo'n goed huis dat ze helemaal niet meer willen terugkomen. Misschien hebben ze wel nieuwe geitenvriendjes. Het is moeilijk om afscheid te nemen van vrienden. Ook voor geiten.'

Íris rolde met haar ogen, maar dat maakte niet uit. Gígja zag het niet en leek tevreden met deze verklaring. Zij moest, net als Íris, vriendjes hebben achtergelaten toen ze terugkwamen naar IJsland, en ze moest dus weten wat verlies was.

De kippen waren blij met hun komst en maakten het gebrek aan belangstelling van de andere dieren ruimschoots goed. Sóldís deed niet meteen de deur naar de omheinde buitenren open, maar wachtte tot de kleurige vogels enigszins gekalmeerd waren. Ze was bang dat ze elkaar anders onder de voet zouden lopen of dat ze zouden stikken in hun blijdschap te eten te krijgen.

Toen ze eindelijk weer naar binnen konden gaan, zag Sóldís iets kleurigs in de sneeuw in de buitenren. De pas gevallen sneeuw had het enigszins aan het oog onttrokken, maar de kippen schopten die eraf in al hun drukte. Ze gaf Gígja de emmer met voer en bukte zich om beter te kunnen kijken.

Het was een klein doosje, bekleed met hemelsblauw fluweel. Sóldís deed haar wanten uit, pakte het op en zag dat het een juwelendoosje was. Jónsi had haar ooit een ring gegeven met

Kerstmis, in een vergelijkbaar doosje. De ring was een beetje te groot geweest en ze wilde hem ruilen, maar dat bleek niet mogelijk omdat hij hem online had gekocht. Toen ze hem vervolgens toch maar ging dragen, ook al was hij te ruim, kreeg ze uitslag, die volgens de dokter van een nikkelallergie kwam. Hij had erbij gezegd dat je goedkope blingblingsieraden beter kon vermijden. Het was duidelijk dat Ása noch Reynir zulke sieraden had gekocht. Zij leken het te houden bij de duurste spullen die er te krijgen waren. Geen nepgoud van het internet.

Sóldís wilde het doosje openmaken toen Íris opeens naast haar verscheen en het uit haar handen griste.

'Wat doe je daarmee?'

'Het lag hier. In de sneeuw.' Sóldís keek hoe Íris het dekseltje opende. Het doosje was leeg. 'Waar is de ketting?' Íris keek naar Sóldís of zij het antwoord wist.

'Dat weet ik niet. Is het van jou?'

Íris knikte. Alle blijdschap was van haar gezicht verdwenen. Ze keek naar de grond en begon in de rondgeschopte sneeuw naar de ketting te zoeken. 'Hij moet hier liggen.'

Sóldís hielp haar met zoeken. Íris zei desgevraagd dat het een gouden kettinkje was met een klein hartje eraan. Te oordelen aan hoe verdrietig ze was, leek het sieraad haar heel dierbaar.

'Wat doet hij hierbuiten?' Sóldís duwde de sneeuw opzij met de punt van haar schoen.

'Ik weet het niet. Ik heb hem niet mee naar buiten genomen. Hij lag op mijn nachtkastje.' Het was of de stem van het meisje brak.

'Kan het zijn dat je hem in je zak had gedaan en de laatste keer dat je hier was bent kwijtgeraakt?'

'Nee. Hij lag er vanochtend nog en ik ben hier vandaag niet geweest.'

'Weet je het zeker?' Sóldís dacht nog het meest dat hier dezelfde soort systeemfout in de hersenen aan het werk was als waar zij zelf mee worstelde. Dat de data van bepaalde herinneringen door elkaar liepen. 'Kan het niet zijn dat je je vergist? Niemand van ons is vandaag buiten geweest en het doosje lag hier toen we hier aankwamen.'

'Nee. Ik zag het vanochtend nog.' Íris was begonnen te zoeken waar ze al eerder de sneeuw opzij geschopt had. 'Of dat denk ik tenminste.'

Gígja kwam erbij en keek naar het lege doosje. 'Ik weet wie hem heeft meegenomen.'

Sóldís en Íris keken allebei op en zeiden tegelijk: 'Wie?'

'De huiself. Mama zegt dat hij ons pest. Zij was haar portemonnee kwijt en die is nog steeds niet gevonden.' Gígja leek blij dat ze hun aandacht had en ging door: 'Hij pakt spullen en die verdwijnen zomaar. En dan laat hij ze ergens anders achter. Dat vertelde ze mij. Hij woont in het oude huis. Misschien kijkt hij toe en is hij er heel boos over dat wij hier zijn komen wonen. Daarom pest hij ons.'

Ze draaiden zich alle drie om en keken naar het oude huis. Zelfs de honden, die buiten de kippenren stonden keken ernaar. De oude boerderij leek ineens niet meer leuk en gezellig in Sóldís' ogen. Het was ineens geen troost meer voor haar dat anderen dezelfde soort dingen meemaakten als zij met de afstandsbediening. Het was nu uitgesloten dat ze 's nachts in het oude huis zou slapen en de meisjes alleen in het nieuwe huis zouden achterblijven. Ze zou zich aan hun kant op de bank installeren vannacht.

Íris keek weer naar de sneeuw aan haar voeten. 'We moeten blijven zoeken. Hij moet hier ergens liggen.'

Dat deden ze. Maar de ketting was nergens te vinden.

HOOFDSTUK 19 | VRIJDAG

Týr had niet meer aan de geur van het grenenhout gedacht nadat Idunn en Karó bij hem hadden aangeklopt. Net als hij hadden ze gedoucht. Karó had haar nog natte kroeshaar in een grote knot gedraaid. Idunn droeg haar lange haar los, maar het was ook nog niet droog. Hij was duidelijk niet de enige die er een dringende behoefte aan had gehad zich te wassen nadat hij het lijk had gezien. In alle huisjes lagen blijkbaar dezelfde zeep en shampoo, want ze roken allemaal precies hetzelfde.

Idunn had haar laptop onder haar arm en Karó had snoep meegenomen. Ze zei dat ze dat had gekocht toen ze vanaf de plaats delict was weggestuurd om iets te eten te halen voor het team en beddengoed voor Idunn. Toen de dag vorderde, had zij gevraagd of er onderdak voor haar geregeld kon worden, zodat ze niet naar de stad hoefde te rijden. Het was inmiddels behoorlijk gaan waaien en nadat hij met haar naast zich had gereden toen het weer veel minder slecht was, verraste die beslissing Týr niet. Anderen uit de stad waren wel naar huis gegaan.

'We komen bij jou zitten,' kondigde Idunn aan en ze voegde eraan toe, toen Týr niet onmiddellijk opzijging: 'Laat je ons niet binnen?'

Týr had hen snel doorgelaten, dolblij om gasten te hebben. Hij had een schaaltje gepakt voor het snoep en ze waren aan de kleine keukentafel gaan zitten. De stoelen waren niet bedoeld om lang op te zitten, maar het kon hem niet schelen dat hij pijn in zijn zitvlak kreeg. Gezelschap maakte dat allemaal goed.

De laptop van Idunn stond opengeklapt op tafel en ze keken alle drie geïnteresseerd naar het scherm, vooral Karó en Týr. Er waren foto's op te zien die Idunn had genomen van de badkuip en de omgeving ervan. De foto's toonden het lichaam van Reynir, nog onaangeroerd in de badkuip. Hij droeg een onderbroek en een bloederig T-shirt en had een wollen deken over zijn schouders die hij met zijn laatste krachten om zich heen had proberen te trekken. Hij was blootsvoets. Zijn handen gingen schuil onder de deken en je kon niet zien of hij misschien handschoenen aanhad. Týr betwijfelde dat, gezien de staat waarin hij verkeerde. Er waren ook foto's van het lijk op de brancard, nadat het uit de badkuip was gehaald. Het zag er precies zo uit als toen het er nog in gelegen had en in de bevroren deken zaten dezelfde plooien. Het leek haast of het lijk was gefotoshopt in een andere omgeving. Daarop volgden foto's van de badkuip nadat het lijk eruit was gehaald en naar een daarvan keken ze nu. 'Zoals jullie zien neemt dat haast alle twijfel weg.' Idunn gebaarde met haar hoofd naar het scherm. In de badkuip lag een bijl, onder een dun laagje sneeuw. Je zag nog de afdruk van het lijk van Reynir in foetushouding. 'Als dat het moordwapen niet is, dan weet ik het ook niet meer.'

Týr en Karó twijfelden er niet over. Het was uitermate onwaarschijnlijk dat een lijk en een bijl die er niets mee te maken had in dezelfde badkuip belandden. Laat staan als die overdekt was met donkere vlekken die opgedroogd bloed konden zijn.

'Waar was die man in godsnaam mee bezig?' Karó fronste haar voorhoofd. 'Hij doodt zijn gezin, gaat in zijn ondergoed de sneeuw in, met een deken om zijn schouders, met een bijl in zijn hand. Loopt het hele eind om in een badkuip te stappen bij een buurman die hij haat?'

'Ik denk niet dat de badkuip zijn bestemming is geweest.'

Idunn ging terug naar een foto van Reynir. Daarop lag hij op de brancard waarop hij naar de stad was vervoerd, in precies dezelfde houding als in de badkuip. Idunn had gezegd dat het hier geen lijkstijfheid betrof, maar alleen de kou. Het lijk was bevroren. 'Als ik zou moeten gokken, denk ik dat het gegaan is zoals jij zei, Týr. Reynir heeft het huis verlaten na zijn daad en was van plan om buiten te sterven. Hij is nog best ver gekomen, gezien zijn toestand, maar toen hij die badkuip zag, raakte hij vast in de war. We zullen er nooit achter komen, maar hij heeft die vast in verband gebracht met warmte. Een heet bad, zogezegd. Het is ook bekend dat mensen die buiten wegkruipen, greppels of nauwe ruimten opzoeken. Alsof ze zich willen verbergen. Het is niet bekend waarom, maar misschien is dat de reden dat Reynir in het bad is gestapt.' Idunn scrolde naar een andere foto en de foto van Reynir op de brancard verscheen weer op het scherm. Ze wees naar het schaars geklede lijk. 'Het is ook de vraag of hij beter gekleed was toen hij vertrok. Mensen die worden gevonden nadat ze de kou in zijn gelopen, hebben zich vaak gedeeltelijk of geheel uitgekleed voor ze de geest gaven. De reden daarvoor zou een brandend gevoel zijn dat hun kort voor ze sterven overvalt. Dus misschien worden de kleren van Reynir nog gevonden als het gaat dooien. Er hoeft niet in een groot gebied te worden gezocht, want zoiets gebeurt meestal vlak voor het einde.'

Týr stak zijn hand uit naar het snoepschaaltje en nam een dropje. 'En het tijdstip van overlijden? Kon je dat vaststellen, zo om en nabij?'

Idunn schudde haar hoofd. 'Nee, niet ter plaatse. Het lijk was bevroren en dat maakt het moeilijker. Is het bevroren in de nacht dat de moorden werden gepleegd of later? Dat is waarschijnlijk moeilijk te bepalen. Maar ik kom er wel achter.'

'Hoe?' Karó stelde de vraag waarmee Týr nog even had willen wachten. Hij wilde klaar zijn met kauwen.

'Zoals ik al zei, wordt het moeilijk om dat vast te stellen, maar er zijn methoden voor, sommige nogal ingewikkeld en andere die eenvoudiger zijn. De maaginhoud en die van de dunne darm bijvoorbeeld. Als die gelijk is aan die van de anderen, hetzelfde voedsel en net zoveel verteerd, dan is het waarschijnlijk dat hij niet veel later dan de rest is overleden. Het kan natuurlijk ook zijn dat hij niet hetzelfde heeft gegeten. Maar ik kijk ook naar iets anders. Als we geluk hebben, heeft de vorst de binnenste organen niet bereikt, maar dat is niet waarschijnlijk, omdat hij zo schaars gekleed was en al de hele tijd bevroren was.' Idunn zweeg en keek om zich heen. 'Is er bij jou ook geen minibar?'

'Nee. Alleen een klein koelkastje. Geen wijn, geen bier.' Týr vond de vraag een teken dat zelfs de slimste mensen de meest duidelijke feiten over het hoofd zagen als ze hoopten op een andere uitkomst dan het onvermijdelijke: drie huisjes, alle drie precies hetzelfde. Dezelfde shampoo en dezelfde zeep. Natuurlijk was er geen minibar in één ervan.

'Verdorie. Ik zou een moord doen voor een glas wijn.' Idunn rekte zich uit om door het raam te kijken, naar de boerderij. 'Zouden zij ons een fles kunnen verkopen?'

Een slechter idee had Týr in lange tijd niet gehoord. Hij besloot de vraag te negeren. 'Wat is er uit de sectie op de lijken gekomen? Iets wat je ons kunt vertellen?' De sectierapporten waren die middag nog niet gekomen en in het licht van de gebeurtenissen was het onwaarschijnlijk dat Idunn ze had kunnen opsturen.

Idunn zakte terug op haar stoel. 'De rapporten gaan morgen de deur uit, maar de conclusies zijn niet geheim. Er kwam weinig anders uit naar voren dan wat al werd verwacht.' Ze somde de belangrijkste punten op. 'Het tijdstip van overlijden is waarschijnlijk in de nacht van vrijdag op zaterdag, zoals we al dachten. Waarschijnlijk tussen twaalf uur en drie uur 's nachts. Het tijdstip kan iets afwijken, maar is gebaseerd op meer dan alleen de lichamelijke ontbindingskenmerken. Als ik daar alleen op af zou gaan wordt de periode nog ruimer. Maar ik hield er rekening mee dat ze om een uur of zeven hadden gegeten en bekeek hoe ver verteerd het voedsel was. Aangezien ze allemaal in nachtkleding waren en in hun slaapkamer zijn gedood, kunnen we ervan uitgaan dat het geen lunch betrof. Bovendien waren ze die avond allemaal nog op internet actief. Een goed teken dat ze nog in leven waren. Maar het is niet betrouwbaar om een tijdstip van overlijden te baseren op de maaginhoud en daarom dient dat alleen ter ondersteuning. Een ruimer tijdsframe, gebaseerd op een steviger fundament, is er een dat ik tegenover de rechtbank zou durven te verdedigen.'

'Werden er slaapmiddelen aangetroffen in het bloed van de meisjes?' Týr zou erom durven wedden dat dat zo was.

'Nee. Niets. Er werd niets in hun bloed gevonden.' Idunn zuchtte diep. 'Helaas. Dat zou nog getuigen van een zeker mededogen. Vooral omdat die vervloekte kerel wel slaapmiddelen bezat. Hij had alleen maar een paar pillen hoeven te vermalen en die door hun eten of hun chocolademelk te doen.'

Karó pakte een stukje chocolade uit het schaaltje, stak het in haar mond en vroeg: 'Wanneer kunnen we de conclusies van de sectie op Reynir verwachten?'

'Dat kan nog wel even duren. Ik moet uitzoeken hoe je een lichaam in die toestand ontdooit. Het is niet zeker of dat snel gaat. Hopelijk hoeft het niet in een koelcel te gebeuren. Dan zou het nog wel even kunnen duren. Maar het vriest niet hard buiten, dus het hoeft niet eindeloos veel tijd te kosten. Ik reken er in ieder geval wel op dat ik het weekend doorwerk.'

Týr kreeg zin om het kleine koelkastje uit het raam te gooien toen Idunn het over een koelcel had. Ondanks het gezelschap voelde hij zich onprettig als er lijken in zijn gedachten begonnen rond te spoken. Hij wilde niet elke keer als hij in de koelkast keek worden herinnerd aan het lijk van Reynir, dat nog altijd in dezelfde houding lag op de plank van een grote koelcel. 'En hoe zit het met die sneeuwscooter? Wie zat daarop?'

'Misschien iemand die niets met de zaak te maken heeft. Jullie zeiden toch dat de vrouw niet eens meer zeker wist welke avond ze die scooter had gehoord. Als het al een sneeuwscooter is geweest.' Idunn had geen enkele aandacht voor die scooter getoond toen ze het onderzoeksteam erover vertelden. Ze leek er nog altijd zo over te denken, want ze was van het type dat alleen let op wat onomstotelijk vaststaat. Hördur, die het onderzoeksteam leidde, had daarentegen zijn oren gespitst en gezegd dat hij zo snel mogelijk de echtelieden afzonderlijk een officiële verklaring af zou nemen. Dat was voordat de bijl naast Reynir in de badkuip was aangetroffen. Toen dat gebeurde, vermoedde Týr dat Hördur zijn interesse in de sneeuwscooter had verloren, want alles wees erop dat de moordenaar daar voor hen lag.

Toch dacht Týr nog altijd dat de sneeuwscooter belangrijk was. 'Vinden jullie het niet gek dat zij die scooter hoort en dat er precies zo een ontbreekt op de boerderij? Waar is die gebleven?'

Geen van de vrouwen leek direct een antwoord klaar te hebben, net zomin als hij. Karó was de eerste die met een mogelijkheid kwam: 'Misschien hadden ze hem verkocht, maar moest de eigendomsoverdracht nog officieel worden geregeld. Of hebben ze hem uitgeleend. Hij is in ieder geval nergens gezien op de weg tussen de boerderijen, volgens het zoekteam.' Karó lachte breed. 'Al die dingen moeten nog worden verklaard, maar we weten nu tenminste wel wie de dader is.'

Týr begreep niet waarom hij niet blijer was. Karó had gelijk. Het onderzoek liep ten einde. Natuurlijk moesten ze nog allerlei losse eindjes verbinden, maar de zaak was opgelost. Toch knaagde er nog van alles aan hem. De sneeuwscooter, Alvar en wie er in het huis was geweest na de moord. Dat laatste zou hopelijk worden verklaard als er sectie op Reynir werd verricht. Misschien bleek zijn maaginhoud uit brood met beleg te bestaan, precies wat er op de keukentafel had gelegen.

'O, ik vergat nog één ding.' Idunn keek op van het scherm. 'Niet dat het veel verschil maakt, maar het is gewoon zo vreemd.' Ze sloot de foto van de bijl en vervolgens de map waarin de foto's van die dag waren opgeslagen. Toen opende ze een andere map met de omineuze naam Ása – *sectie*. Týr sloot zijn ogen half om het niet te hoeven zien. Hij wilde helemaal niet naar het binnenste van de dode vrouw kijken. Idunn leunde achterover, zodat Týr en Karó het beter konden zien.

Týr zag dat de foto niet van iets afschuwelijks was, dus hij opende zijn ogen weer helemaal en staarde naar een stalen bakje, dat leeg was, op een sieraad na. 'Is dat een ring?'

'Een gladde ring, ja.' Idunn zag dat Karó noch Týr begreep wat ze bedoelde. 'Een trouwring. Niets bijzonders, natuurlijk.' Ze ging naar de volgende foto die van veel dichterbij was genomen en waarop hij veel beter te zien was. 'Wat erin gegraveerd staat is nogal ongebruikelijk – maar wat weet ik ervan? Ik ben nooit getrouwd. De ring is in ieder geval van Ása.'

'Wat is er zo ongebruikelijk aan de tekst?' Net als Idunn wist Týr weinig van trouwringen en van wat er normaal en niet normaal was aan ze. Karó haalde haar schouders op en leek het ook niet te weten.

Idunn vergrootte het beeld, zodat de binnenkant van de ring goed te zien was. Er stond: $%8Reynir$$7. 'Je ziet het niet op de foto, maar de cijfers en tekens zijn later aan de naam toegevoegd. Tenminste dat idee kreeg ik. De letters van de naam zijn wat vager en lijken ouder. Met de toevoeging lijkt het haast een wachtwoord.' Idunn bracht de foto terug naar zijn oorspronkelijke grootte. 'Maar het is niet de tekst die opmerkelijk is aan de ring, maar waar hij werd gevonden.'

'Oei, waar dan?' Karó zette grote ogen op.

'In haar slokdarm, vlak boven de opening naar haar maag. Ze heeft de ring ingeslikt.'

De interesse van Týr in het sieraad nam opeens toe. 'Huh? Waarom? En wanneer?'

'Ik weet niet waarom, maar ze heeft het gedaan tijdens de aanval of vlak ervoor. Anders was hij niet in haar slokdarm blijven zitten, maar zou hij in haar maag zijn terechtgekomen. Hij is niet bij de opening blijven steken of zo.'

'Dus tijdens de aanval – of vlak ervoor – haalt ze de ring van haar vinger en slikt hem door?' Týr kon niet anders dan een verbaasd gezicht trekken. Hij zag het gewoon niet voor zich. 'Had ze niet iets anders aan haar hoofd?'

Idunn haalde weer haar schouders op. 'Ik dacht dat Reynir haar misschien heeft gedwongen hem door te slikken. Misschien was het symbolisch voor hem. Het huwelijk was ten einde, hij had misschien een ander. Of zij. Er was alleen niet aan haar ringvinger te zien dat de ring daar met geweld was afgehaald.'

Karó kwam met een opmerking tussenbeide: 'Misschien had ze hem afgedaan voor ze naar bed ging. Ik droeg weleens een ring en die deed ik 's nachts altijd af. Bewaarde hem op het nachtkastje.'

Idunn knikte. 'Precies. Dat kan. Er zijn voorbeelden van mensen die zo'n aanval hebben overleefd. Uit de sectie bleek dat Ása niet meteen dood was. Ze liep behoorlijke hersenschade op, maar de doodsoorzaak is niettemin dat ze is doodgebloed. Misschien heeft ze het in haar laatste doodsstrijd gedaan, bewust of onbewust.'

Het lijk op de boerderij kwam Týr opeens weer duidelijk voor ogen. 'Nee, verdomme zeg.'

'Er zijn verschillende voorbeelden van zoiets. Het opmerkelijkste is een geval in Amerika, rond de eeuwwisseling. Daar overleefde een man een aanval met een bijl door zijn zoon, ondanks vreselijke verwondingen. Hij is vijftien keer geraakt, herinner ik mij. Dat maakt misschien ook niet uit. De neocortex in zijn hersenen raakte beschadigd en hij verloor daardoor zijn vermogen tot logisch nadenken. De voorschors was ongeschonden en daarom kon hij dingen doen die hij gewoon was. Hij stond op uit het bed waarop hij gewond lag en begon zich klaar te maken om naar zijn werk te gaan. Hij kleedde zich aan, ruimde de vaatwasser uit. Hij poetste zelfs zijn tanden en zag zichzelf in de spiegel, maar was niet in staat de situatie in te schatten. Uiteindelijk viel hij dood neer voor hij naar zijn werk kon rijden – hij stierf aan bloedverlies, net als Ása.'

Het was moeilijk te zien of het gezicht van Karó ongeloof of wantrouwen uitdrukte. 'Dus die vent was eigenlijk dood, maar besefte het niet? Een lopend lijk?'

'Zo zou je het kunnen noemen.' Idunn keek naar Týr. Hij kon niet verbergen dat hij dit verhaal heel ongeloofwaardig vond. 'Denk je dat ik het heb verzonnen?'

Týr probeerde zijn twijfels onder woorden te brengen. 'Nee.

Helemaal niet. Ik denk alleen dat de bloedsporen verkeerd zijn geïnterpreteerd. Er is toch zeker niemand bij geweest die het kon navertellen en soms trekken mensen de verkeerde conclusies.'

'Kan zijn. Maar ik ken nog een voorbeeld waar een getuige bij was. Op IJsland.'

De ogen van Karó stonden inmiddels op steeltjes. 'Hoe ging dat?'

'Het was een soort gezinsmoord. De man viel zijn vrouw en kind aan. Met een bijl. De vrouw liep daarbij vergelijkbare verwondingen aan haar hoofd op als de man in Amerika. Ze stond op toen hij vertrokken was en bracht het vuilnis naar buiten. Haar buurman zag haar toen ze moeite had de container te openen met haar linkerhand, die erbij hing. Toen viel ze dood neer. Net als de man in Amerika.'

'Jezus.' Het verhaal leek ook voor Karó te veel te zijn. 'Wat afschuwelijk.'

Týr wilde het liefst een eind maken aan dit gesprek, maar kon één vraag toch niet voor zich houden: 'Hoe kon dit Lína zijn ontgaan? Zij noemde maar één IJslandse gezinsmoord. Vreemd dat zij deze heeft gemist. Vooral als er ook sprake was van een bijl.'

'Ik had er ook nog nooit van gehoord. Ik vond hem toen ik zocht in de bibliotheek van de afdeling pathologie, op het zoekwoord *bijl*, toen ik de sectie voorbereidde. Waarschijnlijk is deze moord niet zo bekend omdat de man nooit is veroordeeld. Hij maakte een eind aan zijn leven in de cel, toen de zaak nog in onderzoek was. Maar iedereen die toen kranten las herinnert zich die zaak. Of dat zouden ze in ieder geval moeten doen.' Idunn keek om beurten naar Karó en Týr voor ze verderging: 'Jullie zijn te jong. Natuurlijk. Dat zal het zijn.'

'Wacht even.' Idunn zocht weer iets op op haar computer en opende een map die *Hvarf – verschillend bewijsmateriaal* heette. Daar opende ze een gescand document dat een sectierapport bleek te zijn. Ze scrolde door de tekst omlaag tot ze bij een bijlage kwam waaroverheen in grote letters *Onder embargo* stond gedrukt. Erdoorheen kon Týr zien dat de bijlage getiteld was *Beelden van de plaats delict.*

'Is dat iets wat wij mogen zien?' Týr hoopte dat het antwoord nee was en Idunn ervan af zou zien.

'Jawel. Jullie zijn toch van de politie?'

Dat kon Týr niet ontkennen en hij moest daardoor wel naar de foto's kijken. De andere mogelijkheid was opstaan en de stemming bederven.

Op de eerste foto stond een vrouw die op haar buik lag op een stoep voor een zwarte vuilcontainer. Net als de vrouwen in Hvarf was ze halfnaakt, ze droeg alleen een onderbroek en een topje. Naast haar lag een dichtgebonden plastic zak met het logo van een supermarkt. Haar armen lagen naast haar zijden, alsof ze voorover was gevallen, zonder haar handen uit te steken. Haar linkerhand was feitelijk afgehakt en lag in een rechte hoek van de arm. Týr keek ernaar tot hij niet langer naar het scherm kon kijken.

'Zie je wel! Ik verzon het niet. Ze was naar buiten gegaan met de vuilniszak.' Idunn scrolde door. 'Er is hier ergens ook nog een foto van het lijk nadat het is omgerold. Daarop zie je duidelijk de vreselijke verwondingen aan haar hoofd. Als jullie nog altijd twijfelen.'

Týr hield het niet meer, maar hij boog zich toch naar voren en keek weer. De verwondingen trokken als eerste zijn aandacht. Idunn had geen woord gelogen. De schedel was ingeslagen en het leek of hij het hersenweefsel zag in de gapende wond. Hij wilde niet weten of hij gelijk had en concentreerde zich op het gezicht en de wijd opengesperde ogen. Dat was tenminste nog enigszins intact.

'Oef.' Karó wendde zich van het scherm af. 'En het kind?'

'Dat heeft het overleefd. Ik heb geen idee wat voor leven het heeft gehad na die aanval. Het kan nooit erg goed zijn geweest. Ik zie alleen gegevens over de mensen die bij ons naar binnen werden gerold. En die zijn allemaal dood.'

Týr staarde naar het scherm. Anders dan Karó boog hij zich er juist naartoe. 'Hoe heette deze vrouw, Idunn?'

Idunn keek hem verbaasd aan. Ze scrolde omhoog. 'Ze heette Ingigerdur. Ingigerdur Jónsdóttir.'

Týr slaakte een kreet, duwde zich van de tafel af en sprong op, zodat zijn stoel op de grond viel.

Idunn draaide zich om. Ze leek geschrokken. 'Wat is er?' Ze draaide zich haastig naar haar computer en sloot hem met een klap. 'Sorry. Dit soort beelden zijn niet voor iedereen geschikt.'

Zij en Karó staarden naar Týr en wisten niet hoe ze moesten reageren of wat ze moesten zeggen. Hij kon ze niet helpen. Hij had genoeg met zichzelf te stellen. Hij haalde zijn handen door zijn haren terwijl hij naar de juiste woorden zocht. Hij moest uitleggen wat er met hem aan de hand was. Of liegen.

Hij besloot er niet omheen te draaien.

Hij was te zeer van slag om op overtuigende wijze te kunnen liegen.

'Mijn moeder. Dat is mijn moeder.'

HOOFDSTUK 20 | EERDER

De dag was in één woord verschrikkelijk geweest. Ze waren toen ze weer binnen waren gekomen doorgegaan met het zoeken naar het kettinkje. Het bleek niet onder het bed van Íris te liggen of ergens anders in haar kamer. Ze zochten in andere kamers, maar daar was het ook niet. Het kettinkje was spoorloos. Net als de afstandsbediening was het van de aardbodem verdwenen, in ieder geval voorlopig. Toen dat duidelijk werd, was Íris begonnen tegen haar tranen te vechten. Sóldís had geprobeerd haar te troosten en kreeg toen bevestigd wat ze al vermoedde: het kettinkje had ze van Robbi gekregen. Het liep inmiddels tegen etenstijd, maar ze merkte dat Íris nog steeds kussens optilde van banken waar ze langs liep, keek onder alles wat los lag en onder alle meubels tuurde. Sóldís voelde elke keer een steek in haar hart. Íris was verwend en soms brutaal, maar toch was ze diep vanbinnen heel lief.

Zelf had Sóldís tegen de angst gevochten vanaf het moment dat ze de deur naar de verbindingsgang open had zien staan en het kettinkje had die alleen maar erger gemaakt. Het incident in de werkkamer van Reynir droeg nog bij aan haar ongemak. Ze vertelde het natuurlijk niet aan de meisjes, maar ze was er haast van overtuigd dat degene die onbeperkt toegang had tot het huis het kettinkje had laten verdwijnen. Ze durfde er bijna niet aan te denken. Ze had besloten open kaart te spelen en Ása alles te vertellen. Ook over de afstandsbediening. Het zou veel gemakkelijker zijn om haar zorgen met iemand te delen, vooral als diegene er iets aan kon doen – de politie bellen, beveiligingscamera's ophangen, een nachtwaker aanstellen. Iets.

Tot het zover was moest ze rustig ademhalen en het van zich afzetten. Ze had besloten te proberen de stemming wat op te vrolijken, had de pizzaoven tevoorschijn gehaald en maakte pizza's voor de meisjes. Het was een eerste probeersel op dit gebied en het was best goed gelukt, als je er niet op lette dat ze niet helemaal rond waren en dat er paprika's op lagen. Gígja had haar geholpen bij het koken, al had dat haar werk niet gemakkelijker of sneller gemaakt. Gígja had onder andere de tafel gedekt en toen Sóldís de pizza's op tafel wilde zetten, zag ze dat de messen en vorken verkeerd om lagen en bovendien schots en scheef. Ása zou daar een hartverzakking van gekregen hebben, maar Sóldís vond het niet zo erg.

De gedachte aan het komende gesprek met Ása zette haar aan het denken. Waren er geen beveiligingscamera's in huis? Als ze er wel waren, was het mogelijk om de opnames te bekijken en te zien wat er aan de hand was, áls er iets aan de hand was. Ze had niets gezien toen ze aan het schoonmaken was, maar de camera's waren misschien goed verborgen. Je kon ze in een knuffelbeer verstoppen als je de oppas wilde bespioneren. Het moest mogelijk zijn om ze in kunstwerken te verbergen, die overal in het oude huis hingen en die ze met een plumeau moest afstoffen.

'Vertel me eens iets, Íris.' Sóldís legde een pizzapunt op het bord dat het meisje naar haar uitstak. 'Hebben jullie een inbraaksysteem? Met camera's?' Nu ze het hardop had gezegd, lag het antwoord eigenlijk voor de hand. Ervan uitgaande hoe technisch en volmaakt alles in dit huis was, zou het heel gek zijn als ze zoiets niet hadden. Reynir hield zijn kantoor in ieder geval in de gaten. Waarom zou dit niet gelden voor alles wat er in huis gebeurde?

Íris zette haar bord op tafel. 'Die hadden we wel. Overal camera's. Maar papa heeft ze weggehaald.' Ze wees omhoog, naar een hoek van de kamer, hoog boven hen. 'Daar zat er een. Die lelijke plastic rondjes zijn ervoor in de plaats gekomen.'

Sóldís draaide zich om om te zien waar Íris naar wees. Er was een plastic afsluiting te zien waarmee ook stekkerdozen werden afgesloten. Het plastic was geler dan de witte verf en daarom vielen ze op. Sóldís had er hier en daar in het huis enkele gezien, maar er nooit aandacht aan besteed. Achteraf gezien kwamen ze niet overeen met de andere dingen in het huis. Over alles was nagedacht en ongebruikte aansluitingen op zulke rare plekken en tegen het plafond pasten hier helemaal niet. Ze keek weer naar haar bord. 'Denk je dat het mogelijk is het systeem te herstellen?'

'Nee. Papa heeft de camera's weggegooid.'

Sóldís gaf Gígja een stuk pizza. 'Weet je ook waarom?'

Íris had net een hap genomen en was te goed opgevoed om te antwoorden voor ze die had doorgeslikt. 'Geen idee. Misschien waren ze niet goed en wilde papa andere. Maar daar is het nooit van gekomen.' Ze keek naar Gígja en kneep haar ogen toe. 'Heb jij even geluk. Anders had ik beeld van jou, toen je mijn kettinkje pikte.'

'Dat heb ik niet gedaan.' Gígja liet zich er door een volle mond niet van weerhouden zich onschuldig te verklaren. 'Ik hou helemaal niet van kettinkjes. Ik verzamel Star Wars.'

'Laten we het niet meer over dat kettinkje hebben. Het komt wel weer boven water. En zo niet, dan zal ik je helpen er precies zo een te vinden op internet. Degene die jou dat gegeven heeft, hoeft het niet te weten.' Sóldís wilde de naam van Robbi niet noemen, vanwege Gígja. De jongen was onderweg voor een bezoek en het zou het voor Íris verpesten als Gígja haar ermee zou plagen waar hij bij was.

Sóldís zei niets meer over het bewakingssysteem. Er viel ook niets meer over te zeggen.

De pogingen van Sóldís om pesterijen van Gígja te voorkomen hadden nauwelijks resultaat. Toen ze klaar waren met eten werd er op de deur geklopt en rende Íris erheen. Gígja riep haar achterna met een pesterig stemmetje en vroeg waarom ze zich zo mooi had gemaakt, of dat soms voor haar vriendje was.

Er was niet veel voor nodig om dat te zien. Ze droeg haar mooiste kleren, dure merkkleding die ze net zo fanatiek leek te verzamelen als Gígja Star Warsspullen.

De jongen die even later met Íris binnenkwam droeg veel gewonere kleren. Hij had een rijbroek aan en een trui. Hij rook naar paarden. Sóldís wist dat hij te paard was gekomen, omdat Íris had gezegd dat hij zijn paard in de stal moest zetten. Robbi bleef onhandig staan toen zij zich had voorgesteld en hem een hand had gegeven. Hij zuchtte van opluchting toen Íris vroeg of ze niet naar binnen zouden gaan. In zijn ogen was Sóldís volwassen en haar aanwezigheid ongemakkelijk, omdat hij haar niet kende. Ze zou hem het liefst achterna roepen dat ze nog altijd jong was en helemaal niet vervelend, maar ze hield zich in. In plaats daarvan keek ze hen na toen ze in de richting van de televisiekamer verdwenen.

Ze riep nog wel dat ze popcorn kon maken als ze dat wilden. Het enige antwoord daarop was dat Íris over haar schouder keek en haar een boze blik toewierp. Aan haar gezicht zag Sóldís dat haar nabijheid niet gewenst was, niet eens om een schaal popcorn door de deur aan te reiken.

'Oké, Gígja, dan blijven wij alleen over.'

Die woorden zouden Gígja meestal blij hebben gemaakt, dat stak ze niet onder stoelen of banken. Tot dan toe had het betekend dat ze nu iets leuks gingen doen. Maar de gespannen sfeer in huis was haar niet ontgaan en dat maakte een angstig gevoel bij haar los, toen Sóldís zei dat ze nu alleen waren.

'Kun jij karate, Sóldís?' Gígja keek haar hoopvol aan. 'Ik niet.'

Sóldís vroeg zich even af of ze zou liegen, maar zag ervan af. Ze was niet goed in liegen en Gígja zou vast een demonstratie willen zien. Dan zou ze meteen door de mand vallen. 'Nee. Ik ook niet. Maar gelukkig geeft dat niet. Ik denk niet dat wij dat nodig hebben.'

Gígja was niet overtuigd. 'En als er een boef buiten is? Als hij dat kettinkje van Íris stal? Wat moeten we dan doen?'

'We hoeven helemaal niets te doen, Gígja. Als een boef het kettinkje stal, dan is hij allang weer weg. Boeven stelen alleen dingen. Ze vallen geen mensen aan.' Dat was wel heel simpel gesteld, maar Sóldís wist dat ze er niet dapperder van zou worden als ze zou zeggen dat het heel zeldzaam was dat boeven mensen aanvielen, maar dat het wel voorkwam. 'En ik ben er vrij zeker van dat dat kettinkje weer opduikt. Er is heus geen boef buiten.'

Gígja knikte en leek zich iets beter te voelen. 'En huiselfen? Die zijn binnen. Niet buiten.'

Sóldís glimlachte, al voelde ze zich allerminst prettig. 'Hier zijn geen huiselfen. En als ze er zijn, wonen ze in stenen, net als andere elfen.'

'Ja, ze wonen in stenen.' Gígja knikte weer. Ze leek overtuigd. Het moest heerlijk zijn om als kind gewoon te kunnen beslissen wat volgens jou waar was. Sóldís was daar te oud voor geworden. 'We hoeven geen karate te kunnen.'

Toen ze weer was opgevrolijkt, trok Gígja Sóldís mee naar haar kamer om het langverwachte Star Warsspel te spelen dat

Sóldís haar had beloofd. Gígja haalde de speelgoedkist onder haar bed vandaan en haalde er allerlei mannetjes, fabeldieren, robotten en raketten uit. Er was niet al te voorzichtig met de spullen omgegaan en sommige mannetjes misten een arm of been, een zelfs een hoofd. De raketten hadden ook te lijden gehad onder de ruwe behandeling waarvan Sóldís nu getuige was in het spel. Gígja leek te denken dat de raketten een soort harpoenen waren en gooide ze door de lucht alsof ze zouden rondzweven in plaats van een harde landing maken.

In de kist zaten nog allerlei andere spullen die Gígja zich had toegeëigend om haar verzameling te vergroten, ook al behoorden ze niet direct tot de Star Warswereld. Ze had ze ingelijfd in haar fantasiewereld en een taak voor hen gevonden die getuigde van haar verbeeldingskracht. Een oude computermuis, die ze Groem noemde, was een apparaat dat werd gebruikt om meteorieten aan banden te leggen en grote rampen te voorkomen. Er was ook een kurkentrekker met een afgebroken arm die ze Schroef noemde en die gebruikt werd om naar water te zoeken op nieuwe planeten. Er zaten allerlei gewone dingen verborgen tussen de Star Warsspullen, maar één ding trok met name Sóldís' aandacht.

Het was een kleine, zwarte afstandsbediening die volgens Sóldís weleens bij het beveiligingssysteem had kunnen horen, voor het werd ontmanteld. Er zaten maar twee knoppen op en hij had een piepklein schermpje. Hij was duidelijk kapot en werd met plakband bij elkaar gehouden. Gígja zwaaide ermee door de lucht en maakte er geluiden bij die eerder bij een racespel hoorden dan bij een ruimtevaartspel. 'Is dat een afstandsbediening, Gígja?'

'Nee. Dat is Tressor. Een raket die de maan kan laten ontploffen met een laserstraal.' Gígja bleef met het apparaat rondzwaaien.

Sóldís deed haar best niet boos of beschuldigend te klinken: 'Gebruik je soms afstandsbedieningen in dit spel? Als raket?'

Gígja haalde haar schouders op. 'Nee. Waarom?'

'Ik vroeg me gewoon af of mijn afstandsbediening misschien een tijdje een raket is geweest. Weet je nog dat hij weg was. Het geeft niet, hoor, als dat zo is.'

'Nee. Ik heb hem niet gepakt.'

Sóldís wees op een goedkope ring met een grote rode nepedelsteen, waarvan ze vermoedde dat hij van Íris was. Gígja had gezegd dat het een kroon was. Voor de koningin van het heelal die de baas was van alles. 'Ik vroeg me ook af of jij soms Íris' kettinkje hebt geleend voor het spel? Misschien was je van plan het vannacht terug te leggen?'

'Nee. Kettinkjes zijn niet voor Star Wars.' Gígja wierp een medelijdende blik op Sóldís. 'De huiself heeft dat weggepakt. Net als mama's portemonnee.' Ze hield op met het rondzwaaien van de afstandsbediening of raket en keek Sóldís aan. 'Portemonnees zijn ook niet voor Star Wars.'

'Nee. Natuurlijk niet.' Sóldís besloot erover op te houden. Ze was er helemaal niet zeker van dat Gígja de waarheid sprak en neigde ertoe te denken dat zij verantwoordelijk was. Voor de waterkoker, de afstandsbediening, de ketting en misschien zelfs wel voor de voetsporen in de gang. Ze kon zich weliswaar niet voorstellen hoe Gígja dat allemaal voor elkaar had gekregen, maar het zou vast allemaal verklaard kunnen worden. Het was een veel plezieriger theorie dan dat iemand van buiten of Reynir de schuldige was. Misschien herinnerde het meisje zich niet eens dat ze die dingen had gedaan.

'Slaapwandel jij weleens, Gígja?'

Ze haalde haar schouders op. 'Dat weet ik niet. Dan slaap ik.'

Sóldís besloot niet verder te vragen en ze speelden verder. Af en toe rommelde ze in de berg speelgoed, voor het geval het kettinkje ertussen zat, maar ze zag het niet. Ze raakte er echter steeds meer van overtuigd dat ze de juiste verklaring te pakken had en voelde zich meteen veel beter. Dat gevoel werd er alleen maar beter op toen Gígja eindelijk genoeg kreeg van haar spel en stopte.

Het werd er echter niet veel beter op. In plaats van Star Wars gingen ze kaarten in de keuken tot Íris en Robbi verschenen. Sóldís was verbaasd dat het bezoek al ten einde liep, want het was nog maar tien uur. Toen besefte ze dat de jongen ongetwijfeld stiekem bij zijn vriendinnetje was en daarom niet te laat kon thuiskomen.

Hij nam afscheid met het geijkte *Bedankt voor de gastvrijheid* en slaagde erin Sóldís een fractie van een seconde aan te kijken voor hij weer wegkeek. Zij antwoordde zoals het hoorde met *Bedankt voor je komst* en liet het daar verder bij. Het zou vast niet goed vallen als ze opstond en hem samen met Íris naar de deur begeleidde. Ongetwijfeld was elke seconde die ze samen doorbrachten in een warm huis kostbaar.

'Hij is gek, net als Íris.' Gígja was niet dol op Robbi. 'Ik wil geen vriendje, hoor.' Ze lachte breed naar Sóldís. 'Net als jij.'

Het lukte Sóldís terug te lachen, al stond haar hoofd daar helemaal niet naar. Ze hoorde de voordeur dichtgaan en even later weer opengaan. Toen klonk er een kreet van Íris, die moeilijk te verstaan was, maar waaruit overduidelijk bleek dat er iets aan de hand was. Sóldís rende naar de gang en ze botsten haast op elkaar toen Íris buiten adem om de hoek verscheen. 'Het paard van Robbi! Het paard van Robbi!'

Sóldís greep Íris bij de schouders, in de hoop haar iets te kalmeren. 'Wat? Wat is er gebeurd?'

'De stal. Hij stond open. Zijn paard is weg. De stal is opengemaakt en zijn paard is meegenomen!'

Sóldís ademde door haar neus om te proberen tot rust te komen. 'Kom.' Ze draaide zich om en richtte zich tot Gígja. 'Wacht hier.' Toen veranderde ze van gedachten. Het was het beste om bij elkaar te blijven, al was het maar voor de zekerheid. 'Nee. Kom mee, Gígja.'

Buiten stond Robbi, die wanhopig leek. Sóldís ging direct naar hem toe. 'Kan het zijn dat de stal niet goed dicht was?'

'Nee. Ik heb hem afgesloten. Hij was potdicht.'

'Hij heeft de stal goed afgesloten. Geen kans dat hij dat niet goed heeft gedaan. Geen kans. Iemand moet het paard hebben meegenomen.' Íris praatte snel en hoog.

'Wat moet ik tegen papa zeggen?' Die arme Robbi leek tegen zijn tranen te vechten. Als hij zou gaan huilen, zou Íris dat ook doen en dan zou er geen verstandig woord meer uit hen komen.

'We vinden het paard wel.' Sóldís liep het korte stukje naar de stal. De deur stond open en ze boog zich naar binnen om het buitenlicht aan te doen. De koeien keken nieuwsgierig toe. Ze stonden los en hadden kunnen weglopen, maar daar leken ze geen zin in te hebben. Net zomin als in de winterwandelingen die hen volgens Ása zo goed deden.

Sóldís kon de verleiding niet weerstaan om haar hoofd even om de hoek van de deur te steken om te zien of de bijl er nog stond. Dat bleek zo te zijn en ze voelde zich een heel klein beetje beter. Het liefst zou ze het werktuig bij het vuilnis zetten. Was die bijl eigenlijk wel een werktuig? Of was het een wapen? Ze kon zich geen situatie op de boerderij voorstellen waarbij er met die bijl moest worden gezwaaid. Er was hier geen bos of iets anders dat moest worden omgehakt. Sóldís voelde weer een rilling over haar rug lopen, net als toen ze de bijl voor het eerst zag, en haastte zich weer naar buiten.

Het licht van de buitenlamp was voldoende voor Sóldís om de directe omgeving van de stal te kunnen zien. Daar liepen allerlei sporen. Sporen van hun drieën van eerder die dag en sporen van Íris en Robbi, met het paard, naar binnen en naar buiten. Maar het was onmogelijk om te zien of een van die sporen aan iemand anders toebehoorde. Het waren er gewoon te veel.

'Laten we proberen de hoefafdrukken te volgen. Misschien is hij niet ver.'

'Maar wat doen we als degene die het paard heeft gestolen het niet meer wil afstaan?'

'Hebben jullie een geweer? Of een pistool?' vroeg Robbi.

'Nee. Jezus!' Sóldís begreep dat op elke boerderij waarschijnlijk wel een geweer was. 'Die hebben we hier niet en we gaan niemand neerschieten.' Ze prees zich gelukkig dat Robbi niet wist dat die bijl daar stond. Die zou niet minder gevaarlijk zijn dan een schietwapen in de handen van een tiener. Als hij hem zou hanteren zou het paard er waarschijnlijk ook aan gaan.

Ze volgden de sporen van het paard zo ver als het licht vanuit de boerderij toeliet. Toen stond Sóldís stil. 'We gaan niet verder.' Ze wilde absoluut niet verder de duisternis in lopen met een stelletje pubers. Laat staan in haar eentje.

'We kunnen onze telefoons gebruiken.' Íris stak haar hand in haar zak om hem te pakken.

'Nee.' Sóldís wees naar de hoefafdrukken bij haar voeten. 'Kijk. Er loopt niemand naast. Waarschijnlijk is het paard op de een of andere manier ontsnapt en loopt het gewoon naar huis. Het is niet gestolen.'

Robbi fronste zijn voorhoofd. 'De dief kan erop hebben gezeten.' Toen voegde hij eraan toe: 'Maar hij heeft het zadel en het hoofdstel wel laten liggen.'

Sóldís zuchtte diep. 'Als dat zo is, heeft het geen enkele zin hem te volgen. Een paard is veel sneller dan wij.' Ze dacht na. 'We moeten misschien de politie bellen. Zij kunnen misschien de sporen volgen en het paard vinden. En degene die erop zit, als het zo is gegaan.'

Íris gaf haar haar telefoon. 'Bel jij maar.'

Sóldís koos het alarmnummer 112. Ze legde uit wat er aan de hand was en kreeg te horen dat ze het bureau in Akranes moest bellen. Dat deed ze en toen de beltoon klonk legde ze haar hand over de microfoon terwijl ze de kinderen uitlegde wat ze deed. Toen trok Íris de telefoon uit haar hand. 'Nee. Niet de politie in Akranes. Papa wordt woedend.'

'Ja.' Gígja knikte met wijd opengesperde ogen. 'Ze nemen zijn kas misschien wel mee.'

Voordat Íris haar zusje de mond kon snoeren, viel Robbi hen in de rede. 'Papa zou ook over de rooie gaan. Ik wil ook geen politie uit Akranes.'

Sóldís probeerde rustig te blijven. 'Welke politie denken jullie eigenlijk dat er komt?' Ze hief haar handen in de lucht. 'Politie uit de stad? Of uit Egilsstadir?'

'Is er geen dierenpolitie? Voor gestolen dieren?' Íris was duidelijk niet zo wereldwijs. Of misschien wel té. Misschien was er dierenpolitie in Amerika, waar het gezin had gewoond. Voordat Sóldís haar kon informeren over de politiemacht in IJsland ging de telefoon in Íris' hand over. Ze keek naar het scherm en haastte zich het gesprek weg te drukken. 'Het is 112. Ik ga niet opnemen.'

Robbi was begonnen heen en weer te lopen en vertoonde allerlei tekenen van stress. 'Hoe kom ik thuis?'

'Je kunt een van onze paarden nemen.' Íris sloeg haar armen om zich heen. 'Dan zoeken we morgen jouw paard.'

Gígja stampte met haar voet op de grond. Ze had in alle haast bij het naar buiten gaan haar moonboots aangetrokken, dus je hoorde het nauwelijks. 'Nee. Je krijgt onze paarden niet. Jouw vader maakt ze dood!'

Sóldís kwam tussenbeide. Het had geen zin daar op dit moment over te praten. 'Kun je overweg met een sneeuwscooter, Robbi?' Hij knikte. 'Neem dan die van ons. Je brengt hem morgen terug. Dan ben je sneller thuis.' Het kon Sóldís eigenlijk helemaal niets schelen of zijn ouders boos zouden zijn als hij laat thuiskwam. Ze vreesde meer voor zijn veiligheid op de terugweg. Hoe sneller hij er was, hoe minder gevaar hij liep. Het klonk tenminste logisch in haar hoofd.

Zo gebeurde het en ze keken hem na toen hij wegreed, met het zadel over het stuur en het hoofdstel in het opbergvak op de scooter. Hij was van plan door het dal te rijden, wat de kortste weg was, en zij liepen langs de stal en de schuur om hem zo lang mogelijk te kunnen zien. Toen hij helemaal uit het zicht was verdwenen, gingen ze naar binnen en deed Sóldís de deuren op slot. Toen ze hun jas hadden uitgetrokken, sloeg Íris haar armen om zich heen en zei: 'De deur van de stal was dicht. Daar zou Robbi nooit over liegen.'

'We gaan in de televisiekamer slapen.' Sóldís was niet van plan om wakker te liggen en te denken aan iemand die door het huis sloop, misschien wel bij de meisjes. De opluchting die ze had gevoeld toen ze vermoedde dat Gígja verantwoordelijk was voor al die vreemde gebeurtenissen had niet lang standgehouden. Het was uitgesloten dat Gígja de stal had opengezet en het paard naar buiten had gelaten. Ze was niet weg geweest, alleen naar het toilet, en toen had Sóldís gehoord dat er werd doorgetrokken en dat ze haar handen waste. 'Haal jullie dekbed en kussen. We installeren ons daar.'

Geen van de zusjes protesteerde.

Sóldís werd wakker van gegil van Íris. Het duurde even voor ze wist waar ze was nadat ze met een ruk overeind was geschoten. Gígja zat ook meteen rechtop en wreef de slaap uit haar ogen. Ze gaapte en keek toen verbaasd om zich heen. 'O ja. We zijn hier.'

Íris bleef iets onverstaanbaars roepen. Met hese stem vroeg Sóldís: 'Wat? Wat is er?'

'Kijk! Kijk!' Íris strekte haar arm uit en liet Sóldís de rug van haar hand zien. Daarop was iets geschreven met een dikke zwarte viltstift: *Hoer.*

Sóldís liet de slanke hand van Íris los en keek in de richting van de deur. Die stond open en er brandde licht in de gang. Toen ze waren gaan slapen, was de deur dicht geweest en alle lichten uit.

'Hoe kan het dat je dat niet wist?' Idunn was nog altijd half in shock. Ze had zo vaak haar excuses aangeboden voor het tonen van de foto's dat Týr er gek van was geworden. Karó had gezwegen en daarmee bijgedragen aan de ongemakkelijke sfeer. Het huisje was zo klein dat dat ongemak alleen maar groter werd en je nergens aan de verstikkende sfeer kon ontsnappen. Týr had zelfs even overwogen zich op te sluiten op de krappe wc, alleen om op adem te komen en de woede in zijn gedachten te ordenen. Hij deed het echter niet, uit angst dat de claustrofobie hem zo zou aanvliegen dat hij zou ontploffen. Hij had nu het gevoel dat de muren op hem afkwamen en hem zouden verpletteren, net als het plafond.

Het was afschuwelijk om zoiets verschrikkelijks te ontdekken in aanwezigheid van mensen die hij eigenlijk nauwelijks kende. Misschien was het toch minder erg dan erachter te komen tussen goede bekenden. De twee vrouwen lieten het in ieder geval achterwege hem op de schouder te kloppen of hem diep in de ogen te kijken met een verdrietig gezicht of met een meelevende toon in hun stem op hem in te praten.

Týr wreef zich in de ogen en leunde met zijn hoofd achterover, zodat hij zich kon concentreren op het vurenhouten plafond. De vraag van Idunn hing nog steeds in de lucht en hij voelde zich gedwongen haar te antwoorden. Deze krankzinnige ontdekking was niet Idunns schuld. Dat moest hij haar duidelijk maken. Dat was wel het minste wat hij kon doen. Iets anders zou oneerlijk zijn. 'Mij is altijd iets anders verteld. En ik had nooit een reden om daaraan te twijfelen.'

Idunn schraapte haar keel. 'Kan het zijn dat het hier een heel andere vrouw betreft? Dat dit alleen een vreselijk toeval is. Haar zoon heette Angantýr. Ze had geen andere kinderen.'

'Nee. Zij is het. Waarschijnlijk is mijn naam veranderd. Afgekort van Angantýr naar Týr. Zij is het.' Týr twijfelde niet, al had hij hetzelfde gedacht toen hij na de eerste schok weer kon nadenken. Het kon ook toeval zijn dat de dode vrouw Ingigerdur Jónsdóttir heette, maar zijn biologische moeder was altijd Inga genoemd en ze was de dochter van Jón. Ze hadden dezelfde geboorte- en sterfdatum en daarom was het vrijwel uitgesloten dat het om twee verschillende vrouwen ging. Maar toen duidelijk werd dat de moordenaar, de voormalige partner en de vader van het kind van de vrouw, dezelfde naam had als zijn vader, was toeval echt uitgesloten. Het maakte niet uit dat hij de nogal gangbare naam Gunnar Sigurdsson droeg. 'Honderd procent zeker dat zij het is.'

'Maar...' Idunn zweeg en leek een vraag te kiezen uit de ontelbare die bij haar opborrelden. 'Ook al is je iets anders verteld, dan had iemand je er toch over kunnen vertellen, misschien per ongeluk? Iemand anders dan je adoptieouders?'

'Wie had dat kunnen doen? We verhuisden. Het land uit. Toen ik nog een kind was. Ik heb altijd gedacht dat het was omdat mijn ouders in het buitenland wilden werken. Nu begrijp ik dat dat niet de reden was, maar wat jij zegt. Dat ze er zeker van wilden zijn dat ik het niet zomaar te weten kwam. Het was in de tijd dat ik naar de brugklas ging. Ze dachten misschien dat pubers eerder verhalen horen en dat ze meedogenlozer zijn.' Týr zuchtte, probeerde de afschuw van zich af te schudden en wendde zijn blik af van het plafond. 'Het heeft zeker meegespeeld dat de zaak niet zo bekend werd omdat er nooit een rechtszaak van is gekomen. De namen zijn daarom waarschijnlijk nooit openbaar gemaakt. IJsland is klein en het gevaar bestond dat ze uiteindelijk toch op ieders lippen lagen. Daarom hebben ze mijn naam laten veranderen. Mijn patroniem is ook veranderd toen ik werd geadopteerd. Wie zou hebben kunnen vermoeden dat ik iets met de zaak te maken had? Ik heet nu Týr Gautason en niet Angantýr Gunnarson.'

'Huh? Kan dat?' Idunn hield kennelijk nog vast aan de hoop dat er sprake was van een misverstand. 'Kun je de naam van een minderjarige veranderen, iemand die er dus niets over te zeggen heeft?'

'Dat moet wel zo zijn. Mijn paspoort staat in ieder geval op naam van Týr.'

Karó had haar tong weer teruggevonden. 'En hoe zit het met... je weet wel...' Ze gebaarde vaag naar Týrs gezicht. '... dat litteken?'

Týrs handen gingen als vanzelf naar zijn voorhoofd. 'Mij is verteld dat ik met mijn driewieler ben gevallen. Maar het is natuurlijk van die bijl.' Hij zweeg en liet het tot zich doordringen. Hij sloot zijn ogen en probeerde herinneringen of fragmenten van herinneringen op te roepen aan deze ervaring, maar zonder resultaat. 'Waarom herinner ik het mij niet? Blijven schokkende herinneringen uit je jeugd juist niet vastzitten in je geheugen?'

Idunn schraapte haar keel en zei toen voorzichtig: 'Hoofdverwondingen leiden vaak tot geheugenverlies. Bij volwassenen net zo goed als bij kinderen. Daarom is het moeilijk om iets verstandigs te horen te krijgen van getuigen of slachtoffers van dergelijke aanvallen. Je was ook nog maar vier jaar oud. Het is heel moeilijk je iets te herinneren uit die tijd, ook zonder die verwondingen. Het heeft geen enkele zin te proberen je dat te herinneren. Denk ik.'

Týr vermoedde dat ze gelijk had. Misschien ging het beter als hij alleen was en rustig kon denken. Als hij het over een andere boeg gooide. Maar wilde je zulke herinneringen eigenlijk wel ophalen? Waarschijnlijk niet. Hij rechtte zijn schouders. 'Ik wil graag dat jullie dit voor jezelf houden. Ik heb even de tijd nodig om het naar buiten te brengen.' Hij gebruikte zijn laatste krachten om hen dat te vragen. Hij wilde het liefst wachten tot het onderzoek naar de moorden op de boerderij was afgerond. Als hij nu bekendmaakte dat hij zelf een aanval met een bijl door zijn vader had overleefd zou hij van het onderzoek worden gehaald. Zeker als hij moest vertellen dat hij het niet geheim had gehouden toen hij op de zaak werd gezet, maar dat hij het simpelweg niet had geweten. Hij zou niets meer te doen krijgen wat maar een beetje interessant was en naar een psychiater worden gestuurd. Dat mocht niet gebeuren, want hij voelde dat hij dit onderzoek tot een eind moest brengen. Anders zou hij waarschijnlijk nooit meer aan een moordzaak durven te werken. Net als iemand die van een paard valt, moest hij direct weer in het zadel springen. Niet aan een bureau gaan zitten en papierwerk doen. 'Tot dit onderzoek is afgerond.'

Ze knikten allebei en mompelden iets instemmends. Karó keek hem even aan voor ze haar blik neersloeg en zacht zei: 'Denk je dat ze het niet weten? De mensen die je hebben aangenomen? Waarschijnlijk hebben ze je opgezocht in LÖKE. Daar moet je in voorkomen in verband met die zaak. Ook al is hij niet voor de rechtbank gekomen.'

Daar had Týr geen antwoord op. Een heel kleine – en op zich nogal domme – hoop dat het allemaal één groot misverstand was ontstond in zijn hoofd. Maar zijn logische verstand was sterker. 'Zou die naamsverandering niet een verklaring zijn waarom ik niet in LÖKE gevonden word? Ik dacht niet dat

LÖKE was gekoppeld aan het bevolkingsregister.'

Karó was niet overtuigd. 'Het burgerservicenummer zou gelijk moeten zijn. Is het niet waarschijnlijk dat er ook op dat nummer wordt gezocht? Niet alleen op de naam?'

Het aangekondigde slechte weer meldde zich met een fluitende windvlaag. Toch verlangde Týr ernaar om naar buiten te gaan. Hij verlangde ernaar in een vliegende storm te staan, in een sneeuwstorm waarin hij nog geen halve meter voor zich uit kon kijken. Dan zou hij zich vanbinnen en vanbuiten hetzelfde voelen. 'Huldar nam mij aan. Het zou wel iets voor hem zijn om de naam te laten volstaan. Týr komt niet zoveel voor. Misschien ben ik wel de enige Týr Gautason. Waarschijnlijk komt er niemand in het systeem voor met die naam, dus hij dacht dat ik een onbeschreven blad was, zonder vervelende connecties. Hij rekende er gewoon niet op dat hij iets zou vinden. Ik ben het land uit gegaan toen ik twaalf was. Dan is een lange misdaadgeschiedenis in IJsland niet erg waarschijnlijk. Ik had ook alle papieren en referenties uit Zweden op orde.'

Geen van de vrouwen bracht iets in tegen deze overwegingen. Ze reageerden anders toen Týr aankondigde dat hij het als zijn eerste taak beschouwde als hij weer in de stad was, om al het bewijsmateriaal in die oude zaak na te trekken. Hij wilde zelf zien wat er over hem in LÖKE stond. Karó was nog vastberadener dan Idunn om hem dat uit zijn hoofd te willen praten, ze zei dat dat gelijkstond aan het indienen van zijn ontslagbrief. Het was streng verboden om in de databank te zoeken, behalve als het ging over een lopende zaak, en er werd nauwkeurig op toegezien dat er geen misbruik van werd gemaakt.

'Ik geef je die gegevens wel.' Idunn nam het woord zodra Karó zweeg. 'Ik kan erbij via onze server en zoek op wat je nodig hebt. Ik dien een verzoek in en zeg dat ik die oude zaak wil bekijken, omdat hij overeenkomsten vertoont met deze. Daar kan niemand iets tegen inbrengen. Je kunt ze dan bij mij inzien.'

Týr wist niet wat hij moest zeggen, behalve eenvoudigweg: 'Bedankt.'

'Geen punt. Ik ben het je verschuldigd.' Idunn lachte vaag. 'Misschien put je er een beetje troost uit, maar je bent niet de enige die uit een vreemd gezin komt.' Ze ging er niet nader op in en Týr was te zeer verzonken in zijn eigen gedachten om ernaar te vragen.

Niemand van hen had de schaal met snoep nog aangeraakt nadat Týr die schreeuw had gegeven omdat hij zijn moeder zag. Hij keek naar de inhoud en was verbaasd dat hij er kort daarvoor nog trek in had gehad. Toch kon hij zijn ogen er niet van afhouden. Idunn zag het. 'Týr. Ik heb een kalmerend middel voor je, als je dat wilt. Ik kan het voor je halen uit het huisje. Het helpt je straks te slapen.' Ze keek op haar telefoon. 'Het is al behoorlijk laat.' Na een korte stilte voegde ze eraan toe: 'We kunnen ook hier bij je blijven, als je dat wilt.'

'Nee, maar toch bedankt. En ik sla die medicijnen af. Ik val wel in slaap.' Hij klonk niet erg overtuigd. Waarschijnlijk zou hij tot de ochtend wakker liggen. Misschien zou hij midden in de nacht zijn ouders bellen en vragen wat ze eigenlijk hadden gedacht. Al zou dat heel onverstandig zijn. Hij moest eerst tot zichzelf gekomen zijn voor ze dat gesprek aangingen.

Karó leek zijn gedachten te kunnen lezen. 'Het gaat mij natuurlijk helemaal niet aan, maar ik denk dat ik je ouders wel begrijp. Ze hebben je willen beschermen. Niets anders. Het is niet gemakkelijk om altijd te worden aangestaard.' Karó zweeg. Ze hoefde verder niets te zeggen. Týr en Idunn begrepen dat ze het over zichzelf had.

Daar zaten ze met zijn drieën in een klein huisje dat nauwelijks groter was dan twintig vierkante meter. Het enige wat hen verbond was hun werk, maar deze laatste ontwikkelingen hadden hen dichter bij elkaar gebracht. Nu deelden ze niet alleen een geheim, maar de vrouwen leken ook toe te geven dat hun jeugd niet over rozen was gegaan. Misschien niet zo erg als wat hij had meegemaakt, maar toch.

Idunn en Karó stonden op en trokken hun jas aan. Ze namen nogal onhandig afscheid en leken iets opbeurends te willen zeggen, maar niet te weten wat. Het maakte het niet gemakkelijker dat hij zo in de war was. Hij keek hen niet aan en zei zo weinig mogelijk.

Toen hij alleen was, kwam er een onwerkelijk gevoel over hem dat hij nog nooit eerder had ervaren, in ieder geval niet dat hij het zich herinnerde. Hij was helemaal niet degene die hij dacht te zijn, maar heel iemand anders. Niet Týr, maar Angantýr. En die naam deed geen belletje rinkelen, wat de vreemdheid alleen maar vergrootte.

De geur van het grenenhout drong weer tot hem door, nu de geur van de shampoo was weggetrokken na het vertrek van Karó en Idunn. Hij sloot zijn ogen en ademde diep in door zijn mond. Toen pakte hij zijn jas, zonder na te denken, en liep hij de storm in.

Týr ging alleen niet ver. Gelukkig was hij zich nog wel bewust van zijn eigen veiligheid. Hij zette maar een paar stappen bij het huisje vandaan, genoeg om het gevoel te hebben bij het huis weg te zijn. Daar stond hij stil en liet het weer op zich in beuken. Zijn muts waaide weg en hij wankelde in de wind, alleen nog maar bezig zichzelf staande te houden. Op een wonderlijke manier werkte dat louterend. Hij wist niet hoelang hij daar gestaan had toen hij merkte dat hij zich beter voelde. Zijn ademhaling was weer normaal en zijn hart sloeg minder snel. Zelfs zijn gedachten hadden zich gerangschikt in keurige rijtjes en tuimelden niet meer over elkaar heen. Hij schudde de sneeuw van zich af, vastbesloten om zich later met die gedachten bezig te houden. Zijn evenwicht was wankel en er was niet veel voor nodig om het kwijt te raken en weer terug te zijn bij af.

Týr ging weer naar binnen en zag dat het licht uit was bij zowel Idunn als Karó. Zelf zou hij ook moeten gaan slapen, maar hij wist dat dat niet gemakkelijk zou zijn. Hij had die pil van Idunn beter kunnen aannemen, maar nu was het te laat. Hij veegde de meeste sneeuw van zich af voor hij weer aan tafel ging zitten. Hij duwde het schaaltje snoep opzij en trok de laptop naar zich toe. Het idee was om zich in de zaak te verdiepen tot hij zijn ogen niet langer kon openhouden.

Hij logde in op het bureau in de stad en kwam zo op de server van de afdeling. Nadat hij naar Hvalfjördur was gestuurd waren er documenten binnengekomen in het domein dat bedoeld was om de bewijsstukken van het onderzoek in op te slaan. Het was een soort prikbord geworden en het was moeilijk om te selecteren wat hij wilde zien. Zoals het er nu voor stond, leek het hem het beste om eerst te bekijken wat het droogst en het saaist was: de geldzaken van het echtpaar. Zo zou de kans het kleinst zijn dat zijn gedachten naar de moord op zijn moeder afdreven. Bedragen en andere getallen gaven geen aanleiding tot interpretatie of gevoelens. Het was ook niet ondenkbaar dat hij slaperig zou worden tijdens het lezen. Hij was vaak bijna in slaap gevallen op het toetsenbord toen hij fraudezaken onderzocht in Zweden.

In de korte status over de geldzaken van het echtpaar vond hij een goede samenvatting. In een notendop kwam het erop neer dat het onderzoeksteam er nog niet in geslaagd was het grootste deel van het vermogen dat het echtpaar zou bezitten terug te vinden. Er was wel vastgesteld dat dat vermogen zeker aanwezig was geweest na de verkoop van hun bedrijf. Het bleek dat ruwweg de helft was verdwenen van hun gezamenlijke rekening voor ze naar IJsland terugkwamen. Volgens de opsteller van het rapport waren er bedragen weggesluisd en het maakte de zaak ingewikkelder dat het zich in het buitenland afspeelde. Om aan informatie te komen moesten er allerlei omwegen worden gemaakt en talloze toestemmingen worden gevraagd. Het zou wel lukken, maar het zou tijd kosten en er waren nog maar twee etmalen voorbij sinds de lijken waren gevonden.

Eén ding was echter duidelijk. Geen van de echtelieden had een aanklacht ingediend of aangegeven dat er geld was gestolen of dat er sprake was van oplichting.

Týr staarde naar het scherm. Hij was eigenlijk niet eens verbaasd. Volgens hem, en ook volgens de opsteller van het rapport, was er sprake van belastingontduiking. Er was niet volledig belasting betaald over de verkoopsom. Misschien had de verhuizing naar IJsland er ook mee te maken. Zo werd de schatkist van twee landen benadeeld. Een andere verklaring voor dit verstoppertje spelen was moeilijk te verzinnen, behalve misschien dat er aandelen waren die het echtpaar had gekocht met het verdwenen geld en dat ze geen vermogenswinstbelasting wilden betalen over de opbrengsten daarvan. Dat of angst voor de linkse regering en de onroerendgoedbelasting. Er konden allerlei redenen zijn, maar het doel was zo min mogelijk af te dragen aan de samenleving. Mensen ontdoken de belasting niet omdat dat zo handig was. Dat hun vermogen was weggesluisd voor ze met de rest van hun geld naar IJsland verhuisden was overduidelijk. Het was veel moeilijker geweest om dat na de verhuizing te doen.

Hij sloot het rapport en bekeek de titels van de andere bestanden. Hij zag allerlei verklaringen die van getuigen waren afgenomen, Maar hij was niet voldoende op de hoogte van het onderzoek dat in de stad werd gedaan om de verbanden te kunnen leggen. Er was gesproken met verwanten, vrienden en kennissen die, aan de namen te oordelen, zowel IJslands als buitenlands waren. De getuigenverklaringen van degenen die buitenlandse namen droegen waren nieuwer, volgens de data van de bestanden, de meeste zelfs van eerder die dag. Daar zou iets tussen kunnen zitten dat nog aan anderen binnen het team moest worden overgebracht. Oudere informatie die van belang was gevonden was al doorgegeven aan de groep, ook aan hem.

In het derde bestand dat Týr opende stuitte hij eindelijk op iets interessants. De eerste twee documenten bleken verslagen te zijn van het gesprek met een Amerikaanse vriendin van Ása en met een afdelingshoofd in hun bedrijf. Ze hadden allebei alleen maar goede dingen te zeggen over het echtpaar en waren verbijsterd, geschokt en verdrietig over het lot van Ása, Reynir en hun dochters. Hun was niet verteld dat Reynir werd verdacht, en het leek niet bij hen op te komen dat hij schuldig zou kunnen zijn aan deze vreselijke daad. Als dat zo was, hielden ze het in ieder geval voor zich.

Het derde gesprek was met de voormalige personeelsmanager van het bedrijf. Zij was er gestopt toen de eigendom werd overgedragen en leek de dingen met andere ogen te bekijken dan het afdelingshoofd dat er nog altijd werkte. Of ze was zo druk met haar nieuwe baan bij een nog groter softwarebedrijf dat ze geen tijd had om de schijn op te houden.

De verklaring van de vrouw was in ieder geval heel eerlijk. Ze zei dat alles goed was gegaan in het bedrijf tot Reynir ziek werd. Hij was zich vreemd gaan gedragen, zonder dat de mensen doorhadden wat er aan de hand was. Toen zijn diagnose kwam en de tumor was verwijderd, hoopte iedereen vurig dat hij genezen was en weer de oude werd. Dat gebeurde echter niet. Het lukte om de tumor te verwijderen, maar daarmee veranderde ook zijn persoonlijkheid en hij werd heel onberekenbaar. Hij nam verkeerde beslissingen die Ása meestal nog kon tegenhouden of terugdraaien. In plaats van dat hij professioneel was en zich aan de procedures hield, was hij een bedrijfsrisico geworden. En dat werkte niet, hoe Ása haar best ook deed om alle problemen onder het tapijt te vegen. Volgens de personeelsmanager had Ása natuurlijk ook gehoopt dat hij op den duur weer de oude zou worden. De meesten was echter duidelijk geworden dat dat geen reële verwachting was.

Uiteindelijk had Ása besloten het bedrijf te verkopen. Reynir wilde daar niets van weten, maar moest ten slotte toegeven. De voormalige personeelsmanager zei dat het geen geheim was dat ze in die periode op het punt stonden uit elkaar te gaan. Ze zei dat Reynir een scheiding had gewild, maar later van gedachten veranderde. Desgevraagd zei ze dat ze niet wist wat die verandering had veroorzaakt, maar dat alles erop had gewezen dat ze elk hun eigen weg zouden gaan. Reynir had toen een affaire met een van de programmeurs, een jonge vrouw die Ása had willen ontslaan toen ze erachter kwam. Ze was van gedachten veranderd toen ze erop werd gewezen dat de jonge vrouw waarschijnlijk stampij zou maken wegens onrechtmatig ontslag en het zou gooien op seksuele intimidatie op de werkplek. Er was tenslotte sprake van een duidelijke machtsongelijkheid. Aan de ene kant was daar Reynir, een van de eigenaren van het bedrijf, en aan de andere kant een jonge vrouw die er net was komen werken.

De personeelsmanager zei niet te weten waar de jonge vrouw nu was, want ze had opgezegd. Ze zei ook niet te weten of dat te maken had met die affaire, ze had er niets over gezegd en had zich niet tegen Reynir uitgesproken. Korte tijd later had het echtpaar zich weer verzoend, Reynir was Ása weer in de armen gevallen en de scheiding was van tafel. Ze verkochten het bedrijf, verhuisden naar IJsland en de personeelsmanager had niets meer over hen gehoord, tot nu. Anders dan de andere twee buitenlandse getuigen vroeg zij wel of Reynir verdacht werd van de moorden. Daarop werd geen antwoord gegeven.

Týr staarde naar het scherm. Was het verdwenen vermogen gebruikt om de jonge programmeur te laten zwijgen? Als dat het geval was, was het een van de meest genereuze afkoopsommen waar hij ooit van gehoord had. Týr las de paragraaf nog eens over en zag dat dat bijna niet kon. Reynirs affaire was gestopt voordat het bedrijf was verkocht. Het geld was natuurlijk niet verdwenen vóór het in handen van het echtpaar was gekomen. Tenzij Reynir met de verkoop had moeten instemmen om aan zijn verplichtingen te kunnen voldoen.

Dat zou waarschijnlijk nog blijken, al was Týr niet heel optimistisch.

Eén ding was echter duidelijk. De uitspraken van de personeelsmanager over de toestand van Reynir en de problemen binnen het huwelijk pasten goed bij de theorie waar ze nu mee werkten. Reynir was de dader.

Týr voelde echter dat er iets bij hem schuurde en dat was ongewoon. Natuurlijk waren er details die niet konden worden verklaard. Zo ging het meestal. Vaak lukte het hem wel om oog op de bal te houden en zich daar niet door te laten storen.

Uiteindelijk werd het meeste wel verklaard en legde iedereen zich bij de conclusie neer, behalve de dader. Kon het zijn dat de reden dat hij er deze keer moeite mee had zich erbij neer te leggen met hemzelf te maken had? Hoopte hij diep vanbinnen dat zijn biologische vader ten onrechte beschuldigd was van de moord op zijn moeder? Als dat zo was, zou hij natuurlijk verlof moeten nemen. Vertellen wat hij had ontdekt en een stap opzij moeten doen.

Dat was hetzelfde als zwijgen. Daar was geen sprake van.

Hij geen door met het scrollen door de bestanden.

HOOFDSTUK 22 | EERDER

De rug van Íris' hand zag nog altijd vuurrood en Sóldís vermoedde dat ze hem nog steeds aan het schrobben was, ook al was de lelijke boodschap nu wel verdwenen. Ze had het meisje in de ochtend moeten stoppen, toen de huid helemaal bloederig was geworden. Sóldís was haar achternagelopen naar de keuken na de hele consternatie en had haar aangetroffen bij het aanrecht, waar ze met de afwasborstel de inkt aan het wegboenen was. Het donkergekleurde water was allang weggespoeld, maar er bleven lichtrode bloeddruppels in de gootsteen vallen. Toen was het te laat voor Sóldís om nog een foto te maken van de letters. Die had ze naar Ása willen sturen, zodat zij zwart-op-wit kon zien dat er iets aan de beveiliging van hun huis moest worden gedaan.

In plaats daarvan had Sóldís gebeld. Ze had enkele pogingen moeten doen, omdat Ása pas opnam toen het al tegen de middag liep. Toen was Sóldís inmiddels rustiger geworden, het zachte winterlicht had de schaduwen uit alle hoeken verdreven en haar en de meisjes gekalmeerd. Het gevolg was dat Sóldís dacht dat het haar niet goed gelukt was Ása van de ernst van de zaak te doordringen. In ieder geval was de reactie van de moeder niet geweest waar ze op gehoopt had. Sóldís had erop gerekend dat ze een kreet zou slaken en zou zeggen dat ze meteen naar huis zou komen. In plaats daarvan had ze gezegd dat ze net uit de Sky Lagoon kwamen en nog niet alles hadden gedaan wat ze op hun programma hadden. Ze zouden in ieder geval voor het avondeten thuis zijn. Ze had er wel aan toegevoegd dat Sóldís alle deuren op slot moest doen.

Haar ongeïnteresseerde reactie kon daarom niet worden verklaard met dat ze Sóldís gewoon niet had gehoord. Misschien hadden ze te lang in een hotpot gezeten.

Sóldís vroeg zich af hoe ze zou hebben gereageerd als er *Hoer* op haar eigen hand was geschreven in plaats van die van Íris. Waarschijnlijk helemaal niet. Toch lag het net zo voor de hand dat het haar was overkomen als het meisje. Het beladen woord had net zo weinig met haar te maken als met de meisjes. Eigenlijk met niemand. Het was dus waarschijnlijk toeval op welke hand het geschreven was. Aan deze theorie klopte echter één ding niet. Íris had in de televisiekamer liggen slapen en ze lag het verst van de deur. Als iemand het huis binnen was gekomen met het doel hen op deze manier bang te maken, dan had diegene de hand van Sóldís gekozen. Zij had het dichtst bij de deur gelegen.

Toen de ergste schrik voorbij was, duurde het niet lang voor Sóldís aan Gígja moest denken. Zij had het woord hoer gebruikt en had dat kennelijk nogal cool en volwassen gevonden. Het meisje had geen idee gehad wat het betekende, maar besefte wel dat het iets negatiefs was. Misschien had zij het op Íris' hand geschreven om haar te pesten of om haar ergens voor terug te pakken. Íris deed vaak nogal gemeen tegen haar kleine zusje.

Maar Gígja ontkende het bij hoog en bij laag, toen Sóldís haar erop aansprak. Ze zei dat ze helemaal geen zwarte viltstift had. Ze vond het een boze kleur. Ze wilde alleen maar blije kleuren hebben. En ze had de hele nacht geslapen. Sóldís had besloten dat ze Gígja's woorden niet in twijfel mocht trekken en weer kwam het bij haar op dat het meisje misschien wel slaapwandelde. Sóldís hoopte dat het zo was, want dan was er geen echt gevaar. Ása zou het weten als het zo was. Ze zou ernaar moeten vragen en het erover moeten hebben.

Eén ding was echter wél duidelijk – Reynir had hier niets mee te maken. Het was uitgesloten dat hij de stad had verlaten, naar huis in Hvalfjördur was gereden, stiekem naar binnen was geslopen, op de hand van zijn dochter had geschreven en toen weer was teruggereden naar de stad. Dat was echt te gek voor woorden. Al was het alleen maar omdat hij nauwelijks meer in staat was om auto te rijden. Volgens Ása eindigde hij als hij achter het stuur zat meestal naast de weg en zij had het hem verboden. Natuurlijk was het mogelijk dat Reynir Ása's verbod negeerde, maar hij zou toch zeker niet bij sneeuw en ijs langs de onverlichte Hvalfjördur rijden. Het moest hem toch duidelijk zijn dat hem dat niet meer lukte.

Sóldís had beide huizen gecontroleerd en ze had de meisjes gedwongen om met haar mee te gaan. Nergens was een open raam, een onafgesloten deur of sporen van inbraak. De stoelen die zij tegen de deurknoppen van de deuren in de gang van het oude huis en in de kelder had gezet stonden nog op hun plaats. Toen Íris ze zag, keek ze verbaasd naar Sóldís, maar ze zei niets. Gígja leek er niets vreemds aan te vinden.

Ze hadden de zaak uitvoerig onderzocht en niemand leek 's nachts te hebben ingebroken. De deuren in de glazen wand in de keuken, naar de veranda, kwamen niet in aanmerking. Zij waren aan de binnenkant vergrendeld en het was onmogelijk om ze van buiten te openen als ze op slot zaten. Als iemand het huis was binnengekomen, moest dat door de gesloten buitendeur van het nieuwe huis zijn geweest. Daar had Sóldís geen stoel tegenaan gezet. Dat was zinloos, want hij ging naar buiten open.

Vervolgens liet Sóldís beide meisjes hun huissleutels controleren. Die bleken op hun plaats te liggen, net als haar eigen sleutels. De reservesleutel lag tussen andere sleutels in een schaaltje op een kastje in de gang – waar hij hoorde. Desgevraagd had Íris geen idee of er nog andere mensen waren die een sleutel hadden, bijvoorbeeld de buren voor als het gezin zichzelf zou buitensluiten. Gígja haalde alleen haar schouders op.

Uiteindelijk gaven ze het op om te proberen erachter te komen wat er kon zijn gebeurd. Sóldís kon gewoon geen andere verklaringen meer bedenken.

Nadat ze met Ása had gebeld, was Sóldís met weinig enthousiasme begonnen de lunch te bereiden. Ze greep mis toen ze brood wilde roosteren, maar Íris noch Gígja gaf toe het brood te hebben opgemaakt. Ze liet achterwege om er verder op in te gaan, omdat ze er gewoon geen vreemde gebeurtenissen meer bij kon hebben. Als zij eten wegpakten, waar Ása van overtuigd was, dan maakte zij zich daar geen zorgen om. Op hun leeftijd was zij thuis ongehinderd de koelkast in gedoken, zonder dat iemand daar iets van zei. De vreemde opvoeding van Ása en Reynir was op dit moment niet haar probleem. Ze had er zelfs niets van gezegd dat de meisjes zich die dag niet netjes hadden aangekleed. Zelf had ze zich ook nauwelijks verkleed, want ze had die nacht in haar ondergoed geslapen. Ze vond zichzelf al weerloos genoeg, alleen met de meisjes in huis, al liep ze nu ook weer niet halfnaakt rond. Toen begon ze zich pas in haar hoofd te halen dat er misschien iemand aan het gluren was.

Sóldís wist niet of de meisjes geen trek hadden omdat ze het brood hadden opgegeten of omdat het eten niet erg spannend was. Ze prikten er ongeïnteresseerd in en namen maar enkele happen. Het verging haar zelf net zo, de gebakken leverworst kon net zo goed van karton zijn gemaakt. De honden waren het daar niet mee eens, zij schrokten de restjes zo gretig op dat de kleinste er haast in stikte. Ze waren echter niet zo opgewonden vanwege de lekkere hapjes, maar omdat ze nog geen wandeling hadden gemaakt. Sóldís had ze alleen even op de veranda gelaten om te plassen, maar had het niet aangedurfd om meer te doen. Zij moesten maar worden uitgelaten als Ása en Reynir terug waren. Of helemaal niet.

Nadat ze hadden afgeruimd, haalde Sóldís de schoolboeken van de meisjes tevoorschijn. Ze ging bij hen zitten aan de keukentafel en probeerde zich op de lessen te concentreren. Dat was niet eenvoudig, maar het lukte uiteindelijk wel. Als ze het alleen maar over het lesmateriaal had, bleven de zorgen en de angst op een afstand. Er was alleen weinig voor nodig om dat te doorbreken, een geluid van de kippen dat naar binnen doordrong was genoeg om de draad te verliezen.

'Ze zijn aan het ruziemaken.' Gígja draaide haar hoofd naar de glazen wand, al kon je het kippenhok niet zien. 'Als wij kippen zouden verstaan, zouden we nu allemaal lelijke woorden horen. Mensen gebruiken ook lelijke woorden als ze ruziemaken.'

Íris keek verontwaardigd. 'Ze vechten. Ze maken geen ruzie. Kippen maken geen ruzie, want kippen praten niet. Doe toch niet zo stom.'

Sóldís greep in. 'In godsnaam, hou op met kibbelen. Het is al genoeg om naar de kippen te moeten luisteren.' Het gekakel in de kippenren ging door en Gígja maakte aanstalten om op te staan en bij haar boeken weg te lopen. 'Ga zitten, Gígja. Het is vast een roofvogel of een vos, maar ze zitten veilig in hun hok. Zelfs in hun ren. Niemand hoeft naar buiten om ze te redden. Geloof me. Ga verder met je opgaven.'

Eindelijk zwegen de kippen. Sóldís besloot van de gelegenheid gebruik te maken om Gígja te vragen welke lelijke woorden ze had gehoord, nu ze er zelf over begonnen was. Het maakte haar niet uit of dit onbedoeld bij Ása of Reynir terecht zou komen. Hij was er inmiddels toch al van overtuigd dat zij nieuwsgierig was. 'Waar hoorde jij lelijke woorden, Gígja? Wie waren er aan het ruziemaken?'

'Ehhmm. Mama en Begga. Mama en Alvar. Mama en papa. Volwassenen maken altijd ruzie.'

Íris keek op om haar kleine zusje terecht te wijzen. 'Dat is niet waar. Volwassenen maken niet *altijd* ruzie. Ze maken soms ruzie. En mama en papa vloeken niet en gebruiken geen lelijke woorden. Zelfs niet als ze ruziemaken.'

'Jawel!' Gígja was zeker van haar zaak. 'Mama noemde papa een klootzak toen ze ruziemaakten. Ze zei dat Begga een hoer was. En papa noemde Alvar een verdomde klootzak. Alvar zei dat papa een rattenstaart was.' Gígja giechelde even voor ze verderging. 'Rattenstaart. Dat is een lelijk woord. Niemand wil een rattenstaart zijn. En ze maakten niet eens ruzie. Ze praatten alleen heel boos met elkaar.'

'Waarom waren ze boos?' Sóldís dacht wel te weten waarom Ása ruziemaakte met Berglind en ze was er niet in geïnteresseerd waarover Ása en Reynir ruzieden. Het was iets anders als het om Alvar ging. Het was waarschijnlijk de reden waarom hij gestopt was of was ontslagen.

'Dat weet ik niet. Papa stuurde me weg toen hij mij zag.'

Íris wierp boze blikken op Sóldís, dus ze liet het erbij zitten. Gígja wist waarschijnlijk toch niet meer. Ze ging weer verder met de les en het duurde niet lang voor de rust was teruggekeerd aan tafel. De sfeer was haast normaal te noemen, voor het eerst sinds lange tijd, en Sóldís voelde zich bijna op haar gemak.

De angst zou echter snel opnieuw om de hoek komen kijken.

Het heldere geluid van de deurbel sneed halverwege een zin als een scherp mes door Sóldís heen. Ze viel onmiddellijk stil en wat nog niet was uitgesproken was opeens betekenisloos.

Íris en Gígja schrokken net zo erg. Ze keken alle drie tegelijk in de richting van de gang.

Sóldís' hart bonkte in haar keel, maar ze probeerde rustig over te komen. 'Het is vast je vriendje, Íris. Hij komt de sneeuwscooter terugbrengen.' Ze hoopte vurig dat ze gelijk had. Het was haar taak om te kijken of het zo was en ze stond op. 'Jullie blijven hier.'

'Ik zou niet opendoen.' Gígja legde haar potlood neer. 'Misschien is het de dief. Misschien wil hij nog meer stelen.'

'Nee. Er loopt hier heus niet zo iemand rond.' Soms was het genoeg voor Sóldís om iets hardop en met ferme stem te zeggen om zichzelf te overtuigen. Deze keer lukte het niet. Ze was er net zo zeker van dat er buiten iemand stond die hun kwaad wilde doen. Daarom was ze eigenlijk blij dat geen van de zusjes naar haar luisterde en ze haar allebei volgden naar de gang. Ze zou niet veel aan hen hebben als haar angst zou worden bewaarheid, maar hun aanwezigheid gaf haar in ieder geval een klein beetje kracht.

In de gang bleef Sóldís stilstaan voor de deur, ze haalde diep adem en pakte de deurknop. In plaats van open te doen liet ze hem weer los alsof ze zich aan de knop had gebrand. Er kwamen hier niet veel mensen op bezoek en de weinigen die dat wel deden, belden nogmaals als er niet meteen werd opengedaan.

De bel was maar één keer overgegaan.

Sóldís legde haar oor tegen de deur, maar hoorde niets. Dat lag ook niet zo voor de hand, want de deur was dik en van massief hout. Mensen die stonden te wachten tot ze werden binnengelaten waren meestal stil. Hoewel ze dat allemaal heel goed wist, was de stilte niettemin ongemakkelijk. 'Iris. Bel Robbi eens. Vraag hem of hij voor de deur staat.'

'Huh? Waarom? Wat hoor je?' Íris' stem klonk met elk woord hoger. 'Wie staat er buiten?'

'Niemand. Probeer 'm eens te bellen.' Het lukte Sóldís om rustig te blijven klinken. Als een ervaren kracht bij de klantenservice.

Dat stelde Íris helemaal niet gerust. Integendeel. Ze pakte haar telefoon en tikte op het scherm voor ze hem aan haar oor hield en gestrest haar lippen likte. Ze draaide zich om toen haar vriendje opnam. 'Ha. Vraagje. Sta jij hier voor de deur?' Ze fluisterde het bijna en zweeg toen hij antwoordde. 'Oké. Ik bel je terug.' Er viel een korte stilte. 'Nee. Niets. Ik bel je zo.' Toen draaide ze zich weer om, haar gezicht strak. Ze gebaarde met haar kin in de richting van de deur en fluisterde. 'Dat is Robbi niet. Hij is thuis.'

Sóldís voelde hoe een klein, klam handje haar vingers vastpakte. 'Wie is het dan?' Gígja deed een stap achteruit en probeerde Sóldís bij de deur weg te trekken. 'Niet opendoen.'

Sóldís was dat ook helemaal niet van plan. Ze zou niet opendoen, ook al zou degene die daar stond zeggen dat hij van de politie was. Ze liet Gígja's hand los en liep naar het kijkgaatje in de deur. Ze verlangde er allerminst naar om naar buiten te kijken. Ze verbeeldde zich dat degene die buiten stond zijn oog aan de andere kant voor het gat hield. Dan zou ze oog in oog staan met iemand en dat was op de een of andere manier een angstaanjagender gedachte dan dat ze die persoon in zijn geheel zag. Ze schraapte al haar moed bij elkaar, ging op haar tenen staan en keek door het gat.

Buiten zag ze niets. Alleen het lege erf en een vervormd beeld van een deel van de stal. Er stond niemand op de stoep. Ze draaide zich om naar de meisjes. 'Misschien is de deurbel kapot. Of het was de post met een pakje dat niet in de brievenbus paste.'

Íris schudde langzaam haar hoofd. 'Nee. De postbode komt hier nooit. En de deurbel is niet kapot. Probeer maar.' Ze krabbelde onmiddellijk terug. 'Nee. Niet de deur opendoen.'

Sóldís toverde een glimlach op haar gezicht. Ze kon zich niet herinneren dat dat haar ooit zoveel moeite had gekost. 'Het moet iemand geweest zijn. Misschien iemand uit de buurt die op bezoek wilde komen. Hij gaf het op en ging weg.'

'Ja. Dat moet haast wel.' Gígja keek afwisselend naar Íris en Sóldís. Haar ogen waren zo groot als schoteltjes en Sóldís dacht dat ze op het punt stond in tranen uit te barsten. 'Toch?'

'Ja. Vast en zeker.' Sóldís pakte haar hand en keek Íris even aan om er zeker van te zijn dat ze het niet zou tegenspreken.

Dat werkte. 'Zal ik chocolademelk maken?' Ze had voorlopig geen zin meer in lesgeven, maar moest iets te doen hebben. Iets eenvoudigs dat wel nuttig was. Chocolademelk maken voldeed aan beide eisen.

Gígja knikte en Íris haalde haar schouders op, maar dat was voor een tiener haast hetzelfde als instemmen. Zodra ze de keuken weer binnengingen, ging het idee van chocolademelk echter in rook op.

Op de glazen wand stond met grote, rode letters geschreven:

Iꓘ ZIE JE

De k in 'ik' stond verkeerd om, waaruit bleek dat de letters buiten op het raam stonden, niet aan de binnenkant. Het spiegelschrift was niet helemaal gelukt. Het was een schrale troost dat de letters buiten waren aangebracht, maar die vervloog weer toen ze besefte dat degene die dat had opgeschreven dezelfde moest zijn geweest als die vannacht op Íris' hand had geschreven. Hij kon dus binnenkomen zoals het hem uitkwam. Ze waren dus niet veilig omgeven door gewapend beton, maar volledig onbeschermd. Misschien was de boodschap juist bedoeld om daarmee te spotten. Om Sóldís eraan te herinneren dat het geen enkele zin had alles op slot te doen.

Wat nog erger was: Sóldís zag op sommige plekken in de rode letters witte pluizen. Ze durfde niet naar het raam te gaan om beter te kijken, maar vanwaar ze stond leken het wel grote sneeuwvlokken. Of veren.

Íris liet haar telefoon niet los, ook al was het gesprek met haar vriendje Robbi afgelopen. Ze hield hem stevig tegen haar borst gedrukt, waarschijnlijk dacht ze dat een volledig opgeladen telefoon het gevaar kon afwenden. Hij kwam waarschijnlijk goed van pas in een dichtbevolkt gebied, maar hier veranderde je er niets mee als je iemand opbelde. Ze waren veel te ver weg om hen te hulp te kunnen komen. 'Hij zei dat zijn paard vannacht is thuisgekomen.'

'Geweldig.' Het paard van Robbi was wel het minste waar Sódís zich op dit moment zorgen over maakte.

'En hij beloofde niet te komen.' Íris keek naar Sóldís. 'Ik snap niet waarom je niet wilt dat hij hiernaartoe komt. Hij heeft een geweer.'

'Juist daarom.' Sóldís liet het daarbij. Ze wilde Íris niet doorzagen over het gevaar van een verliefde jongen die tot de tanden bewapend zijn meisje wil redden. Het maakte eigenlijk niet uit of hij een geoefend schutter was, hij had die ervaring zeker onder heel andere omstandigheden opgedaan. Vast in een greppel, wachtend op een troep ganzen. Het was daarom niet onwaarschijnlijk dat zijn reddingsactie heel verkeerd zou aflopen en een van hen zou worden geraakt. Of Ása of Reynier, die nu ook spoedig zouden terugkomen.

Na nog een telefoontje van Sóldís en een bericht met een foto van de tekst op de glazen wand had Ása begrepen dat de zaak te ernstig was om hun winkeltocht voort te zetten en in cafés te blijven hangen. Zeker toen Sóldís had gezegd dat ze de politie wilde gaan bellen. Dat viel niet in goede aarde en ze had uiteindelijk moeten beloven dat ze dat niet zou doen, in ieder geval tot Ása en Reynir thuis zouden zijn.

Sinds dat telefoongesprek was er anderhalf uur voorbij.

'En de sneeuwscooter?' Íris had nog niet alle hoop laten varen dat Robbi bij hen langs zou kunnen komen. 'Wat als papa ziet dat hij weg is?'

'Je vader kan die scooter op dit moment niets schelen. Je moeder ook niet. Robbi brengt hem morgen maar terug,' antwoordde Sóldís.

'Maar...' Íris maakte haar zin niet af. Het was moeilijk om argumenten te vinden die Sóldís van gedachten zouden doen veranderen.

'Jullie vader en moeder zijn bijna thuis. We moeten maar gewoon rustig blijven ademhalen. Maak je geen zorgen over die scooter. Maak je geen zorgen over wie er misschien buiten is. We zijn hier veilig. Hier komt niemand binnen.'

Sóldís had de meisjes de televisiekamer in geduwd, waar ze die nacht ook hadden geslapen. Er waren daar geen ramen en de deur ging naar binnen open. Ze had hem op slot gedaan en een keukenstoel onder de deurknop geschoven. Daar zouden ze blijven tot de ouders van de meisjes thuiskwamen.

Een zwart gat zoog materie aan uit de ruimte op het grote televisiescherm. Sóldís had een documentaire over astronomie aangezet in de hoop dat die de aandacht van hen drieën zou opeisen en de achterstand in de leerstof van deze twee dagen wat zou opvullen. Geen van hen keek ernaar; het was ook moeilijk om de draad te volgen omdat ze steeds naar de stoel keken om te zien of die nog op zijn plaats was. Alleen Gígja lukte het soms om wat langer naar het scherm te kijken. Misschien hoopte ze af en toe een raket te zien. Maar het waren alleen lege sterrennevels, planeten en zwarte gaten.

'Ik moet plassen.' Gígja stond op van de bank en wiebelde van haar ene op haar andere been.

'Kun je niet heel even wachten? Je vader en moeder zijn er bijna.'

'Nee. Ik sta op springen.'

Sóldís keek om zich heen, in de hoop iets te zien wat dienst kon doen als po. Een schaal of een bakje of zoiets. Maar de televisiekamer was net zo minimalistisch als al het andere in het nieuwe huis en ze zag niets. Gígja zou dus op de grond moeten plassen of ze zouden het risico moeten nemen de gang in te lopen. Naast de televisiekamer was het gastentoilet, dus het was niet ver. Als ze met zijn allen gingen, konden ze daar wachten op de ouders van de meisjes.

'Kom, we gaan alle drie.'

Íris voelde niet veel voor een gezamenlijk tripje naar de wc, maar ze begreep dat het minder erg was dan alleen achterblijven.

Sóldís' hart bonkte in haar keel toen ze de stoel weghaalde en de deur naar de gang opende. Ze deed het snel, zoals je een pleister losrukt. Er bleek niemand buiten de deur te staan. Ze waren nog maar half de drempel over toen de voordeur openging. Gígja greep Sóldís, maar liet haar meteen weer los toen Ása riep dat ze thuis waren. Gígja leek opeens niet meer te hoeven plassen en ze rende haar ouders tegemoet. Íris volgde haar op de hielen.

Sóldís keek er minder naar uit het echtpaar te zien. Ze was blij dat ze terug waren, maar ze had er helemaal geen zin in Reynir onder ogen te komen. Ze was helemaal aan het eind van haar Latijn en als hij haar de les zou gaan lezen, zou ze in huilen uitbarsten. Dat was het laatste wat ze wilde. Als hij haar zou ontslaan, wilde ze met opgeheven hoofd vertrekken. Niet verslagen en met een loopneus en oncontroleerbare snikken.

Ze ademde diep in en liep naar het gezin toe.

HOOFDSTUK 23 | ZATERDAG

Het weer was alsof het zich nooit van zijn slechte kant had laten zien of ooit problemen had gegeven. Buiten was het volledig stil en de sneeuw die die nacht was gevallen lag glinsterend over alles, als een donzen dekbed in een pasgewassen satijnen hoes. Týr blies eens uit en ademde toen de schone, koude lucht in. De hoofdpijn waarmee hij was wakker geworden na een nacht met weinig slaap in de lucht van grenenhout in het huisje nam iets af en hij deed het nog eens. Als Karó er niet was geweest, was hij doorgegaan met zo bewust ademhalen tot de hoofdpijn helemaal weg was. Maar hij kon niet als een vreemde vogel in een meditatieve contemplatie voor zijn collega blijven staan. Er was werk aan de winkel.

Týr zag dat Idunns auto weg was. Zij moest heel vroeg naar de stad zijn gereden, want er was hier niets meer voor haar te doen en in de stad wachtten haar een heleboel taken. Hetzelfde gold eigenlijk voor hem en Karó. Hij was gewekt door Huldar, zijn chef, die belde met de mededeling dat er geen reden voor hen was om nog een nacht te blijven. Hij liet het aan hen om te beslissen wanneer ze naar de stad zouden terugkeren. Als zij van mening waren dat er deze dag nog behoefte was aan hun inzet daar, dan was het in orde. Týr had daar geen antwoord op gegeven, want hij was net wakker en nog altijd in de war van de openbaring van de avond ervoor. Zelfs de koeien hadden hem niet kunnen wekken met hun geloei bij het krieken van de dag. Zonder verdacht hees te klinken en te verraden dat hij zich had verslapen tot negen uur lukte het hem te zeggen dat hij met Karó zou overleggen hoe ze deze dag zouden benutten.

Hij hoopte dat zij daar een idee over had, want hij was volledig zonder ideeën.

Karó stond te vapen voor haar huisje. De rookwolk bleef lang in de lucht hangen in de windstilte en ze wuifde hem weg toen ze Týr zag. 'Ik wist niet of ik je moest wakker maken of je moest laten slapen.'

Týr glimlachte vaag en knikte. 'Dank je. Ik had nooit gedacht dat ik in slaap zou vallen.' Hij begreep dat hij niet hoefde uit te leggen wat hem had wakker gehouden. Karó vroeg niets en kwam ook niet terug op gisteravond.

'Idunn is vanochtend heel vroeg vertrokken.' Karó stak haar e-sigaret in haar zak. 'Ze was heel benieuwd naar de sectie op het lichaam van Reynir. Of wanneer ze daaraan kon beginnen, omdat het bevroren was.' Karó lachte en rilde. 'Ik begrijp niet hoe ze dat werk kan hebben gekozen.'

'Ze zei dat ze niet zo van mensen hield.' Týr wilde niet aan secties denken. Dat zou zijn gedachten brengen op scherpe scalpels en klemmen om de borstkas van de overledene te openen. Maar ook het beeld van zijn moeder oproepen, zoals ze daar dood op straat had gelegen. En vervolgens zou zijn geest die twee dingen samenvoegen. Hij herinnerde zich niets van zijn moeder, maar hij wilde haar niet voor zich zien op de sectietafel. Hij wilde haar zien zoals op de foto die in een lijstje stond naast haar urn in het huis van zijn ouders. 'Moeten we die vrouw niet laten weten dat we vertrekken?'

'Al gedaan.' Karó hing haar sporttas over haar schouder. 'Ik heb haar ook gezegd dat ze het beddengoed mocht houden. Ik wil daar thuis niet onder slapen. Bang dat ik dan nachtmerries krijg over de plaats delict.'

Týr pakte zijn tas ook. 'Prima. Ik heb dat van mij ook laten liggen.' Hij had dat om dezelfde reden gedaan, maar vond het onnodig dat erbij te zeggen. Hij hoopte dat het beddengoed het noorderlicht niet voorgoed voor hem had verpest.

Ze liepen naar de auto en Karó zei dat zij zou rijden. Týr bracht daar niets tegen in, al had hij het prettig gevonden zich op het autorijden te kunnen concentreren. Voor Karó de auto startte, wendde ze zich tot hem. 'Ideeën?' Toen voegde ze eraan toe: 'Of wil je misschien vrij nemen? Geen probleem wat mij betreft.'

Het laatste waar Týr nu behoefte aan had waren vrije dagen. Hij moest iets hebben om zich op te kunnen richten. Als hij naar huis zou gaan, zou hij alleen maar naar het scherm van zijn telefoon zitten staren in de hoop dat zijn ouders op het bericht zouden reageren dat hij hun had gestuurd toen hij nog op zijn benen wankelde. Hij had niet gezegd waarover het ging, maar alleen dat ze moesten praten. Meestal antwoordden ze direct, dus de stilte was verontrustend. Hij twijfelde er niet aan dat ze het bericht hadden begrepen. 'Nee. Ik ben oké. Laten we de mensen in Akranes vragen of ze iets voor ons te doen hebben.'

'Misschien nog wat losse eindjes. Het meeste wat er hier gedaan moest worden is nu toch wel afgerond? De zaak is toch zo goed als gesloten?' Karó deed haar autogordel om.

'Ja. Waarschijnlijk.'

Karó klikte de gordel vast en keek Týr aan. 'Je klinkt alsof je er niet zeker van bent. Of denk je dat iemand anders dan Reynir het heeft gedaan?'

'Nee. Eigenlijk niet. Ik vind alleen dat er nog te veel onduidelijk is. Dat ergert me.' Týr wist dat het hem moeilijk zou vallen om die twijfels onder woorden te brengen. Hij besefte heel goed dat alles erop wees dat Reynir de dader was. Alles.

Maar als alle puzzelstukjes op hun plaats begonnen te vallen, begonnen stukjes die tot een heel andere puzzel behoorden ineens wel heel erg op te vallen.

'Die Alvar. De sneeuwscooter. Het verdwenen geld. Dat Reynir of iemand anders in het huis is geweest na de moorden. Dat de dochters geen slaapmiddel hebben gekregen, terwijl er genoeg in huis was. De verdwenen sleutels. En meer van die dingen. Niets opzienbarends, maar wel dingen die nog bekeken moeten worden.'

Aan het gezicht van Karó te oordelen was ze het met dat laatste eens. Maar ze was voorzichtig. 'Misschien kunnen we een van de dingen die jij opnoemde uitzoeken? Ze zullen in Akranes vast blij zijn als één of meer van die klussen worden afgehandeld.'

Hördur bleek bezet, maar Elma nam op toen Týr belde. Ze had een plezierige stem en leek geen haast te hebben om van hem af te komen. En wat meer was, zij wuifde zijn zorgen over de losse eindjes niet weg. Integendeel. Ze zei dat ze het er die ochtend ook over hadden gehad. Týr was er zeker van dat ze dat niet alleen zei om hem een plezier te doen, want het bleek dat zij onderzoek hadden gedaan naar de bankafschriften van Alvar en zijn telefoongegevens en bovendien begonnen waren aan het onderzoek naar de geldzaken van het echtpaar.

Besloten werd dat Týr en Karó zouden gaan praten met Ella, de vrouw van de boer die de doden had gevonden. Zij beschikte misschien over informatie die van belang kon zijn, omdat Ása meer contact had met haar dan met anderen in de omgeving. Misschien had Ása haar iets toevertrouwd terwijl ze haar haren liet knippen en verven, dingen die ze niet had gezegd tegen verwanten en vrienden in de stad die ze maar af en toe sprak. Týr was het daarmee eens. Hij had ook veel minder moeite om met mensen te praten die voor hem stonden dan via de telefoon of de e-mail. Woorden waren machtig, maar ze hadden hun grenzen. Het was heel gemakkelijk om wat gezegd of geschreven werd verkeerd te begrijpen als je de lichaamstaal en de toon van de stem niet kon meewegen.

Týr nam afscheid van Elma en verbrak de verbinding. Hij wendde zich tot Karó, die de auto startte. 'We gaan praten met de kapster, Ella.'

Ze zaten in dezelfde kamer als toen ze met Karl, haar man, hadden gepraat. Deze keer zat Ella bij hen en ze hadden de koffie die ze de vorige keer hadden afgeslagen nu wel geaccepteerd. Die was sterk en lekker en werd geserveerd in mokken die prettig in de hand lagen. Týr had zijn tweede kop al half op terwijl de vrouw maar doorpraatte over hoe verdrietig en ongelooflijk het allemaal was. Dat was natuurlijk ook niet zo gek. Ella zei dat er tientallen jaren niets naars was gebeurd in de omgeving en dat niemand zoiets had zien aankomen. Ze zei dat ze er niet van kon slapen, en haar man ook niet, ze waren volkomen van de kaart. Haar vermoeide gezicht liet zien dat daar geen woord van gelogen was.

Toen bleek dat de vondst van het lijk in de badkuip op Minna-Hvarf was uitgelekt, want Ella noemde hem, schudde haar hoofd en zuchtte diep.

Týr vond dat de tijd rijp was om ter zake te komen. 'Wij hoopten dat Ása u misschien iets had verteld dat licht kon werpen op al deze dingen.'

Ella zette haar kop koffie op tafel. 'Zoals wat? Wie doodt nu een heel gezin dat niemand iets heeft aangedaan? Is er een andere verklaring voor dan krankzinnigheid?'

Týr ging daar niet op in. 'Misschien niet, maar we moeten

alles bekijken. Anders bestaat het risico dat er later allerlei dingen onduidelijk blijven. We willen de zaak goed afsluiten.'

Ella knikte. 'Ik begrijp het. Maar jullie moeten dan maar vragen stellen, want ik kan niets bedenken waar jullie iets aan zouden kunnen hebben. Ik weet natuurlijk dat er binnen het huwelijk van alles speelde vanwege de ziekte van Reynir, maar dat hoefde geen gevaar voor hun veiligheid te zijn. In elk huwelijk is weleens iets.'

Karó knikte en stelde toen de eerste vraag: 'Had Ása het vaak over Reynir? Of over hun huwelijk?'

Ella antwoordde niet meteen en leek erover na te denken. 'Ja. Ik weet alleen niet waar ik moet beginnen.'

Karó zei haar dat dat niet uitmaakte, dat alle informatie welkom was. Vervolgens begon Ella een verhaal dat hen niet erg verraste. Zo bleek dat Ása haar had toevertrouwd dat ze soms op het punt stond het op te geven. Reynir was een andere man geworden sinds zijn ziekte en ze had soms het gevoel alsof het leven hen decennia vooruit in de tijd had geschoten. Ása zei dat ze met dezelfde problemen worstelde als de partners van demente bejaarden. Ze had hem niet meer kunnen vertrouwen. Hij kon niet meer autorijden, niet meer koken, de geldzaken niet meer beheren, niets meer.

'Zei ze nog meer over die geldzaken?' Indachtig de woorden van de personeelsmanager over de beëindiging van het contract van de maîtresse van Reynir besloot Týr de vraag wat aan te scherpen. 'Deed Reynir iets waardoor ze gedwongen waren een derde partij veel geld te betalen? Een schadevergoeding of iets dergelijks?'

Ella wreef in haar handen en leek gestrest. 'Ze trad niet in details. Alleen dat ze hem de toegang tot hun bankrekeningen heeft moeten ontzeggen. Ik dacht eerder dat hij betrokken was geraakt bij online gokken. Zoiets. Niets in de richting die u suggereert.' Ella zweeg even. 'Ik vind het heel vervelend om erover te praten en weet niet of ik er goed aan doe. Zij vertrouwde mij. Ik weet dat ze dood is en zo. Maar toch.'

Karó zei dat ze dat begreep, maar dat het nu niet van respect voor de herinnering van Ása getuigde als ze zulke informatie achterhield. Integendeel. Haar woorden leken doel te treffen en Ella ontspande zich weer. Ze maakte haar handen los en zuchtte.

Týr achtte het zinloos om de vrouw meer te vragen over het geld. Als ze dacht dat Reynir een gokverslaving had, dan was duidelijk dat ze niets wist over het verdwenen geld. Het was zoveel dat hij het nooit op internet had kunnen kwijtspelen. Maar wat wist hij er zelf eigenlijk van? Misschien was Reynir in contact gekomen met gokkers die om enorme bedragen speelden.

Hij besloot niettemin van onderwerp te veranderen. 'Heeft Ása het weleens gehad over een jongeman die bij ze werkte – Alvar?'

Ella zette grote ogen op. 'Denkt u dat hij met de zaak te maken heeft?'

'Nee. We proberen hem alleen te vinden. Hij woonde bij het gezin en we moeten met hem praten. Niets anders.' Karó was er duidelijk veel aan gelegen geen verhalen over de onschuldige jongeman te verspreiden. Haar stem klonk onverbiddelijk. 'Maar noemde Ása hem weleens? Bijvoorbeeld waar hij heen is gegaan toen hij daar stopte?'

Ella dacht na voor ze antwoordde. 'Nee. Ik herinner me niet dat ze gezegd heeft waar hij heen ging. En ik zou het me hebben herinnerd, want het is niet zo lang geleden. Maar hij ging niet in goede harmonie weg, dat weet ik wel. Hij is ontslagen.'

'Ontslagen?' Daar had Týr niet op gerekend. De jonge vrouw, Berglind, die hij achter de kas had gevonden, was ook ontslagen. En Sóldís had al haar spullen ingepakt in een tas toen ze vermoord werd. Was zij niet op weg geweest om van haar vrije weekend te genieten, zoals de meesten, maar was zij de derde op rij die door het echtpaar werd weggestuurd? 'Weet u waarom?'

'Ja. Of dat denk ik tenminste. Ása klaagde veel over hem. Ze vroeg of ik misschien iemand kende die op zoek was naar werk. Het liefst een jongeman. Ik ben blij dat ik niemand wist, het meisje dat ze in zijn plaats aannamen is nu dood, begrijp ik.' Ella keek hen om beurten aan en voegde er toen aan toe: 'Ze zochten via een uitzendbureau, dat contact opnam met de mensen die er stonden ingeschreven, maar het lukte niet een jongeman te vinden die dergelijk werk zocht. Daarom namen ze toch een meisje aan.'

'En wat zei Ása over Alvar? Waarover klaagde ze?' Týr greep in, want het gesprek leidde tot niets.

'O jeetje. Er was van alles wat ze niet prettig vond. Heel gewone dingen, zoals nu eenmaal gebeurt als een onbekende bij je in huis komt wonen. Ze vond hem meteen irritant, niet te harden, weet ik nog dat ze zei. Uiteindelijk werden haar klachten wel concreter. Toen ze hem beter leerde kennen. Ze begon te beseffen wat voor iemand hij was en dat werkte op haar zenuwen.'

'En dat was?' Týr probeerde Ella weer op de hoofdzaken te wijzen.

Ella liet zich door Týrs woorden niet storen. 'Ze zei dat hij iets heel anders in gedachten had dan het werk toen hij zich aanmeldde. Ik geloof dat ze zei dat hij op geld uit was.'

'Dat is toch de reden waarom de meeste mensen werken? Voor

het loon?' Karó glimlachte om de scherpte uit haar woorden te halen.

'Ja. Natuurlijk. Ik denk dat zij iets anders bedoelde, en meer. Ze zei dat hij een onnatuurlijke belangstelling had voor het oudste meisje, Íris. Ze had het gevoel dat hij het met haar probeerde aan te leggen. Niet omdat hij zo dol op haar was, maar omdat hij zo een deel van het gezin kon worden. Íris zag natuurlijk helemaal niets in hem. Ze was nog een tiener en in haar ogen was hij gewoon een volwassen man. Boven de twintig.'

'Is hij daarom ontslagen? Ging hij bij het meisje over de schreef?' Karó kneep haar ogen een beetje samen toen ze dat zei.

'Iets dergelijks. Hij raakte haar onnodig veel aan en zijn gedrag was gewoon niet gepast. Ása zei dat ze hem op het matje had geroepen en dat hij zich toen echt heeft laten gaan. Hij had haar voor van alles uitgescholden en haar ervan beschuldigd dat ze zich bemoeide met haar dochters zaken. Hij verontschuldigde zich later, maar ik denk dat het te laat was. Ása wilde van hem af.'

'Maar ze heeft hem tóch niet op staande voet ontslagen?' Týr had dat normaal gevonden. Als je over je werkgever heen loopt, is er meestal geen weg terug.

'Nee.' Ella keek alsof ze het ook niet begreep. 'Ik was een beetje verbaasd dat hij de volgende keer dat ik Ása sprak nog steeds bij ze was. Ik vroeg waarom ze hem niet had ontslagen en ze zei dat ze eerst zeker moest weten of hij niet van haar gestolen had.'

'Wat?'

'Ik begreep dat ze haar portemonnee kwijt was. Maar dat moet een misverstand zijn geweest, want wat zit er nou in zo'n portemonnee, behalve een creditcard en wat kleingeld. Ze zou toch niet een of andere pervert in de buurt van haar dochters laten, in de hoop zulke dingen terug te krijgen. Maar ik vroeg haar er niet naar. Ik vond dat onbeleefd, alsof ik me met haar zaken wilde bemoeien.'

Týr en Karó keken elkaar even aan. Hij hoopte dat zij iets verstandigs uit dit alles kon opmaken, maar jammer genoeg leek ze er net zo weinig van te begrijpen als hij. Ze gingen door met de vrouw vragen te stellen over allerlei zaken. Sommige dingen wist ze, andere niet. Ze zei dat ze wist wanneer Alvar was ontslagen en dat klopte wel ongeveer met de datum waarop Sóldís was aangenomen. Ella wist niet hoe Alvar naar huis was gegaan, maar achtte het uitgesloten dat Reynir hem gereden had en uiterst onwaarschijnlijk dat Ása dat had gedaan. Ze zei dat het het waarschijnlijkst was dat ze de chauffeur die het echtpaar soms gebruikte hadden ingezet. Maar ze wist niets over hem.

Toen ze aanstalten maakten om op te staan, kreeg Týr het gevoel dat Ella iets voor hen verzweeg. Ze leek gewoon zo abnormaal blij dat ze eindelijk leken op te stappen. Dat paste helemaal niet bij haar status als niet betrokken getuige. 'Is er soms iets dat u ons nog wilt vertellen?'

De vrouw trok een overdreven verbaasd gezicht. 'Nee. Niets. Volgens mij heb ik u alles verteld.'

Karó leek het met Týr eens te zijn: 'O, nog één ding. Waarom was de jonge vrouw die voor Alvar was aangenomen ontslagen? We hebben begrepen dat zij ook niet vrijwillig is weggegaan. Verdacht Ása haar ook van diefstal?'

Týr wilde het liefst zijn vuist in de lucht steken toen bleek dat Karó's vraag een schot in de roos was. Ella werd ongemakkelijk en Týr dacht eerst dat ze hun meer koffie zou gaan aanbieden om de vraag te ontlopen. Ze opende haar mond, maar sloot hem meteen weer. Toen deed ze haar lippen nogmaals van elkaar. 'Ai, ik hoopte dat ik u dat niet hoefde te vertellen. Ik had Ása beloofd het aan niemand te zeggen.'

'Zoals het er nu voor staat, heeft zij geen last meer van ongemakkelijke geheimen.' Týr wees haar op wat overduidelijk was in de hoop haar in beweging te krijgen. Hij was er zeker van dat Ella het uiteindelijk zou vertellen, de vraag was alleen of het nu was of later. Ze bleken geluk te hebben.

'Ja ja, verdorie.' Ella likte haar lippen en ging verder. 'Reynir was een beetje aan het stoeien geweest met dat meisje. Of jonge vrouw, eigenlijk. Ze deden of ze samen aan werk waren aan het een of ander, maar waren iets heel anders aan het doen. Als er geen echte taken meer waren, verzon hij ze gewoon. Altijd in het oude huis. Toen hij was begonnen de vloer open te breken, begon Ása te vermoeden dat er iets niet klopte. Het echtpaar was niet gewoon zulk werk zelf uit te voeren. Daarom ging ze ze in de gaten houden. Ze gebruikte het cameranetwerk in het huis en ze zag Reynir de jonge vrouw op ongepaste wijze aanraken als hij dacht dat niemand het zag. Daarom heeft Ása haar ontslagen. Begrijpelijk. Het was ook niet de eerste keer. Hij had het ook aangelegd met een collega toen ze hun bedrijf nog hadden in het buitenland.'

Týr en Karó zwegen. Ze wisten niet of er nog meer zou komen. Maar toen Ella geen aanstalten maakte om door te gaan, nam Karó het woord. 'Ze heeft nooit het idee gehad om van hem te scheiden?'

'Nee. Ze zei dat het met zijn ziekte te maken had. Zowel zijn overspel in Amerika als hier. Ze zei dat hij zichzelf niet kon beheersen. Hij was ongeremd en kon er niets aan doen. Het was haar beslissing om naar IJsland terug te komen en op het platteland te gaan wonen. Ze hoopte op die manier Reynir weg te houden van verleidingen en zo uit de problemen te houden. In ieder geval voor een groot deel. Dan zou alles beter worden.'

Het was niet aan Karó te zien dat ze die beslissing van Ása begreep. Ella deed dat ook niet. 'Als het verder nergens wordt gebruikt, dan zou ik het fijn vinden als jullie dat niet opnemen in jullie proces-verbaal. Het is zo gemakkelijk zoiets verkeerd op te vatten en medelijden te hebben met Ása, maar ze was zeker niet zielig. Zoals zij het zag, steunde ze haar man gewoon in zijn ziekte. Het heeft niets met de zaak te maken en andere mensen gaat het niets aan.'

Hersenen zijn een wonderlijk iets. Zeker als ze niet goed werken. Zo'n ziekte, als hij ernstig is, is anders dan andere ziektes, waarbij de patiënten bleek in bed liggen, met een infuus in hun arm, maar verder normaal. Hersenafwijkingen hebben grote invloed op het dagelijks leven van je naasten, zoals Ása ervoer. Týr moest denken aan het litteken dat hij op zijn hoofd had en hoe goed hij ervan af was gekomen. 'Het is onwaarschijnlijk dat deze zaak voor de rechter komt. De bewijsstukken worden niet openbaar. Maakt u zich geen zorgen.'

Ella begreep het niet en was kennelijk nog altijd van mening dat het gezin van buitenaf was aangevallen. 'Hoe zit het met onze veiligheid? Moet ik me daar zorgen over maken? U hebt toch zeker al iemand gearresteerd? Iedereen in de fjord is bang. Niet alleen ik.'

'U kunt gerust zijn.' De overtuiging in Týrs stem was duidelijk en Ella was zichtbaar opgelucht.

Ze namen afscheid en gingen naar buiten. Terwijl Karó wegreed van het erf probeerde Týr een bericht te sturen naar de huurder van Alvar. Hij vond dat er alle reden toe was om nog eens bij hem te informeren. De manier waarop hij Alvar had beschreven paste helemaal niet bij wat Ella van Ása had gehoord. Een rustige student in de computerkunde, zonder geld en met weinig vrienden. Aan de beschrijving van Bogi te oordelen was Alvar in ieder geval geen voorbeeld van een problematische figuur die zich aan kleine meisjes opdrong. Zulke figuren kwamen natuurlijk in allerlei gedaanten voor. Helaas – anders was het gemakkelijker om ze eruit te pikken.

Ze waren nog niet van het erf af gereden of de jongen antwoordde al. Hij was thuis en had niets te doen.

HOOFDSTUK 24 | EERDER

Reynir had gedaan alsof er niets aan de hand was. Hij wierp af en toe een blik op Sóldís, maar had het met geen woord over het incident in zijn kantoor gehad. Sóldís kon dat op geen andere manier uitleggen dan dat Reynir Ása niet in de zaak wilde betrekken. Misschien was hij bang dat Sóldís haar zou vertellen over zijn interesse voor haar wachtwoorden.

Íris was net gestopt met huilen. Tussen haar snikken door had ze haar ouders verteld wat er gebeurd was en Sóldís had de leemtes ingevuld. Íris vertelde niet over het verdwenen halskettinkje en Sóldís besloot er ook niet over te beginnen. Een geheim meer of minder maakte in dit huis toch niet uit.

Ása en Reynir hadden naar hen geluisterd en pas iets gezegd toen Íris eindelijk zweeg. Ze hadden hun jas nog aan en probeerden zo goed mogelijk de draad te volgen. Dat was eenvoudiger gezegd dan gedaan, maar misschien hielp het een beetje dat Sóldís Ása in het kort op de hoogte had gebracht toen ze hen belde om hun te vragen snel naar huis te komen. Toen Ása en Reynir Íris daarop naar de keuken volgden om de letters op het raam te zien, pakte Sóldís Gígja bij de hand om te voorkomen dat ze met hen meeliep. Ze was er zeker van dat de witte pluizen die ze gezien had veren waren en de rode verf bloed en ze wilde niet dat Gígja dat ook zag. Dan zou het niet lang duren voor ze één en één bij elkaar optelde en bij de kippen terechtkwam.

Ze hoorde Ása een uitroep slaken en even later ging de deur naar de veranda open. Er was niet veel voor nodig om te begrijpen dat een van de echtelieden naar het kippenhok was gelopen om de situatie te beoordelen. Even later werd de deur weer gesloten en Ása mompelde iets wat Sóldís niet verstond. Daarop brak Íris in een hevig huilen uit. Er bestond geen twijfel meer bij Sóldís dat de kippen iets was overkomen, één of allemaal.

Dat gaf Sóldís een naar en angstig gevoel. Niet alleen vanwege die arme kippen. Iemand die slecht met dieren omgaat is tot alles in staat. Hij was ongetwijfeld bereid tot veel ergere dingen dan iets op de rug van een hand schrijven of een afstandsbediening of een halsketting stelen. Haar angst was ineens anders geworden. Hij herinnerde haar aan toen ze bij het skiën haar been had gebroken. Voor het ongeluk had ze hoogtevrees gehad op de hellingen en was ze onzeker geweest. Na de val was ze doodsbang geweest bij de gedachte alleen al een helling af te glijden. Het is erg als waar je bang voor bent een echt gevaar blijkt te zijn.

Sóldís verstarde helemaal; het was of ze stikte. Ze moest haar best doen te blijven ademen. In en uit. In en uit. Als ze er niet op lette, was het helemaal niet zeker of haar lichaam het zelf deed. Ze vulde haar longen en leegde ze weer, een paar maal achter elkaar, en herinnerde zichzelf eraan dat ze nu niet meer alleen was met de meisjes. Ása en Reynir waren thuisgekomen en zij waren veertigers. Echt volwassen. Niet volwassen tussen aanhalingstekens, zoals zij. Zij moesten weten wat je het beste kon doen en maatregelen treffen. Degene die het op hen gemunt had moest worden opgespoord, gearresteerd, veroordeeld en gevangengezet. Zoiets. Het was geen vraag of dat moest gebeuren, maar wanneer. Volwassen mensen hadden het nu overgenomen. Eindelijk.

Sóldís voelde dat er aan haar trui werd getrokken en ze keek omlaag. Gígja staarde haar aan, met een bezorgde blik onder een gefronst voorhoofd. 'Wat is er?'

Ze glimlachte naar het meisje. Haar lippen waren zo droog dat haar onderlip barstte. Ze ging met de punt van haar tong over de zere plek en proefde de ijzerachtige smaak van bloed. 'O. Niets. Nu komt alles goed. Je vader en moeder zijn thuis.'

'Je hebt bloed op je lip.' Gígja trok een vies gezicht. 'Wil je een pleister?'

Voor Sóldís kon weigeren verscheen Ása. 'Gígja. Ga met je vader en Íris mee. Hij wil met jullie spelen.'

Sóldís vatte dat zo op dat Ása haar onder vier ogen wilde spreken en dat klopte. Ze bereidde zich erop voor dat haar zou worden gevraagd om alles wat er gebeurd was sinds het echtpaar de vorige dag vertrok in detail te schetsen. Toen ze tegenover elkaar aan de keukentafel gingen zitten, begon het gesprek inderdaad op die toon. Eerst vroeg Sóldís alleen of de kippen in orde waren. Ása trok een gezicht vol afschuw en ze schudde haar hoofd.

Voor ze het verhaal over de letters op het raam herhaalde, ademde Sóldís diep in en besloot Ása alles te vertellen en niets weg te laten. Ze noemde de afstandsbediening, de sporen in de sneeuw naar de keldertrap, de waterkoker, de open deuren die eigenlijk afgesloten moesten zijn en het gekraak in het oude huis 's nachts. Ze herinnerde Ása ook aan de natte voetsporen in de gang, waar zij en Reynir zo luchtig over hadden gedaan. Toen ze klaar was met haar opsomming wachtte ze tot Ása de volgende stap zou zetten.

Maar ze zweeg alleen. Ze staarde over Sóldís' schouder naar de glazen wand en leek gehypnotiseerd door die afschuwelijke letters. Ze had haar jas nog aan, maar leek dat niet te merken, maakte in ieder geval geen aanstalten om hem uit te trekken, hoewel het binnen aangenaam warm was. Uiteindelijk gaf Sóldís het wachten op. 'Ga je de politie niet bellen?'

Haar hoofd bewoog niet, maar haar blauwe ogen draaiden en keken Sóldís aan. 'Het is nu niet het juiste moment daarvoor. Het is nu tijd voor het avondeten en ze vinden het vast niet ernstig genoeg om helemaal hierheen te komen. Misschien morgen.'

Het woord *misschien* echode in Sóldís' hoofd. Misschien? Ze was zo verbaasd over deze reactie dat ze zich even moest herstellen. Ze had erop gerekend dat Ása direct de telefoon zou pakken en vragen om politieassistentie, ook al was het buiten kantooruren. Ze ging er ook van uit dat gezien de maatschappelijke positie van het echtpaar alles zou worden gedaan om hen ter wille te zijn, ze waren belangrijke belastingbetalers. Dat dacht ze in ieder geval. 'Dus jullie doen niets?'

'Jawel. Natuurlijk. Maar ik ben er nog niet helemaal uit wat.' Ása bleef Sóldís aankijken. 'Heb jij misschien ideeën?'

Die vraag maakte een eind aan de gedachte van Sóldís dat de echte volwassenen, Ása en Reynir, wisten wat er gedaan moest worden. 'Ideeën? Ik?'

'Ja.' Het gezicht van Ása was als versteend en je kon er niets aan aflezen. 'Jij hebt er langer over kunnen nadenken dan ik.'

Sóldís kon maar één ding bedenken, iets wat Ása meteen had afgekapt. Toch zei ze het nog een keer: 'De politie bellen. Zij kunnen komen en vingerafdrukken nemen en uitvinden wie erachter zit. En hem dan arresteren.'

'Hem? Weet je zeker dat het een man is?' Ása keek naar het tafelblad, waar ze met haar hand overheen ging, alsof er kruimels op lagen die moesten worden weggeveegd. De keukentafel was echter blinkend schoon, zoals altijd. 'Het kan ook een vrouw zijn. Ik vind dat eigenlijk waarschijnlijker. Of in ieder geval kan het allebei even goed.'

Sóldís had niet eens aan die mogelijkheid gedacht. 'Waarom?'

'Daar heb ik mijn redenen voor.' Ása haalde haar hand van tafel. 'Het zijn niet alleen mannen die tot zoiets in staat zijn.'

Sóldís wist niet wat ze moest zeggen toen Ása zweeg. Ze had duidelijk iemand in gedachten, iets anders kon gewoon niet. En het was niet de slechte paardenman die volgens Gígja buiten had gestaan in die sneeuwstorm. Sóldís was ervan overtuigd geweest dat Ása hem zou beschuldigen. Ze zou haar heel graag willen vragen welke vrouw ze bedoelde, maar besloot het niet te doen. Het kon niet iemand zijn die Sóldís kende. Ze behoorde niet tot dezelfde wereld als deze familie, ook al woonde ze tijdelijk in hun huis. De enige die haar te binnen schoot was Berglind. Misschien wist Ása van haar affaire met Reynir. Als dat zo was, konden Ása en Berglind onmogelijk vriendinnen zijn. Maar het was een wereld van verschil tussen een hekel aan iemand hebben en kippen doden om een boodschap achter te laten. 'Ik denk dat hij... of zij... die dit allemaal doet een sleutel van het huis heeft. De sloten moeten worden vervangen.'

Ása knikte. Ze scheen er niet van op te kijken dat er reservesleutels in omloop waren. 'Een goed idee. Ik bel morgenochtend meteen.'

'Heeft er iemand een sleutel? Behalve jullie en ik?'

'Mogelijk.' Ása keek ongemakkelijk. 'Eigenlijk waarschijnlijk.' Ze zuchtte en schudde haar hoofd alsof ze het opgaf. 'Ik moet het aan Reynir vragen. Als ik hem een beetje ken, heeft hij er niet aan gedacht de sleutels terug te vragen.'

'Sleutels?' Sóldís was verbijsterd. 'Zijn er meer sleutels in omloop bij dezen en genen?'

'Misschien twee. Drie, als we de sleutel meetellen die in de flat in Reykjavik ligt.'

Ása zweeg en ze zaten even bij elkaar zonder een woord

te zeggen. Sóldís was bang dat Ása zou zeggen dat het nu in orde was, dat ze de zaak morgen zou oppakken. Dat mocht niet gebeuren, want Sóldís wilde absoluut niet nog een nacht in het oude huis doorbrengen zonder te weten wat er zich in de duisternis allemaal afspeelde. 'Hoe zit het met het beveiligingssysteem? Kan dat niet weer worden aangezet?'

'Ja, maar niet vanavond. Er zijn nieuwe camera's nodig en misschien zelfs nieuwe bedradingen.'

'Is het niet mogelijk de oude camera's weer op te hangen?' Sóldís' stem klonk huilerig. Het moest gewoon gebeuren. Ze hoopte dat Íris ongelijk had gehad toen ze zei dat de camera's waren weggegooid. Ze hoopte het zo vurig dat ze haar vingers onder tafel kruiste. 'Ik bedoel alleen vannacht, tot er een nieuw systeem is aangelegd?'

'Ze zijn weggegooid. Reynir deed dat. Hij haalde de camera's weg, omdat hij dacht dat ik ze gebruikte om hem te bespioneren. En daar had hij ook gelijk in.' Ása glimlachte even en fronste toen haar wenkbrauwen. Het viel Sóldís op dat haar voorhoofd niettemin glad bleef. Ze zag vervolgens dat Ása's gezicht een beetje opgezet was en bedacht dat Reynir waarschijnlijk niet de enige was geweest die een arts had bezocht in de stad.

Ondanks haar gemengde gevoelens overviel Sóldís een zekere vrolijkheid bij die ontdekking. Het jeugdige en frisse uiterlijk van Ása was geen geschenk van de goden. Sóldís bloosde een beetje bij deze ongepaste mijmering en herinnerde zichzelf eraan dat het niet zo was dat het leven alleen maar een pretje was voor Ása. De ziekte van Reynir was geen sinecure. Deze gedachten zorgden ervoor dat Sóldís de draad kwijtraakte. 'Wat moeten we nu dan doen? Wat als die figuur hier nog steeds rondloopt?'

'We moeten erachter zien te komen dat dat niet het geval is.

Dat is eigenlijk het enige wat we kunnen doen.' Ása draaide haar hoofd een beetje en keek weer over de schouder van Sóldís. 'En dat van het raam halen. Ik kan er niet langer naar kijken.'

Buiten wees niets erop dat er iemand rondliep in de omgeving van het huis. Dat was een schrale troost voor Sóldís, want het was inmiddels donker en Ása en zij konden nauwelijks een hand voor ogen zien. Ze probeerden de sneeuw te verlichten met hun telefoons om te zien of er sporen van de veranda af liepen en waarheen. Ze hadden de honden meegenomen, voor hun veiligheid, maar dat bleek een grote vergissing. Zij renden heen en weer, omdat ze zo lang binnen hadden gezeten, en verstoorden zo de sporen waar ze naar zochten, als die daar al geweest waren. De gestaag vallende sneeuw had het witte sneeuwdek dat over het terrein lag snel opgevuld en geëgaliseerd.

Ze liepen rond beide huizen en keken in de stal. Daar was niets ongewoons te zien. De paarden en de koeien stonden op hun plaats en er was niemand die zich verschool.

In de schuur was evenmin iemand en tot verbazing van Sóldís merkte Ása het niet dat een van de sneeuwscooters ontbrak. Het zou tot de ochtend moeten wachten voor ze zouden overleggen wanneer die zou worden teruggebracht. Ze kon zich daar nu niet druk over maken. Ze keken ook nog in de stal waar vroeger de geiten hadden gestaan. Die stond vol rommel en dozen, net als de kelder in het oude huis. Onder andere omstandigheden zou Sóldís zich erover hebben verwonderd hoeveel rotzooi één gezin kon verzamelen, maar nu had ze andere dingen aan haar hoofd. Er stond een bed en meubels die het gezin ongetwijfeld met zich mee terug had genomen uit Amerika en later niet had willen gebruiken. Het lag voor de hand wat er met die spullen zou gebeuren. Ása en Reynir zouden weer alles nieuw kopen als ze zouden verhuizen. Die meubels zouden tot in lengte van jaren stof staan te verzamelen. Sóldís duwde Ása vlug weer uit de stal, uit angst dat haar werkgeefster deze ruimte zou toevoegen aan het schoonmaakwerk dat op haar takenlijst stond. Ze had er helemaal geen zin in om die spookachtige meubels af te stoffen, eenzaam en onbeschermd in een onafgesloten bijgebouwtje.

Ze gingen naar de achterkant van het oude huis. Daar bleek de kas ook verlaten. Iemand bij zijn volle verstand zou zich daar ook niet verstoppen – zichtbaar voor iedereen. Toen liepen ze in de richting van het nieuwe gebouw en kwamen langs het kippenhok. Sóldís waakte ervoor niet naar de omheinde buitenren te kijken. Ze hoorde een klein geluidje uit het hok toen ze erlangs liep en troostte zich ermee dat één of meer kippen waren ontkomen.

Ása begon te praten zodra ze voorbij het kippenhok waren. 'Ik zal Reynir vragen de dode kippen weg te halen voor de meisjes ze zien. Ze te begraven of zo. Ze liggen nog in het hok. Zonder koppen. De koppen zijn nergens te vinden. Die zijn zeker als een soort penselen gebruikt. Ik hoop maar dat hij ze in de sneeuw vindt, zodat de meisjes niet alsnog een schok krijgen. Ik laat hem ook de letters weghalen. Ik kan dat echt niet, hoor.'

Sóldís ademde iets lichter, want ze was bang geweest dat zij de opdracht zou krijgen dat te doen. Ze wilde er daarom niet over beginnen dat de aarde waarschijnlijk stijfbevroren was en je er niet in kon graven. Ze wilde niet het risico lopen dat Ása haar opdracht gaf een vuilniszak te halen en de kippen erin te doen, een emmer water en een doek te pakken en het raam schoon te maken. Of naar de koppen te zoeken.

Ása stond stil toen ze weer aan de voorkant van het huis

waren. 'Ik denk dat we nu zeker weten dat er hier niemand is. Wat er ook gebeurd is, die persoon is weg.' Ze keek over het terrein. 'Heb je geen auto gehoord?'

'Nee. Maar we hebben onszelf opgesloten in de televisiekamer zodra we die letters op het raam zagen. Daar zijn geen ramen. Ik denk niet dat we daar iets konden horen.'

'Waarschijnlijk niet, nee. De televisiekamer is bijzonder goed geïsoleerd. Zodat we het geluid hard konden zetten, zonder dat het hele huis er last van had.' Ása leek tevreden met deze verklaring. 'Hij of zij die dit gedaan heeft is weggereden. Er is niets om bang voor te zijn. Niet vanavond, in ieder geval.'

Sóldís was het niet eens met deze argumentatie. Als iemand met de auto was gekomen om hen schrik aan te jagen, dan kon diegene later die avond of 's nachts terugkomen. 'Je moet met me meelopen door het oude huis. Anders kan ik niet slapen.'

Je kon duidelijk aan Ása's gezicht zien dat ze vond dat Sóldís zich aanstelde. Ze voegde er daarom haastig aan toe: 'Anders stop ik. Dan laat ik me direct vanavond ophalen.' De enige die haar op korte termijn zou kunnen ophalen was de chauffeur die haar hierheen had gereden. Hij moest natuurlijk worden betaald. Hoeveel, wist Sóldís niet, maar vast meer dan ze op haar rekening had staan. Het eind van de maand stond voor de deur en ze stond flink in de rode cijfers.

Ása rolde met haar ogen. 'Je hoeft er niet zo'n drama van te maken. Oké, ik loop wel met je mee.'

Sóldís begon Ása mee te slepen naar de kelder. Het was uitgesloten dat ze daar alleen zou afdalen en daarom was het beter om het maar meteen te doen, voor het geval Ása toch nog zou afhaken. De deur naar buiten bleek op slot en de stoel onder de deurknop op zijn plaats. Toen Ása die stoel zag staan, keek ze naar Sóldís. Voor het eerst leek het erop dat Ása begreep hoe slecht ze zich had gevoeld door al die gebeurtenissen. 'Er hangt hier een vreselijke lucht.' Ása wendde zich van de kelderdeur af en trok haar neus op. 'Zou de loodgieter dat niet in orde maken?'

'Reynir wilde niet dat hij de vloer zou openbreken. Maar het is vast nodig.' Sóldís deed een stap opzij en wees naar de grote vlek in de vloer.

'Wat is dat in godsnaam?' Ása keek naar de plastic dozen die alle planken vulden. 'Dat moet in orde worden gemaakt. Die stank trekt in alles wat hier wordt bewaard. Hij hoefde toch echt geen kunstwerk van dat beton te maken om over zijn werk te kunnen opscheppen.' Ze liep naar de vlek en snuffelde weer. 'Hoe is dat mogelijk? Om een kleine reparatie aan de vloer zo te verknallen dat het beton stinkt?' Ze keek op. 'Die stank was er eerst niet. Niet toen hij de vloer net had gemaakt. Is er niet iets van boven in het beton gelekt? Weet jij daar iets van?'

Sóldís schudde haar hoofd. 'Ik wil liever helemaal niet in de kelder komen. De eerste keer dat ik de deur opende, kwam die stank mij tegemoet. Hij komt niet door iets wat ik gedaan heb.' Sóldís vroeg niet hoe zij die stank had moeten veroorzaken. Door op de grond te plassen. Erop te kotsen?

Ása kon niet verbergen hoeveel haast ze had om de kelder te verlaten en rende bijna de trap op. Ze sloot de deur snel achter hen en greep de deurkruk vast om te controleren of de deur wel goed dicht was. Vervolgens liepen ze van de ene kamer naar de andere zonder iemand te zien of sporen van iemand op te merken.

'Niemand.' Ása keek naar Sóldís. 'Is het nou nog niet goed? Of wil je ook nog op de vliering kijken?' Ze zei dat laatste half beschuldigend. Het verraste haar dan ook dat Sóldís dat inderdaad wilde.

'Is er een vliering?' Ze waren op de bovenverdieping en Sóldís keek automatisch naar het betimmerde, witgeschilderde plafond.

Ása zuchtte nog net niet en liet het aan Sóldís over om met haar mee te lopen naar de boekenkamer, waar ze haar wees op een luik dat in het plafond was weggewerkt. Sóldís was dat nooit opgevallen. Ása pakte een soort bezemsteel die tegen de boekenplank geleund stond en gaf hem aan Sóldís. 'Duw hiermee tegen het luik.' Ze wees Sóldís de juiste plek. Sóldís zette de stok tegen het luik en hoefde niet eens veel kracht te zetten. Het luik ging gemakkelijk open en er kwam een halve ladder tevoorschijn. Sóldís trok aan een lus die eraan hing en de andere helft vouwde zich uit tot aan de grond. Het gebeurde allemaal vrijwel geluidloos. Eigenlijk te geluidloos, vond Sóldís. Afgezien van een heel zacht gepiep. Een gepiep dat ze eerder had gehoord en niet had begrepen.

'Voilà! Ga maar kijken.' Ása wees naar de ladder. 'Dan hebben we het gehad.'

Sóldís klom de ladder op, langzaam en voorzichtig, want ze vertrouwde hem niet en was bang te vallen. Maar de ladder wankelde niet en ze kwam hoog genoeg om haar hoofd door het gat te kunnen steken. Ze moest zich beheersen om dat te doen. Ze wist niet wat haar daar te wachten stond.

Op de vliering was niets te zien, alleen isolatiemateriaal tussen de balken. Hier en daar waren platen multiplex aangebracht op de balken. Het was donker daarboven en Sóldís greep zich met haar linkerhand steviger vast aan de ladder. Met haar rechterhand pakte ze haar telefoon. Toen ze de ruimte verlichtte, zag ze iets glinsteren op de vloer. Ze dacht er heel even over na, maar bedacht toen dat ze erover zou blijven piekeren als ze nu niet ging kijken. Natuurlijk was het gewoon een stukje ijzer, een schroefje of zo. Maar als ze dat niet zeker wist zou het schroefje in haar gedachten uitgroeien tot een mes of een scheermes. Ze boog haar hoofd omlaag en zei tegen Ása dat ze de vliering op ging.

Ása begreep er niets van. 'Waarom? Is er iets te zien?'

'Er glimt iets. Ik ga het even checken.' Ze klauterde door de opening, nog altijd bang van de ladder te vallen, als ze zich niet goed vasthield. Voor ze verderging, riep ze naar Ása: 'Die vliering houdt mij toch wel?'

'Denk het wel. Anders zou je er al door zijn gezakt.' Ása klonk ongeduldig en geïrriteerd. Alsof het haar niet kon schelen of Sóldís in de boekenkamer zou neerstorten. Toen leek ze spijt te krijgen en riep: 'Blijf op de multiplexplaten.'

Sóldís liep voorzichtig in de richting van de plek waar ze iets had zien glinsteren. Het was niet ver lopen, maar het voelde eindeloos. De zoldering was stevig en kon haar gewicht goed dragen, goed genoeg dat het nergens kraakte terwijl ze zich voortbewoog. Anders had ze waarschijnlijk alle moed verloren. Maar het was niet gemakkelijk. Ze moest voorzichtig lopen en tegelijkertijd met haar telefoon bijlichten waar ze liep. Het liefst wilde ze hem in haar zak stoppen, om allebei haar handen te kunnen gebruiken.

Toen ze bij de plek was aangekomen, liet ze van schrik haar telefoon vallen. Boven op de balk waar ze heen liep lag een klein gouden hartje, aan een fijn kettinkje, dat ernaast lag.

Sóldís pakte het kettinkje, stopte het in haar zak en zei tegelijkertijd tegen zichzelf dat dit helemaal niet het kettinkje van Íris hoefde te zijn. Het was waarschijnlijk van een van de timmerlieden die het huis hadden verbouwd. Het had echter geen zin zichzelf voor de gek te houden. Natuurlijk was dit het hartje van Íris. Het had geen enkele zin zichzelf iets anders in te beelden.

Ze hoorde Ása roepen: 'Ben je nog niet klaar?'

'Ik kom!' Sóldís wilde zich omdraaien, maar toen ging haar telefoon uit. Ze had hem sinds de vorige dag niet meer opgeladen, want ze had niet gedurfd haar oplader te halen in het oude huis, toen de avond viel. En ook niet toen het weer dag was.

Voor zich zag ze een diepe duisternis. Achter zich zag ze een vaag licht schijnen door de opening van het luik. In het donker zag ze echter iets wat niet klopte. Iets verderop was een klein streepje licht door de vloer heen te zien.

Sóldís kroop voorwaarts. Waar het kleine lichtstreepje te zien was was geen kruisbalk en het isolatiemateriaal was verwijderd. Ze kwam langzaam dichterbij, tot ze op haar buik moest gaan liggen en in het vage schijnsel de plafondpanelen zag van de bovenverdieping. Het licht kwam door een klein gat en ernaast lag iets wat op een kurk leek. Ze pakte het op, betastte het en bracht het omhoog in het schijnsel. Het bleek een takje te zijn.

Zonder na te denken strekte ze haar hoofd nog iets verder uit en keek met één oog omlaag door het gat. Onder zich zag ze bekend beddengoed.

Het gat was recht boven haar bed.

De collega's van Týr en Karó in Akranes en Reykjavik keken niet erg op van wat de boerin Ella te zeggen had gehad. Ze hadden naar beide bureaus gebeld en gerapporteerd wat ze van de vrouw hadden gehoord. Ze vroegen hun alles te noteren en over het vervolg zou later worden beslist. Zoals het meeste wat aan het licht kwam in dit onderzoek versterkten deze uitspraken de theorie dat Reynir de dader was alleen maar, vooral wat Ella over Alvar en Berglind vertelde. Je mocht natuurlijk niet vergeten dat het ging om een verklaring door een derde partij over hen en dat het moeilijk zou zijn die bevestigd te krijgen, nu Ása dood was. Waarschijnlijk hadden Alvar en Berglind een heel ander verhaal te vertellen als ze hen te spreken zouden krijgen. Het zou misschien nodig zijn om manschappen in te zetten om Alvar te achterhalen, maar tot die tijd moesten ze rustig ademhalen en ervan uitgaan dat de zaak zo goed als opgelost was.

Het waren niet de reacties waarop ze hadden gehoopt, al waren ze begrijpelijk. Ze kregen te horen dat er met Berglind zou worden gesproken. Het team in Akranes zou dat doen. Het gesprek moest goed worden voorbereid en het zou formeel zijn. Als Berglind een relatie met Reynir had gehad was het niet onwaarschijnlijk dat hij haar van alles over zijn huwelijk had verteld. Zij kon hun dus mogelijk inzicht geven in zijn gedachtewereld in de aanloop naar de moorden. Hoewel het alweer een tijdje geleden was dat zij bij het echtpaar was gestopt, was het niet ondenkbaar dat zij en Reynir contact hadden gehouden, zonder dat Ása ervan wist.

Týr had aan het eind van het telefoongesprek met Hördur te doen toen hij nadacht over een taak voor hen. Soms was het zo dat versterking van je team meer tijd en gedoe betekende dan als je met je gebruikelijke team werkte. Om te voorkomen dat Hördur Karó en hem als last zou ervaren, had Týr zelf een taak voorgesteld. Hij kon niet laten gebeuren dat ze niets te doen zouden krijgen. Dan zou hij te veel ruimte krijgen om over zijn eigen problemen na te denken en daar was hij nog niet klaar voor.

Bovendien had hij een beetje last van zijn geweten, omdat hij de opdracht van Hördur had genegeerd en toch met Einar Ari had gesproken, ook al was zijn chef daar niet over gevallen. Waarschijnlijk speelde daarbij mee dat Týr en Karó daardoor zaken hadden ontdekt die belangrijk konden zijn en die over de sneeuwscooter gingen. Hördur had in ieder geval veel interesse getoond in het geluid dat de boerin zei te hebben gehoord. In plaats van hen op hun kop te geven had hij gezegd de zeer weinige beveiligingscamera's in de omgeving te zullen checken, om te zien of er een sneeuwscooter op beeld was vastgelegd. Hij had eraan toegevoegd dat hij er niet op rekende dat dat iets zou opleveren. Met sneeuwscooters werd zelden over de weg gereden of langs gebouwen die werden bewaakt.

Aan het eind van het telefoongesprek had Týr voorgesteld dat hij en Karó bij Bogi zouden langs gaan, de huurder van Alvar, en Hördur ging daarmee akkoord. Ze moesten nog een keer met hem praten, in de hoop dat hij aanvullende informatie kon geven, zowel over de verblijfplaats van de jongeman, als over wat er over hem naar voren was gekomen. Het was niet waarschijnlijk dat hij daar meer over wist, maar je kon nooit weten. Als het echtpaar Alvar ergens van had beschuldigd wat hij niet had gedaan was het niet uitgesloten dat hij zijn hart bij iemand had gelucht. Dat de huurder daar niets over had gezegd kon een gewone verklaring hebben. Mensen praatten nu eenmaal niet graag over dingen die hun waren toevertrouwd. Net als Ella.

'Zullen we met hem afspreken in een café?' Týr kon zichzelf nauwelijks horen praten omdat zijn maag zo rommelde. Hij had niet ontbeten en de sterke koffie die ze op de boerderij hadden gedronken had zijn maagsappen flink aan het werk gezet. 'Ik sterf van de honger en wie weet kunnen we hem meer aan het praten krijgen als hij niet in het huis van Alvar is.'

'Ja. Waarom niet? Heb je een tent in gedachten?' Karó keek voor zich uit naar de weg. 'Ik eet alles.'

Týr zocht op internet naar eethuisjes in de buurt van Alvars huis, die niet te chic waren. Hij zag dat hij berichten had gekregen van zijn vader, maar opende ze niet. Dat wilde hij doen als hij alleen was en er de tijd voor kon nemen. Hij was aan het werk en moest zich concentreren en dat lukte niet als zijn eigen problemen voortdurend om aandacht vroegen. Hij stopte zijn telefoon weer in zijn zak nadat hij een geschikte plek had gevonden, waar ze hamburgers verkochten. Hij belde Bogi en stelde voor om daar af te spreken. Bogi aarzelde eerst, tot Týr zei dat het eten op kosten van de politie zou zijn. Toen stemde hij er snel mee in. Týr was er vrij zeker van dat die arme jongen meteen op pad ging, al wist hij dat ze nog twintig minuten onderweg waren. Gratis eten deed het altijd.

Toen ze bij het eethuisje aankwamen, zat Bogi aan een tafeltje bij het raam, waar hij toekeek hoe ze binnenkwamen. Hij had het menu in zijn hand. Dat was geplastificeerd, maar toch versleten aan de randen. De kok zag kennelijk geen reden om de gerechten te wijzigen. Er waren geen andere gasten aanwezig, maar het was ook nog geen middag en weinigen hadden vóór elf uur al zin in een hamburger of ander fastfood.

Týr nam het op zich om te bestellen toen ze elkaar hadden begroet. De jongeman wilde een hamburger, patat, een tosti en frisdrank. Karó vroeg alleen koffie en zelf nam hij een hamburger. Hij betaalde, kreeg een nummertje en ging naast Karó zitten, tegenover de hongerige getuige.

Er was geen reden voor om het gesprek op gang te brengen door over het weer te beginnen. 'Hebt u nog iets van Alvar gehoord sinds wij elkaar spraken?'

Bogi schudde zijn hoofd. 'Niets.' Hij schoof wat heen en weer op zijn stoel en voegde er toen aan toe: 'Ik heb niet geprobeerd hem te bereiken. Vanwege de huur. Ik kan niet betalen en ik weet dat hij me ernaar vraagt als ik hem spreek. Had ik moeten proberen hem te bellen?'

'Nee, hoor. Helemaal niet.'

Bogi ontspande zich op het harde plastic stoeltje. 'Mag ik u iets vragen? Of is dat verboden?'

Karó glimlachte. 'Nee. Dat mag.'

'Oké.' Bogi stelde de vraag die op zijn lippen brandde niet meteen, maar leek te proberen er eerst woorden voor te vinden. 'Ik zag het nieuws.' Hij wachtte tot Karó of Týr iets zou zeggen, maar zij zwegen en lieten hem de vraag stellen die in de lucht hing. 'Is die boerderij waar die moorden zijn gepleegd... dezelfde waar Alvar werkt?'

Týr zag geen reden om de jongeman niet de waarheid te vertellen. Hij zou er vroeg of laat toch achter komen. 'Ja. Daarom moeten we met hem praten.'

'Dus hij is niet een van de slachtoffers?' Het was moeilijk om te zien of Bogi blij was of teleurgesteld. Doden komen zelden de huur opeisen.

'Nee. Dan zouden we niet naar hem op zoek zijn, nietwaar?'

De geur van vlees bereikte Týrs neus en zijn ingewanden begonnen weer luid te rommelen. Karó noch Bogi leek het te merken. Het gespreksonderwerp was ook nogal serieus.

'Maar wordt hij dan... u weet wel, verdacht van moord?'

'Nee.' Opnieuw zag Týr geen reden om iets anders dan de waarheid te vertellen. 'Maar hij weet misschien dingen die daar speelden.'

Bogi knikte. 'Ik begrijp het.'

'Dus u begrijpt dat de zaak ernstig is?' Karó ritste haar jas open, deed hem uit en hing hem over de rugleuning van haar stoel. 'We moeten dringend met Alvar spreken en omdat zijn telefoon niet aanstaat en hij niet op berichten reageert, hebben we een probleempje. We kunnen natuurlijk een opsporingsbericht laten uitgaan en dat zullen we ook doen als we hem niet op een andere manier kunnen bereiken. Voor hem is dat alleen niet zo'n prettige oplossing. Niemand wil zijn gezicht zien op zo'n affiche.'

'Nee. Natuurlijk niet. Daar zou hij niet blij mee zijn. Misschien blijft hij dan nog wel langer onder water.' Bogi vertrok zijn gezicht en keek even in de richting van de balie in de hoop dat het eten klaar was. Dat was niet zo. 'Hij is ergens en moet toch snel opduiken. Maar ik zweer het, ik weet niets over hem. Ik verberg hem niet en help ook niet hem te verbergen. Hij heeft geen contact met mij gehad.'

Týr had geen enkele reden daaraan te twijfelen. 'Hebt u ooit het idee gehad dat Alvar oneerlijk was? Heeft hij bijvoorbeeld weleens iets gestolen, voor zover u weet?'

De vraag leek Bogi rauw op het dak te vallen. 'Nee. Nooit. Nooit. Zo is hij helemaal niet.'

'Kent u hem goed genoeg om dat te kunnen uitsluiten?' vroeg Karó.

Bogi dacht na. 'Nee. Misschien niet. Maar toch. Ik huur nu vier maanden bij hem. Ruim. Dus ik ken hem wel een beetje. Vast beter dan de meesten, want hij heeft weinig vrienden. Eigenlijk maar twee, maar zij gingen in de herfst allebei in het buitenland studeren. En hij kent natuurlijk mensen van school. Maar ik denk dat dat alleen kennissen zijn.'

Karó noteerde de namen van de twee vrienden, hoewel Bogi het patroniem van een van hen niet meer wist. Ze schreef ook op dat ze in Denemarken studeerden, maar aan welke universiteit was niet duidelijk en ook niet wat ze studeerden. Bogi wist alleen dat ze allebei iets deden met computers. Of techniek.

'Denkt u dat hij naar ze toe kan zijn gegaan?' Týr hoorde hoe borden op de balie van het eethuis werden neergezet.

'Ja. Ik weet het niet.' Bogi draaide zijn hoofd om en keek hongerig naar het eten dat op hen stond te wachten. 'Kan zijn. Misschien wel. Ik weet echt niet waar hij anders zou kunnen zijn.'

Ze haalden hun eten en gingen weer zitten. Týr kon niet wachten en nam meteen een hap. Bogi deed hetzelfde. Karó nam een slok van haar koffie. Pas toen Bogi zijn hamburger half ophad en verlekkerd naar zijn tosti begon te kijken, ging ze verder met vragen stellen. 'En relaties? Oude of nieuwe vriendinnen over wie hij u heeft verteld?'

Bogi lachte kort en sarcastisch. 'Kerels als Alvar en ik hebben geen vriendinnen. De meisjes in wie wij geïnteresseerd zijn, kijken niet naar ons om.'

Týr zag dat Karó haar lippen geërgerd op elkaar perste en haastte zich zijn hap door te slikken en het over te nemen. 'En wat voor meisjes zijn dat?'

Bogi haalde zijn schouders op. 'Gewoon... u weet wel... leuke meisjes.'

'Van een bepaalde leeftijd?' Het lukte Karó die vraag onschuldig te stellen, zonder dat er iets achter leek te zitten. Wat ver van de werkelijkheid was. Ze wilde erachter komen of Alvar op tienermeisjes viel.

'Nee. Natuurlijk geen oude vrouwen.' Bogi stak de rest van de hamburger in één keer in zijn mond. Zijn wangen bolden en hij leek even op een hamster. 'Gewoon net zo oud als wij. Ongeveer.'

Týr legde wat er van zijn hamburger over was op zijn bord. Hij had genoeg gehad. 'Alvar heeft waarschijnlijk weleens vrije dagen gehad toen hij op de boerderij werkte en is dan naar huis gekomen, is het niet?' Bogi knikte en Týr ging verder: 'Had hij het weleens over problemen met zijn werkgevers of maakte hij zich zorgen dat hij misschien zijn baan kon verliezen?'

Bogi nam een grote slok frisdrank uit het blikje. 'Hij vertelde niet iets speciaals. De ene keer was hij niet bijzonder vrolijk en zag hij op tegen zijn werk, en de volgende keer was hij weer vrolijk. Hij is maar twee weekenden thuisgekomen. Je hebt daar niet elk weekend vrij, mocht u dat denken.'

'Was hij positief over het echtpaar bij wie hij werkte?' Týr begon Karó een beetje te kennen en wist dat zij deze vraag zou aanvullen met een andere. Er was eigenlijk geen verklaring van een derde partij over Ása en Reynir nodig. Er waren genoeg mensen die over hun eigen ervaringen met hen en over hun huwelijk konden vertellen.

'Hij vertelde eigenlijk niets over ze. Hij zei wel dat ze schatrijk waren.' Hij zweeg en dacht na. 'Ja, en dat de man nogal gestoord was. Met een groot litteken op zijn hoofd van een hersenoperatie.' Bogi viel stil en staarde ongemakkelijk naar het litteken op het voorhoofd van Týr.

Het was niet voor het eerst dat er zo naar Týr werd gekeken, maar hij had er nu meer last van, omdat hij nu wist dat hij niet met zijn driewieler was gevallen. Dat zou nog wel schattig zijn geweest. Dat zijn voorhoofd er zo uitzag omdat zijn vader met een bijl naar hem had uitgehaald was helemaal niet schattig.

Karó stelde snel een volgende vraag. Die bleek interessanter te zijn dan die over Ása en Reynir. 'Wat zei hij over de twee zusjes?'

Bogi zuchtte bijna van opluchting dat het niet meer over dat litteken ging. Misschien was zijn antwoord daardoor wel zo eerlijk. 'Hij hoopte het met het oudste meisje te kunnen aanleggen. Over het jongste zusje zei hij niets.'

Týr vertrok zijn gezicht. 'U beseft toch dat zij nog maar vijftien jaar was.'

Bogi werd ongemakkelijk. 'Zo bedoelde ik het niet. En hij ook niet. Hij bedoelde als ze ouder zou zijn. Hij vond haar gewoon lief en ze was natuurlijk rijk. Maar ik denk dat het een grapje was. Ja, vast.' Hij klonk niet overtuigend. 'Ze had ook een vriendje, dacht ik. Een jongen uit de omgeving. Dus het was gewoon een grap.'

Týr noch Karó lachte.

Bogi pakte zijn tosti. Hij nam geen hap, maar keek alleen naar het wittebrood en de donkere strepen van de grill die erover liepen. Toen keek hij weer op en leek verontwaardigd. 'Waarom kijkt u zo? Vindt u Alvar niet goed genoeg voor een rijk meisje?'

'Niet goed genoeg? Nee. Te oud? Ja.' Karó beperkte zich tot de kern van de zaak.

Het antwoord beviel Bogi niet. Hij bleef boos kijken en had duidelijk last van een minderwaardigheidscomplex voor zichzelf en zijn huurbaas. Týr kreeg dat idee in ieder geval. Hij vond dat hij de IJslandse maatschappij zonder vooroordeel kon inschatten, omdat hij nog altijd keek met de ogen van een gast. Tot dat moment had hij zich niet gerealiseerd dat mensen werden onderverdeeld in goed genoeg en niet goed genoeg. De meesten waren in dezelfde zandbak opgegroeid, waren naar dezelfde school gegaan, naar dezelfde cafés, en hadden hun boodschappen gedaan bij dezelfde supermarkt. Niets geheimzinnigs, of je nu tot de weinige celebrity's behoorde of niet. Of je goed genoeg was of niet zou voor een jongeman als Bogi niet moeten uitmaken. Het moest dus wel zo zijn dat hij een minderwaardigheidscomplex had. Het kon natuurlijk ook dat Týr de volksaard niet goed begreep.

'Zei hij nog iets meer over dat vriendje of het meisje?'

Bogi leek zich te hebben hersteld en antwoordde rustig: 'Alleen dat de moeder van het meisje niet wilde dat ze elkaar zagen. Zij had een conflict met zijn vader. Iets over paarden en varkens.'

'Paarden en varkens?' Týr hoorde voor het eerst iets over varkens in verband met deze zaak. Het echtpaar had geen varkens gehouden en er leken ook geen varkens te zijn op de boerderij waar Robbi woonde. 'Weet u zeker dat hij het over varkens heeft gehad?'

'Ja. Volgens mij wel. Dat was de reden dat Alvar dacht een kans te maken bij het meisje.' Bogi haastte zich om eraan toe te voegen: 'Later, natuurlijk. Als ze ouder was. Als hij dan nog interesse had. Ik denk dat hij dan wel genoeg van haar zou hebben gekregen. Ze klonk niet erg leuk. Heel verwend.' Bogi begon uit naam van zijn vriend het meisje dat hij niet krijgen kon te veroordelen.

Ze zwegen en Bogi prikte wat in de patat op zijn bord. 'Waar denkt u dat Alvar is?'

'Dat weten we niet, helaas,' antwoordde Karó.

Bogi keek omlaag, naar het tafelblad. 'Maar als hij iets slechts heeft gedaan, kan ik dan nog wel bij hem blijven huren? Of wordt het huis van hem afgepakt?'

Karó duwde haar kopje van zich af. Ze had duidelijk genoeg van haar koffie, of van het gezelschap. 'In uw geval zou ik me meer zorgen maken over wat er gebeurt als u de huur niet betaalt. Dat kan zo niet doorgaan.'

Ze brachten de borden terug en boden aan Bogi naar huis te brengen. Hij accepteerde dat, ging achterin zitten en vroeg hoeveel je verdiende als politieman. 'Ik ben van plan te solliciteren. Ik zou een heel goede agent zijn.'

Týr en Karó onderdrukten een glimlach en bromden iets wat door moest gaan voor een antwoord. Zijn volgende vraag vroeg echter wel om een reactie. 'Als ik u help Alvar te vinden, krijg ik daar dan voor betaald? Is er misschien een beloning uitgeloofd?'

'Nee en nee. Maar als u iets weet is het beter voor u als u het ons vertelt.' Týr draaide zich om in zijn stoel om het gezicht van de jongeman te kunnen zien, maar hij staarde uitdrukkingloos uit het zijraampje, misschien op zoek naar andere manieren om de huur te kunnen betalen.

Toen ze bij Bogi's huis kwamen, leek hij niet veel zin te hebben om uit de auto te stappen en naar binnen te gaan, waarschijnlijk omdat er daarbinnen niemand op hem wachtte. 'Eén ding. Alvar heeft een iPhone. En ook een iPad. Ik weet dat ze met elkaar verbonden zijn. Hij was zijn telefoon een keer kwijt toen ik er net woonde en hij kon hem op die manier terugvinden. Als u wilt, kan ik proberen dat te checken.'

Dat was geen gek idee, ook al was er al naar zijn telefoon gezocht in de boerderij. Het kon geen kwaad om te kijken of dit iets opleverde. Ze besloten het een kans te geven, Karó zette de motor uit en ze volgden de jongeman naar binnen.

Ze wachtten in de kamer terwijl Bogi de iPad ging halen, maar ze gingen niet zitten. Je kon nog altijd in de keuken kijken en daar was het net zo'n rotzooi als de vorige keer. Týr kon niet anders dan zijn hoofd schudden. Het was niet dat Bogi het te druk had om op te ruimen. Als Alvar niet uit hetzelfde hout gesneden was, zou hij teleurgesteld zijn wanneer hij thuiskwam.

Áls hij thuiskwam.

Toen Bogi hun de kleine tablet gaf en hun de kaart liet zien die het zoeken naar de telefoon had opgeleverd, was Týr daar niet zo zeker van. Volgens die kaart was de telefoon voor het laatst gebruikt in de boerderij van het echtpaar. En wat erger was: dat was op de dag dat de gsm-verbinding in het gebied was uitgevallen.

Daarna was de telefoon van Alvar niet meer gebruikt.

HOOFDSTUK 26 | EERDER

De gordijnen waren dicht en alle lichten aan. De keuken was dus goed verlicht en de duisternis zorgvuldig buitengesloten. Toch voelde Sóldís zich afschuwelijk en ze had nog steeds een vieze smaak in haar mond. Ze kon niet ophouden met nadenken over degene die haar naar alle waarschijnlijkheid had bekeken terwijl ze sliep. Het enige wat bij haar opkwam was dat ze wilde stoppen. Opzeggen en teruggaan naar de stad. Ze kon Jónsi in de gaten houden, wachten tot hij naar buiten ging en de rest van haar spullen ophalen. Het hoefde niet moeilijk of ingewikkeld te zijn. Als hij het slot had vervangen, wat ze ernstig betwijfelde, dan zou ze gewoon de deur intrappen. Verder ging het plan niet. Waar ze daarna heen zou gaan, waar ze zou wonen, hoe ze zichzelf zou onderhouden – dat zou nog wel blijken. Alles was beter dan hier blijven in dit verlaten gebied met deze rare mensen. En de persoon of de personen die het gezin en haar terroriseerde.

Niets van die dingen zei ze hardop. Ze was bang dat als ze dat deed, de moed haar in de schoenen zou zinken. Dan zou de meeste glans van haar droom af zijn en zou het meest haalbare doel onbereikbaar blijken. Ze durfde ook niet tegen Ása te zeggen dat ze zou stoppen. Ze had het kaartje van de chauffeur uit haar jaszak gehaald en dat in de zak van haar spijkerbroek gestopt. Af en toe stak ze haar hand in haar zak om te voelen of het er nog zat. Op dit moment was dat haar reddingsboei, want ze wilde de man de volgende dag bellen en hem vragen haar op te halen. Eerst zou ze Ása moeten zeggen dat ze vertrok. Het maakte haar geen donder uit wat er allemaal in haar contract stond over opzeggingstermijnen. Het echtpaar kon haar niet gevangenhouden omdat kleine lettertjes op een stuk papier zeiden dat ze zich ergens aan moest houden.

'Misschien hebben de bouwvakkers het niet gezien. Zijn ze het vergeten.' Ása was maar door blijven gaan met het verzinnen van verklaringen voor het kijkgat. 'Dat moet het zijn. Er moest op het eind heel veel gedaan worden en de vliering stond niet direct op nummer één van de lijst.'

Sóldís ademde diep in en rustig weer uit. Het was het gemakkelijkst om geen antwoord te geven, maar dat was eigenlijk niet mogelijk. Ze kon zich ér niet bij neerleggen dat dit onder het tapijt zou worden geveegd met een goedkope smoes. 'Jij hebt het niet gezien. Het isolatiemateriaal is weggehaald en opzijgelegd. Er is een kwast uit het plafondpaneel gedrukt. Het was geen vlek of een stukje dat onafgewerkt is gebleven.'

Ása zweeg. Ze zaten met zijn tweeën aan de keukentafel. Reynir en de meisjes keken een film in de televisiekamer. Ása had eindelijk haar jas uitgetrokken en hem over de fauteuil van Reynir gehangen die leeg op zijn plaats stond bij de haard. De stoel was naar de gordijnen gericht. Het machtige uitzicht was nu niet te zien en daarom leek de stoel nu op een rare plaats te staan. Eigenlijk alsof hij wachtte tot er een blinde ging zitten.

Ása liet het er nog niet bij zitten. 'Maar niets wijst erop dat het nieuw is. Het kan van de bouwvakkers zijn. Om elkaar in de gaten te houden. Misschien was een van hen lui en vermoedden de anderen dat hij ging slapen als ze niet opletten.'

Sóldís vond dat niet waard om op te reageren en je hoorde aan de stem van Ása dat ze er zelf ook niet in geloofde. In plaats van te antwoorden nam ze een slok water. Ása had haar een glas wijn aangeboden, maar Sóldís moest er niet aan denken om nu alcohol te drinken, geen druppel. Zij had nooit gemerkt dat dat hielp als je je slecht of angstig voelde, eerder het tegendeel.

'Hoe dan ook. Eén ding is zeker. Reynir heeft dat niet gedaan. Hij klimt niet daar naar boven om naar jou te kijken als je slaapt.' Ása nam een grote slok rode wijn uit een enorm glas dat ze niet had losgelaten sinds ze waren gaan zitten. Ze lachte kort en sarcastisch. 'Je bent zijn type niet.'

Sóldís had het gevoel dat Ása iets suggereerde. Ze wist alleen niet of het de bedoeling was dat ze zou reageren of niet. Ze besloot het niet te doen. Het kon haar niets schelen op welke types Reynir viel. Niets wat met hem te maken had interesseerde haar en Ása eigenlijk ook niet. De meisjes waren een ander verhaal, maar ze kon hen moeilijk met zich meenemen. Ze moest volstaan met aan te dringen dat de ouders maatregelen troffen om hun veiligheid te garanderen. 'Jullie moeten een bewakingssysteem installeren. Hoe eerder, hoe beter.'

'Geloof me. Ik zorg ervoor. Wat Reynir ook zegt.'

Dat was niet in overeenstemming met de machtsverhouding binnen het huwelijk zoals Sóldís die ervaarde. Het leek haar eerder dat Ása alle touwtjes in handen had. Reynir had doorgaans niets te vertellen, of het nu om grote of kleine dingen ging. Hij had niet eens invloed op wat er op tafel kwam. Ze was er niet zeker van of hij ernaar verlangde om zijn mening te geven over het of ander, en had eigenlijk het gevoel dat hij het wel prima vond dat Ása alles bepaalde. Hij leek er wel blij mee te zijn. Het was moeilijk om je voor te stellen dat hij met zijn vuist op tafel sloeg en zou weigeren een bewakingssysteem te installeren.

Maar Reynir had het natuurlijk wel weggehaald. Het systeem had hem kennelijk gestoord en hem ertoe gebracht maatregelen te nemen. Op te staan uit zijn gemakkelijke stoel, de keiharde muziek zachter te zetten, van de ene naar de andere camera te lopen, ze van de muur te halen en ze te vernietigen. Volgens Ása was het omdat hij niet wilde dat zij hem bespioneerde. Maar waar kon hij dan mee bezig zijn wat zij niet zou mogen zien? Zij kon maar één ding bedenken. Dat hij naar het oude huis sloop om op de vliering te liggen loeren. Ze was niet de eerste jonge vrouw die in het oude huis sliep. Berglind had er vóór haar gewerkt, en ook een jongeman. Misschien beperkte het voyeurisme van Reynir zich niet tot jonge vrouwen.

'Probeerde je Reynir te betrappen als hij naar het oude huis sloop?' Sóldís kon het niet laten het te vragen. Zoals het er nu voor stond maakte het haar niet uit of Ása haar onnodig nieuwsgierig vond of dat ze de persoonlijke grenzen van de familie overschreed. Als ze het nu niet vroeg, zou ze nooit antwoord krijgen. Waar ze ook terechtkwam, ze zou nooit meer willen denken aan iets wat te maken had met haar werk of haar verblijf op de boerderij. 'Heeft hij daarom de camera's weggehaald? Waren ze daarom opgehangen?'

Ása glimlachte. Die glimlach was niet zoals wanneer de warmte van de zon je gezicht op een mooie zomerdag streelt. Hij was meer een soort muur om te voorkomen dat ze zou gaan schreeuwen. 'Nee. En ja.' Ása staarde Sóldís aan. 'Het systeem was niet met een bepaalde reden aangelegd. Het was gewoon een van de dingen die bij het werk in het huis hoorden. Het had dus niets met Reynir te maken.' Ze keek naar haar glas. 'Maar hij heeft het inderdaad weggehaald. Ik ontdekte iets wat hij aan het doen was en hij dacht dat dat door de camera's kwam. Wat ook zo was. Maar dat gat in het plafond bij jou heeft er niets mee te maken. Helemaal niet. Zo gewiekst is Reynir niet. Hij was daar nooit. Hij loert niet door gaten.'

Buiten was de wind aangetrokken en floot door het scherm

op de veranda. Sóldís keek naar de deuren en had het gevoel dat ze zouden opengaan en de gordijnen naar buiten zouden wapperen. Maar dat gebeurde niet. Ze overwoog of ze Ása zou vertellen over het bericht op de telefoon van Reynir, het bericht dat *Begga Babe* had gestuurd. Het was niet eerder bij haar opgekomen, maar inmiddels was er veel gebeurd. 'Had dat gedoe met Reynir misschien te maken met Berglind? Het meisje dat hier voor mij heeft gewerkt?'

Ása keek op en trok haar wenkbrauwen op. 'Je bent slimmer dan ik dacht.' Ze nam een slok. 'Maar inderdaad. Er werd wat gerommeld. Tussen hen.'

Sóldís wist niet wat ze moest zeggen. *Het spijt me?* Nee. *Ach, wat vervelend om te horen?* Nee, ook niet. Ze kon ook niet zeggen: *Het is nu gelukkig afgelopen.* Het bericht van *Begga Babe* wees daar niet op. Ze besloot dat niet met Ása te delen. Daar moest ze zelf maar achter komen. Het enige wat bij haar opkwam was te vragen: 'Was dat de reden waarom zij wegging?'

'Zij ging niet weg. Ik stuurde haar weg.' De tevredenheid was van Ása's gezicht af te lezen toen ze dat zei. Het was duidelijk dat ze het niet vervelend had gevonden dat te doen.

Sóldís moest steeds kijken naar de trouwring aan de ringvinger van Ása's linkerhand. Er brandde een vraag op haar lippen die ze eerst niet durfde te stellen, maar nu een vanzelfsprekend vervolg was op wat Ása had verteld. En had gedaan. Ze was niet het type dat anderen in bescherming nam. Sóldís besloot het te vragen. 'Je hebt haar weggestuurd. Maar waarom ben je niet van Reynir gescheiden?'

Ása nam haar haar vraag niet kwalijk. 'Mag ik jou iets vragen?' Sóldís knikte en Ása ging verder: 'Als Reynir achter het stuur een hartaanval had gekregen en iemand had doodgereden – had ik dan van hem moeten scheiden? Of had ik mij erbij moeten neerleggen dat zijn ziekte de oorzaak was van het ongeluk en bij hem moeten blijven?'

De vraag ging om meer dan alleen de trouw tussen partners. Was de chauffeur bijvoorbeeld gewaarschuwd dat dit kon gebeuren en was hij toch doorgegaan met autorijden? Maar Sóldís begreep wel waar Ása heen wilde. Zijn hersenbeschadiging en ziekte hadden Reynir veranderd. 'Wordt hij beter? Uiteindelijk?'

Ása klemde haar lippen op elkaar en schudde haar hoofd. 'Nee. Hij heeft het herstel bereikt waarop gerekend kon worden. Hij blijft zoals hij nu is.' Ze keek om zich heen. 'En daarom zijn wij hier. Hier kan hij niet veel kwaad. Maar toch nog wel wat. Zoals ik ontdekte. Het heeft geen zin je te isoleren. Problemen blijven je opzoeken. En vanwege Reynirs gedrag met Berglind besloot ik in plaats van haar een man aan te nemen. Dat ging goed.' Ása stootte een kort, droog lachje uit. Als je het een lach kon noemen. 'Ik wil je een goede raad geven. Vertrouw altijd op je intuïtie. Toen wij een gesprek hadden met die man, had ik het gevoel dat hij een beetje vreemd was. Hij was zo gestrest en keek steeds weg, alsof hij zich niet kon concentreren. Ik schreef het toe aan onzekerheid en zette de twijfel van mij af. Grote fout. Vertrouw altijd op je intuïtie.'

Sóldís had geen behoefte aan advies. Daar had ze op dit moment al te veel van. 'En ik? Maak je je geen zorgen over mij? Wat Reynir betreft?'

Ása keek verbaasd naar Sóldís. 'Nee.' De verbazing op haar gezicht veranderde in medelijden. 'Jij hoeft je geen zorgen te maken. Ik sluit je daar volledig van uit. Hij valt op... ik weet niet hoe ik het moet zeggen zonder je te kwetsen. Misschien kan ik het maar het beste ronduit zeggen. Sinds Reynir ziek is geworden, gaat hij meer voor de verpakking dan voor de inhoud.'

Sóldís voelde haar wangen rood worden. Ze was zich opeens heel erg bewust van haar dunne, levenloze haar, haar iets te grote neus en scheve voortanden. Het was bijna hetzelfde als wat Jónsi tegen haar geschreeuwd had, Ása gebruikte alleen andere woorden. Ze was tomatenketchup. Jónsi en Reynir hadden liever bearnaise. Ze stopte haar hand in haar zak en voelde aan het kaartje van de taxichauffeur om zich eraan te herinneren dat ze hier snel weg zou gaan. Ze wilde opstaan, maar Ása legde haar hand op de hare. 'Niet boos zijn. Please. Het is belangrijker om een verstandig en goed mens te zijn dan eruit te zien als een model.'

Sóldís ontleende daar weinig troost aan. Ze had niet het gevoel dat ze veel intelligenter was dan anderen. En was ze goed? Nou ja, redelijk. Maar wat had ze daaraan? Het was niet dat mooie mensen niet ook goed konden zijn. En slim bovendien. Kijk maar naar Ása, zij kon in ieder geval twee van de drie vakjes afvinken. Slim en mooi. Maar goed? Sóldís wist het niet zeker. Ze trok haar hand los uit die van Ása en stond op. 'Ik ga avondeten maken.'

Het ging zoals zij hoopte. Ása wist niet goed meer wat ze moest zeggen, zodat ze haar wijnglas pakte en naar haar gezin vertrok. Sóldís bleef alleen achter, maar eigenlijk vond ze dat wel best, ondanks alles. Binnen was het licht, de gordijnen waren gesloten en er kon niets gebeuren. Ása en Reynir waren vlakbij. Voor de zekerheid pakte ze wel een groot keukenmes en legde dat bij zich op tafel. Je kon nooit weten.

Íris kwam de keuken in om water te halen. Terwijl ze de kraan liet lopen en wachtte tot het water goed koud was, haalde Sóldís het halskettinkje uit haar broekzak. Ze had er niets over gezegd tegen Ása. Sóldís tikte Íris op de schouder en legde het kettinkje in de palm van haar hand. 'Vraag me niet waar ik het gevonden heb. Dat maakt niet uit. Maar Gígja heeft er niets mee te maken.'

Íris pakte het kettinkje met open mond aan, alsof ze iets wilde vragen, maar het toch maar niet deed. Ze volstond ermee tegen Sóldís te lachen. Toen vulde ze haar glas en ging ze weer de televisiekamer in.

Sóldís besloot spaghetti met gehakt te maken, eten waaruit een nogal machteloos verzet sprak. Ása zou dat gerecht nooit hebben voorgesteld. Sóldís liet alle groente achterwege en gebruikte flink veel zout en kruiden. Ze voegde zelfs suiker toe aan het gehakt. Het was idioot, maar het voelde goed dat het laatste eten dat ze voor het gezin kookte verre van gezond was.

Die onhandige wraak keerde zich echter tegen haar. De meisjes waren natuurlijk dolgelukkig. Daar had ze ook op gerekend. Het verraste haar echter dat Reynir en Ása het eten ook naar binnen schoven.

Ze dronken er flink bij. Er werd een volgende fles wijn gehaald, hoewel er geen enkele reden was om te proosten.

Na het eten stond Reynir als eerste op van tafel en zei dat hij naar de stal ging. De wijn leek alle besef bij hem te hebben weggenomen van wat hem buiten te wachten zou kunnen staan. Ook Ása maakte zich geen zorgen, want ze gaf hem een onopvallend teken dat hij ook even achter het huis moest kijken en... *je weet wel wat* moest weghalen.

Sóldís had al bijna gevraagd of dat nu wel verstandig was, maar hield op het laatste moment haar mond. Het ging haar niet aan of Reynir onnodige risico's wilde nemen. Bovendien moesten de koeien en de paarden worden verzorgd, want dat was nog niet gebeurd. De onthoofde, dode kippen moesten ook worden verwijderd uit het buitenverblijf van de kippen, de letters moesten worden weggeveegd en de koppen worden gezocht. Anders bestond het gevaar dat dat in alle drukte zou worden vergeten en de meisjes de volgende ochtend de dode kippen zouden vinden als zij ze wilden gaan voeren. En als ze de veren in de letters op het raam zouden zien zouden ze waarschijnlijk begrijpen waar de rode kleur vandaan kwam.

Tegen haar gewoonte in bood Íris aan te helpen met afwassen en Sóldís accepteerde dat. Ze begreep dat ze haar daarmee wilde bedanken voor het terugvinden van haar kettinkje. Toen ze aan tafel was gaan zitten, hing het fijne kettinkje om haar hals, maar het hartje ging schuil achter de halslijn van haar T-shirt. Ása verdween, met haar glas en de halflege tweede fles. Gígja klom op een barkruk aan het grote kookeiland en legde haar hoofd op haar armen. 'Mama en papa maakten ruzie. Toen jij aan het koken was.'

'Niet klagen, Gígja.' Íris draaide zich om van het aanrecht en wierp een boze blik op haar zusje.

'Ik klaag niet. Ik zeg het alleen maar.'

'Waarover hadden ze ruzie?' Sóldís dacht dat het misschien over het bewakingssysteem was gegaan. Ása had misschien gezegd dat ze het beter weer konden installeren en dat hij daarom boos was geworden.

'Over mama's portemonnee. Die gestolen was.' Gígja haalde haar schouders op. 'Mama zegt dat papa hem heeft weggenomen. Hij zei dat zij die eerst van hem had gestolen, dus dat hij hem mag terugpakken. Maar dat heeft hij niet gedaan. Niet direct.'

'Wat praat je nou voor onzin, Gígja?' Íris zette de afwas in de vaatwasser. 'Papa heeft helemaal geen belangstelling voor mama's portemonnee. Je hebt weer eens iets geks gehoord.'

'Nee. Ik weet precies wat ze zeiden. Jij was er niet bij. Alleen ik.' Gígja wendde zich weer tot Sóldís. 'Papa zei dat Alvar de portemonnee moet hebben gestolen. Maar mama zei dat ze daar niet meer in geloofde. Alvar had geen contact opgenomen, dus het kon niet. Als hij de portemonnee had, zou hij hebben gebeld. Of zoiets.'

Sóldís begreep er niets van. 'Waarom zou hij gebeld hebben als hij die portemonnee had gestolen? Kan het zijn dat Íris gelijk heeft en je iets niet goed hebt begrepen?'

Gígja schudde haar hoofd zonder op te kijken. 'Nee. Mama zei dat. Ze zei dat papa heel goed wist dat Alvar hem niet kon gebruiken en dat hij dus contact zou opnemen. Als hij hem had. Daarom denkt ze dat papa hem gestolen heeft. Maar ik geloof papa. Hij heeft haar portemonnee niet.'

'Wat gebruiken, Gígja? Wat kon Alvar niet gebruiken?'

'Ik weet het niet. Misschien die portemonnee. Misschien zit hij op slot en kan hij hem niet open krijgen.'

Sóldís legde de theedoek weg. Ze kon zich geen portemonnee voorstellen die je niet open kon krijgen, ook al zat hij op slot. Je had gewoon het juiste gereedschap nodig.

Íris zette haar handen in haar zij. 'Je praat onzin, Gígja.'

Sóldís hoorde de voordeur opengaan en besloot niet verder te vragen. Reynir was kennelijk weer binnengekomen. Het was maar goed dat ze niet verder waren gegaan met hun gesprek, want hij verscheen direct daarop in de deuropening en leunde tegen de deurlijst, met zijn handen achter zijn rug. 'Een van de sneeuwscooters stond buiten. De sleutels zaten in het contact.'

Sóldís zag dat Íris naast haar verstijfde. Het was gemakkelijk te begrijpen dat Robbi de scooter had teruggebracht, maar niet had willen aankloppen toen hij zag dat Ása en Reynir waren teruggekomen. 'Ik heb er een klein rondje op gemaakt.' Sóldís probeerde het heel terloops te zeggen. 'Terwijl de pastasaus op stond. Ik had behoefte aan wat frisse lucht, maar had geen tijd meer om hem terug te zetten in de schuur. Anders zou het gehakt aanbranden.' Ze zweeg en bleef Reynir aankijken, in de hoop dat ze iets zag waaruit ze kon opmaken dat hij dit idiote verhaal geloofde.

Hij slikte de verklaring. 'Ik snap het. Maar je hoeft je daar geen zorgen over te maken. Ik zet hem wel terug.' Toen lachte hij breed naar hen drieën. 'Weten jullie wat?'

'Wat?' Alleen Gígja leek benieuwd om te horen wat er zou volgen. Ze was Sóldís niet in de rede gevallen, zoals ze had gevreesd, dus ze had haar waarschijnlijk geloofd en er niet aan gedacht dat Robbi de vorige avond een scooter had geleend.

'Ja ja, dames. Jullie kunnen vannacht rustig slapen. Ik heb iets uit de stal gehaald.' Reynir haalde wat hij achter zijn rug verborgen had gehouden tevoorschijn.

Hij hield de grote bijl uit de stal in zijn handen.

Sóldís was van plan geweest haar laatste nacht in de televisiekamer te slapen, vlak bij het gezin, in plaats van alleen in haar bed in het oude huis. Nu veranderde ze van gedachten. Ze zou veiliger zijn in haar eentje aan de andere kant dan in de nabijheid van de met een bijl bewapende Reynir. Dat was wel duidelijk.

Vanuit zijn ooghoek zag Týr Idunn, de patholoog-anatoom, de afdeling op lopen. Ze keek om zich heen, maar niemand leek op haar te letten. Iedereen ging op in zijn eigen werk. Het was weekend, maar er was geen verschil te zien met een maandagmiddag als je naar het kantoor keek. Aan elke tafel zat iemand en van elk toetsenbord klonk het typegeluid als een monotone compositie; een compositie gemaakt door een robot die nooit geleerd had frasering aan te brengen.

Er was veel werk bij gekomen dat te maken had met Alvar, sinds Týr en Karó waren teruggekomen met zijn iPad en de jongeman van de aardbodem verdwenen leek te zijn. Er waren er maar weinig die dachten dat zijn verdwijning direct samenhing met de moordzaak, maar er werd wel serieus naar hem gezocht.

Týr had gehoord dat sommigen het waarschijnlijk achtten dat de jongeman zijn telefoon was verloren in de stal bij de boerderij, dat hij niet meer te gebruiken was en Alvar had besloten hem weg te gooien. Volgens die theorie had hij een nieuw nummer moeten krijgen toen hij een nieuwe telefoon aanschafte, wat niemand raar leek te vinden, al had Týr gedacht dat de meesten hun oude nummer wilden houden. De iPhone zelf was niet gevonden op de boerderij of in de omgeving daarvan, maar vanwege de sneeuw kon hij er nog wel liggen, goed verborgen tot de volgende dooiperiode.

Vooralsnog was er geen nieuw nummer gevonden dat op naam stond van Alvar. Of hij had een buitenlands nummer gekregen of een geheim nummer, of hij was teruggekeerd tot een gsm. Er waren natuurlijk mensen die dat deden, maar wel weinig, en dan nauwelijks jongeren. Zelf had Týr nog geen tijd gehad om erover na te denken of Alvar echt verdwenen was en wat er van hem kon zijn geworden. Hij richtte zich alleen op hetgeen hem was opgedragen. Als hij zijn gedachten de vrije loop liet, kwam hij steeds weer terug bij de geheimen uit zijn jeugd die in LÖKE lagen opgeslagen en werd de verleiding om daarin te kijken overweldigend. Het was maar beter om zich te richten op de afgebakende details binnen het onderzoek. Hij had ook de berichten van zijn vader nog niet geopend, uit angst zijn concentratie te verliezen.

Týr stond op en liep Idunn tegemoet. Zij lichtte op toen ze hem zag en ze kwam met vastberaden passen op hem af. Hij was verbaasd toen hij zag dat ze nat haar had en net onder de douche vandaan leek te komen. Ze was niet opgemaakt en rook naar zeep.

'Hoi. Ik besloot maar even langs te komen, omdat het niet lukte Huldar aan de telefoon te krijgen.' Ze keek even naar het kantoor van de afdelingschef. 'Is hij er niet?'

'Hij zit in een vergadering.' Týr voegde eraan toe, om te voorkomen dat Idunn dacht dat die zo was afgelopen: 'Die duurt waarschijnlijk nog wel even.'

'Verdorie.' Idunn vertrok haar gezicht. 'Ik moet eigenlijk even met hem praten, of iemand anders die de leiding heeft in het onderzoek. Ik spreek mensen liever persoonlijk dan dat ik ze een mail stuur. Dat is de aard van de zaak nu eenmaal. Maar ik ben echt niet in staat om nu naar Akranes te rijden.'

'Dan moet je echt bij hem zijn. Huldar leidt het Reykjavik-team.' Týr wees naar het kleine vergaderkamertje. 'Als je wilt, kunnen we daar even gaan zitten. Dan neem ik de boodschap aan. Ik ben hier zeker nog als hij uit de vergadering komt.'

Idunn dacht even na en nam toen het aanbod aan. Ze gingen in het kamertje zitten nadat Idunn koffie had afgeslagen. 'Eerst moet ik je iets vragen. Heb je al iets van je ouders gehoord?' Op haar gezicht was geen nieuwsgierigheid te lezen, maar medeleven.

'Nee, ik bel ze vanavond.'

Idunn knikte. 'Doe dat. Ik denk dat je je beter voelt als je hun kant van het verhaal hebt gehoord. Het moet niet gemakkelijk voor ze zijn geweest. Soms blijken pogingen om het beste te maken van een slechte situatie niet altijd tot de juiste oplossingen te leiden. Achteraf gezien. Als je ze hebt gesproken en er klaar voor bent, kun je bij mij langskomen en de dossiers bekijken. Waarschijnlijk is het beter als je daar nog even mee wacht. Het werk gaat voor. En het gesprek met je ouders.'

Týr mompelde alleen iets over dat ze waarschijnlijk gelijk had. Hij had zelf op dezelfde manier gedacht, maar hij keek niet uit naar het telefoongesprek, sterker nog, hij zag er enorm tegen op. Hij was heel bang in de hitte van het moment iets te zeggen wat hij niet meer zou kunnen terugnemen.

Idunn begreep dat hij niet meer over zijn privézaken wilde praten. Zij leek daar blij om en hij dacht weer aan haar woorden dat ze niet zo van mensen hield. Het lag voor de hand dat ze dan ook niet veel op had met persoonlijk leed, dus dat moest moeilijk voor haar zijn. Hij kreeg echter de tijd niet om haar te bedanken, want ze ging direct over op het onderwerp waar ze voor kwam. 'Ik heb de sectie van Reynir afgerond. Hij is vannacht ontdooid en hoefde nergens meer op te wachten.'

Týr probeerde te doen alsof er niets aan de hand was, al vond hij de gedachte een mens te ontdooien als een pondje gehakt erg onaangenaam. Dat verklaarde wel haar natte haren. Hij kon zich voorstellen dat een patholoog direct na een sectie onder de douche gaat. Hij was in ieder geval blij dat ze alle vreselijke dingen waarmee ze ongetwijfeld in aanraking was geweest van zich af had gespoeld, net als de lijkengeur. 'Wat is eruit gekomen?'

'Dat is waar ik voor kom.' Idunn leunde achterover op haar stoel. 'Sommige dingen zijn niet heel verrassend, bijvoorbeeld dat het meeste erop wijst dat hij is gestorven aan de gevolgen van onderkoeling. Dat wordt nog duidelijker als ik klaar ben met allerlei weefselmonsters analyseren, die die vaststelling waarschijnlijk zullen bevestigen.' Idunn zag aan het gezicht van Týr dat hij gehoopt had op een meer definitieve conclusie. 'Het is heel moeilijk om een dood door afkoeling vast te stellen. Soms moet je alleen andere dingen uitsluiten. En natuurlijk de omstandigheden meewegen. Maar geen zorgen – ik ga niet over één nacht ijs. In dit geval ben ik vrij zeker van mijn zaak. Hij vertoonde bepaalde rode vlekken, kleine bloedinkjes in de gewrichtsholten en er bleek bloed te zitten in de gewrichtsvloeistoffen in de knieën. Alles wijst op onderkoeling. Maar zoals ik al zei, we krijgen het hopelijk bevestigd als de conclusies van het onderzoek naar de monsters binnen zijn.'

'Dus het was geen zelfdoding? Hij heeft niet zijn polsen doorgesneden of zoiets?'

'Nee. Maar ik weet natuurlijk niet of hij met een vooropgezet plan naar buiten is gegaan, slecht toegerust als hij was. Uit een sectie blijkt dat niet. Ik denk alleen wel dat hij zelf in die badkuip is gaan liggen. Hij lijkt nog in leven te zijn geweest toen hij erin stapte. Dat blijkt uit zijn houding. Hij lag opgerold, wat normaal is, omdat hij het ijskoud had. Het is nauwelijks mogelijk dat iemand hem erin heeft gelegd en hem daarna in die houding heeft gebracht.'

Týr zag de situatie weer voor zich. Het was niet ver van de badkuip naar de boerderij Minna-Hvarf en Reynir moest hem hebben kunnen zien toen hij in de badkuip ging liggen. Dat leek voor hem een teken dat de man niet wilde worden gered. Of dat hij werd beheerst door de drang zich te moeten verbergen, zoals Idunn ook al had gezegd. Hij besloot de vraag te stellen, ook al was hij vrij zeker wat het antwoord zou zijn: 'Kun je zien hoe ver hij al heen was op dat moment?'

'Nee. Maar ik acht het het waarschijnlijkst dat hij al tot het gaatje was gegaan. Ik baseer dat op het feit dat hij weinig kleren aanhad, de vorst en de afstand die hij had afgelegd. Maar of het zijn plan was geweest om buiten te sterven kan ik niet zien aan zijn stoffelijk overschot.'

'Ik begrijp niet wat hij anders van plan kan zijn geweest. Als hij weg had willen komen, had hij zich beter aangekleed. We hebben eerder te horen gekregen dat er geen kleren zijn gevonden in de omgeving. Hij lijkt vrijwel naakt, met een deken over zijn schouders, te zijn vertrokken. En als hij had willen vluchten, dan had hij een van de auto's moeten nemen. Als hij de dader is, dan moet hij alle sleutels hebben meegenomen. Ik kan in ieder geval niet zien dat iemand anders dan de dader zoiets doet. De sneeuwscooter is nog altijd niet gevonden, maar toch is het duidelijk dat hij niet ergens in de buurt van de badkuip is. Er is overal gezocht. Reynir kan daar gewoon niet op vertrokken zijn.' Týr maakte de zaak niet ingewikkelder door haar te vertellen over de sneeuwscooter die de boerin van Minna-Hvarf zei te hebben gehoord. Wat de politie in Akranes had gezien van de opnames van de beveiligingscamera's had niets opgeleverd en mogelijk zou nooit duidelijk worden of er sprake was geweest van een sneeuwscooter. Het had Týr ongelooflijk op de zenuwen gewerkt, net als Elma, die had gebeld om hem het nieuws te vertellen. 'Is het niet duidelijk dat hij buiten wilde sterven?'

'Hij kan op de vlucht zijn geweest. Voor de dader.' Idunn keek Týr aan. 'Ik begin daarin te geloven. Dat is de reden waarom ik besloot om langs te komen. Ik besefte dat dat wel wat invloed heeft op welke kant het onderzoek op gaat.'

Týr was verbluft, ook al had hij zelf ook bepaalde twijfels gehad of Reynir wel de dader was. 'Wat heb je voor aanwijzingen?'

'Hij had afweerverwondingen, onder andere lag zijn linkerduim er bijna af. De zenuwen waren helemaal aan gort en de verwondingen wezen erop dat hij zijn handen voor zijn gezicht had gehouden. Dat bleek toen de deken van hem af werd gehaald. Het lijkt erop dat hij heeft geprobeerd de bijl vast te pakken om de slagen af te weren. Hij heeft nog meer kleinere verwondingen die erop wijzen dat hij zich heeft verweerd en zoals het er nu naar uitziet is hem dat ook gelukt. Afgezien van zijn duim heeft hij geen grote schade opgelopen van die bijl. De andere wonden zijn meer blauwe plekken en schrammen.'

Týr moest dat even verwerken voor hij iets kon zeggen. Hij staarde over Idunns schouder naar de witgeschilderde muur, terwijl hij erover nadacht. 'Kan hij bijvoorbeeld gewond zijn geraakt terwijl hij zijn vrouw aanviel?'

'Ja. Dat kan. Ze kan de bijl hebben afgepakt. Dat is zeker niet uitgesloten. Maar er is meer.'

'Zoals wat?'

'Zijn maaginhoud. Die was dezelfde als bij de anderen. Ze hebben die avond waarschijnlijk hetzelfde gegeten. Reynir heeft dus niet nog enkele dagen na hun dood door het huis gedwaald. Hoewel het tijdstip van overlijden nogal ruim moest worden genomen omdat het lijk bevroren was, klopt dat daar niet mee. Alles wijst erop dat hij dezelfde avond als de anderen is gestorven. Dat zegt natuurlijk niet alles of hij wel of niet de dader was. Er kan iemand anders in het huis zijn geweest na de moorden. Of iemand die hem heeft geholpen. Het kan ook nog dat hij een paar dagen later hetzelfde voedsel heeft gegeten.'

Idunn ging verder: 'Iets anders wat me opviel was dat hij opvallend veel urine in zijn blaas had.'

Týr begreep niet wat de samenhang was. 'Wat betekent dat?'

'Ik zie niet voor me hoe een man die zijn gezin aanvalt met een bijl niet eerst even plast. Het lijkt me eerder dat hij midden in de nacht is wakker geworden en er geen tijd voor heeft gehad.'

'Dus jij hebt niet het idee dat Reynir de dader is?'

Idunn haalde haar schouders op 'Ik zou er niet zo zeker van zijn. De bijl die bij hem in de badkuip lag is natuurlijk een aanwijzing dat hij het is. Zijn vingerafdrukken zitten erop, begreep ik.' Idunn zag de twijfel op Týrs gezicht. 'Is dat niet zo?'

'Jawel. Dat heb ik begrepen. Maar de technische recherche zegt dat de bijl er sporen van draagt dat hij is schoongemaakt. De vingerafdrukken komen overeen met hoe je een bijl vasthoudt, maar er is maar één stel gevonden, wat gek is. Hij moet op een bepaald moment zijn greep hebben verplaatst. Er zit ook geen bloed op de steel, wat heel vreemd is. Hun theorie is dat Reynir de bijl heeft schoongemaakt voor hij ermee de winterse nacht in trok. Waarom is echter totaal onduidelijk. Ze vonden ook sporen van bloed in de waterleiding van de gootsteen en van de douche. Was Reynir schoon?'

'Nee. Hij zat onder de bloedvlekken. Zijn T-shirt, zijn buik, zijn haar, alles. Hij heeft absoluut zeker niet gedoucht.'

Týr dacht even na voor hij het woord weer nam. 'Hij heeft

misschien de bijl schoongemaakt in de douche, toen hem dat in de gootsteen niet lukte. Het is geen kleine bijl.'

Idunn reageerde niet op die overweging. 'Maar hoe dan ook, het kan alle kanten op en daarom stel ik voor dat jullie serieus naar andere mogelijkheden kijken. Als die er zijn.'

Idunn zweeg, terwijl Týr rustig met zijn hoofd knikte. Die hoofdbeweging hielp hem met nadenken. 'Ik heb wel een kandidaat.'

Karó legde de viltstift neer en deed een stap achteruit om het bord beter te kunnen zien. Zij en Týr waren in de vergaderkamer. Anderen waren druk bezig met de taken die Huldar hun had gegeven.

Nadat Idunn het gesprek met Týr had beëindigd, had hij besloten dat het niet kon wachten Huldar van de resultaten van de sectie op de hoogte te brengen. De vergadering werd toen direct ontbonden en Idunn en Huldar waren in zijn kantoor gaan zitten, waarna zij waarschijnlijk dezelfde punten met hem doornam als ze met Týr had gedaan. Ze hadden daar ruim een halfuur bij elkaar gezeten en na een tijdje dacht Týr dat Idunn misschien had gevonden dat zij Huldar het dramatische verhaal over Týrs jeugd moest vertellen. Maar toen zij weer verschenen was er niets aan Huldar te merken wat erop wees dat Idunn haar belofte had gebroken. Hij besefte dat hij paranoïde was. Hij was het middelpunt in zijn eigen leven. Niets anders. Idunn en Huldar hadden op dit moment andere dingen aan hun hoofd. En hij ook.

Vervolgens had Huldar met het team gesproken en uitgelegd dat de status van het onderzoek mogelijk was veranderd. Je kon veel van hem zeggen, maar hij was wel snel van begrip. De meesten telden de dagen tot de vrouw die hij vanwege zwangerschapsverlof verving terugkwam, maar hij reageerde wel direct op deze nieuwe wending. Hij deelde verstandige orders uit, naar het oordeel van Týr, en wilde dat er nader werd gekeken naar drie mogelijke daders. Een van hen was de ex van een van de slachtoffers, Sóldís. Toen haar telefoon werd bekeken, bleek dat er berichten op stonden waarin hij haar met de dood bedreigde. Zulke berichten waren meestal niet serieus bedoeld, dus hij vroeg het team er terughoudend mee om te gaan, al mochten ze het ook niet direct van tafel vegen. Hij benadrukte ook dat ze niet mochten vergeten dat nog altijd niet was uitgesloten dat Reynir toch de dader was. Die hypothese was nu iets minder waarschijnlijk dan voorheen, maar nog altijd aanwezig.

'Alvar, Jón – de ex van Sóldís – en de boer op Minna-Hvarf.' Karó las de drie namen die ze op het whiteboard had geschreven hardop voor. Onder elke naam had ze genoteerd wat er bekend was over die mannen en hun bewegingen in de dagen rond de moorden. De informatie was verre van compleet, want er was tot dan toe weinig aandacht aan besteed. Karó had ook mogelijke motieven opgeschreven die erachter zouden kunnen zitten: een moeilijke relatiebreuk bij Jón en een hardnekkige burenruzie in het geval van de boer op de naastgelegen boerderij. Allebei waren ze in LÖKE aangetroffen, de boer vanwege bedreigingen van Ása en Reynir, maar ook vanwege oude conflicten met zijn broer en degene die het echtpaar de grond had verkocht. Volgens die informatie beweerde de voormalige bewoner van Hvarf dat zijn broer hem had aangevallen, maar had hij later van de zaak afgezien. Met de aanklacht tegen de ex, Jón, was het ook zo gegaan. Degene die hem van bedreigingen had beticht was zijn vriendin vóór Sóldís, maar die wilde de zaak niet doorzetten toen het erop aankwam. Ze wilde alles vergeten en doorgaan met haar leven. De bedreigingen waren gestopt zodra de politie in het spel was gekomen. Uit geen van beide zaken zou je de conclusie kunnen trekken dat die mannen een bijl zouden pakken en er vrouwen en kinderen mee zouden aanvallen. Maar er zouden waarschijnlijk nooit moorden worden gepleegd als je ze kon zien aankomen.

Nog altijd had niemand iets kunnen bedenken wat zou kunnen verklaren waarom Alvar tot zo'n geweldsexplosie zou kunnen zijn gekomen. Hij had nauwelijks twee maanden bij het echtpaar gewerkt en had geen geschiedenis van geweldpleging of psychische problemen. Hij kwam niet voor in LÖKE, niet als getuige, niet als dader en niet als verdachte. Maar het was natuurlijk bekend dat stille wateren soms diepe gronden hebben en het was niet uitgesloten dat zulke mensen de verschrikkelijkste dingen deden. Het was bekend dat hij financiële problemen had, maar hoe moord op zijn werkgevers die had kunnen oplossen was niet goed te begrijpen. De grote geldbedragen die van de rekening van het echtpaar waren verdwenen voor ze naar IJsland terugkwamen waren ook nog niet teruggevonden. Een lid van het team had geopperd dat het geld misschien in bankbiljetten in het huis was bewaard en dat Alvar het had gestolen. Die theorie was niet slechter dan iedere andere en kon verklaren waarom Alvar spoorloos was verdwenen. Met stapels bankbiljetten werden vluchtroutes ineens veel haalbaarder dan zonder. Een goed idee – maar niet door voldoende bewijzen en informatie gesteund. De bankbiljetten in de open safe in het huis pasten ook niet in dat beeld. Dat waren weliswaar geen enorme bedragen en de biljetten waren misschien wel juist daarom achtergelaten. Enkele honderdduizenden kronen waren niets vergeleken bij de bedragen die van de rekening van het echtpaar waren verdwenen. Misschien was dat geld in het huis achtergebleven als contant geld om bij de hand te hebben.

Geen van de drie mannen leek een betere reden te hebben dan de andere om de moorden te plegen. Het was tegelijkertijd ook niet mogelijk om een van hen uit te sluiten.

Het gedeelte van het whiteboard dat Karó had ingeruimd voor vingerafdrukken en biologische monsters was leeg. Ze waren nog niet afgenomen van de mannen. Het was daarom nog niet mogelijk geweest om te zien of ze overeenkwamen met een van de vele sporen en vingerafdrukken die op de plaats delict waren aangetroffen. Dat moest allemaal nog worden gedaan. De resultaten van het DNA-onderzoek waren nog niet binnen, dus het was nog onduidelijk of daar sporen van anderen dan de familie en de hulp in de huishouding tussen zaten. Als dat het geval was, zou er weer moeten worden gewacht op de profielen van de drie mannen om ze te kunnen vergelijken met het onbekende DNA. Een eerste onderzoek van de vingerafdrukken had echter wel aangetoond dat er anderen dan alleen het gezin en Sóldís in het huis waren geweest. De vraag was alleen of de betrokkenen die hadden achtergelaten tijdens iets anders dan een onschuldig bezoek voordat de moorden plaatsvonden. Er waren geen onbekende vingerafdrukken gevonden in de slaapkamers waar de moorden waren gepleegd.

Het belangrijkste op het whiteboard, zoals de zaak er nu voor stond, waren de gegevens over het telefoongebruik van de drie mannen. Die informatie was zo snel mogelijk opgehaald uit de beschikbare gegevens, want alle drie waren ze van het begin af aan in beeld geweest. De locatie van de telefoons in de avond en de nacht dat de moorden plaatsvonden was vastgesteld. Volgens die informatie was Jón, de ex van Sóldís, niet in de buurt van Hvarf geweest, en daarom konden ze hem uitsluiten. Zijn telefoon was de hele tijd in zijn huis geweest en was bovendien gebruikt. Het was niet uitgesloten dat hij iemand had gevraagd om in zijn huis te zitten en de telefoon regelmatig te gebruiken terwijl hij zelf naar Hvalfjördur op en neer reed, maar het was wel heel onwaarschijnlijk.

De boer op Minna-Hvarf was ook het grootste deel van de tijd thuis geweest. Hij had wat over zijn land gelopen en was naar Borgarnes geweest, volgens zijn telefoongegevens. Zijn telefoon was niet in de buurt geweest van de boerderij van Ása en Reynir, maar had vanaf een uur of tien 's avonds ongebruikt in zijn huis op Minna-Hvarf gelegen. Het waarschijnlijkst was dat de man naar bed was gegaan om te slapen, maar het was niet uitgesloten dat hij 's nachts een bezoek had gebracht aan Hvarf, zonder zijn telefoon, met het doel de bewoners aan te vallen. Zijn verhoor, dat als eerste op de agenda stond in Akranes, zou hopelijk iets aan het licht brengen dat zijn schuld of onschuld zou kunnen aantonen.

De telefoongegevens van Alvar lieten hetzelfde zien als die van zijn iPad. Zijn telefoon was uitgevallen op hetzelfde moment als de zender die Hvarf bediende, en was later in geen enkel netwerk meer opgedoken. Omdat slechts één zender het gebied rond de boerderij van Ása en Reynir bediende was het niet mogelijk om hem precies te lokaliseren met de gegevens van de telefoonmaatschappij, maar de app in de iPad maakte gebruik van gps en gaf wel precieze coördinaten. Die gaven aan dat de telefoon buiten het woonhuis was geweest. Het was niet mogelijk om de route van de telefoon te volgen. Je kon alleen zien waar hij het laatst aan was geweest. De gegevens lieten echter zien dat de telefoon in het systeem opdook via een andere zender op de dag dat Alvar zou zijn ontslagen. Dat was in de avond. Toen was de telefoon in de buurt geweest van

Minna-Hvarf en daar de nacht en de volgende dag gebleven. Mogelijk kon de boer van die boerderij dat verklaren. Anders zou zijn vrouw ernaar worden gevraagd, of zelfs zijn zoon. Dat Alvar op de boerderij naast die van Ása en Reynir verscheen klopte met wat hun chauffeur had gezegd toen er kort met hem was gesproken. Hij zei dat hij het laatst iets van de mensen op de boerderij had gehoord toen Sóldís hem vroeg op de vrijdagochtend had gebeld en hem had gevraagd haar op te halen. Hij had van haar begrepen dat ze met haar werk was gestopt. Hij was die ochtend bezet en de weersvoorspelling voor die middag was slecht, dus hij had gezegd dat hij pas de volgende dag zou kunnen komen, op zaterdag. Toen hij niets meer van haar hoorde en haar telefoon niet werd opgenomen, had hij gedacht dat ze van gedachten was veranderd.

Hij ontkende echter dat hij Alvar naar huis had gereden toen hij was opgehouden met zijn werk op Hvarf. Deze theorie over hoe hij weer in de stad was gekomen hield dus niet lang stand.

Het wonderlijke was dat na een paar dagen op Minna-Hvarf te zijn geweest de telefoon van Alvar opnieuw contact maakte met de zender die de boerderij van Ása en Reynir bediende. Net als eerder was het niet mogelijk te zien of hij de boerderij naderde of daar verbleef, maar hij bleef verbonden tot het contact uitviel. Het waarschijnlijkst was dat Alvar in die periode bij het echtpaar had gewoond, ook al wist niemand dat hij opnieuw in dienst was genomen of weer bij hen in huis woonde. Er waren ook maar weinig mensen die iets over het leven op de boerderij konden vertellen in de dagen voor de moorden. Degenen met wie was gesproken wisten daar niets van en vonden het zeer onwaarschijnlijk. Volgens het team in Akranes, dat dit deel van de zaak op zich had genomen, had zowel de vriendin van Ása, de kapster Ella, als Karl, haar man, beweerd dat het echtpaar zoiets nooit zou overwegen.

Verder waren er weinig bewegingen te zien op de telefoon van Alvar. In de twee maanden dat hij op de boerderij had gewoond was hij tweemaal voor het weekend naar huis gegaan in Mosfellsbær. Daar was hij voornamelijk in huis gebleven, wat klopte met wat Bogi had verteld, die bij hem huurde. Hij had een keer rond de Hvalfjördur gereden en was een keer naar Borgarnes geweest, waarschijnlijk in de auto van het echtpaar of hij was met hen meegereden. In de periode dat Alvar op de boerderij werkte was de telefoon binnen het gebied gebleven van de zender die Hvarf bediende.

Týr ging nog eens door de opsomming van de verplaatsingen van Alvar. 'Zijn zijn bewegingen al op een kaart vastgelegd? Die reis rond de Hvalfjördur, bijvoorbeeld?'

'Ja, ik denk dat Lína dat heeft gedaan. Zijn telefoon lijkt steeds te hebben aangestaan tijdens die rit, gelukkig voor ons. Maar ik moet zeggen dat dat op zich op niets anders wijst dan dat die ritjes onschuldig zijn geweest. Als hij ze verborgen had willen houden voor ons had hij de apps die steeds contact zoeken met het netwerk uitgezet. Hij is computerdeskundige en weet hoe die dingen werken. Maar waarom wil je dat weten?' Karó legde haar viltstift neer. 'Denk je dat hij iets van plan was?'

'Nee. Niet direct. Ik vroeg me af of hij op zoek was naar boerderijen waar hij zich zou kunnen verbergen na de moorden, zich voorbereidde op de vlucht. Misschien is dat onwaarschijnlijk, maar die vent lijkt nergens te vinden.' De vrienden van Alvar die in Denemarken studeerden waren gevonden. Zij beweerden bij hoog en bij laag dat hij niet bij hen was. Ze zeiden ook geen idee te hebben waar hij zou kunnen zijn. Hetzelfde gold voor zijn naaste familieleden, zijn tante en zijn opa. 'Hij moet toch ergens zijn.'

'Moeten we die kaart er niet bij halen en de situatie bekijken?' Karó zette haar handen in haar zij en boog haar hoofd naar links en naar rechts om haar nek te stretchen. 'Ik ben er wel aan toe om er even uit te gaan. Misschien kunnen we even naar Akranes gaan en het verhoor van de aartsvijand, die boer, bijwonen?'

Dat klonk goed. Heel goed.

HOOFDSTUK 28 | EERDER

Sóldís werd in het donker wakker. Ze hoefde haar ogen niet open te doen om dat te weten. Ze bleef nog even liggen en was bang voor wat ze in de duisternis zou zien als ze haar ogen zou openen. Ze troostte zich ermee dat ze was wakker geworden zonder iets in haar handen en dat het stil was in huis. Geen gekraak, geen gepiep. Ze draaide zich op haar zij, zodat het eerste wat ze zag als ze haar ogen opendeed niet het gat in het plafond was, recht boven haar hoofd. Ze had haar ogen dicht moeten knijpen toen ze naar bed was gegaan, om zichzelf te dwingen er niet steeds naar te kijken en erop te wachten tot het zwarte gat zou gaan glanzen als er een oog achter verscheen.

Ze moest het nog een paar uur volhouden. Hooguit tot de avond. Ze voelde zich sterker bij die gedachte en ze opende haar ogen om te zien hoe laat het was. Ze wilde meteen de taxichauffeur bellen en wachten tot hij haar ophaalde. Hoe eerder hoe beter.

Haar ogen wenden aan de duisternis en ze keek naar de gesloten deur om er zeker van te zijn dat hij niet was geopend terwijl zij sliep. De bladzijde die zij uit het boek met Japanse gedichten op het nachtkastje had gescheurd en tussen de deur had geklemd zat nog op zijn plaats en ze ademde lichter. Ze was zo slecht geweest de laatste bladzijde uit het boek te scheuren, omdat Ása en Reynir het misschien nog wilden lezen.

Sóldís voelde de adrenaline door haar aderen stromen toen ze naar de vloer keek en daar iets zwarts zag, wat leek op een dode rat. Iemand die kippen kon slachten zou er zeker niet voor terugschrikken om een rat te doden en daarmee angst te zaaien. Ze herinnerde zichzelf eraan dat de deur niet open was geweest en ontspande zich. Toen ze beter keek, zag ze dat het gewoon een van haar sokken was die ze de avond tevoren had uitgetrokken.

Sóldís pakte haar telefoon om te zien hoe laat het was. Ze kreunde luid toen ze zag dat het nog veel te vroeg was om te bellen. Ze begreep dat ze met de chauffeur zou moeten onderhandelen en wilde dat hij haar goedgezind was. Ze moest hem niet ergeren door hem veel te vroeg uit zijn bed te bellen. Omdat ze ervan uitging dat de familie nog sliep, besloot ze de tijd te gebruiken voor het inpakken van haar spullen. Dat zou niet lang duren, omdat ze weinig bagage had meegenomen, iets wat nu handig bleek te zijn.

Ze kleedde zich aan en wilde de kledingkast openen. Eerst haalde ze diep adem, ze wist niet wat ze zou aantreffen. Ze had er niet meer in gekeken voor ze naar bed was gegaan, dus er kon altijd een griezel in zitten. Of de zoekgeraakte portemonnee van Ása. Sóldís twijfelde er geen moment aan dat die door dezelfde persoon was weggenomen als die het halskettinkje en de afstandsbediening had gestolen. Die Alvar, die zij daarvan verdachten, was vast niet onschuldig.

In de kast bleek niets te zijn, behalve haar kleren, en haar hartslag werd weer normaal. Ze haalde de weinige kledingstukken die aan hangertjes hingen eraf en gooide ze op het bed. Toen maakte ze de ene la die ze had gebruikt leeg, haalde een trui van een plank en pakte haar tas onder de kast vandaan. Met elk kledingstuk dat ze erin stopte voelde ze zich beter en toen ze de tas sloot, was ze een en al optimisme. Dit afschuwelijke hoofdstuk in haar leven zou snel voorbij zijn. Wat er ook zou volgen, het kon niet erger zijn dan haar verblijf hier op de boerderij.

Toen ze de avond ervoor in slaap probeerde te vallen, had ze nagedacht over de volgende stappen die ze zou nemen. Ze had haar plannen nog niet helemaal uitgewerkt, maar de grote lijnen wel. Ze zou een kamer huren, een baantje zoeken in een winkel of op een crèche en in de avonden haar scriptie schrijven. 's Avonds zou ze in slaap vallen onder een wit, gestuukt plafond zonder gaten en dankbaar zijn dat ze niet meer in Hvarf was. Voor het eerst sinds lange tijd voelde Sóldís zich goed.

Maar dat gevoel zou niet lang duren. Om klokslag acht uur belde zij de chauffeur, maar toen bleek dat hij haar pas de volgende dag kon halen. Hij was tot na de middag bezet en dan was er slecht weer voorspeld. Ze begon bijna te huilen, maar ze beheerste zich nog net genoeg om het niet uit te snikken. Dat zou niets hebben veranderd.

Sóldís haalde haar neus op. Hij zou morgen komen. Nog één nacht. Dat moest ze kunnen overleven. Op haar weg naar het nieuwe huis liep ze het kleine boekenkamertje binnen en zette ze het boek met Japanse gedichten terug op zijn plek. Ze zorgde ervoor niet naar de spleet in het plafond te kijken en ging de gang weer in.

'Waar zijn de andere kippen?' Gígja hurkte neer en wilde in het kippenhok kijken.

Sóldís pakte haar voorzichtig bij haar schouders en voorkwam dat ze haar hoofd helemaal naar binnen stak. 'Ze slapen nog. We moeten ze met rust laten. Laten we ze wel genoeg geven, zodat ze straks kunnen eten.' Het zou niet gemakkelijk worden om het voor Gígja te blijven verbergen dat er minder kippen waren, maar ze zou er pas achter komen als Sóldís al weg was. Ze wilde niet dat hun laatste uren samen gevuld zouden zijn met verdriet en tranen.

Ze zou Gígja missen. Íris ook, en Bói en Lubbi. De honden leken haar gedachten te kunnen lezen terwijl ze de sneeuw naast het kippenhok lieten opwervelen. Ze stopten met wat ze aan het doen waren, bleven stokstijf staan en keken naar haar door het kippengaas heen. Achter hen stond een schop tegen de muur van het huis en Sóldís begreep ineens waarom ze zo driftig in de sneeuw aan het graven waren. Ze haastte zich de rest van het voer te geven en duwde Gígja toen voor zich uit het kippenhok uit. Het zou moeilijk zijn Gígja ervan te overtuigen dat alles in orde was als een van de honden opeens met een kip zonder kop in zijn bek zou opduiken.

Sóldís slaagde erin de honden zover te krijgen dat ze met haar meegingen. Ze waren er niet blij mee, maar schikten zich in hun lot. Ze hadden vast zin in een wandeling, maar dat zou er niet van komen. Geen van de bewoners was bereid het beetje veiligheid dat de boerderij bood te verlaten. Het kostte zelfs moeite om de dieren te gaan voeren, ook al waren dat maar een paar passen van het huis. Ása leek de angst die Sóldís voelde te begrijpen, want ze vroeg haar niet om de ronde te doen voordat de zon op z'n hoogst aan de hemel stond. Het zwakke licht hielp zeker, maar was niet voldoende om de knoop in Sóldís' maag los te maken.

Ze was even bang geweest dat Reynir haar de bijl zou aanbieden toen zij en Gígja naar buiten gingen, maar dat had hij niet gedaan. De bijl was nergens te zien en lag waarschijnlijk naast het bed van het echtpaar, aan zijn kant. Hoe Ása een oog dicht had kunnen doen met dat wapen binnen direct handbereik van haar psychisch gestoorde man ging elk begrip te boven. Waarschijnlijk gaven de vage kringen onder de ogen van Ása aan hoe zij zich voelde.

'Kom. We moeten de koeien en de paarden voeren en ze dan

naar buiten laten. Daarna maak ik chocolademelk. Misschien kunnen we later ook wel Star Wars spelen.' Niemand in huis zou dat doen als Sóldís was vertrokken. Ze had helemaal geen zin om te spelen met die rare mannetjes en die raketten van Gígja, maar ze zag het als een afscheidscadeau aan het meisje. Er zat geen kaart bij het cadeau, maar ze moest het er maar mee doen.

Ása was veel eerder dan anders met de lessen gestopt. Ze was zichtbaar gespannen, zoals iedereen in huis, afgezien van Gígja. De reden was niet dat Sóldís had opgezegd, want ze had haar besluit nog niet bekendgemaakt. Ze wilde ermee wachten tot morgen, als ze nog eens met de taxichauffeur had gesproken en wist wanneer hij kon komen. Een halfuur voor hij er was, zou zij het hun laten weten. Zo hadden ze geen kans om haar ervan af proberen te brengen of haar te bedreigen. Ze was er niet bang voor dat ze zouden proberen haar om te praten, omdat er niets en niemand was die haar daar langer kon laten blijven. Er was iets griezeligs gaande op de boerderij en er stond iets afschuwelijks te gebeuren. Zij voelde het.

'Jij mag Darth Vader zijn.' Gígja keek op naar Sóldís en lachte naar haar, terwijl ze haar in een want gestoken hand in de hare stak. Ze kreeg een steek in haar hart bij die aanraking en bij het zien van haar lieve gezichtje, maar slaagde er toch in terug te lachen. Ze bad in stilte dat ze het mis had met dat afschuwelijke wat er in de lucht hing.

Waarschijnlijk zou ze zelf de politie bellen, als ze in de stad aankwam. Ása en Reynir hadden het niet gedaan, maar hun verzet zou haar niet tegenhouden. Ze voelde zich iets beter nadat ze die beslissing had genomen. Als er iets zou gebeuren – natuurlijk hoopte ze van niet – zou ze zich iets beter voelen als ze tenminste had geprobeerd het te voorkomen. Ása had haar gezegd dat ze de politie niet zouden bellen, omdat hun advocaten hun hadden gezegd zich gedeisd te houden en ervoor te zorgen niet weer in aanvaring met de overheid te komen. Dan bestond er een kleine kans dat de zaak van de wietteelt van Reynir in de la zou blijven liggen. Een heel kleine kans. Maar Sóldís had geen hennep gekweekt en had geen enkele reden de politie uit de weg te gaan. Ze vond het beter voor het gezin als Reynir zou worden vervolgd voor een kleine hennepkwekerij dan dat ze in deze staat van beleg zouden voortleven.

Sóldís deed de staldeur op dezelfde manier open als die ochtend haar kledingkast. Ze haalde diep adem, telde in stilte tot drie en trok hem toen open. De scharnieren knarsten en ze keek naar binnen. Net als eerder was ze overal op voorbereid. Niets zou haar verbazen. De zon zette de stal in een vaag licht door de hoge ramen in de wanden. In de lucht dwarrelde stof. De twee koeien draaiden hun grote koppen om naar de deur en staarden naar haar en Gígja. Ondanks het weinige licht zag je hun snuiten glimmen. Een had een pluk haar op haar kop die nu rechtovereind stond, omdat Gígja de afgelopen dagen geen tijd had gehad om haar kop te kriebelen en haar te kammen, zoals ze anders altijd deed.

'Waar zijn de paarden?' Gígja stapte als eerste naar binnen. 'Slapen ze nog, net als de kippen?'

Sóldís volgde Gígja naar binnen. Ze wist genoeg van paarden om te weten dat ze soms liggend sliepen. In de stal lagen rubbermatten, bedekt met stro; Ása had gezegd dat ze had gelezen dat dat het beste was voor de dieren. Daar leek geen woord van gelogen, want de paarden voelden zich zichtbaar goed. Je kon door die onderlaag goed horen wanneer de dieren zich bewogen. Nu klonk er geen geluid uit de stallen. Onder normale omstandigheden waren ze direct overeind gekrabbeld, wetend dat mensen in de deuropening betekende dat ze naar buiten gingen, dat er een rit op het programma stond of dat er eten aankwam. 'Gígja. Wacht hier. Kom niet achter mij aan.'

'Waarom niet?'

'Voor het geval de paarden ziek zijn. Ik wil niet dat jij besmet raakt.' Sóldís wist dat het uitgesloten was dat de paarden een of andere ziekte hadden opgelopen. En ook als het wel zo was, kon Gígja niet besmet worden. Ze vermoedde iets veel ergers. Ze wilde in de stallen gaan kijken, maar haar voeten weigerden dienst en ze kwam maar heel langzaam vooruit. Ze gebruikte de tijd om zich voor te bereiden op iets dat zo vreselijk was dat ze zou gaan gillen. Dat mocht namelijk niet gebeuren. Als de paarden onthoofd in bebloed stro lagen, dan moest ze doen alsof er niets aan de hand was. Vanwege Gígja.

De stallen bleken leeg en Sóldís gebruikte de kracht die ze vanbinnen had opgebouwd om niet in lachen of huilen uit te barsten. Ze was zo opgelucht dat beide reacties mogelijk waren. Toen ze er zeker van was dat ze dat allebei niet zou doen, draaide ze zich om: 'Ze zijn hier niet, Gígja. Dus het is oké.'

'Waar zijn ze dan?'

'Íris en je vader moeten een rit zijn gaan maken terwijl wij achter het huis waren. Ze wilden waarschijnlijk nog even gaan rijden voor het slechte weer losbarst. Ze zijn vast zo weer terug, want dat duurt niet lang meer.'

Íris en Reynir waren nog niet terug toen ze klaar waren met de stal uitmesten en het voeren van de koeien.

Ze bleken binnen te zijn en waren helemaal niet gaan rijden.

'Ze moeten zijn ontsnapt.' Ása bleef dezelfde strategie toepassen. Ze slurpte koffie uit een piepklein espressokopje en had geheel tegen haar gewoonte in de thee laten staan.

'En hebben ze de deur dan achter zich dichtgedaan?' Sóldís had inmiddels genoeg ervaring opgedaan om de verdwijning van de paarden op een andere manier te verklaren, iets wat dichter bij de waarheid leek te zijn. Degene die om hen heen sloop had ze vrijgelaten. Ze wilde Íris niet verraden door te vertellen dat het paard van Robbi, haar vriendje, ook was vrijgelaten. Ze wilde niet dat de laatste herinnering van Íris aan haar was dat ze een verrader was. 'De paarden zijn moedwillig naar buiten gelaten. Mogelijk zijn ze ook weggejaagd. Ze zijn niet gewend om weg te rennen, ook al lopen ze los.' Ze kon dat zeggen omdat Gígja noch Íris in de keuken was. Het jongste meisje was in haar kamer om het Star Warsspel voor te bereiden en de oudste zus zat waarschijnlijk in haar kamer met Robbi te appen. 'De stal was op slot.'

Ása wierp haar een wantrouwige blik toe. 'Waarom zou iemand onze paarden loslaten?'

Sóldís wilde helemaal niet wijzen op wat er met de kippen was gebeurd. Ze wilde liever iets bedenken wat op geen enkele manier samenhing met wat er eerder was gebeurd. 'Misschien zijn ze gestolen. Waren het dure paarden?'

'Ja, het waren rijpaarden. En die kosten wel wat. Maar ik kan moeilijk geloven dat iemand heeft geweten dat ze hier stonden. Alleen degene die ze aan ons heeft verkocht en hij is bekend in de paardenwereld. Op een goede manier. Niet omdat hij paarden verkoopt en ze vervolgens steelt.' Ása pakte haar koffiekopje van het kookeiland. Ze draaide Sóldís en Reynir de rug toe, liep naar de mooie verchroomde koffiemachine en zette het kleine kopje onder het tuitje. Terwijl de machine nog een espresso voor haar maakte voegde ze eraan toe: 'Ik weet zeker dat ze zelf zijn ontsnapt. Op de een of andere manier.'

Tot Sóldís' grote verbazing stond Reynir achter haar. Tot nog toe had hij het er met geen woord over gehad dat zij in zijn kantoor was geweest en daardoor was ze iets rustiger geworden in zijn nabijheid. 'Ik ben het met Sóldís eens, Ása. De paarden zijn niet zelf naar buiten gegaan. Daarvoor hadden ze hun box moeten openmaken en daarna ook nog de buitendeur van de stal. Dat is veel te vergezocht.'

'Misschien was je vergeten ze goed dicht te maken.' Ása mokte. Ze haalde haar kopje te snel onder het tuitje vandaan en nam een slokje van wat niet meer dan een druppel kon zijn.

'Nee, verdomme. Zowel de boxen als de staldeur waren vergrendeld. Ik heb ze gisteren verzorgd en ik heb ze dichtgedaan. De boxen en de stal.'

Dat verminderde de overtuiging van Soldís aanzienlijk. Reynir zou zeker alles open hebben kunnen laten staan. Ze ging er niet verder op in. 'Moeten we de paarden niet gaan zoeken?'

Ása was duidelijk blij dat ze het over oplossingen konden hebben in plaats van te bekvechten over de oorzaken van het probleem. 'Ja, natuurlijk. Er komt storm en ze kunnen niet buiten blijven met slecht weer, nu ze gewend zijn om op stal te staan.'

Het werd stil in de keuken. Geen van hen wist hoe je naar weggelopen paarden zocht. Ása kwam als eerste met een voorstel, een vraag die ze aan Reynir richtte. 'Moeten we Karl bellen en vragen of hij ons wil helpen?'

'Nee, alsjeblieft niet.' Voor het eerst hoorde Sóldís Reynir iets inbrengen tegen wat zijn vrouw voorstelde. 'We gaan wel in de auto naar ze zoeken. Ze kunnen niet ver zijn.'

Hij wist daar natuurlijk niets van. De paarden konden al uren onderweg zijn. Toch was het het enige verstandige wat ze konden doen. Sóldís zei: 'Ik kan met je meegaan, Ása. Maar we moeten meteen vertrekken, zodat we niet in de storm terechtkomen. We moeten misschien ook Íris meenemen en zadels en hoofdstellen. Ze moeten naar huis worden gereden.' Sóldís zag niet voor zich dat ze de paarden konden opdrijven. Paarden zijn vluchtdieren en je weet nooit hoe ze reageren.

Ása sloeg haar koffie in één teug achterover. 'Goed. Laten we gaan. Reynir, jij blijft hier met Gígja. Het is niet nodig dat we ons allemaal in die auto proppen.'

Sóldís ging Íris halen en kwam Gígja stralend tegen op de gang. Ze hief haar armen zegevierend op en kondigde aan: 'Alles is klaar!'

Terwijl Sóldís het meisje uitlegde dat ze het spel wat moesten uitstellen, hoorde ze Ása en Reynir ruziën. Ze deed alsof er niets aan de hand was en duwde Gígja voor zich uit haar kamer in, zodat ze geen getuige van de ruzie hoefde te zijn als die uit de hand mocht lopen. Ze had al de nodige ruzies meegemaakt, als je in aanmerking nam wat ze van de volwassenen in haar leven had meegekregen. In plaats van Íris te halen en haar te mengen in de woordenwisseling van haar ouders, draaide ze zich om en offerde zichzelf op. Misschien zouden ze ophouden als zij verscheen. Geen enkel stel wilde ruziemaken in de aanwezigheid van mensen die ze niet goed kenden. En dat gold ook voor haar. Ása en Reynir kenden haar nauwelijks. Afgezien van de creepy vragen die Reynir haar had gesteld nadat ze er net was komen wonen, had geen van beiden haar iets over haar persoonlijke situatie gevraagd. Ása had het online sollicitatiegesprek duidelijk genoeg gevonden. Ze had gevraagd naar wat zij belangrijk vond en had er geen enkele behoefte aan om meer te weten.

'Ik heb geen idee waar ze kunnen zijn. Ik heb ze niet.' Reynir leek half buiten zinnen en was op die manier weer helemaal zichzelf. Behalve dat zijn nabijheid niet meer zo onuitstaanbaar was als Sóldís eerst had gevonden.

Het echtpaar stond bij het kastje in de gang. Ása had het lege sleutelbakje in haar handen. Geen huissleutels, geen autosleutels, geen sleutels van de sneeuwscooters. Ze keken allebei tegelijk naar Sóldís en zij haastte zich te zeggen dat zij geen sleutels had weggenomen.

'Wie dan?' Ása klonk zowel beschuldigend als wanhopig.

Voor Sóldís daarop kon reageren kwam Íris aanrennen. 'Ik kan niet bellen. Is het het netwerk of ligt het aan mijn telefoon?'

Sóldís had haar telefoon niet bij zich, net zomin als Reynir. Ása zette het bakje neer en haalde de hare uit haar zak. 'Het netwerk ligt eruit. Misschien is het de storm. Gebruik het draadloze netwerk.'

Ze had dat nog niet gezegd of de storm sloeg met een klap tegen het huis. In de keuken sloeg hij tegen de hoge glazen wand en die leek naar binnen toe op te bollen. Hoe het ook met de autosleutels zat, er ging niemand naar buiten in dit weer om naar de paarden te zoeken.

Een angstig gevoel overviel Sóldís en ze voelde in haar zak naar het visitekaartje van de taxichauffeur in de hoop iets rustiger te worden. Ze konden nergens heen. Niet gemotoriseerd, niet te paard. Ze zaten vast op de boerderij.

Muurvast.

Einar Ari had geweigerd naar Akranes te komen voor het verhoor. Hij kwam niet omdat hij een zieke merrie had en uiteindelijk kwam het erop neer dat Hördur en Elma bij hem thuis op Minna-Hvarf met hem zouden praten. Hördur vond dat er niet langer gewacht kon worden, de man zou ongetwijfeld steeds een andere smoes hebben en hij wilde hem niet in de handboeien naar het bureau halen. Dat zou een heel negatief effect hebben en ervoor zorgen dat hij minder zou vertellen. Týr snapte dat wel. Handboeien losten zelden iets op.

Er werd afgesproken dat Týr en Karó Hördur en Elma op Minna-Hvarf zouden ontmoeten. Hördur wilde niet dat ze bij het gesprek met Einar Ari zouden zitten – dat zou zijn als met een kanon op een mug schieten, zoals hij het verwoordde. Twee politieagenten waren genoeg. In plaats daarvan moesten zij informeel een praatje maken met Dísa, de vrouw van Einar Ari, terwijl Hördur en Elma hem de duimschroeven aandraaiden. Omdat Dísa niets te maken had met haar mans conflict met het echtpaar op Hvarf zou zij eerder bereid zijn te praten en het werd niet uitgesloten geacht dat zij iets zou zeggen waar Einar Ari het liever niet over wilde hebben.

Karó ging achter het stuur zitten en tegen zijn gewoonte in was Týr blij om bijrijder te zijn. Het weer was mooi, stil en helder en hij kon van het uitzicht genieten zonder zich zorgen te hoeven maken dat hij niet op de weg lette. Het was goed om even weg te zijn van kantoor en de bergen te zien in plaats van zijn bureau. Ze reden grotendeels zwijgend voort, en Týr dacht dat zij eigenlijk naar zijn biologische moeder wilde vragen, maar dat niet durfde. Er was niets veranderd sinds hij erachter was gekomen wat haar in werkelijkheid was overkomen, dus er viel eigenlijk niets te bespreken. Hij had niet gereageerd op het bericht van zijn vader – en aan de kant van zijn ouders was het nu ook stil. Hij besefte dat ze wanhopig wachtten tot hij contact opnam en hun toestond hun kant van de zaak uit te leggen. Dat zou heus wel gebeuren.

Týr besloot echter dat het nu geen slechter moment was dan elk ander om Karó te vragen wat er op haar schouders drukte. Hij hoopte dat ze nog langer zouden samenwerken en als hij nog langer wachtte zou hij die vraag niet meer kunnen stellen – alsof je tijdens een gesprek zegt: *Sorry, maar wie ben jij ook alweer?*

'Eén ding, Karó. Als mensen denken dat jij buitenlands bent, wil je dan dat ik daar iets van zeg? Ik vind dat steeds nogal vervelend, maar ik denk dat het voor jou veel erger is. Ik wil me er niet mee bemoeien, als jij vindt dat ik het dan alleen maar erger maak.'

Karó keek naar hem. Ze leek niet kwaad, alleen een beetje verbaasd. 'Ik heb mijn leven lang veel rare vragen gekregen. Maar deze nog nooit.'

'Ik wilde je niet boos maken. Integendeel.' Týr wilde dat hij zijn mond had gehouden.

'Mij boos maken? Ik ben helemaal niet boos. Alleen verbaasd. Ik heb geen handboek voor je over hoe jij je moet gedragen. Dat moet je zelf maar uitvinden. Maar denk alsjeblieft niet dat je het voor mij in zulke omstandigheden moet opnemen. Doe gewoon wat je zelf passend vindt. Binnen bepaalde grenzen, natuurlijk.'

Týr knikte en probeerde te verbergen dat hij teleurgesteld

was. Een handboek zou goed van pas zijn gekomen, al had hij daar zelf niet aan gedacht. Hij keek uit het raam en zag de Esja. Tegen de witte flanken van de berg zag je twee mensen in kleurige outdoorkleding, onderweg naar beneden. Hij benijdde die mensen om de frisse lucht in hun longen en de pijn in hun vermoeide benen. Hij draaide zich weer terug, wilde iets zeggen, maar kon er geen woorden voor vinden. Het liefst wilde hij haar zijn verontschuldigingen aanbieden voor hoe anderen zich gedroegen, maar dat was natuurlijk bespottelijk. 'De meesten doen zo omdat ze vastzitten in oude tijden. Toen alle IJslanders er hetzelfde uitzagen. Dat verandert maar langzaam.'

Karó bromde iets voor ze antwoord gaf. 'Ik weet het. Maar het doet toch pijn. En ik word een beetje moe van het wachten. Ik doe dat al vanaf mijn geboorte.' Ze vervolgde: 'Misschien ben ik daarom bij de politie gegaan. Niemand denkt dat ik een vluchteling of een prostituee ben als ik een politie-uniform draag.' Karó keek naar Týr en lachte. 'Ik ben geen van beiden.'

'Jammer dat je bij de recherche terecht bent gekomen. Verkeerspolitie is vaker in uniform.'

Karó lachte weer naar hem en zijn vrees dat zij hem verkeerd had begrepen bleek onnodig. Vervolgens praatten ze af en toe wat, maar alleen nog over de zaak, terwijl ze rond Kjalarnes reden de Hvalfjördur in. Het was de eerste keer dat Týr rond de fjord reed sinds het begin van het onderzoek dat het natuurschoon hem opviel. Alle andere keren had het gestormd, buiten de auto en in zijn hoofd. Dat laatste was nog altijd het geval, maar hoewel Karó af en toe iets zei onderweg, maakte haar plezierige aanwezigheid dat de storm in zijn hoofd even wat afnam.

Toen ze uiteindelijk bij de boerderij aankwamen, stond de

politieauto uit Akranes al op het erf, maar Hördur en Elma waren nergens te zien. Ze hadden kennelijk besloten niet te wachten op hun collega's uit de stad. Daar was ook geen enkele reden voor. De staldeur stond open en daarvoor stond een grote kinderwagen. Het lag voor de hand te denken dat Dísa daarbinnen was.

De badkuip was uit het veld verdwenen. Die zou naar de stad worden overgebracht. Týr dacht eraan dat het nogal vol werd op de technische afdeling. Hopelijk zou dit bezoek er niet toe leiden dat er nog meer aan de opslag daar zou worden toegevoegd.

Ze stapten uit de auto en liepen naar de stal. Toen ze langs de kinderwagen liepen, keken ze allebei even door het netje dat voor de opening hing en zagen rode bolle wangen oplichten. De baby sliep rustig en het geloei uit de stal leek hem niet te storen. De moeder was echter gevoeliger voor geluiden, want ze merkte hen direct op, ook al stond ze met de rug naar hen toe. Ze had grote rubberhandschoenen aan, een wollen trui en een spijkerbroek, waarvan ze de pijpen in haar rubberlaarzen had gestopt. Haar haar zat in een knot en toen ze zich omdraaide duwde ze met haar onderarm een lok uit haar ogen. Ze keek geschrokken toen ze hen herkende. 'Wat is er aan de hand?'

'We horen bij Hördur en Elma, die er al zijn.' Karó gaf antwoord.

'Waarom zijn jullie met zoveel? Zijn jullie opgeroepen?'

Týr begreep waarom de vrouw zich zorgen maakte. Ze dacht dat er iets uit het gesprek met haar man was gekomen dat ervoor gezorgd had dat een heel extra team was opgeroepen. 'Nee. We waren alleen laat. We willen niet storen, maar alleen even met u praten.'

'Ik ben bezig.' De vrouw hield de steel van een indrukwekkende bezem stevig vast.

'Het is niet formeel. Ga gewoon door met vegen. Wij proberen niet in de weg te lopen.' Týr liep naar de vrouw toe en Karó volgde. 'Het zou fijn zijn te horen wat u te zeggen hebt over bepaalde details in het onderzoek die onlangs naar boven zijn gekomen.'

'Zoals?'

'Zoals dat de jongeman die bij het echtpaar heeft gewerkt een tijdje bij u in huis lijkt te zijn geweest.'

'En? Wat dan nog? Dat was lang voor die moorden. Wat hadden we moeten doen? Hem buiten laten? Hij klopte laat in de avond aan en zei dat hij van Hvarf was weggestuurd. Hij was de deur uit gevlogen en wilde naar de stad. Niet heel slim, maar het is geen doodzonde om een beetje dom te zijn, is het niet?'

Een luid geloei zorgde ervoor dat Týr even moest wachten voor hij kon doorgaan: 'Toen we met uw zoon spraken, had hij het daar met geen woord over. Toch hebben we hem gevraagd naar Alvar.'

'Hij was niet thuis. Zo simpel is het. Hij was die week bij zijn oma in Borgarnes, omdat er iets op school was waar hij bij moest zijn. Als u het aan mij had gevraagd, had ik het u verteld. We hebben niets te verbergen. Alvar sliep in Róberts kamer en hij zou een lift van ons naar de stad krijgen zodra we daarheen gingen. Maar hij verdween. Is gewoon in rook opgegaan.'

'En het kwam niet bij u op om naar hem te zoeken?' Karó deed een stap opzij toen de koe in de box naast haar de staart optilde. Die voorzorgsmaatregel bleek niet overdreven.

'Jawel.' De vrouw ging door met vegen. 'Einar Ari ging diezelfde avond nog naar Hvarf om naar de jongen te vragen. Te zien of hij daar was. Maar die mensen gingen uit hun plaat toen ze hem door het raam heen zagen en hij kwam weer naar huis. Dat echtpaar moest hem niet. Moest ons niet. Vooral zij. Als hij had aangeklopt, zou die oude ruzie weer opnieuw zijn begonnen en daar had hij geen zin in. Ik begrijp hem wel.'

Karó wendde zich van de koe af die nu enkele kilo's lichter was. 'Waarom ging hij er dan heen?'

'Hij hoopte Reynir te zien. Hij was veel rustiger dan Ása. Maar dat lukte niet. Het kleine meisje, hun dochtertje, was buiten aan het spelen en zei dat hij sliep. Ze vroeg hem om een sneeuwpop te maken met haar en chocolademelk te drinken. Einar Ari sloeg dat natuurlijk af en is gewoon vertrokken. Te laat, want toen Ása hem zag, volgde er een hoop geschreeuw en lawaai. Einar Ari zei dat Ása het meisje naar binnen had getrokken alsof ze in groot gevaar verkeerde. Krankzinnig.'

'Wanneer was dat?'

'Op een zondag, ik denk drie weken geleden. Misschien vier.'

Týr noch Karó zat verlegen om een preciezere tijdsbepaling. Ze kenden de datum precies uit de telefoongegevens van Alvar. Wanneer hij naar Minna-Hvarf kwam en wanneer hij vertrok. 'Heeft Alvar u iets gezegd over waarheen hij wilde gaan als hij bij u wegging? Iets preciezer dan dat hij naar de stad terug wilde?'

'Nee. Niet meer dan dat hij naar huis wilde, naar Mosfellsbær. Hij zou daar een huis hebben. Ik nam dat wel met een korrel zout. Hij zou toch nooit hier op het land zijn komen werken als hij daar geld voor had.'

'Niets over een reis naar het buitenland?' Týr geloofde daar zelf niet in, maar het kon nooit kwaad het te vragen.

'Nee. Niets. We lieten hem helpen op de boerderij, de dag dat hij hier was, en hij was 's avonds helemaal uitgeput. Hij ging gewoon naar bed. Dat geeft het verschil wel aan tussen deze boerderij en die showboerderij in Hvarf. Hij heeft daar twee maanden gewerkt, begrijp ik, en hij zei dat hij daar nooit zo moe was geweest als bij ons.' De vrouw zette de bezem tegen de muur en bekeek het resultaat van haar werk. Ze leek tevreden, zette haar handen in haar zij en ging toen verder: 'Maar afgezien van het feit dat hij nogal zwak was, die arme jongen, had hij iets waarom ik hem nooit zou hebben aangenomen.'

'O?'

'Er was iets met hem. Ik zou hem nooit met de dieren hebben vertrouwd.'

'Zou hij ze iets aandoen?'

'Nee. Maar hij ging zo met ze om dat ik het gevoel had iets slechts in hem te zien doorschemeren.' De vrouw leek de blik op het gezicht van Týr en Karó verkeerd te begrijpen, want ze voegde er boos aan toe: 'U denkt blijkbaar dat wij, die er hier voor zorgen dat er vlees op uw bord ligt en melk in uw koffie zit, geen gevoel hebben voor dieren. Dat is een groot misverstand. Ik hou van elk van mijn dieren afzonderlijk. Ik probeer ervoor te zorgen dat ze een goed leven hebben, helemaal tot het eind.'

Het viel Týr op dat ze alleen over zichzelf sprak. *Ik hou van. Ik probeer.* Als ze het over de boerderij had, had ze steeds *wij* gezegd. Hij glimlachte vriendelijk naar haar en antwoordde: 'Dat betwijfelen wij geen moment.'

Týr stond naast Karó terwijl zij rustig aan het vapen was en keek naar de treurige kudde paarden op het veld waar de badkuip had gestaan. De paarden leken niet te zijn opgeknapt van het betere weer. Dísa, de boerin, had het gesprek beëindigd toen het kind in de wagen begon te huilen, had het opgetild en was naar binnen gegaan. Týr hoopte dat Hördur en Elma zich gauw zouden laten zien. De hemel was helder, maar de zon stond laag en de kou trok snel in hun botten.

Hij was blij toen de deur openging en Hördur en Elma naar buiten kwamen, gevolgd door de boer, Einar Ari. Karó stond naar de paarden te kijken en merkte hen niet op. 'Die zien er iets beter uit.'

'Wat?' Týr draaide zich om. Hij keek in de richting waarin zij wees en zag dat twee paarden zich van de kudde hadden losgemaakt en naar hen toe galoppeerden.

'Ja ja.' Hördur was naar hen toe gelopen. 'Zien jullie daar iets?' In zijn stem klonk oprechte belangstelling. Er zou nog van alles in het veld kunnen worden aangetroffen. De sneeuwscooter, alle sleutels van het huis en zelfs de kleren die Reynir moest hebben aangehad.

Karó stopte snel de e-sigaret in haar zak voor ze zich naar Hördur omdraaide. 'Nee. Ik stond alleen naar de paarden te kijken.'

Hördur en Elma keken naar het veld. Toen keek Hördur naar Einar Ari. 'Zijn al die paarden van u?'

'Ja. Zit er soms een limiet aan? Dat is mij dan ontgaan.' Hij kon niet verbergen hoe verstoord hij was door dit bezoek en Týr dacht dat hij met hen was meegelopen naar buiten om er zeker van te zijn dat ze echt zouden vertrekken.

Achter zich hoorde Týr de stem van Elma: 'Die twee ook?' Hij draaide zich om en zag dat ze wees naar dezelfde paarden die de aandacht van Karó hadden getrokken.

'Ja. Die ook.'

Elma ging door. 'Ik dacht dat u alleen merries had.'

'Ja. En wat dan nog? Begint u nu ook al over dierenmishandeling?' De woede was duidelijk te horen in zijn stem. 'Wat ik doe is volkomen legaal. Het lukt mij zo om het hoofd boven water te houden. Als u zoveel geeft om dierenwelzijn, moet u maar meer betalen voor uw boodschappen.'

Elma liet zich niet van de wijs brengen. 'Een wonderlijke merrie. Vindt u niet?'

Ze keken allemaal naar het paard waar zij naar wees, een van de twee die naar hen toe was gekomen. Hij stond te plassen en was overduidelijk geen merrie.

'Denk je dat hij hier is?' Týr keek naar het prachtige stuk weg met vangrails dat voor hen lag. Daarachter zag je de kleine gebouwen van het oude walvisvangststation liggen. Ze stonden bijna aan de rand van de fjord onder een verhoging die een restant leek van een hogere berg aan de andere kant van de snelweg. Het gebied was afgezet en op de borden aan het hoge hek stond duidelijk te lezen dat alle toegang verboden was en het terrein werd bewaakt. Hij liet zijn ogen gaan over de talloze tanks en gebouwtjes en kon op geen enkele manier bedenken waar die allemaal voor dienden. 'Ik zou me niet zo snel verstoppen op een terrein dat volhangt met beveiligingscamera's.'

Ze waren in Midsandur, aan de noordkant van de fjord. Ze waren erheen gereden nadat ze afscheid hadden genomen van Hördur en Elma op Minna-Hvarf. Ze hadden geen hulp nodig gehad om het gesprek met Einar Ari te beëindigen, nadat duidelijk was geworden dat de twee paarden die verdwenen waren uit de stal bij Reynir en Ása in zijn kudde liepen. Toen hij het uiteindelijk toegaf, verklaarde hij dat de paarden op zijn veld waren verschenen op de dag na de storm van vrijdag ruim een week geleden. Hij ging ervan uit dat de eigenaar wel naar ze op zoek zou gaan, niet dat hij zelf moest proberen de eigenaar op te sporen. Als er niets van de eigenaar zou worden gehoord gold de aloude regel dat je mocht houden wat je gevonden had.

Vervolgens hadden Týr en Karó het spoor gevolgd dat de telefoon van Alvar had achtergelaten. Daaruit bleek dat Alvar tweemaal het walvisstation had bezocht toen hij werkte voor het echtpaar op Hvarf. De eerste keer leek hij op het terrein te zijn gekomen, mogelijk was hij over het hek geklommen om wat om zich heen te kijken. De tweede keer was hij niet verder gekomen dan zij nu – of hij had de auto geparkeerd en zijn telefoon achtergelaten.

'Hier staan in ieder geval genoeg gebouwen.' Karó zette de motor uit.

Ze haalde de sleutel niet uit het contact, maar ze liet hem ook niet los, alsof ze niet kon beslissen of ze wilde uitstappen of niet.

Týr bekeek de grove plattegrond met coördinaten die Lína had getekend, vergeleek hem met hun locatie op de gps in zijn telefoon en knikte. Lína had zichzelf niet de tijd gegeven om de punten en lijnen die ze uit de telefoongegevens had verkregen over een foto van het gebied heen te leggen. 'We zijn in ieder geval op de goede plek, afgaand op de coördinaten.' Hij keek op en liet zijn blik, net als Karó, over het bedrijfsterrein gaan. 'Hij kwam hier twee keer naartoe. Ik denk dat dat iets moet betekenen. Ik kan me nog voorstellen dat hij hier één keer wilde komen kijken, maar twee keer? Ik zie niet wat hem hiernaartoe getrokken kan hebben. Tenzij die gebouwen hem fascineerden. Hij heeft misschien gedacht dat hij zich hier kon verbergen. Dat betekent dat als hij met de moorden te maken heeft, ze met voorbedachten rade zijn gepleegd.'

Karó liet de sleutel los, nam de onduidelijke kaart van hem over en bekeek hem. 'Misschien was hij aan het vissen. Doodde hij de tijd.' Ze gaf hem de kaart weer en wees op een lijn die kaarsrecht op de Hvalfjardarweg uitkwam waarover ze hadden gereden. 'Kijk. Dat is waarschijnlijk de snelweg en als je daarvan uitgaat, is hij de steiger op gelopen. Denk ik tenminste. Het is nogal moeilijk om hierop afstanden in te schatten. Het lijkt erop dat dat een steiger moet zijn.' Ze keek door de voorruit en staarde naar het volgeladen terrein dat tot aan de zee reikte. Aan de zuidoostkant was een houten steiger. Týr volgde haar voorbeeld.

'Als het terrein is bewaakt, is het vast niet toegestaan om vanaf de steiger te vissen,' zei Týr.

'Het kan natuurlijk ook dat hij geïnteresseerd is in de Tweede Wereldoorlog. Op internet staat dat het leger de installaties hier heeft gebouwd als olieopslag.' Karó haalde haar schouders op, toen Týr duidelijk liet blijken dat hij dat vergezocht vond. 'Er zijn een heleboel rare snuiters, Týr.'

Daar was hij het mee eens. Hij stelde voor dat ze doorreden. Het was niet ver naar de volgende plek waar Alvar was gestopt en het was niet nodig om daar langer te blijven zitten staren. Hördur kon het walvisstation wel natrekken als er reden voor was en opnames bekijken, als die nog voorhanden waren.

Ze reden verder, langs een aantal opgeknapte loodsen en schuren. Alvar was daar niet gestopt, volgens Lína's kaart, maar het dorpje was niettemin interessant. Als Alvar de fjord was rondgereden om een schuilplaats te zoeken, moesten de loodsen zijn aandacht hebben getrokken. Ze reden een onverhard terrein op voor een gebouwtje dat eruitzag als een cafetaria. Ook hier wemelde het van de borden dat het terrein verboden was voor onbevoegden en dat het bewaakt werd. In alle ramen van de cafetaria stond duidelijk aangegeven dat die niet voor iedereen was, alleen voor mensen die op het walvisstation werkten.

'Bij sommige loodsen is de buitenverlichting aan.' Karó wees Týr op een rij midden op het terrein. 'Die zijn kennelijk nog in gebruik. Waarschijnlijk werkschuren.'

Týr knikte en ze waren het erover eens dat het terrein een minder goede schuilplaats zou zijn dan waar ze eerst keken. Er leek niet veel te halen op de volgende plek waar Alvar gestopt was. Dat was een pad naar een tweede steiger die de Midsandursteiger heette en daar vlakbij was. Daarvoor stond een afgesloten hek waarop ook duidelijk was aangegeven dat onbevoegden er niet welkom waren en dat het terrein werd bewaakt.

'Misschien heb je wel gelijk. Misschien was hij gewoon aan het vissen.' Týr keek naar een gebouw met aluminium dak dat boven de hoge betonnen muur waarnaast ze waren gestopt uit kwam. 'Hij zal hier toch zeker niet hebben ingebroken om te overnachten.'

'Hoelang ben je doorgaans bezig met vissen?' Karó zette de motor uit.

'Een paar uur, zou ik denken. Maar ik heb eigenlijk geen idee.' Týr wendde zich tot Karó. 'Waarom vraag je dat?'

'Stond er niet dat hij hier twintig en nog wat minuten is gebleven?'

Týr keek naar de kaart van Lína en zag dat dat klopte. Hij keek voor de zekerheid nog eens naar de coördinaten. Ze waren op de juiste plek. 'Ja. Drieëntwintig minuten. En het was inderdaad hier.' Hij keek weer door de voorruit, toen door de zijramen en de achterruit van de auto, op zoek naar iets wat verklaarde waarom hij daar was blijven staan. 'Vreemd. Hier is niets, op het eerste gezicht. Ik betwijfel of hij hier gevist heeft. Daarvoor was hij er te kort. En hij is ook niet uitgestapt om te roken, want dan was hij korter gebleven.'

'Laten we eens gaan kijken.' Karó haalde de sleutel uit het contact. 'Wie weet. Misschien zien we iets.'

Ze stapten uit de auto. Afgezien van een paar meeuwen die

het een leuk spelletje vonden om over hun hoofden te scheren, was er geen levend wezen te zien. Ze keken uit over de enorme houten steiger en vervolgens in de richting van het oude walvisstation. De gezichtshoek was anders dan vanaf de weg, en nu zagen ze ook twee grote schepen die het land op waren getrokken om daar te worden opgeslagen. Ze lagen naast elkaar en het was uitgesloten dat ze daar met behulp van natuurkrachten of door een ongeluk waren terechtgekomen. Op beide schepen strekte een grote witte mast zich naar de hemel uit en boven in beide masten hing een mand, als bij een piratenschip. Karó wees ernaar. 'En die schepen daar? Hij had zich in een daarvan kunnen verbergen.'

Týr was het niet met haar eens. Het was onmogelijk om te zien hoe Alvar erin had moeten komen. Een verblijf aan boord leek donker, koud, nat en afschuwelijk. Hij keek uit over de fjord. 'Mooi – maar hier is het overal mooi. Niet nodig om hier langer stil te staan. Die muren hier beperken het uitzicht en als hij alleen daarvoor kwam, zijn er betere plekken.'

'Ja, dat is zo.' Karó draaide zich naar een kleine inham naast het onverharde terrein waarop ze stonden. Ze stapte over een vangrail, liep een grasveldje op dat grotendeels onder sneeuw bedekt lag. 'Kijk. Hier is een muurtje. En traptreden.'

Týr liep naar haar toe. Een steil muurtje liep enkele meters naar de zee beneden hen, daarachter lag het strand. Kalme golven likten de grijze stenen, misschien wisten ze dat ze uiteindelijk de sterkste zouden zijn.

Karó had geen belangstelling voor erosie. Ze greep de ijzeren reling vast die langs de versleten treden liep en staarde omlaag. 'Waar dient zo'n trap eigenlijk voor?'

Týr kwam dichterbij. Het was een vijftiental treden, van verweerd hout, bevestigd aan een verroest stalen frame. Aan beide zijden van de trap zat een reling die ooit wit was geschilderd, maar nu grotendeels roodbruin was van de roest. 'Geen idee. Geen enkel. Moet iets met schepen te maken hebben. Of...'

'Of wat?'

'Kan het zijn dat het is om in zee te zwemmen?' Týr vroeg het, maar vermoedde dat het idee veel te vergezocht was. En toch. Misschien was Alvar met dat doel hierheen gekomen, of die trappen nu oorspronkelijk bedoeld waren om in zee te zwemmen of niet. De korte tijd dat hij hier had stilgestaan zou erdoor worden verklaard, want de koude zee gaf geen aanleiding om lang in het water te blijven.

Karó antwoordde niet. 'Týr. Kijk.' De beweging van de golven en de breking van het licht maakten het moeilijk om afstanden te schatten onder het wateroppervlak. Toch kon Týr er niets anders van maken dan dat er op ongeveer een meter diepte iets groots en donkers lag, precies waar de traptreden in de ondiepe zee verdwenen.

'Wat is dat?' Karó boog zich voorover om beter te kunnen zien. 'Is het een kist? Of een tas?' Ze kwam weer overeind. 'Ik weet het. Ik denk dat het een reistas is. Van een toerist met pech. Misschien wilde hij in zee zwemmen.'

'Toch niet met zijn bagage bij zich.' Týr staarde omlaag en Karó leek gelijk te hebben.

Het was een reistas die naar de bodem was gezonken. 'Ik ga hem omhooghalen.' Het was uitgesloten dat ze zouden weggaan zonder te zien wat erin zat.

Dat bleek gemakkelijker gezegd dan gedaan, waar Karó hem al voor waarschuwde. De trap hield weliswaar en Týr gleed niet van de gladde treden af, hoewel hij daar wel bang voor was geweest. Maar de zee was verschrikkelijk koud, ook precies zoals zij had gezegd. Eigenlijk kouder. Uiteindelijk, na zware krachtsinspanningen, lukte het hem om de tas omhoog te trekken. Het moeilijkst bleek het om de tas de smalle treden op te slepen. De doorweekte tas was ongelooflijk zwaar en hij was begonnen te rillen, al was hij maar tot aan zijn knieën het water in geweest.

Nu lag de tas in de sneeuw op het grasveldje en er stroomde aan alle kanten zeewater uit. Hij stonk vaag naar zee, zeewier, zout en vis. Karó wees naar een klein etiketje met een streepjescode op een van de lange zijden van de tas. 'Het zal niet moeilijk zijn om de eigenaar op te sporen. Die streepjescode bevat informatie over degene die hem heeft ingecheckt.'

Týr knikte, haalde latex handschoenen uit zijn jaszak en bukte zich om de tas open te ritsen en te kijken wat erin zat. De rits was stroef en verzette zich tegen zijn pogingen, maar uiteindelijk lukte het hem om hem open te krijgen. Hij opende de tas niet direct, maar keek Karó aan en zei:

'Raden?'

Karó kwam al snel met een idee. 'Kleding van een toerist. Bovenin ligt een nieuwe IJslandse trui, gebreid in China, nog in de verpakking.'

'Ik zeg geld. In plastic verpakte bundels euro's en dollars.'

Geen van beiden had gelijk.

In de tas zaten lichaamsresten.

HOOFDSTUK 30 | EERDER

De telefoon lag er nog steeds uit. Er was geen vaste lijn in het huis en de autosleutels waren nog steeds nergens te vinden. De kans om in contact te komen met de rest van de wereld was verkeken zonder internet. Alleen vanwege de koppigheid van Ása en Reynir.

Eerst maakten ze zich niet zo druk om het uitvallen van het internet. Het moest met het modem te maken hebben, ze hoefden het alleen maar even aan en uit te zetten en dan zou alles weer oké zijn. Maar toen dat niet hielp, ook niet na verschillende keren, had Reynir zijn jas aangetrokken en was hij naar buiten gegaan om het aansluitkastje te herstarten. Dat zat in een ruimte die niet vanuit het huis toegankelijk was, volgens Ása om te voorkomen dat de meterkast in brand zou vliegen.

Reynir kwam vrijwel onmiddellijk terug, met een klein beetje sneeuw op zijn muts en op zijn schouders. Ze stonden alle vier in de gang op hem te wachten, Íris met haar telefoon in de lucht, popelend om het internet weer op te gaan. Maar ervan uitgaande hoe snel Reynir alweer terug was, had hij nauwelijks iets anders kunnen doen dan de ruimte openen en even naar binnen kijken. Zijn gezichtsuitdrukking toen hij Ása aankeek en hij zijn muts afzette wees er niet op dat hij iets had kunnen doen. Hij vertelde hun dat er waarschijnlijk een storing was in het glasvezelnet en zijn oudste dochter zuchtte diep. Íris en Gígja waren wel de enigen die hem geloofden. Ása en Sóldís begrepen meteen dat er een andere verklaring moest zijn. Pas later, toen de meisjes in hun kamer waren, vertelde Reynir hun de waarheid. Het aansluitkastje was vernield. Het was helemaal kapot en onmogelijk om te repareren.

De manier waarop Sóldís op dit nieuws reageerde verbaasde haar zelf nog het meest. Ze bevroor niet en werd niet door een grote angst overvallen, maar accepteerde het als een gewone mededeling. Ze was op een punt beland dat een slecht bericht meer of minder niet meer uitmaakte. Haar zenuwen waren toch al tot het uiterste belast. De situatie was slecht en werd alleen maar slechter en er was niets wat ze kon doen om die te verbeteren. Het lag volledig buiten haar macht. Als het al ooit in haar macht had gelegen om iets aan de situatie te doen.

Een grootscheepse zoektocht naar de sleutels had niets opgeleverd. Het echtpaar, Sóldís en Íris hadden de kamers in beide huizen onderling verdeeld. Gígja was te jong om mee te doen. Sóldís had onder andere de kamer van het jongste meisje toebedeeld gekregen en ze zocht daar beter dan in de andere kamers. Haar vermoeden dat de sleutels ergens bij het meisje verstopt lagen bleek nergens op gebaseerd. Ze had alles omgekeerd. Zelfs in de raketten gekeken die stonden te wachten tot ze tijd had om mee te doen met het Star Warsspel, hoewel de meeste daarvan niet groot genoeg waren om er een fietssleutel in te verstoppen. Maar de sleutels waren nergens in de kamer te vinden. Niet in de sokkenla, niet onder het bed, niet onder haar kussen, niet in het lila etui. Nergens.

Toen de zoektocht klaar was, was de storm tot volle sterkte aangezwollen en was het niet zonder gevaar om iemand er te voet op uit te sturen om hulp te halen. Ze zaten vast en moesten tot de volgende ochtend wachten, tot de storm was gaan liggen.

Nog een avond en nog een nacht.

'We moeten een rondje lopen om te zoeken naar degene die het netwerk heeft platgelegd. Hij is ongetwijfeld nog in de buurt. Er stond geen auto buiten of een ander vervoermiddel.' Reynir had het tenminste nog niet volledig opgegeven. Hij dacht nog dat hij de situatie meester was. Anders dan Sóldís.

'En dan, Reynir? Wat moeten we dan doen met die man of vrouw of wie het ook is, als we hem vinden? Of haar?' Ása was op de rand van een zenuwinzinking. 'Wat als het Einar Ari is? Praat jij dan met hem? Nou?'

Reynir werd daar zichtbaar door geraakt. Sóldís voelde met hem mee en dat medeleven nam alleen maar toe toen Ása doorging: 'Het enige wat we kunnen doen is wachten tot de storm gaat liggen. Dan kunnen we naar Karl en Ella gaan. En daar de beveiligingsdienst bellen en een bewaker aannemen. Een sterke, gezonde kerel.'

Dat laatste had Ása niet hoeven zeggen en Reynirs gezicht trok samen van woede. Sóldís begreep dat er een echtelijke ruzie op til was, maar wist niet waar ze zich in veiligheid moest brengen. Er waren ook niet veel plekken om uit te kiezen. Het oude huis kwam niet in aanmerking, want ze wilde daar per se niet alleen zijn. Íris zou niet blij zijn met haar komst en hoewel Gígja dat wel zou zijn, zou dat eindigen in nog een Star Warsspel. Sóldís had zich net door een spel heen geworsteld voor het netwerk uitviel. Ondanks de belofte van Gígja dat Sóldís Darth Vader mocht zijn, was het spel geëindigd met een onthoofd mannetje, een gebroken raket, een kapotte kurkentrekker en een beschadigde Tressor. Ze kon het niet nog eens opbrengen en moest de ruzie van Ása en Reynir maar over zich heen laten komen.

'En wiens schuld zou dat zijn, als het Einar Ari is? Niet de mijne.' Reynir keek toe hoe Ása een fles wijn pakte en die met veel misbaar opende. De kurk bleef steken en het onhandige gestuntel getuigde van de stress die Ása voelde toen ze de fles opende.

'Nu jij daar eenmaal over begonnen bent, vraag ik jou wiens schuld het is dat we de politie niet kunnen bellen over hem? Nou? Ik was het niet die hier iets illegaals kweekte.'

Sóldís kon niet naar nog meer van zulke dingen luisteren. Ruzies tussen echtelieden waren niet bedoeld voor andermans oren. Als je er geen deel aan had, waren ze zo ongelooflijk stom. Zij en Jónsi hadden haast nooit ruziegemaakt. Als hij kwaad werd, sprak ze hem niet tegen. In de korte tijd dat ze hadden samengewoond, had ze allerlei dingen over zich heen laten komen om de lieve vrede te bewaren. Zodra ze weg zou zijn uit Hvarf en weer in de stad was, zou ze hem bellen en zich tegen al die dingen verzetten. Maanden en in sommige gevallen twee of drie jaar te laat – maar dat maakte haar niets uit. Ze was het aan zichzelf verplicht. Een nieuw leven en een nieuw begin vereisten dat ze de oude versie van zichzelf van zich afzette en die in de vuilnisbak gooide.

Toen herinnerde Sóldís zich dat metamorfoses niet altijd zo mooi verlopen als wanneer een rups verandert in een mooie vlinder. Dikkopjes veranderen bijvoorbeeld in kikkers.

Er klonk een zachte plof tegen het raam. De gordijnen waren dicht, dus je kon niet naar buiten kijken, maar ze keken alle drie automatisch in die richting. Ása wilde net een slok van haar goudkleurige witte wijn nemen, maar ze bevroor met het glas aan haar lippen. 'Wat was dat?'

Sóldís noch Reynir had daar een antwoord op. Er was iets tegen het raam geknald, maar het klonk niet alsof de wind iets met kracht tegen het huis had geblazen. Het geluid was veel gedempter, alsof een grote opgeblazen strandbal tegen het raam was gegooid.

Reynir reageerde als eerste. Hij liep naar de schakelaar aan de muur en de gordijnen begonnen aan hun langzame tocht omhoog. Sóldís wilde helemaal niet zien wat er buiten was, maar kon zich ook niet omdraaien. Het was in dit geval beter om te kijken dan te luisteren. Ze bereidde zich erop voor dat zowel Ása als Reynir zou gillen als er iets afschuwelijk te zien was. Ze zou hoe dan ook moeten kijken als ze weer stil waren, iets anders was onmogelijk.

Er was buiten iets onduidelijks te zien. Er zat ijs op de ruit en de sneeuw was meters hoog tegen het huis op gewaaid. Maar afgezien van de witte sneeuwvlagen was er iets donkers te zien dat tegen het raam lag en herkenbaarder werd naarmate het gordijn hoger werd opgehaald. Ása was de eerste die het zag. 'Een paard! Het is een paard!' Ze kon niet verhullen hoe opgelucht ze was en Sóldís deelde dat gevoel met haar. Tot ze terugdacht aan de kippen. Ze besloot nog even niet blij te zijn tot ze het dier helemaal kon zien.

Het paard bleek compleet te zijn, met zijn hoofd stevig aan zijn hals. Net als het raam was hij overdekt met ijs en daarom viel hij in de sneeuwstorm niet op. Hij leek meer op een paard dat aan het oplossen was.

Reynir liep naar het raam waar het paard stond. 'Deze is niet van ons. Dit is een schimmel.' Toen zette hij zijn handen tegen de ruit en tuurde naar buiten. 'Er staan meer paarden bij de veranda en ertegenaan. Een hele kudde. Waarschijnlijk zoeken ze dekking, die arme dieren.'

Ása zette haar glas neer en liep met vastberaden tred naar de schakelaar en liet het gordijn weer zakken. 'Ik kan dat niet aanzien. Nu niet en nooit niet.'

Sóldís was verbijsterd. Ása was gek – maar ze was niet slecht voor dieren. Het zou niet beter gaan met de paarden als het rolgordijn naar beneden was. Het herinnerde haar aan die kwestie over een boom in een bos: maakt een vallende boom geluid als er niemand is die het kan horen? Natuurlijk gebeurde dat niet zonder geluid.

'Moeten we niet iets doen?' Sóldís moest het vragen. Als ze de volgende ochtend grote, doodstille bulten in de sneeuw zouden zien, zou ze het zichzelf nooit vergeven. Ze wilde niet de rest van haar leven spijt hebben omdat ze niets had gezegd, niets had gedaan. Niet in haar nieuwe leven. De tijd van het zwijgen en nietsdoen was voorbij.

'Wat? Wat kunnen we doen?' Ása's stem klonk ongewoon schril.

Sóldís kon maar één ding bedenken. 'Ze in de stal laten. In de paardenboxen.'

'Het zijn er veel te veel. Meer dan tien, denk ik. We hebben maar vier boxen.' De stem van Reynir klonk heel kalm, alsof hij verkiezingsuitslagen voorlas en niets wilde verklappen over de uitslag.

'Maar… is er niet… kunnen we niet…' Sóldís was zo wanhopig en zo dichtbij dat ze het wilde opgeven als haar niets anders te binnen schoot. Als er al een andere mogelijkheid bestond.

'Sóldís.' Ása had hetzelfde gezicht getrokken als wanneer ze de meisjes lesgaf. Het wijnglas dat ze weer in haar hand had voegde niet veel toe aan haar geloofwaardigheid. 'Deze storm is niet het ergste wat deze merries meemaken. Het zijn bloedmerries. Ik heb geprobeerd ze te redden, maar het kan niet.'

'Bloedmerries?' Het enige wat Sóldís kon bedenken was dat ze menstrueerden. Werden merries ongesteld? Als dat achter dat woord zat, was dat afschuwelijk. Zij wilde niet bloedvrouw worden genoemd als het haar periode van de maand was.

'Ja. Bloedmerries. Ze worden gehouden voor de verkoop van hun bloed. Dat wordt naar Denemarken verhandeld en gebruikt in de varkensfokkerij. En in de koeienfokkerij. Om het nog erger te maken, moeten ze drachtig zijn als hun bloed wordt afgenomen, want alleen dan zitten er hormonen in hun bloed waar ze naar op zoek zijn.'

Sóldís fronsde haar voorhoofd. 'Wat doen die hormonen eigenlijk? Werken ze net als steroïden?'

'Nee. Ze worden gebruikt om een vruchtbaarheidsmedicijn te maken voor varkens en runderen. Het stimuleert de eisprong voor de bevruchting.' Ása staarde naar het rolgordijn, alsof ze erdoorheen kon kijken. 'Maar het bloed afnemen is heel slecht voor de merries en verzwakt de ongeboren veulens. Het zegt genoeg dat zwangere vrouwen geen bloed mogen afstaan. Ze hebben het nodig voor zichzelf en voor hun kind. Hetzelfde geldt voor andere zoogdieren. Ook voor merries.'

Reynir zuchtte bedroefd. 'Moeten we het daar nu wéér over hebben?'

'Zij vroeg het, Reynir. Ik geef alleen antwoord.' Ása wendde zich weer tot Sóldís. 'Als die merries werpen, zijn de veulens vaak heel zwak, vanwege die bloedafnames. De eigenaar vindt dat blijkbaar prima, omdat ze toch niet lang in leven blijven.'

'Wat gebeurt er met ze?' Sóldís vroeg het, al wilde ze het antwoord eigenlijk niet weten.

'Ze worden doorgaans in de herfst geslacht. Geschoten of naar het slachthuis gebracht. Einar Ari schiet de zijne. Hij begraaft ze dan ergens op zijn land. Of laat ze gewoon liggen. Vind je het gek dat ik hem gevraagd heb te stoppen met die walgelijke praktijken?'

Reynir wreef in zijn ogen. 'Je weet heel goed dat hij dat niet kan. Die bloedmerries houden hem op de been. En het is allemaal legaal, weet je nog. Niet mooi, maar legaal. Helemaal volgens de richtlijnen van het Landbouwinstituut.'

Aan het gezicht van Ása te zien had ze niet veel op met die organisatie. 'Maar die verdomde Einar Ari overspeelde zijn hand toen ik met hem praatte. En toen begonnen de conflicten. Pas toen hij zo'n klootzak bleek te zijn, besloten we...'

'Jij. *Jij* besloot.' Reynir wierp dat tussenbeide en zweeg toen.

'Doe niet zo dom. Jij was het eerst helemaal met mij eens,' antwoordde Ása boos en ze wendde zich toen tot Sóldís.

'Wij besloten toen dat we het niet meer zouden toestaan dat de kudde op ons land zou lopen. We willen allebei niet hier uit het raam kijken en een kerel met een geweer een veulen zien afschieten. Nee, dank je feestelijk.'

'En daarom is hij begonnen ons te treiteren. Inbreken, dingen kapotmaken en ons bedreigen. Waar eindigt het, Ása?' Reynir liep weer naar het gordijn en keek erlangs naar buiten.

Sóldís voelde zich gedwongen een opmerking te maken: 'Er heeft niemand ingebroken. Degene die dit allemaal doet heeft een sleutel.'

Ása keek haar man sarcastisch aan: 'En wie kan dat nu in vredesnaam zijn, Reynir? Laten we eens kijken... o ja... misschien Berglind... het kan ook Alvar zijn. Kan dat misschien?'

Reynir antwoordde niet. Hij ging in zijn stoel zitten en staarde bewegingloos naar de rolgordijnen. Ása hield de fles omhoog en wiebelde ermee in de lucht voor de ogen van Sóldís. 'Wil je?'

Ze bedankte. Ze wilde helder zijn als er nog meer zou gebeuren. En ze had er ook geen zin in. Toen ze Gígja hoorden binnenkomen en zeggen dat ze honger had was Sóldís daar blij om. Dat betekende dat Ása zou ophouden met praten over die arme merries in de storm buiten. Sóldís kon geen narigheid meer aanhoren. De maat was vol.

Ze maakte het eten klaar met hulp van Gígja en probeerde het koken zo leuk mogelijk te maken voor het meisje. Het was hun laatste avondmaal, zoveel was zeker. Als de taxichauffeur de volgende dag zou afzeggen, zou ze gaan lopen naar de stad. Het maakte niet uit hoeveel sneeuw er lag. Ze was bang dat de chauffeur haar zou weigeren omdat ze later wilde betalen, maar die mogelijkheid wilde ze pas noemen als ze er bijna waren, al gaf het haar een slecht gevoel de man er zo mee te overvallen. Misschien zou het een laatste oplossing zijn. Het was niet verstandig om naar de stad te willen lopen. Ze was niet bereid om buiten het leven te laten, alleen omdat ze een fout had gemaakt in de keuze van haar werk.

Gígja lachte naar Sóldís en zei haar dat ze haar beste vriendin was. Sóldís lachte terug en voelde sterk de neiging het meisje te vertellen hoe het allemaal zat. Ze besloot natuurlijk dat niet te doen. Gígja kondigde vervolgens aan dat ze de volgende dag nieuwe raketten konden maken en weer het Star Warsspel spelen. Het zou dan weekend zijn. Sóldís zou zodra ze geld had de mooiste Star Warsraket kopen die er bestond. Ze zou die naar Gígja sturen met een kort briefje erbij waarin ze haar om vergeving zou vragen dat ze geen afscheid had genomen. Met die gedachte voelde ze zich iets beter.

Ása en Reynir waren uit de keuken verdwenen kort nadat ze met koken waren begonnen en toen ze weer verschenen, leek alles weer koek en ei te zijn. Ása had haar wijnglas achtergelaten en toonde er geen interesse voor toen ze aan tafel gingen zitten. Ze aten vervolgens met zijn vijven samen en zeiden weinig – afgezien van Gígja. De volwassenen deden hun best niet naar het raam te kijken en Sóldís kruiste haar vingers in de hoop dat de maaltijd niet verstoord zou worden door nog meer rare geluiden. Dat hielp. Of de kudde was vertrokken of hij was doodstil blijven staan.

Toen ze bijna klaar waren met eten zag Sóldís dat Ása haar hand naar Reynir uitstrekte en hem over de zijne streelde. Toen keken de echtelieden elkaar in de ogen en lachten naar elkaar. Sóldís had er een heel klein beetje spijt van dat ze zo vaak boos op hen was geweest. Ze hadden het ook niet gemakkelijk.

Ze kreeg het nog moeilijker toen het tijd was voor de afwas en beide meisjes haar wilden helpen. Het lukte haar zelfs om het pesten en de irritaties van Íris te verdragen. Ze vroeg zich af hoe het zou verdergaan met de relatie van haar en Robbi, wetende dat ze daar nooit meer iets van zou horen. Als ze van Hvarf zou zijn vertrokken, zouden hun wegen elkaar waarschijnlijk nooit meer kruisen. Zelfs als de familie dit geïsoleerde bestaan zou opgeven en naar de stad zou verhuizen. Ze behoorden niet tot dezelfde wereld.

Toen ze klaar waren met opruimen en Gígja was begonnen te gapen, besloot Sóldís naar het oude huis te gaan. Ze liep daar niet meer gevaar dan in het nieuwe huis. Ze was er zelfs veiliger. De woede van degene die in de boerderij rondwaarde kon niet tegen haar gericht zijn. Ze wenste Gígja welterusten, gaf haar een kus op haar hoofd en zei dat ze fantastisch was. Ook Íris wenste ze een goede nacht. Ze moest een beetje raar hebben geklonken, want Íris leek verbaasd. Maar toen zette ze direct weer haar bekende, vermoeide tienergezicht op en zei haar ook welterusten.

Sóldís schoof de stoel onder de deurkruk van de deur naar de tussengang, deed hem op slot en ging naar boven. Ze poetste haar tanden en stopte de tandenborstel en de tandpasta toen weer in haar tas. Ze bedacht dat het prettig zou zijn om iets te lezen te hebben, maar waagde het niet om de boekenkamer in te gaan. Als het luik zou opengaan als ze daar stond terwijl ze de ruggen van de boeken las, zou ze helemaal ingesloten zijn. Dan was het beter om niets te doen te hebben en maar gewoon te proberen in slaap te vallen.

Sóldís schoof de bladzijde uit het Japanse boek weer tussen de deur en het deurkozijn. Toen ging ze naar bed en trok het dekbed op tot aan haar kin. Er zat haar iets dwars, maar ze kon met geen mogelijkheid bedenken wat. Waarschijnlijk was het alleen maar het gevolg van de stress van de afgelopen dagen.

Ze herinnerde zichzelf eraan dat ze het alleen nog maar deze ene nacht hoefde uit te houden en misschien nog een paar uur in de ochtend. Dan zou ze hier weg zijn. En wat kon er in die korte tijd nou helemaal gebeuren? Ze zou misschien wakker worden met iets in haar hand. Misschien met letters op haar lichaam. Misschien zou er een boodschap op het raam geschreven zijn. Misschien zelfs met grote rode letters, met paardenhaar erin. Ze zou dat allemaal wel overleven, net als tot nu toe. Ze zou zich naar voelen – maar meer niet. Met de tijd zou ze geleidelijk aan ophouden eraan te denken. De herinneringen zouden vervagen en het zou haar moeite kosten om te bedenken wat er nou precies was gebeurd en wat er ook weer op het glas geschreven stond. Nu was de herinnering nog vers. *Ik zie je.* Dat sloeg op dit moment nergens op. Het huis was goed afgesloten. Bij haar zou niemand binnenkomen.

Sóldís sliep wonderbaarlijk snel in en had mooie dromen.

Halverwege de nacht schrok ze wakker. Ze kon geen adem krijgen. Ze had geen idee hoe laat het was, haar telefoon was leeg, ze was vergeten hem op te laden. Omdat ze niet het internet op kon, had ze er niet meer op gekeken sinds ze in haar kamer was en had er niet aan gedacht hem aan de oplader te leggen. Buiten was het stikdonker, dus het moest midden in de nacht zijn.

De slaap was uit haar hoofd weggetrokken en nu wist ze weer wat haar eerder had dwarsgezeten, voor ze in slaap was gevallen. Toen ze naar de trap naar de bovenverdieping was gelopen had ze vanuit haar ooghoek de kamer in kunnen kijken. Aan de tafel hadden vier stoelen gestaan. Niet zes, zoals gebruikelijk, maar wat erger was: ook niet drie. Een moest er onder de deurknop van de buitendeur staan, een onder de knop van de deur naar de tussengang en de derde onder de deurknop van de kelderdeur. Zes min drie was niet vier. Een van de stoelen was op zijn plek teruggezet. Ofwel de stoel die tegen de kelderdeur moest staan of de stoel in de gang van het huis.

Sóldís ging op de rand van het bed zitten en voelde haar hart tekeergaan. Toen hoorde ze een onduidelijk gillen dat uit het nieuwe huis zou kunnen komen. Het was geen gillen alsof iemand opschrikt uit een nachtmerrie. Het was luider en schriller. Anders had het geluid niet helemaal tot haar kunnen doordringen.

Er werd opnieuw gegild. Met een wonderbaarlijke krachtsinspanning lukte het Sóldís om op te staan. Het was koud in de kamer en op haar blote benen en armen ontstond onmiddellijk kippenvel. De bladzijde zat nog tussen de deur naar haar kamer, dus die was niet open geweest. Dat was een schrale troost. Ze keek de gang in, zag niets, sloop naar de trap en liep voorzichtig naar beneden, zonder ook maar één trede te laten kraken. Ze haalde de stoel onder de deurknop van de deur naar de tussengang weg en sloop erdoor, ook al wist ze heel goed dat ze door het glas te zien was, als er iemand buiten stond.

Het gillen hield aan en werd steeds hysterischer. Ze besefte dat ze niet bang hoefde te zijn voor iemand buiten, maar voor iemand binnen.

Toen ze bij de deur was gekomen naar de gang die uitkwam in het nieuwe huis, legde ze haar oor tegen de deur. Er waren twee mensen aan het gillen. Een gilde het uit van een vreselijke pijn, dacht ze, de ander gilde een paar woorden.

Ze probeerde de woorden te verstaan. Ze hoorde dat het Reynir was. Ze hoorde hem gillen: *Nee, Alvar! Nee!*

Týr en Karó stonden voor de derde keer voor de deur van het huis van Alvar in Mosfellsbær. Deze keer waren ze niet alleen. Ze hadden nu iemand van de technische recherche bij zich om monsters te verzamelen. Het was avond, er viel een dik pak sneeuw en het licht van de straatlantaarns had weinig effect. Achter de ramen in de buurt zag je televisieschermen oplichten die over het algemeen groot genoeg waren om van een afstand te kunnen zien dat de nieuwslezers van de nationale televisie de mensen thuis het nieuws van die avond brachten. Het nieuws was ongewoon laat, vanwege een internationale handbalwedstrijd. Týr wist niet hoe die was afgelopen, maar hoopte er maar het beste van.

Het was niet waarschijnlijk dat het nieuws over de lichaamsresten in de reistas werd bekendgemaakt. Het was nog te kort geleden dat hij en Karó die omhoog hadden gehaald. Voor Týr voelde het als een eeuwigheid, maar dat kwam door de vermoeidheid na een lange werkdag. Onder normale omstandigheden zou hij vrij hebben gehad. Hij wist niet of de tas al in de stad was aangekomen, maar ging ervan uit dat dat zo was. Hij stond waarschijnlijk in een koelcel te wachten tot de pathologen van het Landspítali hem op een stalen tafel legden en aan het werk gingen.

Týr en Karó hadden bij de Midsandursteiger gewacht tot Hördur uit Akranes en zijn mensen er waren. Toen begon het lange wachten op de technische recherche en Idunn uit Reykjavík. Nadat zij waren verschenen en aan het werk waren gegaan was er weinig meer voor Týr en Karó te doen dan in de weg lopen. Ze waren nog lang genoeg blijven hangen om Idunn te horen zeggen dat ze niets durfde te zeggen over het geslacht of de leeftijd nadat ze de lichaamsresten had gezien. Daarvoor waren ze te ver heen. Aan het geruite hemd en het kortgeknipte haar dat ze dacht te onderscheiden, al was het allang losgekomen van de hoofdhuid, zou je kunnen opmaken dat het een man was. Maar die twee dingen sloten geenszins uit dat het lijk ook van een vrouw kon zijn.

Volgens Idunn wees de toestand van de lichaamsresten erop dat de betrokkene al enige tijd dood was. Zeker een paar maanden. Volgens haar was het ronduit uitgesloten dat degene die in de tas zat tijdens die moordnacht op de boerderij was overleden. Hördur had toen zijn voorhoofd gefronst en gevraagd of hij nu met twee niet-gerelateerde zaken te maken had. Idunn had in haar witte beschermingsoverall alleen haar schouders opgehaald. De beweging was nauwelijks zichtbaar. Týr hield zijn mening voor zich. Volgens hem hadden de zaken zeker met elkaar te maken. Het zou wel heel toevallig zijn als iemand anders dan Alvar dit lijk daar had weggewerkt en hij daar alleen was wezen vissen, zoals Karó oorspronkelijk had gedacht. Alles zou uiteindelijk worden opgelost en hij vond het beter zo weinig mogelijk te zeggen.

Toen hij en Karó waren teruggekeerd op het bureau kregen ze de opdracht om op zoek te gaan naar monsters en vingerafdrukken bij Alvar thuis. Ze hadden lang moeten wachten op een huiszoekingsbevel. Er stond te veel op het spel om Bogi, de huurder van Alvar, het onderzoek te laten dwarsbomen. De zoektocht naar Alvar stond op de eerste plaats en dat bleek ook uit het feit dat er een opsporingsbevel naar hem was uitgegaan. Vooralsnog had er niemand gebeld met informatie over zijn gangen, maar dat zou hopelijk veranderen. Er was nog maar een uur voorbij sinds het opsporingsbevel op het internet was verspreid en het was zaterdagavond. De nieuwspagina's op het internet werden dan niet veel gelezen.

De deur ging open en Bogi leek verbaasd hen te zien. Die verbazing nam toe toen hij een derde persoon achter hen zag staan. Týr groette hem, overhandigde hem het huiszoekingsbevel en legde uit wat er zou gebeuren. Bogi liet zijn ogen snel over de tekst gaan en liet hen binnen. Zoals te verwachten was brandde hij van nieuwsgierigheid en Týr moest hem uiteindelijk met zich meenemen zodat hij de technicus niet zou storen bij zijn werk. Daarvoor had hij hun de kamer van Alvar getoond, waarvan hij zei dat hij daar nooit kwam, en hun zijn tandenborstel aangewezen in de kleine gemeenschappelijke badkamer.

Týr nam plaats op de bekende bank in de kamer en Bogi ging op een stoel tegenover hem zitten. Týr maakte van de gelegenheid gebruik om hem te vragen of Alvar misschien contact had opgenomen. Bogi beantwoordde de vragen, maar hij had niet veel aan de antwoorden. Er was niets veranderd sinds hij en Karó de laatste keer met hem hadden gesproken. Bogi vroeg zelf ook van alles.

Midden in een vraag van Bogi over de rechten van een huurder als de verhuurder wordt veroordeeld wegens een misdaad, viel Týrs oog op een wat scheef hangende plank achter Bogi. Hij had moeite met alles wat scheef hing of stond en hing voortdurend foto's en schilderijen in zijn eigen huis recht. De aardbeving op Reykjanesskagi had hem destijds veel werk bezorgd. Steeds als hij thuiskwam van zijn werk of 's ochtends wakker werd, moest hij een rondje door zijn huis lopen en alles recht hangen. Op dit ogenblik was de scheve plank meer een afleiding dan een ergernis. Hij schreef dat toe aan vermoeidheid. Hij viel bijna in slaap bij de oninteressante vragen van Bogi. Maar toen viel zijn oog op een glazen schaal die op de plank stond en was zijn vermoeidheid in één klap weg. 'Hoeveel auto's zei u ook weer dat Alvar had?'

'Maar één. En die staat hier voor de deur.'

Týr knikte. 'Is hij een hoarder?'

'Een hoarder?' Bogi begreep niet wat Týr bedoelde.

'Ja. Een hoarder. Kan hij niets weggooien? Of eigent hij zich bepaalde dingen toe?' Týr keek van de schaal naar Bogi. 'Sleutels bijvoorbeeld.'

In de glazen schaal lagen sleutels. Een heleboel sleutels. Dat op zich was niet zo vreemd. In de meeste huishoudens waren meer sleutels dan er in gebruik waren. Maar wat Týrs aandacht trok waren twee zwarte afstandsbedieningen van een auto. Hij wist heel goed dat die duur waren en het was onwaarschijnlijk dat Alvar een auto had gehad of verkocht had zonder dat die erbij zaten. De koper zou altijd de afstandsbedieningen willen hebben als hij het contract had getekend.

Týr stond op, liep naar de scheve plank en pakte de schaal. De twee afstandsbedieningen waren van hetzelfde merk als de auto's van het dode echtpaar. Hij zette de schaal weer terug.

'Bent u er zeker van dat Alvar hier de afgelopen dagen niet geweest is? Heel zeker dat hij hier niet is?'

Bogi staarde naar hem en leek niet te weten wat hij moest zeggen. 'Ja, ik weet het niet. Hij kan hier zijn binnengekomen zonder dat ik het wist. Ik ben niet altijd thuis.'

De telefoon ging in Týrs zak. Hij pakte hem, klaar om het gesprek weg te drukken als het zijn ouders waren. Hij kende het nummer echter niet, dus hij nam op. Het was Ella, de boerin en kapster in Hvalfjördur. Toen Týr hoorde wat zij te zeggen had, liep hij de kamer uit om ongestoord met haar te kunnen praten.

Toen het gesprek was afgelopen, stopte hij de telefoon weer in zijn zak en liep de kamer weer in. De stoel van Bogi was leeg. Door de open deur naar de keuken zag Týr de achterdeur. Die stond op een kier, waardoor kou naar binnen stroomde. De huurder was op de vlucht geslagen.

Bogi was net als anderen in zulke omstandigheden. Niet in staat om verantwoordelijkheid te nemen voor zijn eigen daden. Alles wat hij gedaan had was de schuld van anderen. Hij was een speelbal van het lot en er was hem veel aan gelegen dat de politie dat ook begreep. Maar het was al een grote verbetering, vergeleken met het eerste deel van het verhoor, waarin hij alles ontkende, ondanks de hopeloze toestand waarin hij zich bevond. Týr begon al te denken dat hij niet helemaal goed bij zijn hoofd was toen hij eindelijk bijdraaide. Dat was toen hij te horen kreeg dat mensen die Alvar op Minna-Hvarf hadden ontmoet hadden gebeld om te laten weten dat er een verkeerde foto bij het opsporingsbevel van de politie stond. Het was een heel andere jongeman. Bogi werd niet verteld wie daarover had gebeld, maar behalve Ella had ook de taxichauffeur die voor het echtpaar reed van zich laten horen, en ook Róbert, het vriendje van Íris, en Dísa, zijn moeder. Bogi kreeg wel te horen dat de mensen de volgende ochtend op het bureau zouden komen voor een Osloconfrontatie. Niemand twijfelde aan de uitkomst. Omdat de foto uit het systeem was gehaald was het duidelijk dat er geen fouten waren gemaakt.

Er was meer naar voren gekomen. Nadat Týr hem had ingehaald en hem terug naar zijn huis had gesleept, was versterking van de technische recherche opgeroepen en het huis grondig doorzocht. Týr had weinig moeite gehad om Bogi te achterhalen, want Bogi was op zijn sokken en had geen enkele conditie. De sneeuw had ook niet geholpen. Týr kon eenvoudig het spoor volgen naar de tuin van de buurman en hoefde dus geen tijd te verspillen met bedenken welke richting Bogi op was gegaan. Hij zag hem vervolgens over de stoep rennen en toen was het gemakkelijk.

De huiszoeking leverde van alles op. In de garage werd de sneeuwscooter aangetroffen. In de schaal met de autosleutels werden meer sleutels gevonden die van de boerderij konden zijn. De computer- en elektronica-afdeling had Bogi's telefoon meegenomen en zonder veel problemen direct kunnen zien dat die vrijwel zonder onderbreking in contact met de zender in Hvarf was geweest terwijl Alvar daar werkte. Er waren vingerafdrukken en een DNA-monster van Bogi genomen en de technische recherche had die vingerafdrukken vergeleken met enkele van de onbekende vingerafdrukken op de boerderij. Ze bleken overeen te komen.

Dat betekende niet dat Bogi de schuld op zich nam. Hij bleef naar Alvar wijzen. Het was de algemene overtuiging van degenen die bij het onderzoek betrokken waren dat de zoektocht naar Alvar spoedig kon worden gestaakt; het lichaam in de reistas was van hem. Toen dat duidelijk werd, had Bogi weinig meer te zeggen in zijn verweer. Dode mensen lopen niet rond en vermoordden geen andere mensen met een bijl. Daar werd hij natuurlijk op gewezen. En kort daarna, nadat hem verteld was dat de Osloconfrontatie zou plaatsvinden, gaf hij het op. Grotendeels. Waarschijnlijk zou hij er tot in zijn graf van overtuigd blijven dat zijn daden eigenlijk de schuld waren van anderen.

Bogi zei dat de dood van Alvar een ongeluk was. Hij zou hem

in een woede-uitbarsting hebben aangevallen en Bogi had hem van zich afgeduwd, met het gevolg dat Alvar achteroverviel en met zijn hoofd tegen de marmeren tafel in de kamer viel. Hij was op slag dood geweest en Bogi had begrepen dat het geen zin had een ambulance te bellen. Alle aanwezigen was duidelijk dat dat bullshit was. Mensen overlijden zelden meteen na een klap tegen hun hoofd. Niemand sprak hem echter tegen, omdat het risico bestond dat Bogi dan zou dichtklappen. In plaats daarvan deden ze hun uiterste best begripvol te zijn, al kregen ze er wel een vieze smaak van in hun mond. De enige die er onbewogen bij zat was de advocaat die Bogi lukraak had aangewezen om hem bij te staan. Hij zat erbij om de rechten van de jongeman te bewaken tijdens het verhoor en hem mogelijk tijdens de rechtszaak die volgde te verdedigen. Heel af en toe nam hij het woord, maar hij was gelukkig kort van stof. De andere aanwezigen hadden namelijk veel meer belangstelling voor wat Bogi te zeggen had.

Als Bogi de waarheid vertelde, was Alvar gestrest en opgefokt geweest op de dag dat het tot die aanval kwam. Hij was boos op hem omdat hij hem huur schuldig was en zag op tegen het sollicitatiegesprek met een mogelijke werkgever via een zoomverbinding. Bogi was de kamer binnengekomen waar hij zich had geïnstalleerd en toen was de pleuris uitgebroken. Ze kregen ruzie en het eindigde met die knokpartij en de dood van Alvar. Het was gewoon een ongeluk, zei Bogi. Hij zei dat hij bij het lichaam had gezeten en niet had geweten wat hij moest doen, toen er stemmen uit de computer kwamen. Hij nam snel een besluit, ging achter de computer zitten en voerde het gesprek als Alvar, om tijd te winnen. Hij zei dat hij wist dat Alvar die mensen voor het eerst zag en vond het ongevaarlijk om zich voor hem uit te geven. Tot zijn verbazing was het gesprek goed gegaan, goed genoeg om op die plek te worden aangenomen. Die onverwachte ontwikkeling maakte dat hij besloot nog meer tijd te winnen en de baan te accepteren, zodat Alvar niet zou worden gemist. *Ik zat in een benarde situatie* waren de woorden die hij gebruikte. Hij nam de telefoon van Alvar mee en had ervoor gezorgd dat hij de weinige berichten die hij kreeg beantwoordde en zelfs tot op het laatst berichten met zichzelf uitwisselde voor als het slecht zou aflopen.

Het lijk van Alvar had hij meegenomen naar het platteland, in een reistas. Het had Týr getroffen dat er geen enkele schaamte of spijt bij Bogi te bespeuren was als hij erover vertelde. Op dat moment was hij ervan overtuigd geraakt dat Bogi zwaar gestoord was. Het lukte hem om zijn gezicht in de plooi te houden en zich op het vervolg te concentreren.

In Hvarf had Bogi de reistas in de kelder gezet. Ása had hem het oude huis laten zien en in het voorbijlopen gezegd dat de kelder nooit werd gebruikt, dus hij dacht dat het geen kwaad kon. Hij had een slaapkamer op de benedenverdieping gekozen, die dicht bij de deur naar de kelder lag. Hij had met open deur geslapen, om zo goed mogelijk de wacht te houden. De bedoeling was een goede schuilplaats voor het lijk te vinden in de omgeving, waar het nooit zou worden ontdekt. Alvar zou een van de mensen zijn die spoorloos waren verdwenen en als de politie bij hem zou komen voor informatie, was hij van plan om te zeggen dat Alvar tekenen van zwaarmoedigheid had vertoond. De zaak zou uiteindelijk doodbloeden en er zou worden gezegd dat hij zijn eigen leven had genomen. Dat dacht Bogi tenminste.

Maar het lijk dreigde te worden gevonden. Bogi had ruim een maand bij het echtpaar gewerkt toen hem eindelijk werd toegestaan om de auto in zijn eentje te gebruiken. Hij had een auto nodig omdat hij de zware reistas niet over grote afstanden achter zich aan kon slepen. Hij had nog de meeste moeite gehad om hem in de kofferbak van de auto te krijgen waarmee hij naar Hvarf werd gebracht en hem daar eruit te tillen. Hij had het wel in zijn eentje moeten doen, want hij wilde niet dat de taxichauffeur zou merken hoe zwaar de tas was. Uiteindelijk had hij de auto mogen gebruiken en was hij eerst een dumpplek gaan zoeken zonder de tas mee te nemen. Hij was de Hvalfjördur rondgereden en had rondgekeken bij de steigers van het oude walvisstation. Het hek had opengestaan en hij zou er dus heen kunnen rijden en de tas in zee kunnen gooien. Van iets anders zou eigenlijk geen sprake kunnen zijn, want het zou veel te lang duren om een graf te graven in de bevroren grond.

Een halve maand later was het hem gelukt om de auto nog eens te leen te krijgen van het echtpaar door te zeggen dat hij naar de Glymur wilde gaan. Maar na anderhalve maand in de warme kelder was er iets verschrikkelijks gebeurd met de inhoud van de tas en hij kon haast de trap niet afdalen vanwege de stank. Er was iets weerzinwekkends gelekt uit de tas op de betonnen, ongeschilderde vloer. Het was uitgesloten om voor die viezigheid weg te lopen en de tas achter te laten. Hij moest hem uit het huis zien te krijgen voordat de stank naar boven zou trekken. En het lukte hem. Gelukkig lekte de tas niet meer. Hij liet dus niet een spoor na toen hij hem de trap op zeulde en het lukte hem met de grootste moeite om hem in de kofferbak te krijgen. Bogi leek er half op te rekenen dat hij een compliment of een klap op zijn schouder zou krijgen toen hij dat vertelde, maar er kwam geen bijval.

Bogi ging daarom verder en beschreef hoe zijn plannen in het water vielen toen het hek van het terrein bij het walvisstation op slot bleek te zitten. Het was een stom toeval geweest dat het had opengestaan tijdens zijn zoektocht naar een dumpplaats. Hij zat met zijn handen in het haar. Het was uitgesloten dat hij met de tas terugging naar Hvarf. Hij zag de andere steiger iets verderop, buiten het afgezette terrein en reed erheen. Die bleek ook afgesloten voor het publiek, maar hij kwam bij een hoger gelegen laadplaats die in zee uitkwam. Er liep een trap omlaag. Hij gebruikte de reling als een glijbaan en liet de tas in zee glijden. Daar verdween hij in de golven. Dacht hij.

Bogi had duidelijk geen rekening gehouden met het getij of de zee was in deze periode erg wispelturig, want de tas was duidelijk zichtbaar geweest vanaf het strand. Volgens Týr was dat geen kwestie van pech. De jongeman leek niet bijzonder slim of georganiseerd. Hij was een van die mensen die op de een of andere manier overal mee wegkwamen. Meestal geldt voor zulke mensen echter dat ze uiteindelijk op hun bek gaan.

Bogi beschreef tot in de onsmakelijke details hoe vreselijk de kofferbak had gestonken nadat hij de tas eruit had gehaald. Hij had hem open laten staan om te luchten, maar dat haalde niets uit. Het uitstapje naar de Glymur, dat hij had gezegd te maken, duurde en duurde.

Ze lasten een pauze in in het verhoor en sloegen koffie achterover om zich voor te bereiden op wat er nu zou komen. Alleen Týr, Hördur en Elma zaten bij Bogi en zijn advocaat. De anderen volgden het via een scherm. Týr had liever in het groepje met Karó gezeten en had het gevoel dat eigenlijk Huldar binnen had moeten zitten, maar hem lukraak had aangewezen om zijn plaats over te nemen. Als het juist was wat Huldar zei, dat hij voor zijn reactie vreesde als Bogi de moord op de meisjes beschreef, dan was het misschien maar beter zo. Het was belangrijk om een bekentenis te krijgen, want die maakte alles eenvoudiger. Er zou direct over voorlopige hechtenis worden beslist en tijdens de rechtszaak zou het alleen nog de vraag zijn of Bogi meer zou krijgen voor moord dan de gebruikelijke zestien jaar.

'Sterkte.' Karó raakte Týrs arm heel licht aan, alsof ze een personage was in een computerspel dat hem kracht kon geven, alleen door hem aan te raken. Het rare was dat het werkte.

'Bedankt.' Týr lachte naar haar, dronk zijn koffie op en schudde zich alleen even. Hij walgde van Bogi en hij zag niet uit naar het vervolg. Toch wilde hij zo snel mogelijk beginnen, om het maar achter zich te hebben. Gelukkig leken de meesten hetzelfde te denken. De papieren bekertjes verdwenen een voor een in de prullenbak en ze gingen weer op hun plaatsen zitten, ofwel in de verhoorruimte ofwel in de kamer ernaast om mee te kijken op het scherm.

Bogi en zijn advocaat hadden de koppen bij elkaar gestoken terwijl de anderen weg waren. Ze rechtten zwijgend hun rug toen de deur openging en Týr, Elma en Hördur hun plaatsen weer innamen. Týr merkte dat Bogi langer naar Elma keek dan naar de anderen. Hij leek haar de maat te nemen, alsof zij een model was dat op zoek was naar werk en hij een modeontwerper. Týr wilde zich het liefst over de tafel buigen, hem een tik op zijn hand geven en zeggen dat wat hij in zijn hoofd had nooit zou gebeuren. Nooit. Maar dat hoefde niet, want Elma kon met een medelijdende blik zijn boodschap terugketsen.

Het verhoor ging verder. Bogi vertelde over zijn verblijf op de boerderij, sommige dingen klonken waarschijnlijk, andere niet. Een van de dingen die Týr absurd vond was Bogi's verhaal dat het oudste meisje, Íris, verliefd op hem was en geprobeerd had het met hem aan te leggen, maar dat de gevoelens niet wederzijds waren. De waarheid was ongetwijfeld precies andersom.

Toen kwamen ze op het punt waar ze op hadden gewacht. Niemand verlangde ernaar om het verhaal van Bogi te horen over de moorden, maar ze wilden toch allemaal dat hij er alles over vertelde. Er bleek echter iets aan het verhaal vooraf te gaan.

Bogi begon te vertellen dat hij op de boerderij had willen blijven. Als Reynir en Ása hem niet van diefstal hadden beschuldigd, zou het heel anders zijn gelopen en zouden ze nog in leven zijn. Týr dacht erover na of de jongeman werkelijk zo gestoord was om te denken dat Ása en Reynir eigenlijk zelf schuld hadden aan de moorden. Maar dat bleek echt zo te zijn.

Bogi zei dat hij niets had gestolen. Hij was geen dief. Hördur nam net een slok water en hij verslikte zich bijna toen Bogi dat zei. Die leek dat niet te merken en ging verder met zijn verhaal, op dezelfde gevoelloze toon.

Ása had hem ervan beschuldigd Reynirs portemonnee te hebben gestolen. Týr viel hem in de rede en vroeg hem of hij zich niet vergiste, of de portemonnee niet van Ása was geweest. Bogi legde uit dat dat niet zo was, hij was ervan beschuldigd dat hij hem van Reynir had gestolen. Hij had er niets van begrepen en was vervolgens hard uitgevallen tegen Reynir, toen ze alleen waren, en had toen een nadere uitleg gekregen. Bogi zei niet of hij de man bedreigd had of de stuipen op het lijf gejaagd, maar dat was overduidelijk het geval geweest.

Je kon veel van Bogi zeggen, maar zijn verklaring was wel lang en uitgebreid. Reynir had hem verteld dat hij een deel van het vermogen van het echtpaar had ingepikt en dat wilde wegsluizen. Hij wilde een buffer hebben voor als ze gingen scheiden. Na zijn operatie was zijn belangstelling voor andere vrouwen toegenomen en hij wilde van het leven kunnen genieten als ze elk hun eigen weg gingen. Bogi zei dat hij hem goed begreep omdat Ása onuitstaanbaar was. Ze had veel te veel geprobeerd om op haar zieke echtgenoot te passen en Reynir stikte, geïsoleerd in een soort gevangenis op het platteland. Ása was erachter gekomen dat hij het geld had weggesluisd en was uit haar dak gegaan. Zij had uiteindelijk ontdekt waar het geld was gebleven, had Reynir het wachtwoord dat toegang gaf tot die investering ontfutseld en had het veranderd.

'Wat voor soort investering was dat eigenlijk?' vroeg Hördur, want hij leidde het verhoor. Elma en Týr stelden alleen af en toe een vraag.

'Bitcoins, en de toegang verliep via een bitcoin-portemonnee die Ása achter slot en grendel bewaarde in de safe die zij alleen kon openen. Reynir was woedend, maar niet wanhopig. Hij gebruikte de camera op zijn computer om de code te zien die Ása intoetste, kon zo de safe openen en de portemonnee terugpakken.' Bogi zweeg en nam een slokje water. 'Volgens hem had Ása het wachtwoord veranderd, maar voordat hij dat kon achterhalen verloor hij de portemonnee. Hij was zo in de war dat hij er niet goed op lette en hij raakte hem kwijt. En zij dachten dat ik hem had gestolen. Dat was grote onzin. Ik denk dat hij hem zo goed had opgeborgen dat hij zelf niet meer wist waar. Daarom bleef ik nog langer op Hvarf na... u weet wel. Om ernaar te zoeken.'

Vervolgens vertelde Bogi hoe woedend hij werd toen ze hem ontsloegen. Hij had steeds weer gezegd dat hij niets had gestolen, maar ze bleven erbij. Ze hadden gezegd dat het niet langer ging om de diefstal zelf, maar om zijn reactie op de beschuldiging. Ze zeiden dat ze niet rustig konden slapen als hij onder hetzelfde dak sliep en dat ze hem de volgende dag wilden laten ophalen. Hij zou zijn spullen niet direct mee krijgen, want ze wilden alles wat hij bij zich had doorzoeken. Ze wilden hem zelfs fouilleren. Bogi had die nacht niet kunnen slapen van woede en toen het ochtend werd was hij weggestormd voor de familie wakker was en was hij de hele weg naar Minna-Hvarf gelopen. Hij wist dat er tussen de twee boerderijen een oorlog woedde en rekende erop dat hij goed zou worden ontvangen. Een vijand van mijn vijand is mijn vriend en zo. En dat klopte, hij mocht bij het echtpaar blijven slapen. Tijdens zijn korte verblijf daar overdacht hij zijn situatie en zag hij in dat de enige weg die openstond voor hem was die bitcoin-schat te vinden. Als hij de portemonnee en het wachtwoord vond, dan had hij het geld. Zo ging dat met cryptomunten.

Geen van hen wees hem erop dat dat niet helemaal klopte. Het was verboden om aan het bezit van anderen te komen door het te stelen, of het nu digitaal geld was of contant geld.

Bogi ging verder met beschrijven hoe hij een paar dagen op de boerderij had gewoond zonder dat iemand het merkte. Hij had een huissleutel die hij had meegenomen toen hij vertrok en zo kon hij gemakkelijk naar binnen. Hij had geslapen op de zolder van de stal die vol stond met meubels. Eerst at hij eten dat hij had meegenomen van Minna-Hvarf en later moest hij de koelkasten op de boerderij plunderen, zowel in het nieuwe als in het oude huis. Hij was voornamelijk 's nachts op pad geweest, waardoor het hem lukte onopgemerkt te blijven. Maar hij begon er eigenlijk al heel snel genoeg van te krijgen en besloot de tijd te doden met het gezin een beetje te plagen en zo wraak te nemen voor hoe ze hem hadden behandeld.

Er gleed een weerzinwekkende glimlach over zijn gezicht toen hij beschreef hoe Sóldís had geprobeerd zich te beschermen door stoelen onder de deurknoppen te schuiven in een poging om die veilig af te sluiten. Hij zei dat hij boos was geworden toen ze daarmee begon en had besloten dat het zo niet langer ging. Hij voelde zich inmiddels als een spook. Hij was in leven, maar hij woonde niet meer tussen de mensen; hij verschool zich in de schaduw, als een insect. Hij moest in actie komen. Hij besloot daarom het echtpaar aan te vallen en hen te dwingen hem de bewaarplaats van de portemonnee aan te wijzen en hem het wachtwoord te geven. Als Reynir hem had verstopt en was vergeten waar, zou hij hem zoveel angst aanjagen dat het hem weer te binnen schoot. Bogi zei ervan overtuigd te zijn dat angst een goede manier was om je geheugen op te frissen. Wat pure nonsens was.

Týr zag dat de gezichten van de anderen aan de tafel verhardden. Nu was het moment gekomen dat Bogi bij het ergste deel van zijn verhaal was aanbeland. De moorden. Týr zelf vormde geen uitzondering. Waarschijnlijk had hij het het moeilijkst van allemaal. Hij ademde diep in en concentreerde zich erop ondertussen niet aan zijn eigen biologische vader te denken. Hij zou het niet kunnen verdragen als dezelfde motieven achter diens daden hadden gezeten, of dat zijn vader en Bogi dezelfde dingen hadden gedacht toen ze de bijl hieven. Bogi sprak alleen voor zichzelf. Die mantra hielp Týr afstand te nemen van wat er komen ging.

'Toen ik dat eenmaal had besloten, pakte ik alle sleutels uit de schaal waarin ze werden bewaard. Ik liet de paarden los en stuurde ze de nacht in. Toen ik de volgende dag wakker werd, maakte ik een wandeling en vernielde ik de gsm-zender. Reynir had me erover verteld, hij had het niet kunnen laten erover op te scheppen. Dat had hij beter niet kunnen doen.' Toen hij geen reactie kreeg op zijn zelfvoldane grijns ging Bogi verder: 'Oké, toen ging ik terug en vernielde ik het aansluitkastje in de toevoerruimte. Zo sloot ik de boerderij af van de buitenwereld. Niemand kon eruit, niemand kon om hulp roepen. Ze waren mijn gevangenen. Krikkrak, deurtje op slot.'

Er liep een rilling over Týrs rug. Hij besefte dat dat voor iedereen aan tafel gold, inclusief de advocaat.

Het was helaas niet de laatste keer dat hij met afschuw vervuld raakte bij het aanhoren van Bogi's verhaal. Het zou nog veel erger worden.

HOOFDSTUK 32 | EERDER

Sóldís' ademhaling ging razendsnel, door haar mond. De tranen liepen over haar wangen en ze proefde hun zoute smaak. Het was niet van verdriet dat ze huilde, maar uit wanhoop. Ze had geen idee wat ze moest doen. De kreten die door de zorgvuldig afgesloten deur heen drongen waren zodanig dat er iets verschrikkelijks aan de gang moest zijn. Het waren geen uitroepen om een tekst op een raam, een verdwenen halskettinkje of iets anders wat nu zo triviaal leek.

Het metaal van de deurkruk voelde niet meer koud aan. Daarvoor had hij al te lang in haar hand gelegen. Ze had hem zonder nadenken vastgepakt, toen haar eerste reactie op het schreeuwen was naar binnen te rennen om te helpen. Maar verstand of angst, ze wist niet wat, nam de overhand en maakte dat ze aarzelde en wachtte. Wat kon ze doen? Zou ze niet gewoon het volgende slachtoffer worden van de aanval die blijkbaar gaande was?

Sóldís legde haar oor tegen de deur. Waarom gaven Ása en Reynir die man niet gewoon waar hij om vroeg? Als je het vragen kon noemen wat hij hun toeschreeuwde. Wat kon zo belangrijk zijn dat je iets zo afschuwelijks kon laten gebeuren als wat er nu gaande was? Zij had veel minder dan zij, vrijwel niets. Maar zij deed daar gemakkelijk afstand van, liever dan in zoiets verzeild te raken. Waarom stonden ze die portemonnee en dat wachtwoord waar hij om vroeg niet gewoon aan hem af?

Waar waren Íris en Gígja? Waarom hoorde ze niets van hen?

De deurknop voelde aan alsof hij in brand zou vliegen. Maar ze liet hem niet los. Ze moest naar binnen en de meisjes halen. Ása en Reynir moesten maar voor zichzelf zorgen. Als zij met hen naar haar kant kon vluchten en zich daar verbergen... Nee, dat zou niet werken. Ze moesten weg zien te komen. Vluchten. Door het glas van de verbindingsgang zag ze dat het noodweer nog altijd tekeerging. De storm was iets gaan liggen, maar het weer was nog altijd zo slecht dat ze niet ver zouden komen, zeker niet met Gígja, met haar korte beentjes.

Maar toch. Het was niet zo ver naar de volgende boerderij. Misschien een halfuur lopen met goed weer. Een uur, met Gígja op sleeptouw en met die wind. Met een beetje geluk hadden ze hem in de rug. Ze was te veel van streek om een idee te hebben van de windrichting buiten. Het was het beste wat ze kon bedenken. Naar binnen sluipen, de meisjes halen, weer naar buiten zien te komen, hen iets van haar aantrekken – het maakte niet uit dat haar kleren te groot waren – en wegwezen...

Schoenen! Ze had maar twee paar. Dat maakte eigenlijk niets uit, want het was uitgesloten dat Gígja dat hele eind zou kunnen lopen op te grote schoenen. Niet door de diepe sneeuw.

Ze zouden door de voordeur van het nieuwe huis naar buiten moeten gaan. Daar waren de schoenen en de jassen van het hele gezin. Zelf zou ze een van de mooie jassen van Ása aantrekken. Ze zouden natuurlijk geen tijd hebben om naar haar kamer te lopen en kleren te halen. De nachtkleding van de meisjes moest maar goed genoeg zijn. Zelf droeg ze een pyjamabroek van dunne fleece, die bij de knieën was versleten. Maar het moest maar zo. Alles beter dan vermoord te worden.

Sóldís verstevigde haar greep om de deurknop en bereidde zich voor om de deur te openen. Ze aarzelde even toen ze bedacht dat het misschien beter was om alleen te gaan. Ze zou sneller zijn en hulp kunnen halen. Hoewel de boer op Minna-Hvarf een conflict had met Ása en Reynir zou hij hun toch geen hulp kunnen weigeren als het om leven of dood ging. Toen herinnerde ze zich dat er binnen een klein meisje was dat had gezegd dat ze haar beste vriendin was. Als ze ging, kon je nooit weten wat er zou gebeuren voor er hulp kwam.

Sóldís opende de deur. Ze stapte met blote voeten op de verwarmde vloer en begon voorzichtig in de richting van de gang te lopen waar de slaapkamers aan lagen. Het schreeuwen ging onverminderd door. Ása en Reynir riepen allebei om het hardst dat zij de portemonnee niet hadden, hij moest hen geloven. Alvar deed dat duidelijk niet, want hij bleef schreeuwen tegen Reynir dat hij zich moest herinneren waar hij hem gelegd had. Anders zou Ása daar de rekening voor betalen.

De moeilijkste stappen waren de gang in. Sóldís werd misselijk toen ze die zette en ze werd afwisselend warm en koud terwijl ze naar de kamers van de meisjes sloop. De hele tijd hield ze haar ogen gericht op de open deur naar de ouderslaapkamer. Die was net als alles in dit huis – reusachtig. Je kon door de deuropening het bed niet zien. Ze zag ook geen mens, maar er bestond geen twijfel over dat Ása, Reynir en Alvar daar alle drie binnen waren. Het lawaai kwam daarvandaan. Als iemand tevoorschijn kwam, zou ze zich omdraaien en vluchten.

De deur van Íris' kamer was dichterbij dan die van Gígja. Dat was een geluk, want dan kon zij Sóldís helpen om haar zusje mee naar buiten te krijgen. Ze rekende erop dat de jongste verstijfd zou zijn van angst en Íris kon haar hand voor haar mond houden als ze zou gaan gillen terwijl Sóldís haar haar jas aantrok. De oudste kon ook kleren uit haar kast meenemen terwijl Sóldís ze naar buiten escorteerde, als Gígja's nachtkleding niet warm genoeg was.

De deur naar Íris' kamer stond open en Sóldís aarzelde even. Het meisje had haar deur altijd dicht. Het was raar dat dat nu anders was. Maar Sóldís kon het zich niet veroorloven te blijven dralen en liep naar binnen. Alle lichten waren uit. Haar ogen waren gewend aan het licht dat uit de ouderslaapkamer kwam, dus het duurde even voor ze begreep wat ze in het halfdonker zag. De scène was zo afgrijselijk onwerkelijk dat ze moeite had hem te verwerken. Maar toen ze niet meer twijfelde aan wat ze zag, sloeg ze haar hand voor haar mond. Íris was niet onderweg in de storm om hulp te halen. Sóldís kneep haar ogen dicht en verstevigde de greep om haar mond. Ze voelde de tranen opnieuw uit haar ogen springen en haar neus zat verstopt. Haar hart bonkte in haar keel en ze ademde oppervlakkig en snel.

Toen ze voelde dat ze weer kon bewegen, draaide ze zich om en liep met trillende benen weer de gang in. Ze zag dat Gígja's deur dicht was en bad in stilte dat het meisje veilig in haar kamer was. Ze kon het zich niet veroorloven stil te blijven staan en opende de deur voorzichtig, ver genoeg om naar binnen te kunnen kijken. Toen sloot ze hem achter zich en stond even in het donker, met haar hand nog op de deurknop. Ze tastte naar het lichtknopje en deed het licht aan. Toen draaide ze zich om.

Gígja was nergens te bekennen. Het bed was leeg, het dekbed opengeslagen alsof het meisje was opgestaan. Op de muur waren geen bloedspatten te zien en het was duidelijk dat Gígja niet hetzelfde was overkomen als Íris. Sóldís ademde iets lichter. Het beeld van Íris had zich echter vastgezet in haar geheugen en ze had moeite zich te concentreren. Ze wilde het liefst in het bed gaan liggen, het dekbed over haar hoofd trekken, hard huilen en wachten op wat er komen ging. Voor Gígja moest ze zich beheersen. Ze keek onder het bed, maar daar waren alleen wat plukken stof te zien die aan de bezem waren ontsnapt. Toen keek ze onder het bureautje, maar ook daar zat Gígja niet.

Sóldís speelde een soort verstoppertje dat weinig gemeen had met het spel dat ze vaak met Gígja speelde. Nu hoefde ze niet te doen alsof ze zocht op plaatsen waar Gígja overduidelijk niet was. Ze liep recht naar de kledingkast en opende de ene deur. Gígja was daar niet. Ze deed de tweede deur open. Achter in de kast zat het meisje. Ze had haar benen opgetrokken en haar armen eromheen geslagen. Ze verborg haar hoofd tussen haar knieën.

'Gígja.' Sóldís fluisterde haar naam, maar haar stem klonk hees en leek meer op die van een kikker dan van een mens. Ze ging op haar hurken zitten, zodat haar gezicht op gelijke hoogte was. 'Kom. Maak geen geluid.'

Gígja keek op en staarde haar met behuilde ogen aan. 'Ik wil hier blijven.' Ze hikte en herhaalde toen. 'Ik wil hier blijven.'

Met moeite slaagde Sóldís erin niet wanhopig te klinken. 'We moeten hier weg, Gígja. Nu.' Ze stak haar arm in de kast, streelde het meisje over haar hoofd en hoopte dat zij niet merkte hoe haar vingers trilden. Toen bracht ze haar hand achter haar verste schouder en trok haar voorzichtig naar zich toe. De gladde bodem van de kast bood geen weerstand en Gígja schoof naderbij, nog steeds in dezelfde houding. Sóldís pakte haar hoofd en dwong haar zachtjes om haar aan te kijken. Ze bleef fluisteren. 'Je moet opstaan. Je ogen dichtdoen en je handen voor je oren houden. Ik zal je leiden. Maar je moet wel opstaan.'

Gígja keek Sóldís aan en fluisterde: 'Huil jij ook?' Sóldís knikte. De tranen stroomden opnieuw omlaag, maar ze maakte geen geluid. 'Iris. Íris heeft een pleister nodig.' Gígja was kennelijk naar haar zusje toe gerend, op zoek naar bescherming, toen ze het schreeuwen hoorde.

'Ik weet het. We moeten een dokter halen. We moeten snel zijn.' De tranen stroomden over Sóldís' wangen.

Gígja knikte. Sóldís legde de handen van het meisje over haar oren en zorgde dat ze ze daar hield. Toen liet ze haar haar ogen dichtdoen en pakte haar bij haar schouder. Ze leidde haar naar de deur, haalde diep adem en opende hem. Ze keek om de hoek van de deur en sloot hem snel weer toen ze Reynir afschuwelijk hoorde schreeuwen. Daarop volgden vreemde, scherpe, maar tegelijk gedempte slagen, die Sóldís niet goed thuis kon brengen. Ze hoefde niet lang na te denken over wat er gebeurde, want Ása liet zich niet meer horen.

Ze keek weer snel even, maar trok haar hoofd direct weer terug toen Reynir opeens de gang in sprong. Hij zat onder het bloed en hield zijn ene hand vast, waaruit hij leek te bloeden. Ze sloot de deur weer toen ze Alvar hoorde schreeuwen en besefte dat hij de vader des huizes achterna zou komen. Zware, rustige stappen die achter Reynir aan kwamen op zijn vlucht vertelden haar dat ze gelijk had.

Ze moesten zo snel mogelijk uit de kamer en bij de voordeur zien te komen, dus Sóldís opende de deur zodra ze dacht dat het kon. Het schreeuwen was opgehouden en het was raar om daar in die stilte te staan na wat er was voorgevallen. Maar het was niet helemaal stil. Ze hoorde een soort gerochel uit de ouderslaapkamer. Ze haalde Gígja's hand van een van haar oren af en vroeg haar stil te blijven staan, haar ogen niet te openen en al helemaal niet haar handen van haar oren weg te halen. Toen legde ze de hand van het meisje weer tegen haar oor en haastte zich het kleine eindje de ouderslaapkamer in. Misschien was het niet zo erg met Ása en kon ze met hen mee vluchten. Sóldís wilde niet alleen zijn als ze gingen. Als er zoiets verschrikkelijks gebeurde, was het beter om iemand bij je te hebben, maar Gígja was te klein om mee te tellen.

Ása ging nergens meer heen. Ze lag op haar rug op bed. Het duurde even voor Sóldís begreep wat ze zag. Maar ondanks alles was Ása nog in leven. Ze staarde omhoog naar het plafond en leek Sóldís niet op te merken. Ze leek al haar energie nodig te hebben om adem te halen. Rode belletjes vormden zich tussen haar lippen en barstten open, alsof Ása kauwgombellen blies van bloed.

Ása's linkerhand trilde toen ze hem naar het nachtkastje uitstrekte, een ring eraf pakte, die met grote inspanning naar haar mond bracht en hem inslikte. Toen was het of alles aan haar ontspande en haar rochelende ademhaling stopte.

Sóldís begreep dat ze daar te lang had gestaan toen een hels geschreeuw direct achter haar klonk. Ze draaide zich om en zag tot haar grote schrik dat Gígja het niet had uitgehouden, bang was geworden, achter Sóldís aan was gekomen en de kamer in keek. Sóldís pakte haar bij de arm en trok haar weg. Haar eerste gedachte was het meisje af te schermen voor die verschrikkelijke aanblik. Ze had beter eerst haar hand voor Gígja's mond kunnen slaan en het door merg en been gaande gillen van het meisje kunnen stoppen.

Aan het eind van de gang stond een man met rubberhandschoenen aan die in zijn ene hand een bijl vasthield. Net als Reynir zat hij onder het bloed. Hij schudde zijn hoofd en leek blij hen te zien. Toen liep hij naar hen toe. Sóldís keek om zich heen, op zoek naar een uitweg. Ze voelde zich als een muis die door een kat in een hoek was gedreven. Ze wist ook dat het haar net als die muis zou vergaan. De enige hoop die ze nog had was dat het anders zou aflopen met Gígja. *Please. Please.*

Dat was het enige wat ze kon zeggen toen de man eenmaal dicht bij hen was gekomen. *Please. Alvar. Please.*

De man lachte onaangenaam. 'Mijn naam is niet Alvar.' Toen greep hij naar Gígja, die nu stil was, en trok haar naar zich toe. Sóldís had haar bij haar schouders vastgehouden en het lukte haar niet haar greep snel genoeg te verstevigen. Ze schreeuwde het uit en probeerde haar weer te pakken, maar de man rukte haar weg. Gígja staarde met open mond voor zich uit en leek gehypnotiseerd. Ze reageerde in ieder geval niet toen de man haar meetrok naar haar kamer, naar binnen ging en de deur achter zich dichtdeed. Sóldís volgde, maar hij had de deur op slot gedaan. Ze sloeg op de deur, schreeuwde en huilde, terwijl ze dezelfde afschuwelijke dreunen hoorde als uit de ouderslaapkamer hadden geklonken. Gígja bleef echter stil.

Toen de klappen ophielden, week Sóldís achteruit, van de deur weg. Ze zag de deurknop bewegen en als vanzelf draaide ze zich om, maar ze was niet snel. Ze leek geen beheersing meer over haar ledematen te hebben en probeerde de snelle voetstappen achter haar te negeren. Ze struikelde haast de verbindingsgang in en wilde de deur naar het oude huis op slot doen en een stoel onder de deurknop schuiven. Zo zou ze misschien nog wat tijd kunnen winnen, genoeg om een jas aan te trekken en schoenen en de nacht in te vluchten. Het had geen zin om de aanval binnen af te wachten, ondanks de sloten en de stoelen. De man had een bijl en zou hoe dan ook binnenkomen.

Van dat voornemen zou niets komen. Die man die niet Alvar heette haalde haar in zodra ze bij de deur was, gooide haar op de grond en ging achter haar aan toen ze wegkroop, ook al had dat geen enkele zin. Ze wilde de eerstvolgende kamer bereiken. Die zou ze misschien kunnen afsluiten, waarna ze door het raam zou kunnen vluchten. Maar het lukte niet. Hij was recht achter haar.

Ze krabbelde overeind, tot ze weer op haar voeten stond en liep achteruit. Toen stootte ze tegen het bed en kwam niet verder. De man hief zijn bijl op om uit te halen.

Idunn leek te hebben gemerkt dat Týr steeds weer naar de donkere reistas keek die in de hoek van het kantoor stond. 'Geen zorgen. Hij is leeg. Wacht tot hij wordt opgehaald door de technische afdeling.'

Týr knikte alleen maar. Hij was blij om dat te horen, ook al wist hij heus wel dat de lichaamsresten van Alvar er niet meer in zaten. 'Ze komen om in het werk.' Bogi had bekend, maar niettemin ging het uitwerken van de onderzoeksgegevens door. De mogelijkheid bestond altijd dat hij zijn bekentenis zou intrekken. Hij had genoeg tijd om daarover na te denken terwijl hij in voorlopige hechtenis zat. Tijd die hij misschien wel gebruikte om nonsens in zijn hoofd te halen die hem volgens hem zou vrijpleiten. Dan was het veiliger om een hele berg bewijsmateriaal op tafel te kunnen leggen. 'Je bent misschien nog niet direct van die tas af.'

Dat leek Idunn niet te storen, die doorging met waar ze mee bezig was voordat de tas ter sprake kwam. 'En hij beweert dat hij het gezin niet heeft aangevallen met de bedoeling iemand te doden?'

'Hij zegt dat Reynir opeens die bijl tevoorschijn haalde. Die moet naast het bed hebben gelegen.' Týr glimlachte. 'Dat gelooft toch niemand.'

'Nee. Natuurlijk niet.'

'Hij zei dat hij hem direct van hem heeft afgepakt en dat die actie van Reynir alles veranderde. Wat een soort afpersing had moeten zijn veranderde in een nachtmerrieachtige geweldsuitbarsting.'

'Hoe rechtvaardigt hij de moord op de dochters? Kwamen zij ook met een wapen op hem af, dat ze onder hun bed hadden liggen?'

'Hij zei dat ze gilden. Als ze zich hadden beheerst, zou hij ze met rust hebben gelaten. Maar hij versprak zich. Hij heeft eerder gezegd dat het echtpaar zijn naam steeds riep en dat hij ze daarom heeft aangevallen. Anders hadden ze tegen hem kunnen getuigen.'

Idunn vertrok haar gezicht. 'Niet dat hij zo dol was op zijn vrijheid.'

'Nee. Hij spoort niet. Dat zag iedereen tijdens het verhoor.' Týr schatte de geestelijke gezondheid van Bogi niet hoog in. Misschien was hij een sociopaat, een psychopaat of gewoon alleen slecht. Het kwam op hetzelfde neer. Niets kon zijn gedrag goedpraten. Het liefst wilde hij de man zo snel mogelijk vergeten. Vooral omdat hij hem voortdurend aan zijn eigen biologische vader deed denken. Wat was er met hem aan de hand geweest? 'Huldar vond dat jij het verloop van de gebeurtenissen moest opstellen tijdens de moorden. Voor als je misschien iets opvalt wat niet klopt. We moeten het ijzer smeden nu het heet is. Voordat Bogi dichtklapt.' Týr had met Idunn kunnen bellen, maar had aangeboden even bij haar langs te komen op haar werk. Niet dat hij zo behulpzaam was, maar hij wilde van de gelegenheid gebruikmaken om de bewijsstukken over de moord op zijn moeder te bekijken. Hij zou daar uiteindelijk niet aan ontkomen.

Týr herhaalde wat Bogi had verteld. Hij praatte snel, omdat hij niet te lang bij het verslag wilde stilstaan. Die was als een hete kachel waar je je aan brandt als je je handen er te lang op legt. Hij vertelde over de mislukte pogingen van Bogi het echtpaar te laten vertellen waar ze de bitcoin-portemonnee verborgen hielden en hoe alles zou zijn veranderd toen Reynir de bijl pakte en hoe Íris, die wakker was geworden van het lawaai, in de deuropening was verschenen. Ze raakte overstuur van angst toen ze de bijl zag die Bogi in zijn hand hield, gilde en schreeuwde en hij moest haar naar haar kamer slepen en daar op haar inhakken. Uit consideratie met de ouders sloot hij de deur toen hij dat deed.

'Consideratie? Gebruikte hij werkelijk dat woord?'

Týr zag geen enkele reden om Bogi beter te doen voorkomen dan hij was. 'Ja.' Hij vervolgde het verslag. Vertelde dat Bogi terugkeerde in de slaapkamer van het echtpaar dat sidderend van angst op hem wachtte. Bogi had gezegd dat als ze zich stilhielden Íris niets zou overkomen. Maar als ze zich bewogen zou hij op haar losgaan. Zij hielden zich aan hun deel van de afspraak. Hij niet. Hij was alleen vergeten de bijl schoon te maken en het bloedige blad en de bloedvlekken op hemzelf verraadden hem. Toen begon het schreeuwen en gillen pas goed. Bogi ging door met vragen naar de bitcoin-portemonnee en het wachtwoord, maar kreeg niets uit hen. Toen Ása iets onsamenhangends in het Engels begon te bazelen, dacht hij dat ze haar verstand kwijt was en besloot hij haar ook dood te slaan. Reynir wierp zich op het bed bij zijn vrouw en probeerde de bijl in de lucht tegen te houden, maar het enige wat hem dat opleverde was dat hij zijn hand verwondde.

'Dat klinkt allemaal heel aannemelijk. Voorlopig. In ieder geval is het niet in schrijnende tegenspraak met de resultaten van de sectie.' Dat verbaasde Týr niets. De bloedspecialist had het verslag al vergeleken met zijn eigen conclusies en niets gevonden wat niet klopte.

Týr maakte het verhaal af en voelde hoe de woorden steeds sneller uit hem kwamen. Als uit een machinegeweer. Met een

Zweeds accent, omdat hij dat niet kon verbergen als hij zo snel praatte. Hij wilde er zo snel mogelijk klaar mee zijn. 'Toen Bogi Ása aanviel en Reynir zag dat hij dat niet kon voorkomen, rende hij weg. Bogi volgde hem, maar toen hij de deur uit ging, de veranda op, hoorde hij geschreeuw in de gang. Hij draaide zich om, want hij wist dat Reynir toch niet ver zou kunnen komen. Daar vond hij Sóldís en Gígja.'

Hij zat met gebogen hoofd terwijl hij de moorden op het meisje en de hulp in de huishouding beschreef. Hij wilde niet dat hij zijn afgrijzen in het gezicht van Idunn weerspiegeld zou zien. Nog minder dat hij zag dat zij naar hem keek alsof hij een tripje naar de winkel beschreef. Het was uitgesloten om te weten wat het zou zijn. Tot nu toe had ze alleen haar ongenoegen over de woordkeus van Bogi laten blijken. Hij wist heel goed dat ze de misdaden van Bogi vreselijk vond, maar ze leek heel rustig naar zijn beschrijving ervan te luisteren. Als een wetenschapper die onder de microscoop naar het ebolavirus kijkt.

Nadat Týr het einde van Gígja en Sóldís had beschreven zweeg hij en ademde hij diep in en uit. 'Toen ging hij achter Reynir aan. Hij nam de andere sneeuwscooter en volgde het spoor dat Reynir had nagelaten. Hij raakte even in de problemen vanwege de sneeuwstorm, maar kwam er uiteindelijk achter in welke richting Reynir was gelopen. Toen was de storm wat gaan liggen. Hij zei dat hij in Minna-Hvarf aankwam toen Reynir net in de badkuip was gaan liggen. Hij veegde de bijl schoon, legde de steel in de ijskoude handpalm van Reynir en klemde zijn vingers eromheen. En zo liet hij hem achter.

Hij ging terug naar Hvarf en begon zijn zoektocht. Hij zei dat hij een stuk papier met allerlei wachtwoorden had gevonden in Reynirs kantoor, maar niet de bitcoin-portemonnee. Toch was hij ervan overtuigd dat het hem gelukt was als hij meer tijd had gehad. Hij probeerde steeds handschoenen te dragen, maar dacht ook dat hij tijd had om alles schoon te maken voor hij wegging. Maar zo ging het niet. Toen Karl, de boer die de lichamen uiteindelijk vond, rond het huis begon te lopen en de lichamen zag, moest Bogi wel verdwijnen. Karl was twee dagen daarvoor al gekomen en had toen gewoon aangebeld en was weggegaan. Maar toen hij naar binnen ging, kon Bogi niet langer blijven. Zodra Karl was vertrokken, nam Bogi de sneeuwscooter, een bord, een glas en nog een paar dingen die hij had gebruikt en scheurde naar Mosfellsbær. Hij had zo'n haast dat hij het geld dat hij in de safe had gevonden vergat mee te nemen, waar hij veel spijt van had. Hij was er vervolgens wel heel trots op dat het hem gelukt was de beveiligingscamera's onderweg te vermijden. De Hvalfjördur is niet gemakkelijk om met een sneeuwscooter over te steken als je de weg moet mijden. Maar het was hem gelukt.'

Idunn pakte een elastiekje van het bureau en deed haar dikke, krullende haar in een paardenstaart. 'Niets is in tegenspraak met de resultaten van de sectie, lijkt me. Niets.' Ze dacht even na. 'Alleen dat met die ring. Heeft hij gezegd dat hij gezien heeft dat Ása hem inslikte? Of dat ze hem in haar mond stak?'

'Nee. Hij heeft hem niet genoemd.' Niemand had ernaar gevraagd.

'Misschien gebeurde het nadat hij de kamer was uit gerend.' Idunn legde haar handen op tafel, alsof ze wilde opstaan. 'Aan de andere kant zie ik niets wat erop wijst dat hij zou liegen. Ik kan de resultaten van de sectie er nog even op nalezen. Maar ik denk niet dat ik ergens op stuit.'

Týr knikte wat verlegen. Hij wist niet hoe hij het gesprek op de zaak van zijn moeder moest brengen. Misschien was Idunn van gedachten veranderd, had ze beseft dat het haar mogelijk in de problemen kon brengen. Zij leek het te begrijpen toen hij zwijgend bleef zitten. Ze stond nog niet op. 'Heb je al iets van je ouders gehoord?'

Týr kon moeilijk verbergen hoe opgelucht hij was. Idunn had het ijs gebroken. 'Ja. En het klopt. Het is mijn moeder. Was mijn moeder.'

'Hoe ging het? Het telefoongesprek?'

'Niet goed. Helemaal niet goed. Ik moet ze weer bellen. Maar niet meteen. Ik heb even tijd nodig om me neer te leggen bij die rare beslissing om mij niet de waarheid te vertellen. Ik kan het nog begrijpen dat ze dat niet deden toen ik nog klein was – maar ik ben al heel lang niet meer klein.' Týr was niet van plan geweest om met Idunn over het telefoongesprek te praten, maar merkte dat het hem goed deed. Hij had niemand anders om mee te praten en zij reageerde zonder medelijden of ongepaste nieuwsgierigheid.

'Wat zou volgens jou het juiste moment zijn geweest?'

Týr was niet voorbereid op deze vraag en had er ook niet over nagedacht. Wanneer was hij groot genoeg en evenwichtig genoeg geweest? 'Toen ik in de twintig was. Misschien vijfentwintig.'

'Of dertig? Je ziet dat het geen eenvoudige beslissing moet zijn geweest.' Idunn ging verder niet in op die opmerking. 'Je begrijpt ze beter als je het dossier hebt ingezien.' Ze opende een lade in haar bureau en haalde er een USB-stick uit. 'Het is niet fraai.'

Týr stopte de USB-stick in zijn jaszak. Hij haalde zijn hand niet direct uit zijn zak, maar liet de USB-stick er even in rusten. Hij had het gevoel nooit iets kostbaarders in zijn hand te hebben gehad. Hij voelde zich zoals hij zich verbeeldde dat Darwin zich moest hebben gevoeld toen hij het eerste exemplaar van *On the Origin of Species* in zijn hand hield. Op de USB-stick stond zijn oorsprong. Hij had geen waarde voor anderen, anders dan het beroemde boek van Darwin. Maar voor hem was hij heel belangrijk. 'Bedankt, Idunn.'

'Ik zou je vragen om de bestanden te wissen als ik ook maar enigszins het idee had dat je dat zou doen. Maar omdat dat niet het geval is, zeg ik maar niets.'

Týr glimlachte en stond op. Voor hij afscheid nam, zei Idunn nog: 'Denk je dat Bogi de portemonnee gevonden heeft? Dat hij schatrijk is, als hij zijn straf heeft uitgezeten?'

Týr hoopte vurig dat dat niet zo was. De vorige avond hadden ze de gegevens van de bank van het echtpaar gekregen waaruit bleek dat het vermogen dat was verdwenen was gebruikt om bitcoins te kopen. Er was onmiddellijk gesproken met de man die voor hen de koop had geregeld. Hij zei dat hij herhaaldelijk had geprobeerd om Reynir van deze risicovolle investering af te houden. Die kwam helemaal niet overeen met hun vermogensportefeuille. In het korte telefoongesprek had de man driemaal herhaald dat hij geen idee had dat Reynir hersenschade had opgelopen. Hij beweerde eveneens dat de waarde van bitcoins sindsdien enorm was gestegen en dat de waarde van die vervloekte investering inmiddels was vervijfvoudigd. Wat er ook van zou worden. Hij legde er de nadruk op dat alles in het werk zou worden gesteld dat de dochters van die meerwaarde zouden kunnen profiteren. Ze hadden bij de bank duidelijk wel gehoord van de dood van Ása en Reynir. Íris en Gígja zouden nergens meer van kunnen profiteren, hoe bitcoin ook zou groeien. Het zou vreselijk zijn als Bogi dat wel zou doen.

Het was niet uitgesloten dat dat kon gebeuren. De computerafdeling had bevestigd dat als Bogi aan de toegangssleutel tot de portemonnee was gekomen, hij het geld zou krijgen, ook al had hij de portemonnee zelf niet. In de computers van Ása en Reynir was software gevonden van de producent van de portemonnee die ze moesten hebben gebruikt. Er was door de producent een toegangscode samengesteld uit een combinatie van Engelse woorden van twaalf tot vierentwintig letters. De gebruiker moest alleen een wachtwoord toevoegen naar eigen keuze, en er werd aangenomen dat ze dat hadden gedaan. Ook werd ervan uitgegaan dat ze de toegangscode ergens hadden opgeschreven, want in de wereld van de bitcoins werd er de nadruk op gelegd dergelijke informatie nooit in je computer op te slaan. Er was geen papier met toegangscodes gevonden, maar het was niet uitgesloten dat het later nog boven water kwam.

Niemand in het onderzoeksteam begreep waarom het echtpaar Bogi niet gewoon de informatie had gegeven in plaats van hun leven te laten voor het geld. Het werd waarschijnlijk geacht dat Ása dat had geprobeerd toen ze iets onsamenhangends in het Engels mompelde. Hun kwelgeest had dat alleen nooit begrepen. Het was minder erg om dat te denken dan dat hij loog en alles van hen gekregen had, maar hen toch had vermoord.

'Dat mag niet gebeuren. Ik zal er persoonlijk op toezien dat ik hem in de gaten hou als hij vrijkomt. Als hij dan een vorstelijk leven leidt, is duidelijk dat hij aan het geld is gekomen.' Týr zei dat niet zomaar. Ook als de diefstal verjaard was, hadden de erfgenamen nog altijd recht op de gestolen goederen.

Op de technische afdeling zag het eruit alsof een politieman dakloos was geraakt en hij zijn spullen er tijdelijk had opgeslagen. Meestal werd geprobeerd om zo min mogelijk van een plaats delict te verwijderen en zo veel mogelijk sporen veilig te stellen. Maar dit onderzoek was anders dan alle andere. Er waren veel doden, het huis was groot, de plaats delict op ruim een uur afstand van de stad – als er weinig verkeer was en het weer goed – en het was te duur om de afgelegen boerderij te bewaken. Het was uitgesloten dat de technische recherche zich daar dagen achtereen zou installeren. Daarom was alles wat bekeken moest worden en kon worden vervoerd naar de stad overgebracht. Dat zou de technici veel tijd besparen.

Týr was die ochtend naar Hvarf gereden met een jonge collega van de computerafdeling. Die had geen belangstelling voor iets anders dan wat met computers te maken had, zat de hele rit op zijn telefoon en liep direct nadat ze waren aangekomen het huis in. Hij moest zoeken naar beveiligingscamera's die misschien verborgen zaten in de ruimte tussen de verdiepingen en andere computertechnische zaken die hun misschien waren ontgaan. Met name moest hij zijn ogen openhouden voor apparaten met een ingebouwd geheugen waarin misschien het bitcoin-bezit van het echtpaar was opgeslagen.

De jonge collega zou heel slim zijn, al was dat niet direct aan hem te zien. Terwijl hij aan zijn zoektocht begon, wandelde Týr wat door het huis. Ze waren maar met zijn tweeën binnen en de stilte was drukkend. De koekoeksklok zweeg, er hing stof in de lucht en het was onaangenaam duidelijk dat er geen leven meer in het huis was. Hij was blij toen de jonge computerman verscheen en zei dat hij klaar was. Uit een kartonnen doos die hij in zijn handen hield stak een kleine robot die Týr in het kantoor van Reynir had zien staan. De computerman legde uit dat het apparaat als een bewaker kon hebben gefunctioneerd en dat hij hem daarom mee naar de stad nam. Misschien had de robot beelden gemaakt van de gebeurtenissen van die nacht.

Toen Týr in de auto ging zitten bekeek hij de boerderij voor de laatste keer. Het vreemd grote en moderne woonhuis, de oude boerderij en het ongewoon hoge bijgebouw spraken hem op geen enkele manier aan. Niet na wat er daar gebeurd was. Hij dacht na over wat er met de grond zou gebeuren, of er iemand in zou trekken met kinderen en een boerenbedrijf of een rijke buitenlander op zoek naar het IJslandse buitenleven. Hij was nog niet tot een conclusie gekomen toen hij de auto startte en wegreed.

Eén ding was hem echter wel duidelijk toen hij naar de eigendommen van het gezin keek op de afdeling van de technische recherche. Die spullen zouden nooit meer teruggaan naar waar ze vandaan kwamen. De erfgenamen van het echtpaar zouden ze vast niet weer daarheen slepen, alleen om ze weer terug te moeten brengen naar de stad als alles zou worden verkocht.

Týr liep naar de collega die monsters had genomen van de bloedspatten op de kunstwerken waarvan hij zich herinnerde dat ze in de ouderslaapkamer hadden gehangen. Aan de tafel ernaast bestudeerde een ander de merkkleding waarmee Íris haar muren had gesierd. Hij legde net een tas opzij die onder het bloed zat en pakte een klein blauw juwelendoosje. Daar weer naast lag Gígja's speelgoed op een tafel. Dat verkeerde in eenzelfde toestand. Op een vierde tafel zag je dingen die op het nachtkastje van Ása en Reynir hadden gelegen: boeken, een lamp en een draadloze oplader voor de telefoon. Op deze spullen was nauwelijks een schoon plekje te bekennen.

'Iets nieuws?' vroeg Týr.

De man keek op van de kunstwerken en keek Týr vermoeid aan. 'Nee.'

Er viel een ongemakkelijke stilte en Týr was opgelucht toen

de jonge computerman die met hem was meegereden naar Hvarf verscheen en naar hem op zoek leek. Hij liep naar hem toe en zei dat hij alleen even wilde laten weten dat de kleine robot niets had opgeleverd. Hij leek maandenlang niet aangestaan te hebben. Toen keek hij om zich heen en bekeek de spullen in de ruimte. Hij leek geen belangstelling te hebben voor tassen, kunstwerken of sieraden. Zijn ogen bleven hangen aan het speelgoed van Gígja. Hij liep er als gehypnotiseerd naartoe en Týr volgde hem. Hij hoopte dat hij iets had gezien dat belangrijk was. Dat bleek niet het geval.

'Star Wars.' De vingers van de jongeman leken te jeuken om de spullen te mogen bekijken. 'Zitten er collector's items bij?'

De vrouw van de technische afdeling die monsters van het speelgoed nam keek op. Ze keek al net zo terneergeslagen als degene met wie Týr had geprobeerd een praatje aan te knopen. 'Dat weet ik niet. Daar ligt nog meer.' Ze wees naar een doos op de grond naast haar. Toen keek ze treurig naar de computerman en gaf hem handschoenen. 'Kijk maar, als je wilt, maar het is allemaal min of meer kapot, dus ik betwijfel of er iets interessants tussen zit.'

Týr zag hoe de teleurstelling op het gezicht van de computerman steeds groter werd. Toen trok hij iets van onder uit de doos en nam zijn blijdschap weer toe. 'Wat doet dit hier in vredesnaam?'

Het leek of hij een kleine afstandsbediening in zijn hand had, met twee toetsen en een schermpje, merk Trezor. Er was plakband omheen gewikkeld en toen de man hem in zijn handen ronddraaide, zag je een wit briefje. Dat was er aan de achterkant met plakband op bevestigd.

'Wat is dat?'

De jonge computerman keek zegevierend op. 'De bitcoin-portemonnee.' Hij hield het briefje omhoog en lachte nog breder. 'En volgens mij is dit de recovery seed.' Hij zag dat Týr er niets van snapte en voegde eraan toe: 'De herstelsleutel. Ze hebben hem hier bewaard, de idioten. Jezus.'

Týr boog zich ernaartoe en zag de drie eerste woorden op het briefje. *Plant Duck Economy.* Als het totaalbedrag van het bitcoin-vermogen gedeeld werd door het aantal woorden in de herstelsleutel, dan was elk woord meer waard dan wat hij in zijn hele leven zou verdienen. Het maakte niet uit of die woorden uit twaalf of twintig of vier tekens bestonden. Bijzonder. Hij kwam weer overeind. 'Misschien waren ze bang dat hun iets zou overkomen en wilden ze dat de meisjes het geld zouden krijgen. Of ze wilden er zeker van zijn dat ze de formule niet zouden vergeten.' Týr had zelf een briefje achter op zijn computer geplakt met zijn belangrijkste wachtwoorden. Daarom vond hij dat hij het echtpaar moest verdedigen.

'Hopelijk is het wachtwoord hier ook te vinden.' De computerman haalde het briefje helemaal van de afstandsbediening af. 'Nee, dat lijkt hier niet te zijn. Misschien hebben ze gewoon nog een ander Engels woord gekozen.'

'Ik denk dat ik weet waar het te vinden is.' Ása had niet zomaar haar ring ingeslikt. Ze had natuurlijk niet meer helder kunnen denken op dat moment, maar misschien had ze gehoopt dat iemand zou begrijpen dat die vreemde lettercombinatie op de binnenzijde van de ring het wachtwoord was.

De medewerkers van de technische recherche kwamen tot leven. Een jonge vrouw die naast hen zat stond als eerste op en wilde het kleine onopvallende plastic ding en het briefje dat miljarden waard was weleens bekijken. De anderen volgden en al snel vormden ze een kleine groep rond de computerman. Týr overwoog of een van hen misschien met de gedachte speelde om de portemonnee met het briefje in te pikken, Týr te dwingen het wachtwoord af te staan en te dromen van een leven waarin je nooit meer monsters hoefde af te nemen.

Zelf voelde hij die neiging niet. In zijn zak zat de USB-stick van Idunn die hij nu echt moest bekijken, al zag hij er ook tegen op. Het zou ongetwijfeld meer dan een uur kosten om het bewijsmateriaal door te nemen, maar hij had toch besloten om zijn ouders die avond te bellen, ook als hij nog niet alles had gezien. Hij had zich tijdens het laatste telefoongesprek te veel opgewonden en dat hadden ze niet verdiend. Uiteindelijk was zijn onderliggende woede niet op hen gericht, maar op zijn biologische vader, de man die zijn moeder vermoordde en geprobeerd had hem te doden. Zijn ouders hadden daarna ook maar moeten improviseren. Zij wisten hoe je wonden hechtte en harten weer tot leven wekte, maar hadden geen enkele ervaring met het opvangen van een kind dat uit de puinhopen van zijn vorige leven omhoog krabbelde.

Het verschrikkelijke lot van zijn moeder en de afschuwelijke daden van zijn biologische vader waren niet hun schuld. Hij wilde hen bellen en hen alles vergeven. Hij zou de bestanden bekijken, de gebeurtenissen verwerken en doorgaan met zijn leven. Hij wist nu waar hij vandaan kwam en kon daarmee de wereld aan. De toekomst zou beter worden.

Idunn duwde haar bureaustoel iets naar achteren om afstand te nemen van het scherm. Soms kon ze een foto beter begrijpen als ze er niet bovenop zat. Ze tuurde naar de foto waarop ze had ingezoomd, maar de afstand veranderde niets. Nadenkend vouwde ze haar handen, als in een gebed, en bracht haar vingers naar haar lippen. Ze blies zachtjes uit terwijl ze naar een verklaring zocht. Zonder resultaat.

Ze had een rustig moment gebruikt om het sectierapport van Týrs moeder te bekijken. Ze rekende erop dat hij naar haar toe zou komen om bevestigd te krijgen dat alles klopte en er niets twijfelachtigs speelde in de zaak van zijn moeder. Ze had eerder het bewijsmateriaal bekeken en daar niets in gevonden. Ze was ook niet op zoek geweest. Toen waren het alleen bestanden die gingen over een moord met een bijl die ze misschien zou kunnen gebruiken bij de sectie op de lijken uit Hvarf.

Het leek wel een zoekplaatje. Als je eenmaal had gezien wat verborgen had moeten blijven, kon je het niet meer níet zien.

Idunn draaide zich om in haar stoel en keek uit het raam. Een vrouw rende naar haar auto, met de wind in haar rug. Haar jas wapperde op en haar sjaal stond omhoog als een vlag, net alsof de Kleine Prins over de parkeerplaats liep. Idunn keek hoe zij de deur opende van een kleine elektrische auto en even strijd leverde met de wind die het portier open wilde blazen. De vrouw won, ze sloot het portier en reed weg. Toen ze uit Idunns blikveld was verdwenen was er niets interessants meer te zien en moest ze terug naar het probleem waar zij mee worstelde.

Als ze het nu eens verkeerd had? Het kwam voor – maar heel zelden. Idunn ademde scherp in, strekte haar hand uit naar de knop van haar beeldscherm en zette het uit. Het beeld verdween en dat maakte het haar gemakkelijker om na te denken. Zij verdroeg de meeste mensen, maar kon het maar met weinig goed vinden. Týr behoorde tot die kleine groep. Hij was sympathiek. Recht door zee. Moest ze hem op de hoogte brengen? Ze wist het niet. Het kon belangrijk zijn, maar kon ook een verklaring hebben die je nooit bevestigd zou kunnen krijgen. De verdachte was dood en kon zijn woorden niet terugnemen.

Misschien had hij zich in alle opwinding versproken. Had hij zich de gebeurtenissen niet goed herinnerd. Zoiets. Als dat zo was, zouden haar opmerkingen Týr alleen maar verwarren.

Misschien kon ze deze ontdekking beter voor zich houden.

De bekentenis van Týrs vader klopte niet.